新潮文庫

国際テロ

上巻

トム・クランシー
田村源二訳

国際テロ

上巻

主要登場人物

ジャック・ライアン……………………前合衆国大統領
ジャック・ジュニア……………………ライアンの長男
ブライアン・カルーソー（アルド）…海兵隊特殊部隊大尉 } 双子の兄弟
ドミニク・カルーソー（エンツォ）…FBI 特別捜査官 } 双子の兄弟
ジェリー・ヘンドリー…………………対テロ組織〈ザ・キャンパス〉の長
サム・グレインジャー…………………〈ザ・キャンパス〉職員。工作責任者
トム・デイヴィス………………………〃
ジェローム・ラウンズ…………………〃
リック・ベル……………………………〃
デイヴ・カニングハム…………………〃
ピート・アレグザンダー………………〃　訓練教官
トニー・ウィルズ………………………〃　上級分析員
ムハンマド・ハッサン・アル－ディン…イスラム・テロ組織作戦担当者
ムスタファ………………………………テロ攻撃部隊隊長
ウダ・ビン・サリ………………………サウジアラビア人の富豪
パブロ……………………………………コロンビア麻薬カルテル情報部長
エルネスト………………………………〃　幹部
リック・パスタナック…………………コロンビア大医学部麻酔科教授

クリスとチャーリーに。
ようこそ。
そして、もちろん、レディー・アレックスに。
その篝火《かがりび》は相変わらず明るく燃えている。

謝辞

次の人々に感謝したい。
ナビゲーションの指導をイタリアのマルコに。
医学教育をリックとモートに。
地図をメアリとエドに。
記録をマダム・ジャックに。
TJの場所をUVAに。
コロラドを、ふたたび、ローランドに。
インスピレーションをマイクに。
その他、細かくはあるが重要な情報をもたらしてくれた大勢の人々に。

「人々が夜ベッドで安らかに眠れるのは、荒くれ者たちが彼らに代わっていつでも暴力をふるえるよう待機しているからだ」

――ジョージ・オーウェル

「これは無名の戦士たちの戦争だ。しかし、すべての者に信念と義務感を欠くことなく奮闘してもらわねばならない……」

――ウィンストン・チャーチル

〈国家〉は地上だけでなく天上でも
人間を解放し、拘束することができるのか？
人間を殺すのは、どちらがよいのか？
生まれる前か、それとも生まれた後か？——
〈国家〉おかかえの学者にとっては
こうしたことがとても重要な問題なのだ
だが、（我等は生き延び、知った）
〈聖なる国家〉は結局〈聖なる戦争〉をはじめる

〈人民〉は〈主〉に導かれるべきか？
それとも最も大きな声に煽動《せんどう》されるべきか？
剣による迅速な死か？
それとも投票による安易な死か？——
我等は対処してきた、こうした問題に
（そして、問題が甦《よみがえ》ることはもうない）
なぜなら、〈聖なる人民〉は、どのようにあがこうと

結局は完全な〈奴隷《どれい》〉となるしかないからだ

いかなる大義のためであろうと
〈法〉を超える力を得ようと、また与えようとするものは
生かしておいてはならぬ！
〈聖なる国家〉であろうと〈聖なる王〉であろうと――
〈聖なる人民の意志〉であろうと――
無意味なことに係わってはならぬ！
撃ち殺せと命じよ！
我の――あとにつづいて――こう言いながら

かつて〈人民〉がいた――〈恐怖〉が誕生させたのだ
かつて〈人民〉がいて、〈地上の地獄〉をつくりだした
〈大地〉が立ち上がり、粉砕した。おお、そうだとも、殺戮《さつりく》されたのだ！
かつて〈人民〉がいた――二度と存在させてはならぬ！

――ラドヤード・キプリング『マクダナの歌』

プロローグ　川向こう

デイヴィッド・グリーンゴールドは、ニューヨークのブルックリンという、もっともアメリカ的な地区に生まれたが、十三歳になってユダヤ教の成人式《バル・ミツバー》をしてもらったさい、自分の人生を決定する大事な何かが変わった。「今日、わたしは一人前の男になりました」と宣言したあと、デイヴィッドはお祝いのパーティーにのぞみ、イスラエルから空路やってきた親戚《しんせき》に会った。伯父のモーセはイスラエルでダイヤモンドのディーラーをしていて、とても裕福だった。デイヴィッドの父は宝石店を七つ所有していて、本店はマンハッタンの四十番ストリートにあった。

父と伯父がカリフォルニア・ワインの商談をしているときに、デイヴィッドは従兄《いとこ》のダニエルと話をすることになった。十歳年上のダニエルは、イスラエル最大最強の対外情報組織モサドに入ったばかりで、いかにも新入りらしく、いろいろな話をして従弟《いとこ》を喜ばせた。ダニエルはイスラエルでの兵役では落下傘《らっかさん》部隊に配属され、降下《ジャンプ》を十一回こなし、一九六七年の六日戦争（第三次中東戦争）では実戦もいくらか体験した。それはダニエルにとっては楽しい戦争だった。所属中隊は死者も重傷者もださず、仕留めた敵の数もほどよく、狩猟――危険だが危険すぎるほどではない獲物を狩るハンティング旅行――でも楽しんだような気分だった。結局、戦争前の予想や期待のとおりになったというわけだ。

ダニエルの話は、当時、夜のテレビニュースのトップにかならず流されていた重苦しいヴェトナム戦争のニュースを吹き飛ばすような、威勢のよい戦争話だったので、デイヴィッドはバル・ミツバーでユダヤ教徒としての自覚をうながされて気持ちが高揚していたこともあり、高校を卒業したらすぐユダヤ人の国に移住しようとその場で決めた。父親は、第二次世界大戦中にはアメリカ陸軍第二機甲師団で戦った男で、やはりヴェトナム戦争が愉快ではなく、息子が自分だけでなく知人のだれも熱く支持できない戦争を戦いに、アジアの密林におもむくということを考えただけでも気が滅入《めい》った。だから、高校を卒業するやデイヴィッド青年は、エルアル・イスラエル航空でユダヤ人の国へ飛び、二度とうしろを振り返らなかった。彼はヘブライ語にみがきをかけ、イスラエル人として兵役に服し、ついで従兄と同じようにモサド入りした。デイヴィッドの仕事ぶりはなかなかのものだった――いまローマ支局長というかなり重要な地位にあるのも、見事な実績のおかげである。一方、ダニエルのほうはモサドを辞めて家業にもどり、公務員よりもずっとよい給料をとるようになっていた。モサド・ローマ支局を運営するのはなかなか大変で、デイヴィッドは多忙な日々を送っていた。かかえている専従の工作員は三人で、彼を含めた四人で相当な量の情報をとりこむのである。そのなかにはハッサンと呼ばれるスパイからの情報もあった。ハッサンはパレスチナ人の子孫で、ＰＦＬＰ（パレスチナ解放人民戦線）に強力なコネがあり、そこから得た情報を金と引き換えに敵に流しているのだ。しかも、ハッサンが手にする金はかなりの額で、彼がイタリアの国会議事堂から一キロしか離れていないところにある住み心地のよいアパルタメントで暮らせるのもそのおかげだった。そしていま、デイヴィッドはハッサンが隠し場所《デッド・ドロップ》においた情報を回収しようとしていた。

　そこは前にも利用したことがある場所だった。スペイン階段の真下の近くにあるリストランテ・ジョヴァンニの男子トイレ。まずは子牛肉の白ワイン煮――このレストランではこれがとびきりうまい――の昼食をゆっくり楽しみ、白ワインを飲み終えてから、デイヴィッドは立ちあがって、パッケージを回収しにトイレへ行った。隠し場所は左端の小便用便器の下面だった。面倒な場所ではあったが、そこなら見つかりはしないし、掃除で取り除かれることもない。そこに張りつけられたスチール製のプレートには、便器の製造会社の名前が打ち出され、なんの意味もない数字までついているので、たとえ見つけられたとしても、怪しまれる心配はまったくない。隠し場所に近づきながらデイヴィッドは、男がふつう便器でやることもついでにやってしまおうと思った。用を足しはじめると、ドアがひらくキーッという音が聞こえた。自分に関心を示す者であるはずはないと思ったが、念のため、煙草《たばこ》の箱を落とし、身をかがめて右手でそれを拾いあげながら、左手で便器の下面に磁石で張りつけられていたパッケージを素早くとりさった。見事なスパイ技術だった。まるで、片方の手に客の注意を引きつけ、もう一方の手で肝心なことをするプロのマジシャン。

ただ、今回はうまくいかなかった。パッケージをとりさった瞬間、だれかがうしろからぶつかった。

「失礼、あんた《オールド・マン》――いや、シニョーレ」男の声がケンブリッジ英語のように聞こえるアクセントで言いなおした。文明人がつい安心してしまうしゃべりかた。

デイヴィッド・グリーンゴールドは言葉を返しもせず、手を洗って外にでようと右を向いた。洗面台まで歩いて、蛇口のハンドルをひねって水をだし、正面の鏡を見つめた。

ほとんどの場合、手より脳のほうが速く動く。このときもそうで、彼は鏡に映る男の青い目を見た。いましがたぶつかった男のその目はありふれた目だったが、そこに浮かんでいた表情はふつうではなかった。脳が体に動くよう命じたときにはもう、男の左手が前方に伸びてデイヴィッドの額をつかみ、冷たい鋭利なものが頭蓋《ずがい》のすぐ下のうなじにもぐりこんでいた。頭がぐいとうしろに引かれ、ナイフの刃が脊髄《せきずい》にまで達し、それを完全に断ち切った。

死はすぐには訪れなかった。首の下の筋肉への電気化学的命令がすべて遮断され、体が崩れ落ちた。同時に感情もすべて失《う》せた。残ったのは、だいぶ遠くのほうからやってくるような気がする首筋の燃えるような感覚だけで、それは驚愕《きょうがく》のせいで激痛になることはなかった。デイヴィッドは呼吸しようとした。もう二度と呼吸できないという現実を理解することはできなかった。男はデイヴィッドをデパートのマネキンのようにくるりとまわし、トイレの個室まで引きずっていった。デイヴィッドにできるのは、見ることと考えることだけだった。彼は男の顔を見た。が、だれだか見当もつかない。男の目が見返した。こちらを物としか思っていない目。そこには憎悪《ぞうお》さえない。こちらを人間としてまったく認めていないということだ。便器に座らされ、デイヴィッドは相手の動きを見まもった。ほかにどうすることもできなかった。　上着のポケットに手を入れられ、札入れを盗《と》られたようだった。そういうことなのか？　単なる強盗？　モサドのベテラン工作員から金品を盗る？　ありえない。そこまで考えたとき、デイヴィッドは髪をわしづかみにされ、垂れていた頭をぐいと引きあげられた。「アッ・サラーム・アライクム」殺人者は《あなたがたの上に平安あれ》という意味になるアラビア語の挨拶《あいさつ》の言葉を口にした。では、この男はアラブ人なのか？　とてもそうは見えない。戸惑いの表情がデイヴィッドの顔に浮かんだにちがいない。

「おまえはハッサンをほんとうに信じていたのか、ユダヤ野郎？」男は訊《き》いた。が、その声に満足げなようすはなかった。無感情なしゃべりかたで、冷やかな軽蔑《けいべつ》しか感じとれない。死の直前、つまり脳が酸欠で死ぬ直前に、デイヴィッド・グリーンゴールドは、自分が〈囮《おとり》作戦〉という諜報戦《ちょうほうせん》の最古の罠《わな》にひっかかってしまったことを知った。ハッサンが情報を流したのは、モサドの工作員を特定し、引っぱりだすためだったのだ。まったく間抜けな死にかただ。もう時間がなかった。あとひとつ、最後に浮かんだのは、次のようなヘブライ語の言葉だった。

アドナイ・エハド（神はひとつなり）。

殺人者は手が血で汚れていないことを確認し、服装のほうもチェックした。ナイフでこういう刺しかたをすれば、出血はあまりない。デイヴィッドの札入れと、隠し場所から回収されたパッケージをポケットにしまい、服の乱れをなおしてから、男はトイレからでた。そして、自分のテーブルまでもどり、食事代として二十三ユーロおいた。それだけではチップの分はわずかにしかならない。だが、この店にはしばらく来ないつもりだったので、それで構わなかった。食事と殺しを終えて、リストランテ・ジョヴァンニにはもう用はなく、男は歩いて広場を横切った。レストランに来る途中、ブリオーニの店があることに気づいたのだ。男はスーツを一着新調したくなっていた。

アメリカ合衆国海兵隊本部は国防総省《ペンタゴン》にあるのではない。世界最大のオフィスビルであるペンタゴンは、陸海空の三軍にはスペースを提供しているが、なぜか海兵隊は仲間はずれにされ、そこから四分の一マイルほど離れた、ヴァージニア州アーリントンのコロンビア道路《パイク》に面する、ネイヴィー・アネックス（海軍別館）と呼ばれる彼らだけの建物に本部をおかざるをえなくなっている。だが、海兵隊は犠牲を強いられているというわけでもない。彼らは最初からずっとアメリカ軍の継子《ままこ》のようなものだったのである。海兵隊は厳密に言うといまでも海軍省に属していて、もともとは海軍の戦闘部隊であり、敵艦への乗り込みや上陸奇襲のための兵力だった。かつて陸軍と海軍は犬猿の仲で、仲良くやっていける可能性はゼロという状態だったので、海軍が陸軍の兵隊を軍艦に乗せなくてもすむように海兵隊をつくりあげたというわけである。

だが、海兵隊はやがて、独自の存在意義を獲得する。なにしろ一世紀以上ものあいだ、外国人が見たアメリカの地上戦闘部隊は彼らだけだったのだ。海兵隊は大規模な兵站《へいたん》だけでなく衛生・医務についても心配する必要がないので――そうしたことは海軍《スクウイッド》がすべてやってくれる――隊員全員が優秀な小銃兵であり、アメリカ合衆国に好感をいだいていない者にとっては、見ただけで酔いも覚める恐ろしい存在である。それゆえ、海兵隊はアメリカの他の三軍の同僚たちから一目おかれてはいるが、いつも愛されているというわけではない。もっと地味な他の軍からすれば、彼らは派手すぎ、威張りすぎ、宣伝活動への情熱が旺盛《おうせい》すぎるのである。

言うまでもないが、海兵隊はそれだけで小さな軍隊のように行動する――小さいが鋭い牙《きば》をもつ〝空軍〟まであるのだ。そしていまや、情報部長《チーフ・オブ・インテリジエンス》もいる――軍人のなかには、〝知能の長〟という意味にもとれるチーフ・オブ・インテリジェンスと言いかたに違和感をおぼえる者もいるが。ともかく、海兵隊情報本部は新たに設立された組織で、他の軍に追いつこうとする海兵隊《グリーン・マシン》の努力の一端でもある。M－2――2は情報の仕事をしている者を意味する識別数字――と呼ばれる情報部長は、体がコンパクトに引き締まったプロ中のプロの歩兵、テリー・ブロートン少将で、海兵隊のスパイ活動をすこしは実りあるものにしようと今日までこの仕事にいそしんできた。書類をたどっていくと、その果てには小銃を持った男がいて、生きつづけるために正確な情報を必要としているということを、海兵隊は思い出すことに決めたのだ。隊員は生まれつき聡明《そうめい》で、頭のよさでもだれにもひけをとらないというのも、海兵隊の知られざる側面である——飛行機を飛ばせる者はだれよりも賢いはずだと思いこんでいる空軍がかかえるコンピューターの達人たちにもひけをとらない。十一カ月後には、ブロートンはノースカロライナ州のキャンプ・ルジューンに駐屯する第二海兵師団の司令官になることになっていた。その嬉《うれ》しい知らせは一週間前にとどいたばかりで、彼はまだ最高にいい気分のままだった。

第二海兵師団に所属するブライアン・カルーソー大尉《たいい》にとっても、それはいいニュースだった。だが、彼とて、将官とまみえるときは、恐怖に駆られるとまではいかないものの、多少は用心深くならざるをえない。カルーソーは正装である黄緑色《オリーブいろ》のクラスA制服を着て、帯剣用のサム・ブラウン・ベルトをきちんとしめ、それほど多くはないが、なかにはきれいと言えるものもある服務リボンや勲章をすべてつけていた。いや、それだけではない。落下傘降下もできることを示す金色の翼章《ウイング》や、ブロートン将軍のような長年の射撃の名手である者までをもうならすほど多くの射撃賞の記章が、カルーソーの軍服を飾っていた。

M－2は中佐を雑用係に、黒人女性の一等軍曹を秘書に使っていた。それは若い大尉には奇妙としか思えないことだったが、これまでにそういうのはおかしいと隊を非難した者はひとりもいないことをカルーソーは思い出した。進歩にもさまたげられない二百三十年の伝統、と海兵隊はよく言いたがる。

「どうぞ、将軍がお会いします、大尉」秘書が机上の電話から顔をあげて言った。

「ありがとう、一等軍曹《ガニー》」カルーソーは立ちあがり、ドアに向かった。一等軍曹がドアをあけ、押さえてくれた。

　ブロートン少将はカルーソーが想像していたとおりの男だった。背丈は六フィート弱、胸板は高速の弾丸もはじくのではと思えるほど硬そう。そして、髪は不精髭《ぶしょうひげ》よりほんのすこし長いていど。ほとんどの海兵隊員と同様、ブロートン少将も、髪の長さが半インチほどになったら髪型が決まらなくなり、理髪店へ急がねばならないのだろう。将軍は書類から顔をあげると、冷たい薄赤茶色の目で訪問者を頭のてっぺんから爪先《つまさき》までしっかり観察した。

　カルーソーは敬礼しなかった。海兵隊士官も海軍士官と同じで、武装または〝着帽〟していなければ敬礼しない。将軍の観察は三秒ほどつづいた。カルーソーにとっては一週間ほどにも感じられた。

「おはようございます、将軍」

いた。

「座りたまえ、大尉」将軍は革張りの椅子《いす》を指さした。

カルーソーは着席したが、気を付けの姿勢のままで、脚もきちんとそろえて曲げていた。

「なぜ呼ばれたか知っているか？」ブロートンは訊いた。

「いえ、将軍、聞いていません」

「フォース・リコンは気に入ってるのかね？」フォース・リコンは戦闘力も偵察力も抜群の海兵隊特殊戦部隊だ。

「ええ、大いに気に入ってます」カルーソーは答えた。「わたしの下士官は海兵隊一だと思いますし、任務は面白くて退屈しません」

「きみはアフガニスタンで手柄をたてたと、ここにある」ブロートンが掲げて見せたフォルダーのへりには赤白のストライプのテープがついていた。そのテープは〝極秘〟を意味するものだ。ただ、特殊作戦はそのカテゴリーに入ることが多いのであって、むろん、カルーソーがアフガニスタンでやったことは、『ＮＢＣナイトリー・ニュース』でとりあげられるようなものではない。

「なかなかスリルのある任務でした」

「部下を一名も死なさず、見事にやりとげたと、ここに書いてある」

「将軍、それは海軍の特殊部隊《シール》の衛生兵がいっしょだったおかげだと言ってよいと思います。撃たれて深手を負ったウォード伍長《ごちょう》の命を救ったのは、ランダル兵曹です。間違いありません。わたしはランダル兵曹への授章を申請しました。彼が勲章をもらえるといいのですが」

「彼はもらえる」ブロートン少将は請け合った。「きみもな」

「将軍、わたしは指揮官としてやるべきことをやっただけです」カルーソーは抗議するように言った。「すべて部下たちが――」

「そう考えるのは優秀な若き士官の証拠だ」M－2はカルーソーの言葉をさえぎって言った。「わたしはきみの戦闘報告書を読み、サリヴァン一等軍曹のも読んだ。はじめて実戦にのぞむ若い士官としては見事な指揮ぶりだった、とサリヴァンは言っている」ジョー・サリヴァン一等軍曹は、レバノン、クウェート、その他テレビニュースにはいちどもならなかった数カ所で実戦を体験してきたベテランだ。「サリヴァンはわたしの下で働いたこともある」ブロートンは来訪者に告げた。「彼は昇進することになっている」

カルーソーはこくんとうなずいた。「ええ、将軍、昇進して当然です」

「サリヴァンに関するきみの適性評価を見た」M－2は別のフォルダーをぽんとたた

いた。それには〝極秘〟のテープはついていなかった。「きみは部下に対しては寛大だ、大尉。彼らを大事にし、賞賛する。なぜかね？」

これにはカルーソーも目をぱちくりさせた。「将軍、彼らはとてもよくやってくれたのです。いかなる状況下でも、あれ以上を望むのは無理というものです。ああいう海兵隊部隊なら、世界中のどんな連中とでも戦えます。新兵たちも全員、そのうち軍曹になれますし、うち二人は確実に一等軍曹になれます。勤勉ですし、頭もよくて、こちらが何も言わないうちにやるべきことをやりはじめます。士官の器の者が少なくともひとりはいます。将軍、彼らはわたしの大事な部下なのです。彼らを部下にもてたわたしは実にラッキーです」

「きみが彼らをしっかり教え鍛えたというわけだ」ブロートンは付け加えた。

「それがわたしの仕事です、将軍」

「だが、もうちがうぞ、大尉」

「どういうことでしょうか、将軍？　わたしはあと十四カ月、いまの大隊にいることになっていますし、次の配属先もまだ決まっていません」カルーソーは一生、第二強襲偵察《フォース・リコン》大隊にいてもいいと思っているくらいだった。自分はじきに少佐昇進審査にパスし、たぶん大隊S－3、つまり師団強襲偵察大隊作戦参謀になれる、とも思っていた。

「きみたちといっしょに山に入ったCIA局員《エージェンシー・ガイ》だが、どんなだった？」

「ジェームズ・ハーデスティ。彼は陸軍特殊部隊にいたそうです。四十がらみですが、その年にしてはかなりできます。現地の言葉もふたつ話せます。ひどいことが起こっても小便を洩《も》らすこともない。彼は――そう、わたしをしっかり支援してくれました」

Ｍ－２の手のなかの〝極秘〟フォルダーがふたたび掲げられた。「待ち伏せに遭って、きみに命を救われた、と彼はここで言っている」

「将軍、待ち伏せに遭う者はだれでも、賢くは見えないものです。ミスター・ハーディスティはウォード伍長といっしょに前方に偵察にいき、わたしは後方で衛星無線装置をセットしていたのです。悪者ども《バッド・ガイ》はなかなかうまい場所に身を隠していたのですが、ちょっと早まってしまいました。ミスター・ハーデスティを撃つのが早すぎて、最初の一斉射撃ではずしてしまったのです。わたしたちは小山をのぼって敵のわきへまわりこみました。敵は見張りが万全ではありませんでした。サリヴァン一等軍曹が分隊を率いて右へまわり、位置についたところで、わたしがほかの者たちと真ん中から攻撃を加えました。十分から十五分の戦闘でした。結局、問題のターゲットは、サリヴァンが十メートル離れたところから頭を撃ち抜いて仕留めました。生け捕りにしたかったのですが、そうできる状況ではなかったのです」カルーソーは肩をすくめた。これほど臨機応変の働きをしたサリヴァン一等軍曹は、士官にとりたてられてもおかしくないが、そういう判断をするのはお偉方だ。ターゲットの男にはアメリカ軍の捕虜になってもいいという気持ちなどまったくなかったのである。そんな男を生け捕るのは、とてもむずかしい。最終的な戦闘結果は、被弾して重傷を負った海兵隊員ひとり、死亡したアラブ人が十六人、尋問のため情報機関要員に引きわたす捕虜がふたり、というものだった。結局のところ、だれも予想しなかったほどの大収穫があったというわけだ。アフガニスタン人は勇敢ではあるが、狂人ではない——正確に言うと、望みどおりの条件にならないかぎり殉教者にはならない。

「学んだ教訓は？」ブロートン少将は訊《き》いた。

「いくら訓練しても、いくら体調をよくしても、しすぎはないということです、将軍。実戦は演習よりもずっとめちゃくちゃになります。報告書にも書きましたが、アフガニスタン人は勇敢ではありますが、訓練されていません。ですから、どいつが徹底抗戦し、どいつが降参するのか、まるでわからないのです。訓練所《クアンティコ》では、自分の直感を信じろと教わりましたが、相手によってはその直感が得られず、〝正しい声〟を聞いているのかどうかわからなくなることがあるんです」カルーソーは肩をすくめた。が、話をつづけ、率直に胸の内を明かした。「あのときは、わたしにも部下の海兵隊員たちにも直感とやらがうまく働いたのだと思います。が、なぜそうなったのかは、よくわからないんです」

「考えすぎないことだ、大尉。戦闘の大混乱状態のなかでは、じっくり考えている暇などない。考えるのは実戦の前だ。つまり、部下をどう訓練するか、彼らにどういう責務を与えるか、考えるのはそういうことだ。戦闘に入る心構えを固めることはできるが、戦闘がどういう展開をとるかはわからないと思っていないといけない。ともかく、今回の任務遂行は非の打ちどころがなかった。きみはそのハーデスティという男を感嘆させたのだ——彼はかなり真剣になっていてな。で、こういうことになったのだ」ブロートンは話をしめくくった。

「どういうことでしょうか、将軍?」

「CIA《エージェンシー》がきみに話があるそうだ」M－2は告げた。「彼らはいま人材スカウト中でね、きみの名前が浮かんだというわけだ」

「何をしろというのでしょうか、将軍?」

「それはわたしも教えてもらえなかった。現場仕事ができる者を探していることは確かだ。諜報《ちょうほう》活動ではないと思う。たぶん、準軍事的作戦にたずさわってほしいのだろう。新しい対テロ班でも立ち上げるのかもしれない。前途有望な若い海兵隊員を失うのは残念ではある。しかし、この件に関しては、わたしに発言権はない。誘いを断るかどうかは、きみの自由だが、まずは彼らのところまで話しにいってもらわねばならない」

「わかりました」とカルーソーは応《こた》えはしたが、ほんとうは釈然としなかった。

「たぶん、だれかさんがCIAで大活躍した元海兵隊員がいたことを彼らに思い出させたのかもしれないな……」ブロートンはいま気づいたというふうな口調で言った。

「ジャック伯父のことでしょうか？　いやはや──申し訳ありませんが、将軍、わたしは士官基礎学校《ベイシック・スクール》に入って以来、その話題は避けるようにしているんです。わたしはほかの大尉と何も変わらない海兵隊O－3でしかないのです」O－3は大尉の等級記号。「特別あつかいはごめんです」

「よし」ブロートン少将はそうとしか返しようがなかった。いま目の前にいるのは、『海兵隊士官ガイド』をすみからすみまでしっかり読み、重要な部分を何ひとつ忘れていない、たいへん有望な士官なのだ、と将軍は思った。ちょっと真面目《まじめ》すぎるきらいがあるのかもしれないが、自分だって若いころはそうだったじゃないか。「では、二時間後にCIAに出向いてくれ。会うのは、ピート・アレグザンダーという男だ。彼もまた元陸軍特殊部隊員で、一九八〇年代にCIAの対アフガニスタン作戦にたずさわった。優秀な男だと聞いているが、もう自分の才能を伸ばす気はないらしい。まあ、自分でしっかり判断してくれ。気を付けてな、大尉」これで話は終わりだという言いかただった。

「イエス・サー」カルーソーは応え、立ちあがって気を付けの姿勢をとった。

M－2は笑みでそれに応えた。「よし、常に忠実に《センパ・ファイ》」最後に海兵隊の標語を口にした。

「アイ・アイ・サー」カルーソーはM－2の執務室からでると、軽くうなずいて一等軍曹《ガニー》に会釈《えしやく》し、目をあげもしない中佐にはひとことも言葉をかけず、階下へと向かった。いったいぜんたい自分は何に巻きこまれようとしているのかと思いながら。

そこから数百マイル離れたところで、カルーソーという同名の別の若者が同じことを考えていた。FBI（連邦捜査局）がアメリカ最高の法執行機関のひとつとの名声を確立したのは、一九三〇年代に制定されたリンドバーグ法によって複数の州にまたがる誘拐が連邦犯罪となり、FBIがその捜査をまかせられたからである。その種の事件がＦＢＩによって次々に解決されたため、営利誘拐はおおむね姿を消した――少なくとも頭のいい犯罪者は金のために人をさらわなくなった。ＦＢＩは誘拐事件をまさにひとつ残らず解決してしまったのであり、プロの犯罪者たちもついに、その種の犯罪は間抜けがやることと気づいたのだ。そして、そういう状態が長いあいだつづいた。金以外の目的をもつ犯罪者がそれをなんとか利用しようと決心するまで。

しかも、そうした連中は、金めあての者たちよりもずっと捕まえるのがむずかしい。

ペネロピ・デイヴィッドソンはその日の朝、幼稚園へ行く途中で消えた。行方不明になって一時間もしないうちに、両親が地元の郡警察に電話し、郡警察はすぐにＦＢＩに電話した。犠牲者が州境を越える可能性がでてきた時点で、ＦＢＩが捜査を担当できる仕組みになっているのだ。アラバマ州ジョージタウンはミシシッピ州との境からちょうど三十分のところなので、ＦＢＩバーミングハム支局がすぐさま、鼠《ねずみ》に襲いかかる猫さながらにこの事件に飛びついた。誘拐事件はＦＢＩ内では〈７《セブン》〉と呼ばれていて、バーミングハム支局に所属する捜査官のほとんど全員が車に乗りこみ、南西にある農業地帯の小さな市場町へ向かった。しかし、どの捜査官の胸にも、無駄足を踏むのではないかという恐れがあった。誘拐事件の場合、時間的余裕がないのである。犠牲者の大部分は、四時間から六時間のあいだに性的にもてあそばれ、殺されてしまうのだ。だから、奇跡でも起こらないかぎり子供を生きたまま助けだせない。そして奇跡はそう簡単には起こりはしない。

だが、捜査官の大半は妻も子供もある男なので、彼らはチャンスがあるかのように懸命に努力する。地元の郡警察の長であるポール・ターナーという名の保安官と最初に話したのは、ＦＢＩバーミングハム支局のＡＳＡＣ（副支局長）だった。ＦＢＩは、この種の捜査に関してはターナーは素人《しろうと》で、何もできないと見なしていたし、ターナー自身もそう思っていた。彼は自分の所轄《しょかつ》で幼い女の子がレイプされ殺されると考えただけで胃がむかむかした。だから、連邦捜査局の支援は大歓迎だった。女の子の写真が、法執行官であることを証明するバッジと拳銃《けんじゅう》を持ったすべての者に配られた。そして地図が調べられた。地元の警官もＦＢＩ特別捜査官も、ここ二カ月ペネロピが毎朝歩いて通っていた公立幼稚園とデイヴィッドソンの家とのあいだの五ブロックに向かった。その通り道に住む全員が尋問を受けた。バーミングハムのＦＢＩ支局では、コンピューター・チェックによって、ジョージタウンの半径百マイル以内に住む性犯罪をおかす可能性のある者のリストがつくられ、ＦＢＩ捜査官だけでなく州警察官も動員されて、やはり全員の尋問がおこなわれた。家もすべて捜索された。だいたいは住人の許可を得てからのことだったが、許可を得ずに実施されることもたびたびあった。地元の判事が誘拐には厳しくのぞんでいたからである。

　ドミニク・カルーソーFBI特別捜査官にとってそれは、はじめての大事件ではなかったが、はじめての〈7〉だった。未婚で子供もいないのに、行方不明になった子のことを考えるだけで、血が凍りつき、ついで煮えたぎった。幼稚園の〝公式〟写真のその子は、目は青く、髪は茶色っぽいブロンドで、かわいらしい笑みを浮かべていた。この〈7〉は金目的ではない。女の子の家はごくふつうの労働者階級の家庭なのである。父は地元の電力会社の架線作業員、母は郡病院のパートタイムの看護助手。二人ともメソジストで、教会にはきちんと通っている。いちおう調べたところでは、児童虐待《ぎゃくたい》の形跡はないが、その点はさらに探ってみる必要がある。バーミングハム支局には犯罪情報分析《プロファイリング》に熟達したベテラン捜査官がひとりいて、早速分析にとりかかったが、その最初の分析結果は恐ろしいものだった。だれともわからぬ今回の犯人は小児性愛者で、この犯罪をおかしたら犠牲者を殺してしまうのがいちばん安全だということを知っている連続誘拐殺人犯である可能性が高い、というのがその分析結果だったからである。

　そいつはこの近くにかならずいる、とカルーソーは思っていた。ドミニク・カルーソーはクアンティコのFBI学校《アカデミー》をでてまだ一年もたっていない若い捜査官だったが、バーミングハムは最初ではなく二つめの任地だった――未婚のFBI捜査官はハリケーンのなかの雀《すずめ》と同じようなもので、どこへ飛ばされるかまったくわからない。カルーソーの最初の任地はニュージャージー州ニューアークで、そこには七カ月しかいなかったし、そんな都会よりはここアラバマのほうが性に合っている。たしかに、ここはとんでもない気候になることも多いのだが、あの汚い街のように人間が群れて蜂《はち》の巣さながらになっているわけではない。そして、いまやらねばならない仕事は、ジョージタウン東部をパトロールし、あたりに目をやり、確実な情報がでてくるのを待つこと。まだ経験が浅いので、尋問が巧みとは言えない。巧妙な尋問者になるには何年もかかるが、カルーソーは自分は薄のろではないと思っていた。それに、彼は大学では心理学を修めた。

《幼い女の子が乗っている車をさがすんだ》とカルーソーは心のなかで自分に言い、《チャイルドシートに座っていない女の子？》と自問した。座席に座っているなら、外もよく見えるだろうし、たぶん助けを求めて手を振ることもできる……。だから、そう、犯人はおそらく女の子をしばりあげ、手錠をかけ、粘着テープでぐるぐる巻きにし、きっと猿ぐつわもかませている。《かわいそうに、女の子は自分ではどうすることもできず、怯《おび》え切っているにちがいない》そう思った瞬間、両手がハンドルをぎゆっとにぎりしめた。無線機から雑音まじりの声が飛びだした。

「バーミングハム本部より全〈7〉ユニットへ。〈7〉容疑者は白の実用型ヴァンに乗っている可能性あり。たぶんフォード、色は白、すこし汚れている。アラバマ・ナンバー。特徴が一致する車を見つけたら、連絡せよ。地元警察にチェックさせる」

ということは、一刻の猶予《ゆうよ》もならないという場合でないかぎり、自分で警告灯を回転させて容疑者の車をとめてはいけないということだな、とカルーソーは思った。すこし考えるべきときだった。

《もしおれがああいう連中のひとりだったら、どこで?……》カルーソーは車のスピードを落とし、考えた……いちおう道があって、車で行ける場所。大きな道路ではなく……本線からはずれた枝道、さらにそこから脇道《わきみち》でもっと人目につかない場所に通じている。たやすく出入りができるところ。やりたいことをやっても、隣人に見られる心配も、聞かれる心配もない場所……

カルーソーはマイクをとった。

「カルーソーよりバーミングハム本部へ」

「なんだ、ドミニク」無線デスクの捜査官が応えた。FBIの無線は暗号化されていて、高性能の暗号解読装置がなければ盗み聞きはできない。

「白のヴァンという情報。確実度は？」

「年配の婦人の証言だ。新聞をとりに外にでたとき、特徴が一致する幼い女の子が白いヴァンのそばにいる男と話しているのを見たそうだ。そいつについてわかっているのは、白人男性ということだけで、年齢も不明。たいしてわかっていないんだ、ドム、それだけでね」サンディ・エリス特別捜査官は報告した。

「子供への性的虐待者はこのへんには何人？」カルーソーは次に訊《き》いた。

「コンピューターに入っているのは、ぜんぶで十九人。すでに全員から話を聞いた。いまのところ何もでてきていない。情報はそれだけだ」

「了解《ラジャー》、サンディ、以上《アウト》」

車を運転しながらの捜査をさらにつづける。これは兄ブライアンがアフガニスタンで体験したことに似ているだろうか、とドミニク・カルーソーは思った。ひとりで敵を狩る……。彼は未舗装の脇道をさがしはじめた。問題の脇道なら、新しいタイヤ跡がついているはずだ。

カルーソーは札入れサイズの写真にもういちど目を落とした。ABCを習いはじめたばかりの、かわいい顔の女の子。その子にとって世界は、マミーとダディーが支配する安全このうえない場所だったのに。きっと教会の日曜学校に通い、卵パックとパイプ・クリーナーで芋虫をつくり、《イエスさまはわたしを愛してくださっています、わたしにはわかるのです／なぜなら聖書に……》という歌を教わっていたにちがいない。カルーソーは右に左に首を振りつづけていた。あった、百ヤードほど先に林に入りこんでいる未舗装の道が。車のスピードを落とす。近づいて見ると、道はゆるやかなS字カーブを描いている。が、木々はまばらにしか生えていず、その向こうに見えるのは……

……安っぽい木造の家……そして、そのとなりに……ヴァンの角？……だが、白ではなくベージュ……

女の子とヴァンを見たという年配の婦人は……どのくらい離れたところから見たのだろう？……日光や影の具合はどうだったのか？……いろんな要素があり、一定しないものが、そのときの条件によって変化するものが、たくさんある。FBIアカデミーがいかにすぐれた学校であろうと、すべてを教えることはできない——そう、教えられないことは、むしろいっぱいある。はっきりそう言われもする——自分の直感と経験を信じろ、と言われるわけだから……

しかしカルーソーにはまだ一年の経験もない。

それでも……

彼は車をとめた。

「カルーソーからバーミングハム本部へ」

「なんだ、ドミニク」サンディ・エリスが応《こた》えた。

カルーソーは現在位置を報告した。「これから10《テン》―7《セブン》に歩いて入り、調べてくる」

「了解《ラジャー》、ドム。応援は必要か？」

「いらない、サンディ。たぶんなんでもないと思う。ドアをたたいて、住人と話をするだけだ」

「オーケー、待機《スタンバイ》している」

カルーソーはトランシーバー――FBI捜査官には支給されない地元警官の装備品――を持っていず、連絡する必要が生じたら、あとは携帯電話でやるしかない。愛用の拳銃は、右腰のホルスターにおさまるスミス・アンド・ウェッソン1076。カルーソーは車から降り、ひらいたドアをもとにもどしたが、最後までしっかりとは閉めず、音がたたないようにした。車のドアがバタンと閉まる音には、みな振り向いて見るものだ。

カルーソーはオリーブ・グリーンよりも暗い色のスーツを着ていた。あたりのようすを見て、ついていると思いながら、右の脇道に入って歩きはじめた。はじめにヴァンを見た。歩きかたはごくふつうだったが、目はみすぼらしい家の窓に釘《くぎ》づけになっていた。そこに顔があらわれるのをなかば期待してのことだったが、ほんとうのところはその期待が実現しなくてほっとしていた。

フォードのヴァンは六年ほど前のやつだと判断した。車体に軽いへこみや傷がいくつかついている。向きから、ヴァンはバックで入ってきたことがわかる。だから、スライディングドアが家側にあるのだ。大工や配管工がやるようなこと。むろん、抵抗する小さな体を移動する男もやるはずだ。カルーソーは右手をあけたままにし、上着のボタンをはずしていた。早撃ちは世界中の警官が練習することで、鏡の前での稽古《けいこ》が多いが、拳銃を引き抜きざまに撃つというのは馬鹿者《ばかもの》のやることだ。そういう撃ちかたではターゲットに命中させることは絶対にできない。

カルーソーはゆっくり車を調べはじめた。運転席側の窓はおりている。車内はほとんど空っぽで、飾りけもなく、金属製の床はペンキも塗られていず、そこにあるのはスペアタイヤにジャッキ……それに大きな粘着テープひと巻き……

そんなのはよくあるもので、珍しくもなんともない。テープのはしが折り返されているが、それは次に使うときに先端を爪《つめ》で剝《は》がさなくてすむようにするためのようにも思える。そうする者もたしかにたくさんいる。だが、小さな敷物もあって、床の隙《すき》間にたくしこまれている――いや、テープでとめられているのだ、助手席の右側のすぐうしろの床に……そして、金属製の座席のフレームからたれさがっているのも粘着テープ？　これはいったいどういうことなのか？

《なぜそこにあるのか？》とカルーソーは思ったが、不意に前腕の肌がチリチリしだした。はじめて味わう感覚だった。彼は容疑者を自分で逮捕した経験はなかったし、凶悪犯罪を担当したこともまだなかった。いかなる形にせよ、事件に決着をつけたことはいちどもない。ニューアークでは短期間、逃亡犯を追いかけ、ぜんぶで三つの逮捕にかかわったが、いつも自分より経験のある捜査官がいっしょで、ただ言われたとおりやればよかった。いまはすこしは経験も積み、仕事にもほんのちょっと慣れてきた……。だが、まだまだ充分ではないぞ、とカルーソーは自分に言い聞かせた。

顔を家のほうに向けた。頭がめまぐるしく回転しだした。わかっていることは？　あまりない。ごくふつうのヴァンのなかをのぞいただけで、動かぬ証拠となるものなどひとつもなかった。粘着テープひと巻きと、スチールの床に小さな敷物が張りつけられているだけの空っぽのヴァン。

それでも……

若い捜査官はポケットから携帯電話をとりだし、短縮ダイヤルでＦＢＩバーミングハム支局に電話した。

「ＦＢＩです。ご用件をどうぞ」女性の声が応えた。

「カルーソーだ。エリスにつないでくれ」即座につながった。

「どうだった、ドム？」

「白のフォード・エコノライン・ヴァン、アラバマ・ナンバー、Ｅ《エコー》－Ｒ《ロメオ》－６《シックス》－５《ファイブ》－０《ゼロ》－１《ワン》が、とまっている。サンディ――」

「どうする、ドミニク？」

「これから家のドアをたたく」

「応援は欲しいか？」

カルーソーは一秒考えた。「欲しい――頼む」

「郡警察官が十分ほどのところにいる。待機しろ《スタンバイ》」エリスは助言した。

「了解《ラジャー》、待機する《スタンディングバイ》」

だが、女の子の命がいままさに危険にさらされているのだ……

カルーソーはいちばん近い窓からの視界を注意深く避けながら、家に近づいていった。そのときだった、時間がとまってしまったのは。

悲鳴が聞こえたのだ。カルーソーは跳びあがりそうになった。絹を裂くような恐ろしい悲鳴だった。まるで死神に出会ったかのような叫び声。脳が情報を処理した。知らぬまにオートマチックを両手でにぎりしめ、胸骨の前にかかげていた。銃口は天をあおいでいるが、拳銃《けんじゅう》はしっかり両手のなかにある。大人の女の悲鳴だったな、とカルーソーは思った。その瞬間、頭のなかでひらめくものがあった。

音をたてないようにしながら、できるだけ速く移動し、安普《やすぶ》請《しん》で屋根が波を打っているポーチに入った。玄関ドアは虫よけの網戸のみと言ってもよいもので、ペンキを塗る必要があった。いや、ペンキなら、この家全体、塗る必要がある。たぶん貸家、それも安い貸家だ。網戸の奥に目をやると、廊下のようなものが見え、その先の左側にキッチン、右側にバスルームがあった。バスルームのなかも見える。ただ、いま立っている位置からだと、白い琺瑯《ほうろう》引きの便器と洗面台しか見えない。

家のなかに入ってもよい理由はたぶんあるのではないか、とカルーソーは自問し、ある、と即座に自答した。玄関ドアを引きあけ、できるだけそっと身を滑らせるようにして家のなかに入りこんだ。安っぽい汚れた敷物が廊下にしかれている。銃口を上に向けたまま、廊下の奥のほうへと進みはじめた。感覚が極度にとぎすまされ、どんなことにも対応できる状態になっていた。奥へと進むにつれ、視角が変化し、キッチンが見えなくなったが、バスルームは奥までよく見えるようになった……

ペネロピ・デイヴィッドソンはバスタブのなかにいた。真っ裸で、青磁色の目を大きくひらき、喉《のど》を耳から耳まで掻《か》っ切られている。全身の血が、平らな胸とバスタブの両側面にべっとりとついていた。首を荒々しく一気にえぐられたと見え、傷口がまるで第二の口のようにぱっくりひらいていた。

奇妙なことに、カルーソーの体はなんの反応も示さなかった。目がカメラのように映像を記録したが、そのとき彼が考えていたのは、それをした男は生きていて、数フィートしか離れていないところにいる、ということだけだった。

聞こえてくる音は左前方から来ることもわかった。そこにあるのは居間だ。テレビの音。犯人はそこにいるのだ。ほかにもうひとりいるのだろうか？　それを確認している時間はないし、もはやそんなこと、あまり気にもならない。

胸が早鐘を打ちはじめた。ゆっくり、慎重に、じわじわ前進し、へりから目だけだして居間のなかをのぞく。いた、男が。三十代後半、白人、薄くなりはじめた髪。テレビを夢中で観《み》ている――ホラー映画で、悲鳴のでどころはこれだったのだ。ちびちび飲んでいるのは、アルミ缶に入ったミラーライト・ビール。顔は満足そうにゆるみ、興奮しているようすはまったくない。すでに絶頂感を味わい、満ち足りているのだろう、とドミニク・カルーソーは思った。そして、男のすぐ前のコーヒーテーブルには

——なんと——血に濡《ぬ》れた肉切り包丁がのっている。男のTシャツも、スプレーを浴びたかのように血で真っ赤。女の子の喉から噴きだした血だ。

「こういう野郎たちは困ったことに絶対に抵抗しない」カルーソーはFBI学校の教官が授業で言ったことを思い出していた。「むろん、幼い子供が相手だと、そりゃもう荒っぽくなってジョン・ウェインみたいに不敵になっちゃうんだけどな、武装警官には抵抗しないんだ——絶対に。いや、まったく、実に残念なことだよ」教官はそう話をむすんだ。

《だが、おまえは刑務所には行かせないぞ》そう思ったというより、声がひとりでに頭のなかに響きわたったかのようだった。右の親指が、蹴爪《けづめ》のない撃鉄をカチッと止まるまで起こした。それで拳銃はいつでも撃てる状態になった。ほんの短いあいだだが、自分の手が氷のように冷たくなっているような気がした。

左にまがれば居間に入れるという、ちょうどその角に、使い古したサイドテーブルがひとつおかれていた。それは八角形で、上に透明な青いガラスの花瓶がのっている。近くのKマートあたりで買った安物にちがいない。花を生けるつもりで買ったのだろうが、今日は空っぽだった。カルーソーは、慎重にゆっくりと片脚をあげ、サイドテーブルを蹴り倒した。ガラスの花瓶が木の床に落ち、大きな音をあげて砕けた。

男はぎょっとして振り向き、予期せざる訪問者を見た。防御反応はむろん、熟慮のすえのものではなく本能的なものだった――男は反射的にコーヒーテーブルの上の肉切り包丁をつかんだ。カルーソーは微笑《ほほえ》む暇もなかったが、いま犯人は人生最後のミスをおかしたのだと知った。アメリカの法執行機関にとって、二十フィート以内にいる包丁やナイフを持った男は、生命の危険をもたらす最高度の脅威で、ただちに排除しなければならない存在なのだ。それは絶対的真実なのである。男は立ちあがろうとさえした。

が、腰を浮かすことしかできなかった。

カルーソーの人差指がスミス・アンド・ウェッソンの引き金をひき、初弾を男の胸に撃ちこんだ。一秒もしないうちに、さらに二発の銃弾が男の胸にもぐりこんだ。白いTシャツに真っ赤な花が咲いた。男は顔に驚愕《きょうがく》の表情を浮かべ、自分の胸を、次いでカルーソーを、見つめた。そして、ひとことも発せず、苦痛の叫びもあげず、もとどおり椅子《いす》に腰を落とした。

次にカルーソーがやったのは、廊下を逆もどりし、ひとつしかない寝室をチェックすることだった。だれもいない。キッチンも人気《ひとけ》はなく、裏のドアも内側からロックされたままだった。一瞬だが、ほっとした。この家にはほかにだれもいない。カルーソーは誘拐犯をあらためて見つめた。目はまだあいている。だが、的をそらしはしなかったのだから、問題はない。ドミニク・カルーソーはまず、男がほかに武器を持っていないかどうか調べ、死体に手錠をかけた。訓練でそうしろと教えられていたからである。次に頸動脈《けいどうみゃく》に指をあて、脈をみた。無駄なチェックだった。あいている男の目は、もう地獄の扉しか見ていない。カルーソーは携帯電話をとりだし、ふたたび短縮ダイヤルでバーミングハム支局に電話した。

「ドムか？」サンディ・エリスは受話器をあげると同時に訊《き》いた。

「そうだ、サンディ。やっつけた」

「えっ？　どういう意味だ？」エリスの声が緊迫した。

「例の女の子は、ここにいた。喉を切られて死んでいた。おれは家のなかに入り、やつは包丁を持って向かってきた。だから、やっつけた。やつも死んだ。完全にな。もうピクリともしない」

「なんてこった、ドミニク！　保安官が二、三分でそちらへ行く。待機《スタンバイ》しろ」

「了解《ラジャー》、待機《スタンディングバイ》する、サンディ」

一分もしないうちにパトカーのサイレンが聞こえてきた。カルーソーはポーチにでた。撃鉄をもどし、オートマチックをホルスターにおさめ、上着のポケットからＦＢ

Iのバッジをとりだす。それを左手でかかげて、近づいてくる保安官に示した。保安官の手には勤務用《サーヴィス》リボルバーがにぎられていた。

「すみました」カルーソーはできるだけ穏やかな声できっぱりと言った。いまになって神経が高ぶっている。彼は手を振り、ターナー保安官に家のなかに入るよううながした。保安官はなかに入っていったが、カルーソーはひとりで外にとどまった。一、二分で保安官はもどってきた。スミス・アンド・ウェッソンのリボルバーはホルスターにおさめられていた。

ターナーはハリウッドの映画にでてくる南部の保安官そのままだった。長身で、がっしりしていて、腕はぶっとく、ガンベルトを腰にしっかりしめていた。ただ、彼は黒人だった。そんな映画はない。

「どういうことだ？」

「一分待ってください」カルーソーは深呼吸をひとつして、どういうふうに話せばいいのか考えた。ターナーに納得させることが重要だった。殺人は地元警察の管轄《かんかつ》で、ターナーはその警察の長なのだ。

「いいとも」ターナーはシャツのポケットに手を伸ばし、クールの箱をとりだした。そしてFBI捜査官にも煙草《たばこ》を一本勧めた。カルーソーは首を振った。

若い捜査官はポーチのペンキも塗っていない木製の床に座りこみ、頭のなかですべてを整理しようとした。正確に、何が起こったのか？　自分は何をしたのか？　そして具体的に、それをどう説明すればいいのか？　後悔はまったくしていないとささやきかける部分が頭のなかにある。少なくとも犯人の死をいたむ気持ちはまったくない。ペネロピ・デイヴィッドソンについては――そう、遅すぎたのだ。もう一時間早かったら？　いや、三十分でもいい？　あの女の子は今夜はもう家には帰れない。もう母親に心地よくベッドのなかに入れてもらえないし、父親にぎゅっと抱きしめてももらえない。だからドミニク・カルーソー特別捜査官は後悔などまったくしていなかった。ただ、遅すぎたことを悔やんでいるだけだった。

「話せるか？」ターナー保安官は訊いた。

「わたしはこういう場所をさがしていました。で、通りかかり、ヴァンがとまっているのが見えたんです……」カルーソーは切り出した。細かな点を話そうと、立ちあがり、保安官を家のなかに導いた。

「ともかく、テーブルにつまずいてしまったのです。やつはわたしに気づき、包丁をとって向かってこようとしました――だから、わたしは拳銃を引き抜き、野郎を撃ったのです。三発、だったと思います」

「なるほど」ターナーは男の死体に近づいた。出血はたいしたことなかった。三発の弾丸とも心臓を見事に貫通していて、心臓はほぼ即座にポンプとしての機能を果たせなくなったのだ。

ポール・ターナー保安官は、ＦＢＩ捜査官には愚鈍としか思えないような外見をしていたが、実際はそんなことはまるでなかった。彼は死体をじっと見つめ、それから振り向いて、カルーソーの射撃位置のドア口に視線を移した。目が距離と射角を測っていた。

「つまり」保安官は言った。「きみはサイドテーブルにつまずき、容疑者がきみのほうを見て、包丁をにぎったので、きみは生命の危険を感じ、勤務用拳銃《サーヴィス》を引き抜き、つづけざまに三発撃った。そういうことだね？」

「そういうことです、はい」

「なるほど」狩猟シーズンが訪れるたびにだいたい一頭は鹿《しか》を仕留める男は納得した。

ターナー保安官はズボンの右側のポケットに手を伸ばし、キーホルダーを引っぱりだした。それは旧イリノイ・セントラル鉄道のプルマン車両のボーイをしていた父親からプレゼントされたものだった。一九四八年の一ドル銀貨がハンダづけされている時代遅れのキーホルダーで、直径が一・五インチほどあった。それを保安官は誘拐犯の胸に近づけた。三つの銃創の傷口とも、その古いコインの大きさのなかに完全におさまってしまう。保安官の目にひどく疑わしげな表情が浮かんだ。が、すぐに彼の視線はバスルームのほうへ流れていった。保安官は目の表情をやわらげ、いま決めたばかりの事件の処理方法を明かした。

「よし、報告書にはそのように書くことにする。しかし、たいした腕前じゃないか、おい」

地元警察やFBIの車が十台以上、十分ほどのうちにあらわれた。そのあとすぐ、アラバマ州公共安全局の鑑識車がやってきて、犯罪現場の調査を開始した。写真担当の鑑識課員が、感度《アイソ》400のカラーフィルム二十三本を使って現場写真を撮った。包丁は男の手からとりさられ、証拠品用のビニール袋に入れられた。指紋採取がおこなわれ、刃についた血液型が被害者のものと一致するかどうか調べられるのだ――こうしたことはすべて、まさに形式的な作業にすぎないが、犯罪証明手続きは殺人事件ではとりわけ厳密にやらねばならない。最後に女の子の体が死体袋に入れられ、運び去られた。これから両親が身元確認をしなければならない。幸い女の子の顔には傷らしいものはひとつもついていなかった。

いちばん遅く到着した者たちのなかに、ＦＢＩバーミングハム支局長のベン・ハーディングもいた。配下の捜査官が発砲した場合、支局長のハーディングは、遠方の友であるダン・マリー長官へ公式報告書を提出しなければならない。ハーディングはまずカルーソーを観察し、若い部下が心身ともに問題がないことを確認した。次いでポール・ターナー保安官のところへ挨拶《あいさつ》しにいき、カルーソーが容疑者を撃ち殺したことについての意見を求めた。カルーソーはそのようすをすこし離れたところから見まもっていた。ターナーが身振りをまじえて説明し、ハーディングがうなずくのが見えた。ターナーが管轄の保安官として銃撃を認めようとしてくれているのがありがたかった。州警察の警部もターナーの話に耳をかたむけ、やはりうなずいた。

しかし、ほんとうのところは、ドミニク・カルーソーにはそんなことはみなどうでもよかった。自分は正しいことをしたのだとわかっていたからだ。ただ、そうするのが一時間遅すぎた。ようやくハーディングが部下の若い捜査官のところまでやってきた。

「どうだ、気分は、ドミニク？」

「遅かった」カルーソーは答えた。「遅すぎたんです――ええ、わかってます、もう悔やんだところで仕方ないことは」

ハーディングは部下の肩をつかみ、揺すった。「きみは最善を尽くしたのだ」すこし間をおいてから言った。「発砲したときのことを話してくれ」

カルーソーは保安官にした説明を繰り返した。いまやそれは自分の頭のなかでも確固たる真実に近いものになっていた。嘘《うそ》いつわりのないところを語っても、非難されることはないだろう、とカルーソーは思っていたが、なにも危険をおかす必要はない。発砲に問題はまったくないのだし、FBIのファイル上ではそれで充分なのだ。

ハーディングは耳をかたむけ、思慮深げにうなずいた。あとは書類を作成し、それを宅配便《フェデックス》でワシントンのFBI本部へ送ればよい。FBI捜査官が誘拐犯を犯行当日に撃ち殺したという話は、新聞でも好意的にとりあげられるはずだ。調べを進めればたぶん、このど阿呆《あほう》がほかにもこうした犯罪をおかしていた証拠がでてくるにちがいない。家はこれから徹底的に調べられる。すでにデジタルカメラが一台見つかっているから、やつのデルのパソコンに余罪の記録が残っている可能性がかなりある。もしそうなら、カルーソーは複数の事件を解決したことになる。その大金星が彼のFBIの経歴のなかで燦然《さんぜん》と輝くことになる。

それがどれほど大きな金星であるかは、この時点ではまだハーディングもカルーソーも知らなかった。例の人材スカウトがドミニク・カルーソーをも見つけようとしていた。

そして、さらにもうひとりを。

1　ザ・キャンパス

メリーランド州ウエスト・オーデントンは、たいした町ではない。あるのは、その地域一帯に住む人々のための郵便局がひとつ、ガソリンスタンドが二、三軒、セブン－イレブンが一軒。それに、メリーランド州コロンビアから車でワシントンＤＣに働きにいく途中で脂肪分たっぷりの朝食を必要とする人々のための、どこにでもあるファーストフード店が何軒か。そして、つつましい郵便局から半マイルほど離れたところに、役所風の平凡な中層オフィスビルがひとつある。九階建てのビルで、前に広がる芝地には、グレーの煉瓦《れんが》でつくった低い銘板があるが、そこには銀色の文字でHENDLEY ASSOCIATESとあるだけだ。ヘンドリー・アソシエイツがどういう会社であるかという説明はいっさいない。それを知る手がかりとなるものは、外からながめるかぎりほとんどない。ビルの屋上は、鉄筋コンクリートの上にコールタールと砂利の層を重ねて平らにしたもので、そこにはエレベーターの機械が入った小さな家屋のようなものと、もうひとつ同じように箱型の、なんなのかさっぱりわからない構造物がある。実はそれはグラスファイバー製で、色は白、電波をよく通すのだが、外から見てそんなことがわかるわけもない。建物そのものは、なんの変哲もないビルである。ただひとつの点をのぞいて。つまりそのビルは、せいぜい二十五フィートほどの高さしかない数軒の古いタバコ乾燥小屋をのぞけば、メリーランド州フォート・ミードにある国家安全保障局（NSA）と、ヴァージニア州ラングレーにあるCIA本部とを結ぶ直線上にある、唯一《ゆいいつ》の二階建て以上の建物なのである。その線上に建物を建てたがった企業家は何人かいたが、建設許可は決しておりなかった。そして、いろいろある不許可の理由はいずれも事実ではなかった。

ビルの背後には、地方のテレビ局のわきにあるような小さなアンテナ区域がある――六メートルのパラボラアンテナ五、六基が、高さ十二フィートの波形鉄網フェンス《サイクロン》の囲いのなかに据えられ、さまざまな商業通信衛星のほうを向いている。施設《コンプレックス》全体は、たいして複雑《コンプレックス》ではなく、メリーランド州ハワード郡の十五・三エーカーのなかに収まっていて、そこで働く人々には〈ザ・キャンパス〉と呼ばれている。近くには、職務が極秘あつかいになって久しい、政府に専門的助言を与える機関、ジョンズ・ホプキンズ大学応用物理学研究所がある。

ヘンドリー・アソシエイツ社は、株券や債券や国際通貨を売買する投資会社ということになっているが、奇妙なことに一般投資家と接触することはない。顧客がいるという話はいっさいないし、地域でひそかにチャリティー活動をしているという噂《うわさ》はささやかれているものの（噂ではジョンズ・ホプキンズ大学医学部がヘンドリー・アソシエイツ社の寄付の最大の受益者だという）、そうした活動内容が地元メディアに洩《も》れたことはいちどもない。それどころか、ヘンドリー・アソシエイツ社には広報を担当するセクションさえなかった。悪い噂もなかったが、最高経営責任者はちょっと厄介な過去をかかえていて、それで公《おおやけ》の場にでたがらないのだということになっていた。それでも、ごくたまに、地元メディアが引っぱりだそうとしたこともあり、そんなとき彼は、たいへん巧妙に、やんわりとかわし、ついにはジャーナリストたちもあきらめてしまった。社員たちは近隣に散らばり、大半はコロンビアに住んでいたが、暮らしぶりは中の上《アッパー・ミドル》で、だいたい『ビーバーちゃん』の父親のウォード・クリーバーくらい品行方正な生活を送っている。

ジェラルド・ポール・ヘンドリー・ジュニアは、商品取引で大成功してかなりの財をなし、三十代後半に政治家に転身して、すぐにサウスカロライナ州選出のアメリカ合衆国上院議員となった。そして、一部の人々の利益のみを代表することなく、そうした人々の選挙資金の申し出もひたすら断り、たちまち政界の一匹狼《おおかみ》という評判を獲得した。何ものにも従属しない独立独行の政治の道を猛然と突き進み、公民権問題ではリベラル寄りだが、国防、外交問題では断固たる保守的姿勢をつらぬいた。いつも自分の考えをつつみ隠さず述べたので、メディアにとっては読者や視聴者を楽しませることのできるいいニュース種《たね》で、ついには、大統領になる野心もあるという噂まで流れるようになった。

ところが、任期六年の二期めも終わりに近づいたころ、彼はとんでもない悲劇にみまわれる。サウスカロライナ州コロンビアのすぐそばの州間高速《インターステート》185号線で、妻と子供三人が乗ったステーションワゴンがケンワースのトレーラートラックの下にもぐりこんでつぶされ、ヘンドリーはその事故で家族全員を失ってしまったのだ。むろん彼は打ちのめされたが、その後すぐ、まさに三期めの選挙運動をはじめたばかりというとき、さらなる不運に襲いかかられた。ニューヨーク・タイムズ紙の特別記事が、ヘンドリーはインサイダー取引で金融資産を増やした疑いありと報じたのだ——彼はだれからも選挙資金をもらっていないのだから純資産を細かなところまで公開する必要はないという考えで、金融資産はずっと非公開としていたのである。他紙やテレビがさらに詳しく調査し、疑惑は深まった。証券取引委員会が違法インサイダー取引のガイドラインを公表したことなどいちどもない、とヘンドリーは抗議した。しかし、政府がこれから不動産投資を利するという支出をするというインサイダー情報をヘンドリーが利用して、自分や共同投資家に五千万ドル以上の利益をもたらしたと考える者は、消えてなくなりはしなかった。さらに悪いことに、公開討論会で共和党候補――自称〝清廉の士《ミスター・クリーン》〟――にこの問題を追及され、やってはいけないことを二つしてしまった。その一、テレビカメラの前で怒りを爆発させた。その二、サウスカロライナ州民に向かって、わたしが嘘《うそ》をついていると思う者は、そちらの馬鹿者《ばかもの》に投票すればいい、と言いはなってしまった。これまで政治的なしくじりをいちどもしたことがない男は、それだけで州の選挙民の五パーセントを失った。その後の選挙運動も生彩を欠き、人気はさがる一方となり、結局、民主党から出馬したヘンドリーは大番狂わせの惨敗《ざんぱい》、毒づく敗北宣言でさらに評判を落としてしまった。彼は政界から完全に手を引き、南北戦争前からチャールストンの北西にあった農園にも帰らず、メリーランド州に移り住んで、世を捨てた生活をはじめた。そして最後にもういちど、議会全体に対する激しい毒舌をはなち、残っていた可能性もある政界復帰への道を完全に閉ざしてしまった。

現在住んでいるのは、十八世紀にまでさかのぼる農園で、彼はそこでアパルーサ種の馬を飼い——いまでも楽しむ趣味は乗馬と決して上手《うま》いとは言えないゴルフだけ——静かな〝豪農の暮らし〟を送っている。〈ザ・キャンパス〉でも一日、七、八時間働き、運転手つきのキャデラックのストレッチ・リムジンで通う。

当年とって五十二歳、長身瘦軀《そうく》、銀髪、名は通っているが現在はだれにも知られずひっそりと暮らしている。たぶん、政治家としての過去だけが人々の記憶のなかにいつまでも残っているということなのだろう。

「きみはアフガニスタンの山岳地帯ではよくやってくれた」ジェームズ・ハーデスティは手を振って、若い海兵隊員に椅子《いす》を勧めた。

「ありがとうございます。あなただってなかなかたいしたものでしたよ」

「大尉《たいい》、やるべきことをすべてやって、ちゃんともどってこられたら、それだけでもうたいしたものなんだ。わたしは訓練教官からそう教えられた。十六年ほど前のことだけどな」ハーデスティは言い添えた。

ブライアン・カルーソー大尉は頭のなかで計算し、ハーデスティはすこし若く見えるのだと思った。陸軍特殊部隊の大尉をやってからCIA入りし、そこに十六年いるというわけだから、四十ではなく五十に近いはずだ。その年でも現場で動ける体をたもつために、たいへんハードなトレーニングをしてきたはずだ。

「それで」海兵隊大尉は訊《き》いた。「わたしはどうすればいいのでしょう?」

「テリーにはなんて言われた?」CIA工作員は訊いた。

「ピート・アレグザンダーという人に会って、話を聞くように、と言われました」

「ピートは急によそで仕事ができてな」ハーデスティは説明した。

大尉はその説明を額面どおりに信じた。「そうですか。ともかく将軍の話では、CIA《エージェンシー》の人たちが人材スカウトのようなことをやっているそうでして。CIAは自分たちで人材を育てようとはしない、とも将軍は言ってました」ブライアンは正直に応《こた》えた。

「テリーはいい男で、とても優秀な海兵隊員だが、ちょっとばかり偏狭《へんきょう》になることもあるな」

「かもしれません、ミスター・ハーデスティ。でも、将軍は第二海兵師団の司令官になることが決まっていましてね、すぐにわたしのボスになる人なんです。ですから、わたしは将軍の肩をもちます。それはそれとして、なぜわたしが呼ばれたのかという肝心な話をまだうかがっていないのですが」

「海兵隊は好きかね?」CIA工作員は訊いた。

若い海兵隊員はうなずいた。

「はい。給料はあまりよくありませんが、生活するのに困ることはありませんし、行動をともにする隊員たちはみな最高です」

「うん、いっしょにアフガニスタンの山をのぼった兵隊はみな、たしかに優秀だった。彼らを部下にしてどのくらいになる？」

「トータルで？　十四カ月ほどです」

「よく訓練したものだな」

「それがわたしの仕事ですから。それに素材がそもそもよかったのです」

「それに、あの小戦闘での指揮ぶりも見事だった」こういう言いかたをすると相手は冷やかな反応しかしないとハーデスティにもわかっていた。

ブライアン・カルーソー大尉は控えめではあるが、あれを小戦闘と見なすほど卑下する男でもなかった。なにしろ本物の弾丸がすぐそばを飛びかうのだ。彼にしてみれば、あれはやはり大戦闘なのである。しかし、クラスや野外演習で教官から言われたとおり、訓練がほんとうに役立つのだということを思い知った。どれほど役立つかという度合いも、彼らが言っていたとおりだった。それはブライアンにとって、満足できる重要な発見だった。海兵隊もだてに訓練しているわけではない。あたりまえだ。

「はい」ブライアンはそう応えただけだったが、こう言い添えることを忘れなかった。「あなたにも助けられました。ありがとうございます」

「わたしはああいうことをするにはちょっと年をとりすぎたが、やりかたはまだ忘れちゃいないとわかって安心したよ」それで充分なんだとハーデスティは思ったが、口にはださなかった。戦闘は現代でも若者のゲームであり、彼はもう若者ではない。

「実戦を経験して考えたことは、大尉?」次にハーデスティは訊いた。

「とくにないです。戦闘のことはすべて任務終了報告書に書きました」

ハーデスティはその報告書を読んでいた。「悪夢とかそういうことは?」

訊かれてブライアンはびっくりした。悪夢? なぜそんなものに苦しめられなければならないのか?「いえ、ないです」はっきり戸惑いの表情を浮かべた。

「良心の呵責《かしやく》は?」ハーデスティは質問をつづけた。

「連中はわが国に戦争を仕掛けたのです。われわれはそれに対して反撃したまでです。反撃されて困るようなら、そもそも戦争なんて仕掛けるべきではないのです。妻子もちなら死ぬのは無念でしょうし、こちらも気の毒に思います。しかし、あんなとんでもない騙《だま》し討ちをしたら、ただじゃすまないということを、彼らも理解すべきです」

「世の中は甘くはないということだな」

「虎《とら》は尻《しり》を蹴《け》られたら、かならず牙《きば》を剝《む》きます。牙に対処する方策がないのなら、虎の尻を蹴るな、ということです」

《悪夢も後悔もなし》とハーデスティは思った。本来はそうあるべきなのだが、アメリカにはやさしい人々もいて、かならずしもそうした理想的な形をとれるとはかぎらない。ブライアン・カルーソーは戦士なのだ。ハーデスティは椅子の背にぐっと上体をあずけ、来訪者を注意深く観察し、言った。

「大尉、きみにここに来てもらったのは……新聞を読んでいればわかるように、この新たな国際テロの氾濫《はんらん》に対処するうえで、われわれにいろいろ問題が生じているからなのだ。CIA《エージェンシー》とFBI《ビューロー》のあいだには縄張り争いがたえない。作戦実行のレベルでは、ふつう問題が生じることはない。最高指揮レベルでもトラブルはあまり起こらない――マリーFBI長官は信頼できる〝兵士〟で、ロンドンでFBI海外駐在官をしているときも、われわれの現地の要員とうまくやっていた」

「でも、中間管理レベルで問題が起こるんですよね？」ブライアンは返した。そういうことなら海兵隊内でも見てきた。戦列に加わらない参謀将校というのが、互いにいがみ合うことに多くの時間をついやすのである。《うちの父《ダディー》さんはおまえんちのダディーなんかやっつけちゃうんだぞ》という子供の喧嘩《けんか》と変わりないことをやるわけだ。

そういう現象はたぶん古代のローマやギリシャにまでさかのぼるのだろう。それは当時も愚かで非生産的なことだったはずだ。

「あたり《ビンゴ》」ハーデスティは認めた。「まあ、神ならそういうこともやめさせられるのかもしれないが、神だって、よっぽど調子がよくないと、それに成功できないんじゃないかな。なにしろ官僚体制があまりにもがっちりと出来あがっているからな。軍隊はまだいい。軍人はいろんな仕事を次々にやらされるので、了見が狭くなることがない。それに、〝任務〟という絶対的なものがあって、ふつうはだれもがそれを遂行するために懸命になる。そうやって頑張れば個人的な出世の道もひらけるわけだから、なおさらだ。要するに、実際に血が流れる現場から遠ざかれば遠ざかるほど、些細《ささい》なことにこだわりやすくなる、と言っていい。で、われわれは厳しい現場を知っている者たちをさがしているというわけだ」

「任務は――なんなんです？」

「テロの脅威を見つけ、特定し、処理すること」CIA工作員は答えた。

「処理する？」ブライアンはふたたび訊いた。

「無力化するんだ――だから、つまりだな、必要かつ都合がよければ、テロリストどもを殺すということだ。脅威の性質および重大さに関する情報を集め、それぞれ個別に必要な行動をとる。やることは基本的には情報収集だ。CIAでは制約が多すぎて能率よくできない。だが、この特殊サブグループは制約にはいっさいしばられない」

「ほんとうですか？」それはかなりの驚きだった。

ハーデスティは真顔でうなずいた。「ほんとうだ。きみはCIAのために働くわけではない。きみたちはCIAの〝資産《アセット》〟を利用することはできるが、それ以上の関係はない」CIAでは〝資産《アセット》〟はふつう、秘密任務に投入できる協力者を意味する。

「では、わたしはだれのために働くんです？」

「まあ、あわてなさんな。その前に聞いておきたいことがもうすこしある」ハーデスティは海兵隊の隊員情報フォルダーと思われるものをとりあげた。「知的能力という点で、きみは海兵隊士官のトップ三パーセントに入る。ほぼすべての科目が4・0、最高点だ。外国語の能力がとくにすばらしい」

「わたしの父《ダッド》はアメリカ人——つまりアメリカ生まれ——ですが、父の父はイタリアから船に乗ってやってきたイタリア人で、シアトルでレストランをやっていました——いや、いまもやってます。ですから、父はほとんどイタリア語をしゃべって育ったようなものなのです。わたしや弟も、だいたい同じような育ちかたをしました。わたしは高校と大学ではスペイン語を選択しました。ネイティヴほどではありませんけどね、スペイン語にも不自由しません」

「大学の専攻は工学だったね？」

「それも父から受け継いだものです。そこに書いてあるでしょう。父はボーイング社に勤めているんです——空気力学者で、おもに翼と操縦翼面の設計をしています。母《マム》のことも知ってますよね——そこに詳しく書いてあるでしょう。専業主婦と言ってもいいんですが、近くのカトリックの学校ですこし仕事もしています。もうドミニクとわたしに手がかからなくなりましたんでね」

「弟はＦＢＩだったな？」

ブライアンはうなずいた。「そうです。大学の法学部を卒業してＦＢＩ入りし、捜査官《ジーメン》になったのです」

「新聞をにぎわしたところだぞ」ハーデスティは言い、ファックスで送られてきたバーミングハムの地方紙の紙面をブライアン・カルーソーに手わたした。ブライアンは走り読みした。

「やったな、ドム」ブライアン・カルーソー大尉は第四パラグラフまで読んで、つぶやいた。その言葉にハーデスティの満足感はさらに大きくなった。

バーミングハムからワシントンDCのレーガン・ナショナル空港まで、二時間そこそこのフライトだった。ドミニク・カルーソーは地下鉄の駅まで歩き、やってきた電車に跳び乗って、十番ストリートとペンシルヴェニア・アヴェニューの角にあるフーヴァー・ビル（FBI本部）へ向かった。本部の入口でFBIのバッジを見せると、金属探知機を通らずにすんだ。FBI捜査官なら拳銃《けんじゅう》を持ってて当たり前だし、彼のオートマチックの握り《グリップ》には〝殺し〟の印である刻み目がひとつついたばかりなのだ――むろん、これは比喩《ひゆ》であって、ほんとうに刻み目がつけられたわけではない。が、FBI捜査官たちはときどきジョークでそういう言いかたをする。

オーガスタス・アーンスト・ワーナー副長官のオフィスは、ペンシルヴェニア・アヴェニューを見わたせる最上階にあった。秘書が入れと手を振った。

ドミニク・カルーソーはガス・ワーナーに会うのははじめてだった。長身痩軀《そうく》のワーナーは、現場の捜査官の経験が豊富にある元海兵隊員で、風貌《ふうぼう》にも物腰にも修道士の雰囲気を濃厚にただよわせていた。彼はHRT（人質救出チーム）と二つの捜査部門の長を歴任し、いよいよ退官というとき、親友でもあるダニエル・E・マリー長官に請《こ》われて新しいポストについた。ワーナーが任せられた対テロ部は、もっとずっと大きな犯罪部と防諜部《ぼうちょうぶ》の継子《ままこ》といった存在だが、その重要度は日を追って増しつつあった。

「座りたまえ」ワーナーは椅子《いす》を指さし、電話を早く終わらせようとした。一分で電話を終えると、ワーナーは受話器をおき、〈邪魔するな《ドゥー・ノット・ディスターブ》〉ボタンを押した。

「ベン・ハーディングがファックスでこれを送ってくれた」ワーナーはきのうの犯人射殺の報告書をかかげて見せた。「どういうことだったんだね？」

「そこにすべて書いてあります」ドミニクは三時間も頭をしぼりつづけ、すべてを正しいFBI官僚用語でしっかりと書いたのである。六十秒もかからなかった行為を説明するのに、それほど時間がかかるとは奇妙なことだ。

「ここに書かなかったことは、ドミニク？」ワーナーは問うと同時に、突き刺すような鋭い視線を若い捜査官に投げた。それはドミニク・カルーソーがこれまでに浴びたいちばん鋭い視線だった。

「ありません」ドミニクは答えた。

「ドミニク、FBI《ビューロー》には射撃の名手が何人かいる。わたしもそのうちのひとりだ」ガス・ワーナーは来訪者に言った。「十五フィート離れたところから三発とも心臓に命中させるのは、たいしたものだが、腕さえよければできる。しかし、サイドテーブルにつまずいた直後に撃ったとなると、これはもう完全な奇跡と言っていい。ベン・ハーディングはあまりすごいとは思わなかったようだが、ダン・マリー長官とわたしは驚いた——ダンも射撃はかなりの腕前なんだ。彼は昨夜このファックスを読んで、わたしに意見を求めた。ダンは犯人を撃ち殺したことは一度もない。わたしは三度ある。HRTにいたときに二度——どちらも、いわゆる〝共同作業〟だったけどな——それから、アイオワ州デモインで一度。そのときも誘拐事件だった。犯人が二人の犠牲者——幼い男の子——にしたことを、この目で見たんだ。だから法廷で、どこかの精神科医に、被告人は不幸な子供時代の犠牲者で、罪はまったくない、などと陪審員にぬかされたら、たまったものではないと思った。よくあるだろう、居心地のいい清潔な法廷で聞かされるそういうでたらめが。法廷では陪審員は現場写真しか見ない。いや、弁護士が判事に写真は刺激が強すぎると思わせることができたら、それだって見られない。だから、わたしがどうしたかわかるな？　わたしは法律になったんだ。法を執行するのでも、制定するのでも、説明するのでもない。二十二年前のその日だけ、わたしは法そのものになったのだ。〈神ご自身の復讐《ふくしゅう》の剣〉にね。で、なかなかいい気分だったよ」

「どうしてわかったのです？……」

「どうして犯人だと確信できたか？　そいつは記念品を持っていたんだ。首をな。やつのハウス・トレーラーのなかに八つあった。だから、そう、疑いの余地はなかった。そばにナイフがあった。わたしはやつにとれと言った。やつはとった。わたしは十フィートのところからやつの胸に三発撃ちこんだ。いまもって一瞬たりと後悔したことはない」ワーナーはひと息いれた。「これを知っている人間はそうたくさんはいない。妻も知らない。だから、テーブルにつまずいて、スミス・アンド・ウェッソンを引き抜き、片足で立ったまま犯人の心臓に弾丸を三発撃ちこんだ、なんていう話はわたしにはするな。いいか？」

「イエス・サー」ドミニク・カルーソーは相手をなんと呼べばよいかわからず、曖昧《あいまい》な口調になった。「ミスター・ワーナー――」

「わたしの名前はガスだ」副長官はファーストネームの愛称で呼ぶよううながした。

「サー」ドミニクは誘いに乗らなかった。彼はファーストネームで呼ばせたがる幹部が苦手だった。「サー、報告書にそのようなことを書いたら、殺人同然のことをしたと政府の公式文書で認めることになります。やつはナイフをとりあげ、立ちあがって、こちらを向こうとし、距離は十から十二フィートしかなかったのです。クアンティコのＦＢＩ学校《アカデミー》では、そういうのは生命の危険がある状況と見なせと教わりました。ですから、そう、わたしは発砲したのです。それは正しい判断でした。銃器使用に関するFBIの方針からはずれていません」

ガス・ワーナーはうなずいた。「大学での専攻は法学だったね？　法学士というわけだな？」

「はい、ヴァージニア州とワシントンDCの司法試験に受かりました。アラバマ州の試験はまだ受けていません」

「では、ちょっとのあいだ法律の専門家であることを忘れてもらおうか」ワーナーは念を押した。「あれは正しい発砲だった。わたしはあの野郎を殺《や》ったときのリボルバーをまだ持っている。銃身《バレル》四インチのスミス・アンド・ウェッソンM66だ。いまだにそれを身につけて仕事をすることもある。ドミニク、きみはFBI捜査官ならだれしもいちどはやりたいと思っていることをやったのだ。きみは自分ひとりで正義を下したのだ。悔やむ必要なんてまるでない」

「はい、悔やんでいません」ドミニクはワーナーを安心させた。「あの女の子を――ペネロピを――救うことはできませんでしたが、野郎はもう二度と同じことができないようにしてやりました」ドミニクはワーナーの目をまっすぐ見つめた。「わたしの気持ち、わかっていただけますよね？」

「ああ、わかる」ワーナーはドミニクの顔をじっと見つめた。「で、きみはまったく後悔していない？」

「わたしはここへ来る飛行機のなかで一時間眠りました」ドミニクはそれとわかる笑みを浮かべずに答えた。

だが、その言葉はワーナーをにこりとさせた。ＦＢＩ副長官はうなずいた。「実は、きみは長官の目にとまってね、公式に〝褒美《ほうび》〟をもらうことになったんだ。これはＯＰＲにはまったく関係ない」

ＯＰＲ（職務責任部）というのは、ＦＢＩ内部の綱紀粛正を担当する部局で、平の捜査官たちには大いに気になるところだが、むろん嫌われ者でもある。《小動物虐待《ぎやくたい》や寝小便をするやつは、連続殺人鬼か職務責任部員かのどちらかだ》というジョークさえある。

ワーナーはドミニク・カルーソーのフォルダーをかかげた。「ここに、きみは聡明《そうめい》で……外国語も堪能《たんのう》……とある。ワシントンに来る気はないか？　わたしはいま、当意即妙に頭を働かせられる人材をさがしているんだ。わたしが指揮するセクションで働ける人材をな」

《また転勤か》としかドミニク・カルーソー特別捜査官は思わなかった。

ジェリー・ヘンドリーは四角張った男ではない。勤務先にはきちんと上着をつけネクタイをしめていくが、オフィスに着いて十五秒もしないうちに、上着をスタンド型のコート掛けにかけてしまう。オフィスには、ヘレン・コノリーという名の優秀な秘書――彼女もヘンドリー同様サウスカロライナ生まれ――が待っている。ヘンドリーはヘレンといっしょに今日のスケジュールにさっと目を通してから、ウォール・ストリート・ジャーナル紙を手にとり、第一面をチェックした。ニューヨーク・タイムズ紙とワシントン・ポスト紙はすでにしっかりと読んでいた。その日の政治の動きをおさえるためだが、今日もまたいつものように、読んでいて政治家連中の相変わらずの無能さについ不満の声が洩《も》れた。机上のデジタル時計が、今朝の最初のミーティングまであと二十分、と告げている。ヘンドリーは、毎日早朝に発信される政府高官向け新聞切り抜き集〈早起き鳥《アーリイ・バード》〉にも目を通しておこうと、コンピューターを起動した。朝いちど読んだ一流紙に読み落とした大事な記事がないかどうか確認するためである。読んでいない記事はほとんどなく、読み落としと言えるものはひとつだけだった。それはヴァージニア・パイロット紙に載っていた、海軍と海兵隊が仲間内での意見交換のために毎年一回ノーフォーク海軍基地でひらくフレッチャー会議に関する興味深い記事。今年の議題はテロだった。なかなか気の利《き》いたことを言っているじゃないか、とヘンドリーは思った。軍人の考えはまともで、冴《さ》えていることが多い。政治家とは正反対だ。

《われわれはソ連を崩壊させた》ヘンドリーは考えた。《それで世界のあらゆる問題が解決すると思いこんでいた。ところが、予想もしていなかった者どもがあらわれた。残りもののＡＫ－47カラシニコフをもち、〝台所の化学《キッチン・ケミストリー》〟ていどの化学知識しかない、頭が完全にいかれた連中だ。敵と見なす者たちの命を奪うために喜んで自分の命を投げ捨てる狂人ども》

そしてアメリカは、情報組織の強化をおこたり、そうした脅威に対処できずにいる。情報活動にたずさわった経験のある大統領や、アメリカ史上最高のＣＩＡ長官でも、そこまでやることはできなかった。二人は人員をかなり増やした――二万人からなる組織の人員を五百人増やしただけではたいしたことないと思われるかもしれないが、それで肝心の工作部の人員が倍になったのだ。恐ろしいほどの力不足という状態があるていど改善された。しかし、充分というところまではいっていない。しかも、そのせいで、議会が監視と制約によるしめつけを一段と強め、その結果、基幹要員の手足にと雇われた新要員の活動の自由がさらに奪われることになってしまった。政治家というのは、過去の誤りから学ぶということを絶対にしない。ヘンドリー自身、上院議員時代に、〝世界でいちばん排他的な白人男性クラブ〟こと上院の同僚たちに、情報組織の強化が必要であることをどれだけ訴えたかしれない。耳をかたむける者も、そうでない者もいたが、ほとんどの者は迷い、態度を保留した。議員は新聞の社説を気にしすぎる。地元の州のものでもない新聞の社説が気になってしかたがないという者も多い。というのも、彼らは愚かにも、それがアメリカ国民の声だと勘違いしているからだ。たぶん実に単純なことなのだろう――要するに、新人議員はちょうどクレオパトラにだまされたガイウス・ユリウス・カエサルのようにそそのかされ、政治ゲームに引きずりこまれるのである。スタッフというプロの政治の〝お手伝いさん〟たちが、雇い主を再選へといたる正しい道へ導くのだ。再選こそ、議員のもっとも大切な〝聖杯〟なのである。アメリカには世襲の支配階級というものは存在しないが、雇い主を政府という政治の神々が集う場所へ正しく導くのが楽しくてしかたないという連中ならたくさんいる。

そして、体制《システム》のなかで働いているかぎり、何事もうまくいかない。

だから、何かを成し遂げたければ、体制の外にでなければならない。

それも、ずっと外に。

たとえだれかに気取られたとしても、すでにいちど失脚した身だ、なに、かまいはしない。

最初の一時間、ヘンドリーは何人かの部下と金融関係のミーティングをした。ヘンドリー・アソシエイツ社はそうやって資金を調達しているからである。ヘンドリーは商品取引や通貨のサヤ取引の才があり、そうしたことについてはほとんど最初から先を読め、そのときどきの値動きの幅——彼はいつも漸増《デルタ》と呼ぶ——を正確に予測することができた。利ザヤとなる値動きの幅は、心理的要因によって生じるのだ。つまり、現実のものとなることも、ならないこともある、心理的な期待や失望こそが、株や商品や通貨の値を決めるのである。

ヘンドリーは、あらゆる取引をだれがやっているのかわからないように外国の銀行を通してやっていた。そうした銀行はみな、大口の口座は大歓迎だし、金の出所についてもあまり気むずかしいことは言わない。汚れた金であることが明白である場合はそのかぎりではないが、ヘンドリーの金はもちろんその種のものではない。体制の外で活動しつづけるには、そういう点にも注意しなければならない。

といっても、彼のおこなう取引ぜんぶが完全な合法というわけではない。ＮＳＡ《フォート・ミード》が傍受した経済情報を利用できるのだから、一般の投資家よりずっと有利にゲームを進められる。それはまぎれもない違法行為であり、倫理的にもまったく申し開きが立たない行為だ。しかし実際には、ヘンドリー・アソシエイツ社が世界に損害を与えるということはほとんどない。やりかたによっては大損害を与えることもできるのだが、ヘンドリー・アソシエイツ社は〝子豚には餌《えさ》をやり、欲張り大豚は食ってしまう〟という方針のもとに取引しているので、国際金融利益のほんのわずかな部分しかわがものにすることはないのだ。それに、この種のタイプの犯罪、これほど重大な問題がからむ違法行為を取り締まる機関は、いまのところまったくない。さらに、会社の金庫室の小金庫のなかには、前アメリカ合衆国大統領によってサインされた公式の恩赦状が保管されている。

トム・デイヴィスが入ってきた。債券部の長ということになっているデイヴィスも、いろいろな意味でヘンドリーと同様の経歴の持ち主で、いまはコンピューターとにらめっこする毎日である。彼は保安《セキュリティ》についてはは心配していなかった。ヘンドリー・アソシエイツ・ビルの外壁はすべて、電磁波を通さない金属でできているし、使用されているコンピューターそのものもぜんぶ、電磁波盗聴防止装置のついたものなのだ。

「なんだ?」ヘンドリーは訊《き》いた。

「ついにですね」デイヴィスは答えた。「新兵候補が二人、見つかりました」

「いったい、どこのだれだ?」

デイヴィスはファイルを二つ机においてヘンドリーのほうへすべらせた。ＣＥＯ（最高経営責任者）は手にとり、両方ともひらいた。

「兄弟？」

「双子《ふたご》です。二卵性の。彼らの母親はその月、卵子をひとつではなく二つ排出したというわけです。二人とも、信頼できる人々の目にかないました。頭脳明晰《めいせき》、頭の回転が速く、体の状態も申し分なく、二人ともさまざまな才能を分けもち、おまけに外国語にも堪能です。とくにスペイン語」

「こっちはパシュトゥー語もしゃべる？」ヘンドリーは驚いて顔をあげた。

「トイレの場所を訊くとか、そのていどのものでしょう。彼はアフガニスタンに八週間ほどいて、そこの言葉を学ぶ時間もあったというわけです。見事な任務遂行ぶりだった、と報告書にはあります」

「二人はわれわれが必要とする人材だと思うかね？」ヘンドリーは訊いた。彼らが必要としている人々は、玄関ドアから堂々と入ってはこられない。だからヘンドリーは政府のさまざまな機関に極秘のスカウトを少数だけちりばめたのだ。

「二人をもうすこし詳しくチェックする必要はあります」デイヴィスは譲歩した。

「しかし、われわれが好ましいと思う才能を二人がもっていることは確かです。ざっと調べたかぎりでは、二人とも信頼でき、しっかりしていて、われわれがここにいる理由を理解できるほど賢いように思われます。ええ、ですから、真剣に検討してみる価値はあるとわたしは思います」

「で、これから二人はどうなる？」

「ドミニクはワシントンＤＣに転勤します。ガス・ワーナーが対テロ部に引っぱったのです。たぶん最初はデスクワークにまわされるでしょう。ＨＲＴには若すぎるし、分析力があるかどうかもまだわからない。ワーナーはまずはドミニクがどれほど賢いか見てやろうと思っているのではないでしょうか。ブライアンのほうは、飛行機でキャンプ・ルジューンにもどり、もとどおり自分の中隊を率います。海兵隊が情報機関への隊外勤務を命じなかったのは驚きです。彼は間違いなく〝候補〟ではありますが、海兵隊も優秀な兵隊は手ばなしたくないですからね。〝駱駝《らくだ》の国〟でも大活躍でしたし。すぐに少佐になりますよ、わたしの得た情報が正しければ。ですから、とりあえず、わたしもキャンプ・ルジューンまで飛び、彼と昼食でもとって腹をさぐり、それからＤＣにもどってきて、ドミニクにも同じようなことをしようと思います。ガス・ワーナーはドミニクに感心してました」

「ガスは人を見る目がある」元上院議員は受けた。

「そのとおりです、ジェリー」デイヴィスも同感だった。「それで——何か新しいことはありますか？」

「NSA本部《フォート・ミード》は相変わらず情報の山に埋もれている」NSAの最大の問題は、個々にあたって調べるとなると大軍団が必要になるほど膨大な生情報を傍受しているということだ。コンピューター・プログラムが、自動的に特定のキーワードを追尾し、それを含む情報を傍受するシステムになっているわけだが、得られた情報のほぼすべてが罪のないおしゃべりにすぎないのである。だから、プログラマーたちはたえず、この情報捕獲プログラムを改良しようとしている。コンピューターに人間の直感を賦与《ふよ》するのは事実上不可能であるとわかっているのだが、彼らはあきらめず、努力しつづけているのだ。不幸なことに、ほんとうに才能のあるプログラマーたちは、ゲームを開発する会社のために働いている。そこに金があるからだ。才能というのは金のあるところに集まるものなのである。だが、ヘンドリーにはそれをぼやくことはできない。自分だって、二十代と三十代の前半を同じように金を追いかけて過ごしたのだから。ともかく、ヘンドリーは大成功して金持ちになったプログラマーをよく引っぱりにいく。ただ、彼らにとって金儲《かねもう》けの話は退屈というより、いくらでもあるものである。だから、だいたい時間の無駄になる。専門バカどもには強欲が多いのだ。その点は、弁護士とまったく同じ。だが、彼らは弁護士ほどの皮肉屋ではない。「今日、興味深い傍受情報を五つ、六つ見たが……」

「どんなものです？」デイヴィスは訊いた。社の人材スカウトの長である彼は、優秀な情報分析員でもあった。

「これだ」ヘンドリーは机越しにフォルダーを手わたした。デイヴィスはそれをひらき、なかの書類を走り読みした。

「なるほど」そうとしか言えなかった。

「こいつが何かになったら怖いな」ヘンドリーは思ったことをそのまま口にだした。

「ええ。でも、もっと情報が必要ですね」これだけではまだ重大きわまりない情報とは言えなかった。いつだってもっと情報が必要になる。

「いま、向こうにはだれがいる？」そういうことは知っていなければいけないことなのだが、ヘンドリーも官僚病とやらをわずらっていて、すべての情報を頭のなかにとどめておくということがなかなかできない。

「いま現在ですか？　エド・カスティランノがボゴタにいて、麻薬カルテルを探っていますが、深くもぐりこんでいるんです。とっても深いところにまでね。ですから、彼に探らせるわけにはいきません」デイヴィスはボスに思い出させた。

「まったく、トム、この情報ビジネスというやつは、ときどき心底うんざりするよ」

「元気をだしてくださいよ、ジェリー。給料はものすごくいいんですから――少なくとも下っぱのわたしたちにとってはね」デイヴィスは小さくニッと笑った。剝《む》きだしになった象牙色《ぞうげいろ》の歯が、ブロンズ色の肌に映えてまぶしいほどだった。

「そうだな、農業労働者になってたら、なかなか大変だったろうな」

「おやっさん《ダ・マサ》が、ともかく教育を受けさせてくれたんで、文字やらいろいろ覚えることができました。いやあ、よかったですよ。もう綿を摘まなくてもよくなりましたんでね、ジェリーの旦那《だんな》」ヘンドリーは目玉をぐりっと上に向けた。デイヴィスは実はアイヴィーリーグの名門ダートマス大学を卒業していて、学生時代は黒い肌よりも出身州のことで苦労することのほうがずっと多かった。父はネブラスカ州でトウモロコシを栽培し、選挙のときは共和党に票を入れる。

「例の刈り取り脱穀機《コンバイン・ハーヴェスター》というやつはいくらするんだね？」ボスは訊いた。

「真面目《まじめ》な話ですか？　二十万ドル以上。父《ダッド》は去年新しいやつを買いましてね、いまだにぼやいてますよ。もちろん、そいつは裕福になった孫が裕福のうちに死ぬまでもちますけど。まるで悪者《バッド・ガイ》どもをやっつける奇襲部隊一個大隊のように、一エーカーのトウモロコシ畑だって、あっというまに刈り取っちゃいますしね」デイヴィスはC

IAの工作員として現場仕事で業績を残したのち、国境を越える金を追跡する専門家になった。ヘンドリー・アソシエイツ社に入って、その才能を金儲け《ビジネス》のほうでも大いに生かせると知ったが、もちろん、本業に役立つ勘も失わず、しっかりと役立てていた。「それで、このFBIのドミニクですけど、最初の任地のニューアークでも、金融犯罪の捜査でなかなかの働きをしているんです。彼が担当した捜査のなかには、国際金融機関への大捜査に発展したものもあります。新人にしては臭いものの嗅《か》ぎわけかたをよく心得ています」

「しかも、自分の責任で人を殺すこともできる」ヘンドリーも気持ちが動きはじめていた。

「だからわたしも気に入っているんです、ジェリー。人の上に立って決定を下すことができます、十歳上の人間のようにね」

「兄弟か。面白いな」ヘンドリーはふたたびフォルダーに目を落とした。

「血統がいいのかもしれませんね。祖父も殺人課の警官でしたし」

「警官になる前は第一〇一空挺《くうてい》師団の兵隊だったしな。きみの考えていることはわかった、トム。オーケー。ただちに当たってみてくれ、二人とも。われわれも、すぐに忙しくなるからな」

「ああ、世界がよくなる気配はまったくない」ジェリー・ヘンドリーは手を振って窓の外を示した。

「そう思いますか？」

彼らはウィーンのカフェのテラス席にいた。夜の寒さがやわらいできたので、カフェの常連たちも寒さを我慢し、広い歩道の上で食事を楽しみはじめていた。

「で、話とはなんだね？」パブロは訊いた。

「われわれには利害の一致があります」ムハンマドは答え、どういうことか説明した。

「敵が同じだということです」

ムハンマドはあたりを見まわした。通りすぎる女たちは、地味と言ってもよいほどのフォーマルな地元ファッションに身をつつんでいる。市電をはじめとする交通の騒音が大きく、会話をだれかに聞かれる心配はまったくない。素人目《しろうとめ》にはもちろん、プロの目にだって、二人は静かに友好的にビジネスの話をしている外国人――この旧帝都にはたくさんいる――としか見えない。二人は英語で話しているが、それだって珍しいことではない。

「まあ、それはそうだ」パブロは同意せざるをえなかった。「敵については、そのとおりだ。で、どういう得があるという話なのかね？」

「あなたたちにはわたしたちが利用できる〝資産《アセット》〟がある。わたしたちにもあなたたちが利用できる〝資産《アセット》〟がある」イスラム教徒は辛抱強く説明した。

「なるほど」パブロはコーヒーにクリームを加え、かきまわした。驚いたことに、このコーヒーは自国のものに負けぬくらいうまい。

この男が相手では協定を結ぶまでに時間がかかるな、とムハンマドは予測した。南米からやってきた男は、こちらが望んでいたほど高位の幹部ではない。しかし、共通の敵の攻撃で打撃を受けているのは、自分たちよりもパブロの組織のほうだ。なぜ、そんなに簡単にやられてしまうのか？　それにはずっと驚かされつづけている。彼らにだって、効果的な保安措置をとらなければならない理由がたっぷりあるのだから。結局、金儲けのことしか頭にない連中はみな、わが同志たちがよりどころとする純粋な大義というものをもっていないということなのだ。そこから敵の攻撃に対するもろさが生まれる。しかし、だから彼らのほうが自分たちより劣っていると思うほどムハンマドは愚かではなかった。イスラエルのスパイをひとり殺すくらい、スーパーマンじゃなくてもできる。彼らの技量だってたいしたものなのだ。ただ限界はある。わが同志たちに限界があるように。限界がないのはアッラーご自身のみ。人間なら、だれにでも限界はある。そう思っていれば、期待もより現実的なものになり、事がうまく運ばなくても失望は軽くてすむ。どうせ、この南米からの来訪者はわれらが〈聖なる大義〉など理解できやしないだろうが、感情をあらわにして〝ビジネス〟を台無しにしてはいけない。相手は不信者なのだ。寛容に接しなければならない。

「あんたたちは何をくれるというんだね？」パブロはムハンマドが予期していたとおりの貪欲《どんよく》さをあらわにした。

「あなたがたはヨーロッパに確実なネットワークをつくりあげる必要があるんでしょう？」

「ああ、それはある」彼らはここのところ、ちょっとしたトラブルにみまわれている。ヨーロッパの警察当局は、アメリカの取締り機関ほど控えめではない。

「わたしたちにはそのネットワークがある」イスラム教徒は麻薬取引には手をださないと思われているので――たとえば、サウジアラビアでは麻薬売人は斬首刑《ざんしゅけい》に処せられることが多い――なおさら好都合ということになる。

「で、その見返りにあんたらは何が欲しいんだね？」

「あなたがたはアメリカではたいへん信頼できるネットワークをもっている。そして、アメリカを嫌う理由もある。そうでしょう？」

「ああ、そうだな」パブロは同意した。コロンビアはパブロの故郷の山のなかに本拠をおく左翼武装組織とともに発展しはじめている。そうした組織は麻薬カルテルとはいまのところ同盟関係にある。だが、遅かれ早かれＦＡＲＣ（コロンビア革命軍）は圧力に屈し、民主化への〝入場料〟として〝友〟――そう、たしかに〝協力者〟という言葉では曖昧《あいまい》すぎる――を攻撃するようになるにちがいない。そうなったら、カルテルは安全面で重大な危機におちいるはずだ。南アメリカでは政治的不安定こそ最高の友なのだが、それも永遠につづきはしない。この目の前にいるアラブ人の組織も同じ状況にある、とパブロは思った。それなら、似た者同士、同盟を結んで都合の悪いことは何もない。「具体的にわれわれに何をしてほしいのかね？」

ムハンマドはそれを伝えた。そのカルテルの助力に対しては金はいっさい払わないと、わざわざ言いはしなかった。カルテルの最初の荷をどこからヨーロッパに入れるのがいちばんいいかというと――ギリシャ？　そう、たぶんそれがいちばん簡単だろう――それで足がつくこともなくなるはずだ。

「それだけかね？」

「ご友人《マイ・フレンド》、やりとりするのは何よりもノウハウで、ものではないのです。わたしたちが必要とする物品はわずかなものでして、そうする必要があるなら現地でも入手可能なものです。それに、パスポートなど旅行に必要な書類は、なんとかしていただけますよね」

パブロはちょうどコーヒーを飲んだところで、むせそうになった。「ああ、それは簡単にできる」

「では、この同盟契約は決まりですな。無理だという理由は何もないでしょう?」

「上の者たちと相談しなければならない」パブロは軽率な即答はしなかった。「だが、見たところ、われわれの利害が対立するということはなさそうだ」

「よろしい、いいでしょう。今後どうやって連絡をとり合いましょうか?」

「ボスはビジネスの相手とは直接会って話をする」

ムハンマドはしばし考えた。旅行となると自分も仲間たちも不安になるが、今回は避けるわけにはいかない。パスポートならいろいろ持っていて、世界のどんな空港も出入りできる。それに必要な言葉をあやつる能力もある。ケンブリッジ大学で学んだのは無駄ではなかったのだ。それについては両親に感謝すべきだろう。イギリス人の母には、白い肌と青い目を授けてくれたことも感謝しなければならない。それで、中国とアフリカ以外のどんな国の国民だと言っても通ってしまう。ケンブリッジ訛《なま》りが残っているのも害にはならない。

「では、時間と場所を連絡してくれさえすれば、でかけていきます」ムハンマドは応《こた》えた。そして名刺を手わたした。そこにはEメール・アドレスがあった。Eメールはこれまでに発明された通信手段のなかで、秘密のやりとりにもっとも適したものだ。それに驚異的な発展をとげた空の旅のおかげで、世界中どこにでも四十八時間以内に行くことができる。

2
合流

彼は五時十五分前にやってきた。通りですれちがう女という女を振り向かせるほどの美男ではないが、ときたま出会う、相手のいない女性の目なら引くことができる。身長六フィート一インチ、体重百八十ポンド——その体は日々のトレーニングのたまもの——黒髪に青い目。映画スターとまではいかないが、男の容姿にこだわる、知的職業につく若くて美しい女性にはそれなりにもてそうだ。

身なりもなかなかのものだな、とジェリー・ヘンドリーは思った。赤いピンストライプの入ったブルーのスーツ——イギリス製のようだ——にチョッキ、赤と黄色のストライプのネクタイ、すてきな金のタイピン。ファッショナブルなシャツ。髪型がまた決まっている。お金に不自由しないということと、立派な教育を受けて青年時代を有益に過ごしたという充実感からくる、自信たっぷりの風貌《ふうぼう》。そして、ビルの前の来客用の駐車場にとめられている彼の車は、黄色のハマー2－SUV。ワイオミングでは牛を、ニューヨークでは金を追う人々が偏愛する車。するとつまり、彼は金を追ってここまで来たというわけなのか……

「それで、なぜここに？」ジェリー・ヘンドリーはマホガニーの机の向こうから手を振って、来訪者に座り心地のよい椅子《いす》を勧めた。

「どんな仕事をするかまだ決めてませんで、いろいろ見てまわり、自分に合ったところをさがしているんです」

ヘンドリーは微笑《ほほえ》んだ。「わかるね。わたしも学校をでたときに仕事選びで迷いに迷ったよ。まだそれほどの年寄りではないから忘れてはいない。大学はどこかね？」

「ジョージタウンです。家風と言いますか」若者は穏やかな笑みを浮かべた。ヘンドリーはこの受け答えも気に入り、なかなか好感がもてるじゃないかと思った――彼は自分の名前や家族のことを持ち出して相手を感心させようとはしない。自分の生まれが少々わずらわしいというふうなところも見える。若者の多くがそうであるように、彼もまた自分で道をきりひらき、独力で何かをなしとげたいと思っているのだ。賢い若者ならみなそう思う。だが残念ながら、この〈ザ・キャンパス〉には彼の居場所はない。

「きみの親父《おやじ》さんはイエズス会の学校がほんとうに好きだね」

「ええ、母《マム》も説得されちゃいました。姉のサリーは母が通ったベニントン大学には行きませんでした。いまはもちろん、ジョンズ・ホプキンズ大学のメディカル・スクールに通ってますが。母のように医者になりたいんです。いやあ、医者というのは立派な職業ですよね」

「弁護士とは大ちがいか？」ヘンドリーは返した。

「そのあたり、父《ダッド》がどう考えているか、あなたもご存じでしょう」若者はにやっと笑った。「あなたは大学では何を専攻されたんですか？」むろん答えはわかっていたが、いちおう訊《き》いてみた。

「経済学と数学だ。両方の学士号をもっている」どちらも、商品取引のモデル・パターンをこしらえるのにとっても役立った。「ご家族はみなさん元気かね？」

「ええ、元気です。父は本をまた書きはじめました——回顧録です。自分はまだそういう本を書くほど老いぼれちゃいないって、よく愚痴ってますけど、いいものを書こうと、かなり気を入れてやってます。新大統領があまり好きじゃないんです」

「まったく、キールティってやつは、よみがえりの大天才だな。さんざん苦労してあいつを葬《ほうむ》り去ったとき、墓石の上にトラックをとめておけばよかったんだ」このジョークはワシントン・ポスト紙にも載った。

「そのジョークはわたしも聞いたことがあります。大馬鹿者《おおばかもの》ひとりだけで天才十人が築きあげたものをぶち壊せる、と父もよく言ってます」この格言はまだワシントン・ポスト紙には載っていない。しかし、現実はその格言どおりなのだ。だからこそ若者の父親はこの〈ザ・キャンパス〉を立ち上げたのである。ただ、若者はそれを知らない。

「それは一種の誇張だな。キールティが大統領になったのは、まったくの偶然だった。あの暗殺事件がなければ、彼が大統領になることはなかったんだ」

「ええ。でも、暗殺をやらかしたミシシッピの能なしクー・クラックス・クラン野郎がいざ処刑ということになったとき、キールティはきっと減刑しますよ。あなたは減刑するほうにいくら賭《か》けます？」

「死刑反対は彼にとっては信念の問題だ」ヘンドリーは指摘した。「ともかく、彼はそう言っている。死刑は廃止すべきだと考えている者はいる。それは尊重すべき意見ではあるな」

「信念？　あの男の信念《プリンシプル》なんて、小学校校長《プリンシパル》のすてきな老婦人が口にするきれいごとでしかないんです」

「政治の話がしたいなら、29号線を一マイル行ったところにすてきなバー兼食堂があるから、そこで話すといい」ヘンドリーは提案した。

「いえ、政治の話がしたいわけでは。すみません、脱線して」

《この若者は何かを隠している》とヘンドリーは思った。「まあ、面白い話題ではあるがな。それで、わたしは何を話せばいいんだね？」

「知りたいんです」

「何を？」元上院議員は訊いた。

「ここであなたがたが何をしているかを」来訪者は答えた。

「おもに通貨のサヤ取引だよ」ヘンドリーは、一日の仕事の終わりに、たまった疲れを癒《いや》そうとしているのだとばかり、手と上体を大きく伸ばして見せた。

「はあ」若者はほんのすこしだけ疑わしげな表情を浮かべた。

「正確な情報をおさえ、それを基にして行動する勇気があれば、金は儲《もう》かる」

「父はあなたが大好きです。あなたと会えなくなったのが残念だと、よく言ってます」

ヘンドリーはうなずいた。「うん。それはわたしのせいで、彼のせいではない」

「父はまた、聡明《そうめい》なあなたがあんな愚かなしくじりかたをするなんて、とても信じられない、とも言ってました」

ふつうなら、これは無礼な言葉以外の何ものでもないが、青年の目をのぞきこむだけで、そうではないことがはっきりわかった。青年には侮辱する意図などまったくなく、これはむしろ問いなのだ。いや……ほんとうにそうとっていいのか？　ヘンドリーは突然、心配になり、自問した。

「わたしにとっては苦難のときでね」ヘンドリーは青年に思い出させた。「それに、間違いはだれにでもある。きみの親父さんだって、いくつか間違いをおかしている」

「ええ、それはそうですが、父の場合は幸運なことにアーニー・ヴァン・ダムがそばにいて尻《しり》ぬぐいをしてくれました」ヴァン・ダムは若者の父が大統領のときに首席補佐官を務めた政治のプロだ。

いやな話題から抜け出せるこの好機にヘンドリーは飛びついた。

「アーニーは元気かね？」これでなんとか逃げられる、しばらくのあいだは。しかしヘンドリーはなお、この青年はなぜここにやってきたのだろうかと思いつづけて、ちょっと不安になりはじめていた。ただ、なぜ不安を感じだしたのか、その理由が自分にもよくわからない。

「はい、元気です。もうすぐオハイオ大学の総長になります。きっと名総長になるでしょうね。アーニーには穏やかな仕事が必要だ、と父も思っています。わたしもそう思います。あんな激務をこなした彼がどうやって心臓発作にならずにすんだのか、わたしにも医者の母にもわからないんです。激務でほんとうに元気になっちゃうという人もいるのかもしれませんね」話しているあいだじゅう、若者の目はヘンドリーの目をまっすぐ見つめつづけていた。「わたしもアーニーと話してたくさん学びました」

「親父さんにもいろいろ教わったんじゃないかね？」

「いえ、ひとつか二つくらいのものですよ。いろいろ教わったのは、ほかの人たちからです」

「ほかの人たちとは？」

「たとえばマイク・ブレナン。彼はわたしの警護班長だったんです」ジョン・パトリック・ライアン・ジュニアは説明した。「ホーリー・クロス大学卒の生え抜きのシークレット・サーヴィス隊員。射撃の名人です。わたしにも拳銃《けんじゅう》の撃ちかたを教えてくれました」

「ほう？」

「シークレット・サーヴィスはホワイトハウスから二ブロックしか離れていないオールド・ポスト・オフィスビルに射撃場をもっていましてね。わたしはいまもときどきそこで撃たせてもらってます。いまマイクはベルツヴィルにあるシークレット・サーヴィス学校《アカデミー》で教官をしています。ほんとうにいい人なんです。頭が切れ、気取りがなくて。まあ、言わばお守りをしてくれていた人でして、わたしはシークレット・サーヴィスに関するいろんな質問をぶつけました。隊員は何をしているのか？　どんな訓練をするのか？　どういう考えかたをしているのか？　母や父を警護するとき、何をさがすのか？　いやもう、マイクからたくさん教わりました。でも、マイクだけじゃありません。いろいろ教えてくれた人はほかにもいっぱいいます」

「たとえば？」

「FBIの人たち。ダン・マリーやパット・オデイ——パットはマリー長官付きの大事件担当の監督官《インスペクター》です。そろそろ引退なんですけどね。引退したらメイン州で肉牛を育てるんだそうです。それ、信じられます？　牛追いをメイン州でやるというのが、なんか場違いで、可笑《おか》しいですよね。パットは射撃の腕前もすごくて、洒落《しやれ》っ気《け》のある〝ワイルド・ビル〟・ヒコックのような感じなんですけど、さすがプリンストン大学出というところもたっぷりあります。とっても頭がいいんです、パットは。FBI《ビューロー》の捜査方法についていっぱい教えてくれました。そして奥さんのアンドリア、彼女は読心術ができます。そうとしか思えません。アンドリアはあの危険きわまりない恐ろしい時期に父の警備隊長を務めたシークレット・サーヴィス隊員ですが、ヴァージニア大学で心理学の修士号を取得しているんです。彼女からもほんとうにいろいろ教えてもらいました。もちろん、CIA《エージェンシー》の人たちからもね。エドとメアリ・パットのフォーリ夫妻――いや、まったく、すごい夫婦ですよ。でも、わたしがいちばん興味をおぼえた人物、だれだかわかります？」

ヘンドリーにはわかった。「ジョン・クラークだろう？」

「ええ、そうです。ただ彼の場合、話を聞くのがなかなかむずかしくて。彼とくらべたら、フォーリ夫妻も『アイ・ラブ・ルーシー』のルシル・ボールとデジー・アーナズみたいなもんですよ。でも、信用されれば、すこしは心をひらいてもらえます。彼が名誉勲章をもらったとき、わたしはついに彼をつかまえ、話を聞かせてもらえました――あの叙勲式は、海軍の退役上等兵曹がヴェトナム戦争の戦功で勲章をもらうということで、テレビでもほんのすこし流されました。ニュースのあまりない日で、六十秒ほどの映像がニュース番組で流されたのです。海軍退役後は何をしていたのか、と訊くリポーターや記者はいませんでした。ひとりもね。ジャーナリストというのは鈍いです。ワシントン・ポスト紙のボブ・ホルツマンは、クラークの退役後の活動をすこしは知っていたのではないかとわたしは思います。ホルツマンもその叙勲式に顔をだしていましてね、わたしとは反対側の部屋のすみに立っていました。ホルツマンは新聞記者にしては頭が切れます。父も彼を好きなんですが、全幅の信頼を寄せるというところまではいってません。ともかく、ビッグ・ジョン――クラークのことですが――はものすごい人です。まさに地獄をくぐり抜けてきたような人ですよ。なぜ彼はここにいないんです?」

「ジャック、きみはまあ実にはっきりとものを言うね。言いたいことをずばりと言ってくれるじゃないか」ヘンドリーの声に賞賛の色がにじんだ。

「あなたが彼の名前をご存じだったので、やっぱりそうだったのかと思ったのです」ジャック・ジュニアは目に勝ち誇ったような表情をちらっと浮かべた。「わたしはここ二週間、あなたたちを調べていたんです」

これにはヘンドリーも胃がきゅっと収縮するような感覚をおぼえた。

「ほう?」

「むずかしくはなかったですよ。公開されている記録にすべてありましたから。だれでも知ることのできる情報を混ぜたり合わせたりするだけでよかった。幼児にやらせる練習帳の点つなぎお絵描き《コネクト・ザ・ドッツ》ていどのものでした。ここがまだニュース種にいちどもなっていないというのが、わたしには驚きでして――」

「おいおい、それがもし脅しなら――」

「えっ？」ジャック・ジュニアはびっくりした。「わたしがあなたを脅迫している、というんですか？　とんでもない。わたしが言いたいのは、巷《ちまた》には未加工の生情報がそれはたくさん転がっているのに、なぜ記者たちは見落としているのか不思議に思わなければいけない、ということです。目の見えない栗鼠《りす》でもときにはどんぐりを見つけます。でしょう？」ジャックは言葉を切り、キラッと目を輝かせた。「ああ、そうか。あなたは記者たちが見つけたいと思っているものを彼らに与えたんですね。で、彼らはそれで満足して行ってしまい、もうもどってはこない」

「たいしてむずかしいことではなかったよ。だが、彼らを見くびるのは危険だ」ヘンドリーは注意をうながした。

「彼らには何も話さなければいいいんです。かなり前のことですけど、父が『口をつぐんでいれば失言なし』と言ってました。漏洩《リーク》が必要になったとき、父はいつもアーニーにやらせていました。だれかが何かをメディアに流すときは、かならずアーニーの許可、指導のもとにしなければなりませんでした。メディアはアーニーが怖かったはずです。なにしろ、あるニューヨーク・タイムズ紙記者のホワイトハウスへの通行許可証をとりあげ、頑として返さなかった男ですから」

「覚えている」ヘンドリーは言い、そのときのことを思い出した。大騒ぎになったが、あのニューヨーク・タイムズ紙でさえ、ホワイトハウスのプレスルームに記者をひとりもおけないというのは致命的だと悟った。メディアにとってさまざまな意味で教訓となったが、その効きめはせいぜい六カ月ほどしかつづかなかった。この事件については、アーニー・ヴァン・ダムのほうがメディアよりもずっと長く記憶していた。それ自体、実に珍しいことだった。なにしろメディアは、つまらないことをいつまでも覚えていて、古い話を陰険にほじくるのが大得意なのである。そんなメディアにも負けぬくらいの記憶の持ち主だからこそ、アーニー・ヴァン・ダムは、ファイブ・カード・ドロー・ポーカーがおそろしく強いのだ。

「何が言いたいんだね、ジャック？　ここに何をしにきたんだね？」

「わたしはすごいところで働きたいんです。そして、ここが、すごいところだと思うんです」

「説明したまえ」ヘンドリーは命じるように言った。いったいこの若者はどこまで見抜いているのか？

ジョン・パトリック・ライアン・ジュニアはブリーフケースをあけた。「まず、フォート・ミードのNSA本部とラングレーのCIA本部をむすぶ直線上にあって、個人の住宅よりも高い建物は、このビルだけです。インターネットからダウンロードした衛星写真を見ればわかります。わたしはここが写っているものをぜんぶプリントしました。これです」ジャックは小さなバインダーを机越しに手わたした。「この地域のオフィスを調べましたら、ほかにオフィスビルの建設申請が三件だされたのに、ぜんぶ許可がおりなかったということもわかりました。理由は記録にはありませんでしたが、許可がおりなくてもめたという話は一切ありません。ところが、道路をすこし行ったところにある医療センターの改築には、シティバンクがたっぷり融資をおこなっています。それに、ここの職員の大半が元情報機関員。警備員にいたっては全員がE－7以上の元憲兵です」E－7は一等軍曹の等級記号。「さらに、ここの電磁波盗聴防止システムはフォート・ミードのものよりもしっかりしている。いったいぜんたい、どうやってそんな堅固な保安システムをつくりあげることができたんですか？」

「請負業者との交渉は民間人のほうがずっと自由にできるんだ。つづけて」元上院議員はうながした。

「あなたは違法なことは何もしなかった。例のインサイダー取引をして私腹を肥やしたという疑いは、なんの根拠もありません。まともな弁護士に頼めば、すぐに不起訴処分にしてもらえ、一件落着ということになったでしょうに、あなたはごろんと転がり、殺《や》られたふりをした。父はあなたの頭のよいところが大好きだったんです。ジェリーはまっ正直な一徹者だよ、と父はいつも言ってました。議会《ザ・ヒル》には議員がたくさんいますけど、父がそんなふうに言うのは、あなたくらいのものでした。CIAの幹部たちもあなたといっしょに働くのが好きでした。あなたは議会のほかの連中がヒステリーの発作を起こすようなCIAの計画にも資金がでるように尽力しましたしね。なぜなんだかわたしにはわからないんですが、議員の多くが諜報《ちょうほう》活動を毛嫌いしてます。それでよく父も腹を立てていました。上院議員や下院議員と諜報活動について話し合うたびに、父はそれぞれの議員の選挙区やら選挙民やらを喜ばせるプロジェクトという〝賄賂《わいろ》〟を贈らなければならなかったのです。いやもう、父はそういうのが大嫌いだったんですけどね。それをやるたびに、その前後の一週間、愚痴りっぱなしでした。でも、あなたはよく父の力になりました。議事堂のなかですばらしい仕事をしてきたわけです。そのあなたが、自分の政治的問題にわけなくやられて屈服してしまった。

信じがたいことだと、わたしは思いました。でも、どうしても納得できないのは、父がそのことについて何も言わなかったということです。ただの一言もね。わたしが尋ねると、父は話題を変えてしまいました。アーニーでさえ、なんにも言わなかったのです――わたしがぶつけた質問にはかならず答えてくれた、あのアーニーでさえね。つまり、ふだん吠《ほ》える犬がまったく吠えなかったんです」ジャックはヘンドリーから目を離さずに椅子《いす》の背に上体をあずけた。「結局、わたしも何も言いませんでしたけど、ジョージタウン大学の四年のとき、ちょっと嗅《か》ぎまわりましてね、いろんな人に話を聞き、ひそかに探りを入れる術《すべ》を教えてもらいました。そのときも、たいしてむずかしくはなかったですよ」

「それで、どんな結論に達したのかね？」

「あなたは立派な大統領になれた人だと思います。でも、妻子を失うという、とんでもない打撃を受けられた。あの事故には、わたしたちも胸がつぶれました。母はあなたの奥さまがほんとうに好きでしたからね。すみません、悲しいことを思い出させてしまって。あの事故のせいで、あなたは政治をやめたのです。でも、真の愛国者だったので国のことを忘れることはできなかった。そこで、ヘンドリー・アソシエイツ社をつくって国のためになることをしようとした――私人として、ひそかにね。父とミスター・クラークがホワイトハウス二階の居住区の居間でお酒を飲みながら話しこんでいた夜のことを、わたしはいまでも覚えています――高校の最上級のときでした。会話はほとんど聞き取れませんでした。聞かれたくない話だったようなので、わたしはヒストリー・チャンネルを観《み》にテレビの前にもどりました。たまたま、その夜は第二次世界大戦中にイギリスが創設したSOE、特別作戦執行部《スペシャル・オペレーションズ・エグゼキュテイヴ》の特集でした。SOEの要員はほとんどが銀行員だったそうです。〝ワイルド・ビル〟・ドノヴァンがCIAの前身であるOSS、戦略情報事務局《オフィス・オブ・ストラテジック・サーヴィシス》をつくったさい、要員としたのは弁護士です。イギリスのほうは、敵をあざむくのに銀行員を使ったというわけです。なぜなんだろうと、わたしは思いましたが、銀行員のほうが弁護士より賢いからだというのが父の意見です。銀行員は現実の世界で金をつくる方法を知っているが、弁護士はそこまで賢くはない――これは父が言った言葉そのままです。自分の場合にもそれがあてはまると父は思っていたのではないでしょうか。父はCIA入りする前、株の売買をやっていたわけですから。でも、あなたはそういう人たちとはまったくちがう〝海賊〟なんですよね。あなたはスパイで、ヘンドリー・アソシエイツ社は私的な資金で運営される民間の――連邦政府の予算を一切もらわない――秘密スパイ機関なんだと、わたしは思うのです。だから、諜報活動を悪いことだと思い込んでいる間抜けな上院議員や下院議員が、やたらに嗅ぎまわり、情報をリークするのを心配する必要はない。グーグルであなたの会社を検索しても、インターネット中でヒットするのはたったの六件なんですからね、驚いちゃいます。母のヘアスタイルに関するヒット件数のほうがずっと多いですよ。女性ファッション誌のウィミンズ・ウェア・デイリー誌は、父の在職中に母をこきおろすのが好きでした。父はかんかんでした」

「覚えているよ」ジャック・ライアン・シニアは、記者会見のさいにその件でむきになって反論し、目の前に陣取っていた〝おしゃべり階級〟の失笑を買うという苦い経験がある。「あとでジャックは、ヘンリー八世だったら記者たちに特別なヘアカットをプレゼントしていただろうな、なんて、ジョークを飛ばしていた」

「ええ、ロンドン塔で斧《おの》を使って首もろとも髪を切り落とすというジョークでしょう。姉のサリーはこういうヘアスタイル騒動を笑ってました。母には髪のことで苦言を呈してもいました。その点、男は楽ですよね？」

「髪だけじゃないぞ。靴についても女はとやかく言われる。わたしの妻はマノロ・ブラニクが嫌いだった。足が痛くならない実用的な靴のほうが好きだったんだ」ヘンドリーは言い、妻のことを思い出した。と、すぐにコンクリートの壁に激突したような気分になった。妻のことを話すだけでも、いまだに胸がしめつけられる。たぶんずっとこのままだろう。しかし、胸が痛むということは、妻への愛が消えていないという証拠で、すばらしいことなのだ。ヘンドリーは記憶のなかの妻がいつまでもいとおしく、公衆の面前で妻のことを微笑《ほほえ》みながら語るなどという真似《まね》はできない。政治家の道を歩みつづけていたら、そうしなければならなかったはずだ。妻の死を乗り越えたふりを、妻への愛は永遠に消えはしないが傷は癒《い》えたというふりを、しなければならなかったにちがいない。そう、そうに決まっている。政治家をやっていくには、男らしさや人間らしさまであきらめなければならないのだ。そんな代価を支払ってまで政治にしがみつくことはない。たとえアメリカ合衆国大統領になれるとしても。ヘンドリーとジャック・ライアン・シニアがずっと仲良くやってこられた理由のひとつは、お互い似ているということだった。

「きみはここがある種の情報組織だと本気で思っているのかね？」ヘンドリーはできるかぎり軽い調子でジャックに尋ねた。

「ええ、そうですよ。ＮＳＡが、なんと言うか、各国の中央銀行がしていることに関心があり、そうした情報を通信傍受によって集め、ＣＩＡ本部に転送《ラングレー》しているとしたら、ここはその転送情報をインターセプトして利用するのに理想的な位置にあります。そうした金融情報は、ここの為替取引担当者たちにとって最良のインサイダー情報になるはずです。そして、慎重に取引をおこなえば——つまり、貪欲《どんよく》にならなければ——だれにも知られることなく、長期にわたって大儲《おおもう》けすることができるわけです。だから、外の投資家を引きこまない。彼らはとってもおしゃべりですからね。ともかく、そうやって儲けた金を資金にして、あなたがたはここでやるべきことをやっている。それが具体的になんなのかは、わたしにもまだよくわからないんですけど」

「ほんとうかね？」

「ええ、ほんとうです」

「このことはまだ親父《おやじ》さんにも話していない？」

「はい」ジャック・ジュニアは首を振った。「話したって、知らんぷりされるだけですよ。父はわたしの質問にはしっかり答えてくれますけど、この種のことはだめです」

「じゃあ、きみが親父さんから聞いた話というと？」

「人に関することです。政治家との付き合いかたとか、どの国の大統領が幼い女の子や男の子を性愛の対象にしているかとか。いやあ、幼児性愛者って、あんがいたくさんいるんですね、とくに外国には。ともかく父は、外国の国家元首がどんな人間で、どういう考えかたをし、彼らの個人的嗜好《しこう》や常軌を逸しているところを話してくれました。それから、軍を大事にしている国はどこか。情報機関が優秀な国、そうでない国はどこか。さらに、議会《ザ・ヒル》の人々についてもたくさん話してくれました。みんな、本や新聞にでている噂話《うわさばなし》のようなことなんですけど、父が話してくれたことはぜんぶ真実でした。これはよその場所では絶対に話してはいけないんだということは、わたしも充分承知していました」若いライアンはヘンドリーを安心させた。

「学校でも話さなかった？」

「はい、何も。ワシントン・ポスト紙に先に載ったというものは、ひとつもありませんでした。新聞はいろいろほじくりだすのが得意ですが、嫌いな人々に打撃を与える情報は嬉々《きき》として繰り返し掲載するくせに、好きな人々に不利になる情報は書かないことが多いんです。ニュース屋さんというのは、電話やトランプ遊びのさいに噂話を交換する女たちとさして変わりないんです。厳然たる事実を提示するより、嫌いな人の悪口を言うほうに力が入ってしまう」

「彼らもまた、だれもと同じように人間だということだね」

「ええ、それはわかってます。でも、母はだれかの目を手術するとき、患者が好きか嫌いかに左右されませんよ。ルールをきちんと守るという誓いを立てて、医療に取り組んでいるのです。父も同じです。わたしもそのような人間になるよう育てられました」ジョン・パトリック・ライアン・ジュニアは話を結んだ。「それはどこの家庭でも父が息子に言うことではないでしょうか――何かをするなら、正しくおこなえ、不正をするくらいなら何もするな、です」

「いまはもう、だれもがそう思っているわけではない」ヘンドリーは指摘した。が、彼自身、ジョージとフォスターという死んだ二人の息子に、それと一字一句ちがわないことを言っていた。

「かもしれません。でも、それはわたしのせいではありません」

「証券の売買については詳しいのかね？」ヘンドリーは訊《き》いた。

「基本的なことは知ってます。ですから話はできますが、実践するにはまだまだ肝心なことを学ばねばなりません」

「ジョージタウン大学での専攻は？」

「歴史です。副専攻は経済。父と同じです。父にはときどき趣味はなんなのって訊くんですけど――どうもまだ株の売買が好きなようです。あの業界には、父の政権で財務長官を務めたジョージ・ウィンストンのような友だちがいますからね。二人はいまもよく話してます。ジョージは何度も父を自分の会社に来ないかと誘ってますが、父は相場のことをよく知っている人とおしゃべりがしたいだけのようです。でも、二人はいまでも仲良しなんです。いっしょにゴルフにでかけることもあります。父は下手くそですけどね」

ヘンドリーは微笑んだ。「知ってる。きみはゴルフをやったことはあるのかね？」

小《リトル》ジャックは首を振った。「いえ。呪《のろ》いの言葉の吐きかたくらいもう知ってますから、わざわざゴルフをやってそれを習う必要はないんです。ロビー小父《おじ》さんはとってもうまかった。まったく、小父さんが死んで、父はそれはもう淋《さび》しい思いをしています。シシー小母《おば》さんはいまも家によく来ます。母といっしょにピアノを弾くんです」

「ひどい事件だったな」

「くそ南部人種差別野郎め！」ジャック・ジュニアは思わず汚い言葉でののしった。「すみません。知り合いが殺される経験は、ロビーがはじめてだったんです」暗殺犯が生け捕りにされたのはまさに奇跡だった。シークレット・サーヴィスの警護班は、ミシシッピ州警察の警官たちに半秒遅れて犯人に跳びかかった。だが、それよりも早く犯人にタックルしたのは一市民だった。おかげで、だれひとり流れ弾で傷つくということはなく、犯人も生きたまま留置場に入ることになった。ともかく、実行犯がだれにも殺されなかったという事実は、暗殺が陰謀である可能性は皆無ということだ。その人種差別主
犯人は六十七歳になるクー・クラックス・クランのメンバーだった。その人種差別主

義者は、ライアンの引退で黒人の副大統領がアメリカ合衆国大統領になってしまうというのが耐えられなかったのだ。驚くべき速さで、裁判がおこなわれ、犯人は有罪となり、判決が下された——暗殺の一部始終がビデオテープに録画されていたし、もちろん、暗殺犯から二ヤードも離れていないところで犯行をしっかり見ていた目撃者が六人もいた。ミシシッピ州の州都ジャクソンの州会議事堂のてっぺんにひるがえる星条旗も、ロビー・ジャクソンの死を悼《いた》んで半旗にされた。それにむかつき、嫌悪感《けんおかん》をおぼえた者もなかにはいたことだろう。「シック・ヴォルヴェレ・パルカス」

「なんだね、それ？」

「パルカスというのは運命の三女神のことです。人間の命の糸をつむぐ女神と、その糸の長さを決める女神と、それを断ち切る女神がいるわけです。つまり、『かく運命の三女神たちは命の糸車を回転させた』というローマの格言です。わたしはあれほど打ちのめされ、とりみだした父を見たことがありませんでした。母のほうがまだしっかりしてました、ええ。医者は人が死ぬのに慣れているということでしょうか。父は——そう、自分でその暗殺犯を殺してやりたいと思ったほどでした。それほど辛《つら》かったんでしょうね」海軍兵学校の礼拝堂でおこなわれた葬式で涙を流す大統領を、いくつものニュース・カメラがとらえた。シック・ヴォルヴェレ・パルカス。「それで、わたしの運命の糸車はここではどのように回転するのでしょうか？」

ヘンドリーは面食らいはしなかった。そう問われるとだいぶ前からわかっていたのだ。とはいえ、答えるのはそうたやすいことではない。「親父さんはなんて思うかな？」

「父には何も言わなくていいんじゃないですか？　あなたは子会社を六つも所有してますしね。みんな、証券や通貨の取引を隠すのに利用している会社なんでしょう？」

そこまで調べあげるのは、そうやさしいことではなかったが、ジャックは探りの入れかたを心得ていた。

「隠しているわけではない」ヘンドリーは訂正した。「偽装ではあるかもしれない。でも、隠しているわけではない」

「すみません。すでに言いましたように、わたしはスパイたちとも付き合いがありましたので」

「いろいろ学んだようだな」

「ええ、優秀な先生が何人かいましたから」

《エド・フォーリにメアリ・パット、ジョン・クラーク、ダン・マリー、それに彼自身の父親。まったくもう、錚々《そうそう》たる教師たちではないか》とヘンドリーは思った。

「きみはここで具体的にどんなことをするつもりだね？」

「わたしは馬鹿《ばか》ではないと思いますが、そこまで利口ではありません。学ぶべきことがたくさんあると思います。そうであることはわたしも知っているし、あなたも知っている。何をしたいかというと、国のために働きたい、それです」ジャックは気持ちを高ぶらせもせず、落ち着いた声で言った。「わたしはする必要のあることをする手伝いをしたいのです。お金は必要ありません。父と祖父――母方のジョー・マラー――がつくってくれた信託資金がありますから。まあ、その気なら、法学部をでてエド・キールティのようになって、ホワイトハウスをめざすという手もあったのでしょうが、父は王ではないし、わたしは王子ではありません。わたしは自分の道を歩きたいんです。自分で世の中がどう動くのか見たいのです」

「何も言わなければ、きみの親父さんにはわからない、少なくともしばらくのあいだはな」

「いいんじゃないですか。父にもわたしに隠していたことがたくさんあったんですから」ジャックは、これは可笑《おか》しい、と思った。「おあいことということで、いいんじゃないですか」

「まあ、考えてみよう。Eメール・アドレスはあるかね？」

「はい」ジャックは名刺を手わたした。

「はい、どうぞ。時間を割いていただき、ありがとうございました」ジャックは立ちあがり、握手をして、部屋からでていった。

「二日欲しい」

　あの子はあっというまに大人になってしまった、とヘンドリーは思った。シークレット・サーヴィスの警護班のおかげということなのかもしれない——人によっては、ああやって大事にされて駄目になる者もいる。だが、この青年は血筋がいいのだ。父だけでなく母からもよい資質を受け継いでいる。それに、間違いなく頭が切れる。好奇心が旺盛《おうせい》というのも、知力がすぐれている証拠なのだろう。

　だが、こと知力に関してだけは、これで充分だということは絶対にない。それは世界中どこででも同じだ。


「どうだった？」エルネストは尋ねた。

「面白かったですよ」パブロは答え、ドミニカ製の葉巻に火をつけた。

「彼らの望みはなんだ？　われわれに何をしてほしいというんだ？」ボスは訊いた。

「ムハンマドは、まず共通の利益について、そして共通の敵について、話しました」

「アラブの国で商売しようとしたら、首をちょん切られてしまうぞ」エルネストは頭に浮かんだことをそのまま口にした。頭のなかには商売のことしかない。

「わたしもそう言ったんです。そしたら、アラブの麻薬市場はちっぽけなもので、旨《うま》みなんてない、とムハンマドは応《こた》えました。アラブ人は原料を密輸出しているだけです。ムハンマドの言うとおりです。でも、ヨーロッパの新しい市場を開拓したいのなら、手を貸すことはできますよ、ということなんです。ムハンマドの組織にはギリシャにしっかりした作戦拠点があります。それに、ヨーロッパに国境がなくなったいま、ギリシャはうちの荷を運びこむ、考えうる最良の地点です。しかも、彼らはそうした〝技術援助〟に対して金を要求しません。友好関係を築きたいだけと言うんです」

「要するに、われわれの助けが喉《のど》から手がでるほど欲しいということだな」それくらいはエルネストにもわかる。

「これまでの彼らの活動を見れば明らかなように、向こうには金や人員はたっぷりあるんです、ボス《ヘフェ》。彼らは人プラス武器をあの国にひそかに入れるノウハウを必要としているようなのです。とにかく、彼らが求めるものは少なく、提供するものは多いと言えますね」

「彼らと手を組むといいことがあるのだろうか？」エルネストは声にだして考えた。

「それでヤンキーの金と人員をちがう任務に向けさせることはできますよね」

「あの国は大混乱におちいるだろうが、深刻な政治的影響もありうるぞ……」

「ヘフェ、やつらのわれわれへの圧力はすでに凄《すさ》まじく、これ以上悪くなるなんてとても思えません」

「アメリカ合衆国《ノルテアメリカーノ》大統領になったばかりの男は馬鹿者だが、だからこそ危険でもある」

「ですから、われらが新しい友人たちにやつの目をそらせてもらうのもいいんじゃないですか、ヘフェ」パブロは指摘した。「うちの人間をつぎこむ必要はまったくないんです。危険はほとんどありません。それなのに、莫大《ばくだい》な利益があがる可能性がある。でしょう？」

「なるほどな。しかし、パブロ、われわれが係わったことがもしもばれたら、とんでもない代償を支払わなければならなくなるぞ」

「それはそうでしょう。でも、繰り返しますが、やつらが現在われわれにかけている圧力はとてつもないものですよ。圧力を強めるといっても、これ以上どれほど強められるというのでしょう？」パブロは言った。「やつらはいま、ボゴタの政府をとおして、われらが政治同盟組織を攻撃しています。向こうのねらいどおりの効果があがれば、われわれはそうとう深刻な打撃を受けることになります。あなたもカルテルの他の幹部たちも祖国の地で逃亡者とならざるをえないかもしれません」カルテルの情報部長と言ってもよい男は注意をうながした。そうなったらカルテルの幹部たちが莫大な金を投じて享受《きょうじゅ》していた楽しみの多くが奪われてしまう、とまで言う必要はなかった。金をつかって楽しめる場所がなければ、金など持っていてもしかたない。「世界のこのあたりには『敵の敵は友だち』という格言もありますしね。ヘフェ、この彼らの交換事業の提案に大きなマイナス面があるとしても、わたしには見えません」

「では、その男と会うべきだというんだな？」

「シー、エルネスト。問題はまったくないはずです。アメ公《グリンゴー》はわれわれの首も欲しいでしょうが、彼の首のほうがもっと欲しい。裏切りを恐れるというのでしたら、われわれよりも彼のほうでしょうね。まあ、いずれにせよ、われわれも充分に注意してからないといけませんが」

「わかった、パブロ。他の幹部たちに会って、アラブ人の話を最後まで聞くよう勧めてみよう」エルネストはやっと納得した。「会う段取りをつけるのはむずかしいのか？」

「彼は空路ブエノスアイレス経由で来ると思います。安全に旅する方法は心得ているはずです。偽造パスポートもわれわれよりもたくさん持っているのではないでしょうか。それにアラブ人には見えません」

「言葉のほうは？」

「大丈夫です」パブロは答えた。「イギリス人のように英語をしゃべります。それもまた一種のパスポート、世界を旅するのには実に都合がいい」

「ギリシャから入れるのか？　われわれの荷は？」

「彼の組織はもう何年も前からギリシャを出撃地としています。ヘフェ、秘密裏に入れるのは、人間の一団より〝商品〟のほうが簡単です。いちおう調べたところでは、彼らのやりかたも〝資産《アセット》〟も、われわれの目的にかなうように思えます。もちろん、実行する前に、うちの者にきちんと調べさせねばなりませんが」

「彼らがアメリカで何をやろうとしているのか、そっちの見当はついているのか？」

「わたしは訊《き》きませんでした、ヘフェ。こちらにはあまり関係ありませんから」

「彼らが何かやれば、国境警備が厳しくなるぞ。そいつは都合が悪くはないか？」エルネストは片手をあげて、反論しようとする部下を制した。「わかっている、パブロ。たいしたことではない」

「ヨーロッパで手伝ってくれているかぎり、彼らがアメリカで何をやろうとしても、わたしは気にしません」

3　グレー・ファイル

抱えている人員の大半がよその機関で働いているというのも、ヘンドリー・アソシエイツ社の有利な点だった。彼らの給料や衣食住を心配しなくてもよいのである。そうした〝諸経費〟はすべて納税者が知らずに払っているのだが、そもそも、その〝諸経費〟というものが具体的になんなのかということ自体、だれにもわからない。近年の国際テロリズムの隆盛によって、アメリカの二大情報機関のCIAとNSAは、以前よりもずっと緊密に連携するようになった。両者の本部は車で一時間ほどという距離にあるので——DC環状高速《ベルトウェイ》の北の部分を走るのは、クリスマスの週にショッピングモールの駐車場を通り抜けるのと同じくらい大変になることがある——彼らは、NSA本部とCIA本部の屋上同士を安全な極超短波によってむすび、通信でほとんどのやりとりをおこなうようになった。その極超短波が飛ぶ直線の途中にヘンドリー・アソシエイツ社の屋上があるという事実は、無視された。そもそも、そこにあったところで問題はまったくないはずではあった。その極超短波による通信は暗号化されていたからである。あたりまえのことだ。さまざまな技術的理由があって、極超短波を直線の通信経路にそってきちんと飛ばすことは不可能なのである。はみだす電波が当然あるのだ。物理法則というのは利用することはできるが、そのときどきの必要に応じて変えることはできない。

パソコンのネットワークで使用されるのとほとんど変わらない圧縮処理手順《アルゴリズム》を用いているため、この極超短波チャンネルの伝送容量は巨大なものになる。欽定《きんてい》英訳聖書まるまる一冊が、CIAからNSAへ、またはその逆に、数秒で送信できるのだ。複数のリンクがつねに稼働中《かどうちゆう》で、ほとんどの時間、ランダムにならべられた無意味な文字がやりとりされる。もちろんそれは、万が一、暗号を解読しようとする者がいた場合、そのふとどき者を混乱させるためだ。もっとも、暗号は〈タップダンス〉なので、解読は不可能ではある――とにかくNSAの暗号の専門家たちはそう主張している。〈タップダンス〉は完全ランダム方式の転置暗号システムで、完全にランダムな大気中の高周波雑音からつくられた莫大な数の転置が記録されているCD－ROMによって暗号化および復号がおこなわれる。そのため、同じ大気中の高周波雑音を記録していないかぎり、暗号解読は不可能ということなのだ。しかし毎週、ヘンドリー・アソシエイツ社の警備員のひとりが、二人の同僚に付き添われて——三人ともランダムに選ばれた警備員——NSA本部《フォート・ミード》まで車を走らせ、その週の暗号を復号するのに必要な数枚のCD-ROMをとってくる。それらのディスクは暗号機のオートチェンジャー機能をもったジュークボックスに挿入され、やるべき仕事をやる。そして、用済みになったものはとりだされ、人の手によって電子レンジまで運ばれて、三人の警備員が見守るなか、破壊される。むろん、その三人の警備員はみな、長年警備にたずさわってきたプロで、問いを一切発しないよう訓練されている。

　このちょっと面倒な手順を踏むことによって、ヘンドリー・アソシエイツ社はCIAとNSAがやっているあらゆる活動を知ることができる。どちらの組織も政府機関で、極秘工作員が獲得した〝収穫〟からカフェテリアでだされる怪しげな肉の値段まで、それこそあらゆることを記録するからである。

　そうやってとりこむ情報の多く——いや、大部分——は、ヘンドリー・アソシエイツ社の者たちにとってどうでもよいものだったが、そのほぼすべてが高密度記憶媒体《メディア》に記録され、必要なら一国の管理もできるサン・マイクロシステム大型汎用《メインフレーム》コンピューターによって自由自在な検索《クロス・リファレンス》ができるようにされた。これで、アメリカの二大情報機関が得る情報をのぞけ、さまざまな地域の専門家によるトップレベルの分析にも目を通すことができ、さらなるコメントや分析を求めて、データをほかの者たちに転送することも可能になる。分析ということに関しては、NSAがCIAを凌駕《りょうが》しつつある。少なくともヘンドリー・アソシエイツ社のトップ分析員はそう思っていた。しかし、問題を検討する場合、ふつうは多くの者が寄り集まって考えたほうがよい結果が得られる。ただ、多くの者が寄り集まったせいで、分析結果があまりにも複雑になってしまい、どういう行動をとればよいのかわからなくなってしまうというのでは、意味がない。そういう事態になることが、情報活動の世界ではあんがいある。国土安全保障省——まだ上院議員のままだったら、その新省設立認可の投票には反対票を投じていただろうな、とヘンドリーは思っている——が創設されて、各機関の連携が強まり、CIAもNSAもFBIの分析を受けとれるようになった。それで手続きの煩雑《はんざつ》さが増すだけという場合も多いが、FBIが生情報を情報機関とはちょっとちがう視点で解釈するというのも事実で、それが役立つこともある。FBIというのは、陪審員に犯罪の存在を証明して見せるというのを第一に考えて情報の分析を進めていくということだ。考えてみると、そういうアプローチも悪くない。

各組織にはそれぞれ独自の思考方法があるのである。連邦捜査局（FBI）は犯人逮捕をめざす警官からなる組織だ。中央情報局（CIA）はまったく性格のちがう組織で、ある種の行動を起こす権限があって、実際にそれを行使することもあるが、そこまでやることはめったにない。そして、第三の組織である国家安全保障局（NSA）は、情報を収集して分析し、それを他の人々にわたすだけ――わたされた個々の人々がそれで何かをするかどうかは、NSAのあずかり知らぬところだ。

〈ザ・キャンパス〉の戦略計画を担当し、情報収集・分析部門をも仕切っていたのは、ジェローム・ラウンズという男だった。彼は友人にはジェリーと呼ばれていて、ペンシルヴェニア大学から心理学の博士号も取得している。空軍、国務省情報調査局（I&R）で働いたあと、キダー・ピーボディ証券へ移り、まったく別のアナリストとして活躍、公務員のときよりもずっとよい給料をもらうようになった。そして、当時まだ上院議員だったヘンドリーに、ニューヨークでの昼食時に見いだされる。ラウンズはすでに証券会社で優秀な社員アナリストとしての評判を勝ちとり、稼いだ金もかなりのものになっていた。しかし、子供たちの教育費も充分にでき、ヨットの支払いも終わったところで、金を稼ぐことへの興味が突然しぼんだ。ヘンドリーと出会ったのは、ウォール・ストリートでただ金を稼ぐということにうんざりしはじめていたときで、誘いを受ける準備がすでにととのっていた。それが四年前のことである。ヘンドリー・アソシエイツ社での彼の仕事のなかには、ニューヨークの証券会社で学んだ、国際的な投機家たちの心を読むということも含まれる。ジェリー・ラウンズは現在、サム・グレインジャーとの緊密な連携のもとに仕事を進めている。サム・グレインジャーは〈ザ・キャンパス〉の為替取引課長であるとともに工作部長でもある。

ジェリー・ラウンズがサム・グレインジャーのオフィスに入ってきたのは、もうすぐ終業時間というときだった。ラウンズと彼がかかえる三十人のスタッフの本来の仕事は、NSAとCIAのあいだの通信を傍受して得られるすべての情報をチェックすることだった。怪しい臭《にお》いに敏感な〝鋭い嗅覚《きゅうかく》〟をもつ速読家でなければ、とてもつとまる仕事ではない。ラウンズは〈ザ・キャンパス〉のブラッドハウンド犬のようなものだった。

「これを見てくれ」ラウンズは一枚の書類をグレインジャーの机にぽんとおき、椅子《いす》に座った。

「モサドがひとり殺《や》られた?――それも支局長? うーん。どういうことなんだ?」

「ローマの警察は強盗殺人だと思っている。ナイフによる殺しで、札入れがなくなっているし、まともに格闘した形跡もない。きっと拳銃《けんじゅう》も持っていなかったのだろう」

「ローマは文明国にあり、物騒なところではないからな。拳銃なんて必要ない」グレインジャーは言った。しかし、これからはモサドの連中も拳銃を持って外出することになるのだろう。少なくともしばらくのあいだは。「でも、どうしてわれわれにもわかったんだね？」

「イスラエル大使館員が用をたしているときに殺されたという記事がローマの新聞に載ったんだ。で、ＣＩＡ《エージェンシー》のローマ支局長が、彼はモサドだと指摘した。ＣＩＡ《ラングレー》本部では、真相を知ろうと調べまわっている連中もいるが、たぶん無駄骨でね、結局は〈オッカムの剃刀《かみそり》〉がまたしても正解ということになって、警察の見解どおりというところに落ち着くんじゃないのかな」〈オッカムの剃刀〉というのは、十四世紀イギリスのスコラ哲学者であるウィリアム・オブ・オッカムがとなえた《無用な複雑化を避け、もっとも簡潔な論をとるべきだ》という思考節約の原則である。「死体があって、札入れがない。それなら、ちょっとやりすぎの強盗で幕だろう」

「それでイスラエルが納得すると思うか？」グレインジャーは釈然としなかった。

「そいつはイスラエル大使館のディナーにロースト・ポークがでるのと同じくらいありえないな」ユダヤ教徒が禁止されている豚肉を食べることは絶対にない。「やり口はプロだね。ナイフは第一頸椎《けいつい》と第二頸椎のあいだにもぐりこんで脊髄《せきずい》を切断している。街のごろつきなら、たぶん喉《のど》を切り裂いていただろう。プロはそんなことはしない。返り血を浴びるし、音もかなり立つからね。この事件は軍警察《カラビニエーリ》が担当している

　──だが、レストランにいた従業員か客にそうとう記憶力がよい者がいないと、彼らとてどうしようもないんじゃないかな。しっかりした目撃証言はまずでてこないだろう」

「では、どう考えたらいいんだ？」

　ラウンズは椅子の背にぐっと上体をあずけた。「いちばん最近の情報機関支局長殺しはいつだった？」

「かなり前だ。ＣＩＡ《エージェンシー》の支局長がギリシャで殺られたことがあったが、だいぶ昔のことだ──犯人は地元のテロリスト・グループだった。密告したくそ野郎は……仲間のＣＩＡ工作員のひとりで、鉄のカーテンの向こう側に亡命してしまった。いまはウォツカを飲みながら淋《さび》しがっているんじゃないのかな。そうそう、イギリスが数年前にイエメンで支局長をひとり殺られている……」グレインジャーは言葉を切って、ちょっと考えた。「これはあんたの推理が当たっているな。支局長を殺しても得るものはあまりない。敵の情報機関の支局長がだれだかわかったら、そいつを監視し、協力者《コンタクト》や部下を特定したほうがいい。支局長を殺してしまっては、わかるはずの敵の〝資産《アセット》〟もわからなくなってしまう。つまり、テロリストの仕業だと、あんたは思っているわけだな？　やつらからのイスラエルへのメッセージだと？」

「あるいは、やつらがとくに嫌っていた脅威をとりのぞくということだったのかもしれない。ともかく、殺られた哀れな男はイスラエル人だったんだろう。それも大使館員。それだけでもテロリストの殺しのターゲットにはなる。ただ、工作員が殺られたときは——それがベテランの工作員である場合はとくに——単なる偶然とは考えられない」

「モサドがアメリカの情報機関に助けを求める可能性はあるかな？」とグレインジャーは問いはしたが、それくらいのことはすでにわかっていた。モサドは、玩具《おもちゃ》をほかの子には絶対に使わせない砂場の子供のようなものなのだ。彼らが助力を求めるのは、A（必死になっているとき）およびB（自力では絶対に得られないものを他の人々が与えてくれると確信できたとき）という条件がととのった場合だけである。そのときは悔い改めた〝帰郷した放蕩《ほうとう》息子〟のようにふるまう。

「イスラエルは、殺された男——グリーンゴールドという名の男——がモサドだったと明かしはしないだろう。明かせば、イタリアの警察にとってすこしは役に立ち、防《ぼう》諜《ちょう》機関が乗り出すということにもなるかもしれないが、課報がらみの殺しであるという証拠はＣＩＡも一切《ラングレー》つかんでいない」

ともかく、ＣＩＡが諜報がらみの殺しだと考えることはないはずだ。グレインジャーにもそれくらいはわかった。むろん、ラウンズにも。グレインジャーはラウンズの目を見て、そう確信した。なぜCIAがその種の殺しだと考えないかというと、いまや諜報活動はたいへん文明化されてしまっているからである。他の組織の〃資産《アセット》〃を殺したら、仕事に差し支えるのだ。相手の組織の要員を殺せば、相手もたぶん同じことをして仕返しをする。そうやって外国の都市《まち》でゲリラ戦を展開するようになったら、本来の仕事ができなくなってしまう。情報機関の本来の仕事は、あくまでも情報を収集し、それを本国政府に伝えるということなのであって、拳銃の握り《グリップ》に〃殺し〃の印である刻み目をつけることではない。そして軍警察《カラビニエーリ》も、街のごろつきがやった単なる物盗りと考えたがる。それが諜報がらみの殺しであったら、犯人は外交官の身分をもった工作員である可能性が高く、そうだとすると殺人者はイタリアのいかなる法執行機関にも逮捕できないからである。国際条約と、クセルクセス一世治下のアケメネス朝ペルシアにまでさかのぼる伝統によって保護されている、外交官特権というやつがあるのだ。

「オーケー、ジェリー、あんたは〃嗅覚〃を鍛えていて、情報の裏を読むことができる」グレインジャーは言った。「結局、どういうことだと思う?」

「ローマの街にたちの悪い妖怪《ようかい》が一匹いるんだと思う、たぶんんね。殺されたモサドは、ローマの一流レストランで、おいしいワインを飲みながら昼食をとっていたんだ。おそらく隠し場所《デッド・ドロップ》から何かを回収しようとしていたんじゃないかな——地図を調べてみたら、そのレストランはイスラエル大使館から歩くとかなり大変で、いつも昼食をとる場所としてはちょっと遠すぎる。問題のグリーンゴールドがジョギングをする男なら話は別だが、昼食時にジョギングというのはあまり聞かない。リストランテ・ジョヴァンニのシェフの料理にご執心というのでなければ、五分五分の確率で隠し場所《デッド・ドロップ》からの回収か、協力者との密会のようなことだったのだと思う。そうだとすると、罠《わな》にはまったのだ。正体をあばくだけの罠ではなく、正体をあばいて殺すという罠にね。ただ、罠をしかけた敵の素性ははっきりしない。地元の警官には強盗のように見えるかもしれないが、わたしには手際《てぎわ》よく実行された計画的暗殺のように見える。犠牲者は即座に無力化されたんだ。抵抗することはまったくできなかった。プロの工作員を殺るときはそれが最良のやりかただ——相手にどれほどの防御力があるのか、さっぱりわからないわけだから、実行するにはそれなりの勇気がいるが、わたしがアラブ人だったら、モサド要員はみな悪鬼と考えるだろうな。そして、殺るなら、危険はできるだけ避ける。拳銃を使わなければ、物的証拠は何も残らない。弾丸も、薬莢《やっきょう》も。札入れを盗《と》っておけば、強盗のように見える。だが、モサドの支局長を殺したのだから、メッセージを発することはできたわけだ、おそらく。それも、モサドが嫌いというメッセージではなく、おまえたちなんてズボンのチャックを下げるくらい簡単に殺れるんだぞ、というメッセージをな」

「そういうことに関する本でも書こうというのかい、ジェリー？」グレインジャーは軽く受けた。情報収集・分析の専門家が事実の一かけらをひろってきて、それを引っぱったり叩《たた》いたりして完全なドラマにしてしまったのだ。

「いつからあんたは偶然を信じるようになったんだね？」ラウンズは鼻のわきを指で軽くたたき、にやっと笑った。「この件はどうも臭うんだ」

「CIA《ラングレー》はどう考えてる？」

「まだ、なんの判断もしていない。これの評価は南欧課が任された。一週間ほどで、われわれもその評価結果を知ることができるだろう。まあ、大したものではないだろうがね。わたしは南欧課長を知っている」

「鈍いやつか？」

ラウンズは首を振った。「いや、そうでもない。頭は悪くないが、わざわざ危険を冒すような真似《まね》はしない。独創的なところもとくにあるわけではない。たぶんこれは〈七階〉の幹部のところまで上がらないだろう」

ＣＩＡ長官は代わってしまい、もはやエド・フォーリではない。エド・フォーリは引退し、彼もまた、妻のメアリ・パットといっしょに〝わたしはそこにいた〟本、つまり回顧録とやらを書いているという。現役時代は二人ともたいへん優秀だった。だがＣＩＡの新長官は、政治的利用価値があるだけのキールティ大統領お気に入りの元判事で、大統領の承認なしには何事もしない男なのだ。ということはつまり、ＣＩＡはホワイトハウスの国家安全保障会議チームというミニ官僚制を通して運営されるということである。そして、そのホワイトハウスの国家安全保障会議チームというのがまた、ＲＭＳ（ロイヤル・メール・シップ）タイタニック号と同じくらい水洩《みずも》れならぬ情報洩れしやすいところなのだ。だからメディアには人気がある。ただ、ＣＩＡ工作部はいまだに人員を増やしつづけており、ヴァージニア州タイドウォーターの訓練所《ザ・ファーム》では新人工作員の訓練がいまもとだえない。それに新たに工作部長となったのは、なかなか優秀な男だ――議会が現場仕事はそのやりかたを知り尽くしている者に任せなければならないと主張したためである。これにはキールティ大統領も失望したが、議会とのゲームのしかたはよく心得ていて、逆らいはしなかった。だから、工作部がやるべきことをやれる優秀な部にもどる可能性はあるのだが、現政権下では〝明らかに悪いこと〟は何もできない。つまり、議会が嫌がることは何もできない。民間の情報機関嫌いたちが騒ぐようなことは何もできない。情報機関がただただ嫌いという連中は、馬鹿《ばか》げた思いこみから歴史上の大事件をCIAのせいにし、大陰謀説とやらをとなえ、折りあるごとにそれを繰り返している。彼らにかかると、日本軍によるパール・ハーバー奇襲も、サンフランシスコの地震も、CIAの陰謀なのである。

「すると、これでどうにかなるということはない、というわけか？」答えはわかっていたが、グレインジャーはいちおう訊《き》いてみた。

「モサドはいろいろ探りを入れ、要員に警戒するよう指示するだろうが、それも一、二カ月つづくだけで、工作員のほとんどはもとどおり落ち着き、通常の仕事をこなすようになるはずだ。ほかの国の情報機関も同じだろう。ともかく、イスラエルは殺された男の正体がなぜ割れたのか知ろうとする。まあ、いまある情報だけでは、それを推測するのもむずかしいけどな。単純なことなのかもしれない。いつものようにね。協力者として引っぱりこんだ者が実は敵で、そいつに嚙《か》まれたとか。暗号が解読されたとか——たとえば、大使館の暗号係が賄賂《わいろ》をもらって裏切ったとか。あるいは、だれかさんがやばいカクテルパーティーでやばい男にしゃべってしまったとか。そういう可能性はいくらでもあるじゃないか、サム。この世界では、うっかりミスひとつだけでも現場で人が死ぬんだ。そして、どんなに優秀な者でも、その種のうっかりミスをおかしうる」

「現場仕事の〝やるべきこと・やっちゃいけないこと〟マニュアルに付け加えるべきことだな」グレインジャーにもむろん現場仕事の時代はあった。しかし、現場といっても、だいたいが図書館や銀行で、埃《ほこり》よりつまらなく見えるほど無味乾燥な情報をひっかきまわすというのが仕事だった。そしてときどき、情報の山のなかに埋もれたダイヤモンドを見つけた。つねに身分を偽っての仕事で、偽装にはこだわった。偽装が自分の誕生日ほどリアルに思えるようになるまで自己暗示をかけるという気の入れようだった。

「ほかの工作員がまたどこかで殺《や》られなければ、この件はしぼむだけだ」ラウンズは結論を述べた。「また殺られたら、ほんとうに妖怪が一匹いるということになる」

コロンビアのアビアンカ航空の旅客機は、予定よりも五分早くカルタヘーナに着陸した。彼はまずオーストリア航空でロンドンへ向かい、ヒースロー空港で英国航空に乗り換えてメキシコシティまで飛び、そこで再度コロンビア最大の航空会社の便に乗り換えて、南アメリカの北端に近い都市に達した。最後に乗った飛行機はアメリカ製の古いボーイングだったが、彼は空の旅を怖がるような男ではなかった。世界にはもっとずっと大きな危険がいっぱいある。ホテルの部屋で彼はスーツケースをあけ、手帳をとりだした。そして散歩にでかけ、公衆電話を見つけて電話をかけた。

「ミゲルが着いたとパブロに言ってください……グラシアス」それだけ言うと、彼は一杯飲みに酒場まで歩いた。ここのビールはあんがいうまいじゃないか、とムハンマドは思った。自分が信じる宗教では飲酒は禁じられているのだが、目立たないよう現地の環境にとけこまなければならない。ここではだれもが酒を飲むのだ。十五分ほど椅子《いす》に座ってビールを飲んでから、彼はホテルに歩いてもどった。歩きながら二度、尾《つ》けられていないかあたりに目をやったが、尾行者らしき者はひとりも見つけられなかった。それでも尾けられているというのなら、相手はプロで、その場合はふせぎようがない。だれもがスペイン語をしゃべり、メッカの方向を知る者はひとりもいない、という外国の都市では、もうどうにもならない。ムハンマドはイギリスのパスポートで旅をしていた。そこに書きこまれている名前はナイジェル・ホーキンズ、住所はロンドンだ。その住所にはほんとうにフラットがある。それで、よくある警官の尋問もくぐりぬけることができるが、どんなに巧妙な偽装も永遠にばれないという保証はない。だが、ばれたときは……そう、ばれたときだ。わかりようのない未来のことを心配して生きていってもしかたない。計画を立て、必要な用心をし、ゲームをすればいいんだ。

面白いじゃないか、とムハンマドは思った。その昔、スペイン人はイスラム教徒の敵だった。そして、このコロンビアの国民のほとんどがスペイン人の子孫である。それなのに、自分と同じくらいアメリカを憎む者たちが、この国にはいる――だが、憎しみの度合いは同じではなく同じくらいだ。彼らにとって、アメリカはコカインを買ってくれるお客さん、大収入源でもある……そう、祖国サウジアラビアにとって、アメリカが石油を買ってくれるお客さん、大収入源であるのとちょうど同じだ。数億アメリカ・ドルにものぼるムハンマドの個人財産は、世界中のさまざまな銀行にあずけられている。たとえば、スイス、リヒテンシュタイン、ごく最近ではバハマの銀行に。むろん、自家用ジェット機で世界を飛びまわることもできるが、それではあまりにも簡単に移動経路がわかってしまう。海上で撃ち落とされる危険性も大いに高まる、とムハンマドは思う。彼はアメリカを軽蔑《けいべつ》していたが、その力を見くびってはいなかった。アメリカの力を忘れて、不意に天国に召されてしまった善き男たちが、これまでに何人いたことか。天国行きも悪くはないが、自分には、天国ではなく、この世でやらなければならない仕事がまだ残っているのだ。

「おーい、大尉《たいい》」

ブライアン・カルーソーは振り向いた。ジェームズ・ハーデスティが見えた。まだ朝早く、七時にもなっていなかった。ブライアンは指揮下の小規模中隊の海兵隊員たちの先頭に立って、日課となっている朝食前の運動と三マイル走を終えたばかりで、部下たちと同じようにいい汗をたっぷりかいていた。兵士たちにシャワーを浴びさせるべく中隊を解散させ、自分の居住区へもどろうとしていたとき、ハーデスティに呼びとめられたのである。だが、ブライアンが言葉を返すよりも早く、もっと聞き慣れた声に呼びかけられた。

「中隊長《スキッパー》！」振り向くと、自分の上級下士官のサリヴァン一等軍曹だった。

「なんだ、一等軍曹《ガニー》？　今朝はみんな、きびきびしていたな」

「はい。今朝はハードすぎず、ほどよい運動量でした。さすがです」E－7（一等軍曹）は賞賛した。

「ウォード伍長《ごちよう》はどんなようすだった？」ブライアンがあまりきつい運動を課さなかったのはウォードのためだった。もう思いきり体を動かしても大丈夫と本人は言っていたが、彼はまだ重傷から癒《い》えきっていない状態なのだ。

「ちょっと息を切らせてましたけどね、へたばりはしませんでした。ランダル衛生兵がしっかり見張っていてくれました。ランダルは海軍《スクウイッド》にしてはなかなかの男です」

一等軍曹は認めた。だいたい海兵隊員は、自分たちの面倒をみてくれる海軍の衛生兵にはとても気をつかう。過酷な戦場で強襲偵察隊《フォース・リコン》の面倒をみられるほどタフな衛生兵には、とりわけ気をつかう。

「彼はそのうち特殊部隊《シール》に引っぱられ、コロナド海軍基地行きになるだろうな」

「ですよね、中隊長。そしたらまた、こっちは海軍をひとり仕込まなくちゃならない」

「で、なんの用だ、一等軍曹?」カルーソーは訊いた。

「はい——おっと、彼がいます。どうぞ、ミスター・ハーデスティ。ボスに会いにいらしたって、いま聞いたばかりです。失礼、またあとで、大尉」

「いいとも。じゃあ一時間後に、一等軍曹」

「アイ・アイ・サー」サリヴァンはぴしっと敬礼し、兵舎のほうへもどっていった。

「なかなかいい下士官だな」ハーデスティが頭に浮かんだことをそのまま口にした。

「ええ、もう最高です」ブライアンは返した。「彼のような男たちが海兵隊を支えているのです。彼らはわたしのような者にも寛大です」

「朝食でもどうだね、大尉?」

「先にシャワーを浴びさせてください。そのあとなら」

「今日の予定は？」

「通信に関する授業があります。全員が航空支援および砲兵支援を確実に要請できるようにするためのものです」

「まだできないということかね？」ハーデスティは驚きをあらわにした。

「野球チームが試合の前にかならずバッティング練習をし、そばでコーチがそれを見ているでしょう？　あれと同じですよ。選手はみなバットの振りかたくらい知ってます」

「なるほど」基本と呼ばれるものは、ほんとうに基となる必要不可欠のものだからそう呼ばれるのだ。海兵隊員たちも、野球選手のように、日々の練習を嫌がらない。一回でも過酷な戦場にでた経験があれば、基本がいかに重要であるか身にしみてわかる。

ブライアン・カルーソーの部屋までは歩いてすぐだった。若い将校がシャワーを浴びるあいだ、ハーデスティは自分でコーヒーをそそぎ、新聞を読んだ。独身の男がつくったにしてはコーヒーは驚くほどうまい。新聞に書かれていることは、例によって、すでに知っていることばかりだった。むろん、昨夜のスポーツの結果以外は。それに、漫画がいつものように笑わせてくれた。

「では、朝食に行きましょうか?」若者はさっぱりして、言った。

「ここの食いもんはうまいのか?」ハーデスティは腰をあげた。

「まあ、まずくて食えない朝食なんて、そうとう努力しないとつくれないでしょう?」

「そりゃそうだ。よし、案内してくれ、大尉」二人はブライアンのメルセデス・ベンツ・Cクラスで一マイルほど離れた総合食堂へ向かった。いかにも独身者らしい車だったので、ハーデスティは安心した。

「しばらくお会いすることはないと思っていたんですけど」運転席のブライアンが言った。

「もう永遠に会わないと思っていたんじゃないのか?」元陸軍特殊部隊員は軽い調子で訊いた。

「ええ、実は」

「きみは試験に受かった」

これにはブライアンも思わず助手席のほうに視線を投げた。「試験って、どんな試験です?」

「まあ、わかりはしなかっただろうな」ハーデスティは低く笑いを洩らした。

「いやあ、これはもう、今朝はすっかり混乱させられてしまいました」これもハーデスティの計画の一部なのだろう、とブライアンは確信した。

「古い格言に『混乱していなければ、誤解しているのだ』というものがある」

「ちょっと不気味な格言ですね」ブライアン・カルーソー大尉は言い、ハンドルを右にまわしてメルセデスを駐車場に入れた。

「かもな」ハーデスティは車から降り、大尉のうしろについて建物のほうへ歩いていった。

平屋の大きな建物で、飢えた海兵隊員でいっぱいだった。カフェテリアのラインに目をやると、フロステッド・フレークスからベーコンエッグまで、アメリカの通常の朝食となる食品がラックやらトレーやらにならんでいた。ベーグルまである――

「ベーグルもありますけどね、あまりうまくないです」ブライアンは注意をうながし、イングリッシュ・マフィン二個と本物のバターをとった。まだ若いので、当然、コレステロールのことなど加齢によって生じる問題を心配する必要はない。ハーデスティはチェリオスの箱をひとつとった。そして、彼の場合は健康問題をいろいろ心配しなければならない年になってしまったので、不本意ながら、ローファット・ミルクとノンシュガー甘味料をとった。コーヒー・マグは大きかった。そこには、伍長から大佐までさまざまな階級の者たちが、四百人ほどはいたにちがいなかったが、テーブルがしっかり離れていて、驚いたことに秘密の話をすることも可能だった。ブライアンは、若い軍曹たちがかたまっている区画の、空いたテーブルにハーデスティを導いた。

「オーケー、ミスター・ハーデスティ、どういうお話でしょうか？」

「まず第一に、きみには秘密情報取扱資格《セキユリテイ・クリアランス》がある。ＴＳ《トップ・シークレット》まで扱えたね？」

「はい。一部のＴＳだけですけどね。でも、それはあなたがたにはまったく関係がないことです」

「たぶんな」ハーデスティはいちおう折れた。「オーケー、われわれがこれから話し合うことは、それよりもちょっとばかり高度な機密でな。だれにも絶対に話さないように。いいね？」

「はい。最高機密ということですね。わかりました」ブライアンは答えた。

いや、わかっていないな、とハーデスティは思った。実はこれは最高機密以上のものなのだ。だが、その説明はまた今度ということにしなければならない。

「どうぞ、話してください」

「きみはだね、あるかなり重要な人々によって認められたのだ。つまり、ある組織……存在していないことになっている、特殊と言わざるをえない組織のだね……最良の要員候補に選ばれたというわけだ。その種の組織は、きみも映画で観《み》たり、小説で読んだりしたことはあるだろう。しかし、これはつくりものではない、ほんとうの話なんだ。わたしはその組織に入るようきみを勧誘しにきたのだ」

「しかし、わたしは海兵隊の士官で、それが気に入ってるんです」

「それは海兵隊での経歴をなんら傷つけるものではない。実はきみの少佐昇進はすでに決まっている。きみは来週、その辞令を受ける。だから、どのみち、きみはいまの隊から離れなければならない。海兵隊にとどまるというのなら、来月から海兵隊本部行きとなって、情報収集・特殊作戦部で働くことになる。きみはまた、アフガニスタンでの戦功で銀星《シルヴァー・スター》章をもらうことになっている」

「部下たちはどうなっているんでしょう？　わたしは彼らへの授章も申請したんです」こういうところがこの若者の心配な点だな、とハーデスティは思った。

「全員の受章が認められた。それはともかく、たとえその組織の一員になっても、きみは好きなときに海兵隊にもどれる。今回の少佐昇進辞令および今後の通常の昇進が阻害されることはまったくない」

「どうしたらそんなことができるんですか？」

「われわれには高い地位についている友人たちがいるんだ」来訪者は説明した。「ということはつまり、きみにもいるということだ。給料はひきつづき海兵隊を通して支払われる。銀行で新たな手続きをする必要があるが、簡単なもので厄介なことは何もない」

「その新しい仕事ですけど、どういうものなんです？」ブライアンは訊《き》いた。

「国に尽くすという仕事だ。わが国の安全保障に必要なことをするんだ。ただ、ちょいと普通ではないやりかたでな」

「どういうことをするんです、具体的に？」

「ここでいま言うわけにはいかない」

「なんとも謎《なぞ》めいた話ではないですか、ミスター・ハーデスティ。せっかく、あなたの言うことがわかりはじめ、この不意討ちにも耐えられるのではないか、と思えるようになったというのに」

「ルールを決めるのはわたしではないんだ」ハーデスティは応《こた》えた。

「CIA《エージェンシー》でしょう？」

「いや、そうとは言えない。まあ、そのうちわかる。いまわたしが欲しいのは、きみの答え、イエスかノーだ。たとえ入っても、嫌になったらすぐ、その組織から離れられる」ハーデスティは約束した。「ただ、今日はすべてを説明することはできない」

「わたしはいつまでに決めればいいんです？」

「そのベーコンエッグを食べ終わるまでにだ」

そう言われて、ブライアン・カルーソー大尉《たいい》は思わずイングリッシュ・マフィンをおいた。「これ、何かの冗談でしょう？」前大統領の親戚《しんせき》というせいで、いたずらを仕掛けられたことは何度かある。

「いや、大尉、冗談ではない」

脅迫めいた感じにならないよう、ハーデスティの口調はわざとらしいほど軽やかになった。ブライアン・カルーソーのような人々は、いかに勇気があろうと、未知のもの――もっと正確に言えば〝理解不能の未知のもの〟――には、戦慄《せんりつ》するというところまではいかないまでも、恐れをいだくことが多いのだ。彼の仕事はもう充分に危険なものであり、利口な人間は嬉々《きき》として危険を求めはしないからである。ブライアンのような人々の仕事はふつう、与えられた任務を遂行するのに必要な技量や経験が自分にはあると確信したのち、道理にかなった方法で危険に対処しつつ、やるべきことをやる、というものなのだ。だからハーデスティは、居心地のよいアメリカ合衆国海兵隊のふところのなかにいつでも戻れるのだということを、ブライアンにしっかりと伝えたのである。それはまんざら嘘《うそ》でもなかった。ブライアンを引き入れるという目的は、それでどうにか達成できそうだった。ただ、海兵隊の若い士官としては、それだけの条件で誘いに喜んで乗るわけにもいかない。

「女のほうはどうなってる、大尉?」

こう問われて、ブライアンはびっくりした。が、正直に答えた。「特定の女《ひと》はいません。デート相手は何人かいますが、本気で付き合っている女はひとりもいません。何か心配なことでも?」女がいるということがどれほど危険なのか、とブライアンは思った。

「問題は秘密保持という点だけだ。大半の男は妻に隠し事ができないからな」だが、単なるガールフレンドなら、まったく別の話で、問題はない。

「オーケー。で、それは危険な仕事なんですか?」

「たいして危険というわけでもない」ハーデスティは嘘をついた。すっかりだませるほど上手な嘘ではなかった。

「ええと、わたしはですね、少なくとも中佐になるまでは海兵隊にいようと思っていたのですが」

「海兵隊本部の人事評価担当者は、きみはそのうち大佐にもなれると考えている。むろん、ドジを踏まなければだ。きみが大へマをやらかすとは、だれも思っちゃいないが、優秀な男が大失敗をするというのもよく聞く話だ」ハーデスティはチェリオスを食べ終わり、ふたたびコーヒーに目をやった。

「ありがたいことに、わたしにはどこか上のほうに守護天使がいるようですね」ブライアン・カルーソーは皮肉っぽく言った。

「繰り返すが、きみは認められたのだ。海兵隊は才能を見つけて育てるのがとてもうまい」

「そして、今回、別の人たちがそれをした――つまり、わたしを見つけた」

「そういうことだ、大尉。だが、わたしはきみにチャンスしか提供しない。きみはこれから自分が有能であることをみずから証明して見せねばならない」こういうふうに挑戦心をあおるのも作戦のうちだった。有能な若者はこのような挑戦をなかなか撥《は》ねつけられない。よし、つかまえたぞ、とハーデスティは思った。

バーミングハムからワシントンDCまで、ずいぶん長い車の旅になった。ドミニク・カルーソーは安モーテルが好きではなかったので、一日で走りきったが、朝の五時に出発してもあまり効果はなかった。車は兄のとほとんど変わらないフォードアの白いメルセデス・ベンツ・Cクラスで、トランクと後部座席に荷物をたくさん積みこんでいた。州警察のパトカーに二度とめられそうになったが、どちらの場合も、ＦＢＩ捜査官の身分証明バッジ《クリデンシャル》――ＦＢＩ《ビューロー》内では〝クリードー〟と呼ばれている――を見せると、警官は大目に見てくれ、友好的に手を振っただけで立ち去った。法執行官同士のよしみで、スピード違反くらいは見逃してくれるのである。ヴァージニア州アーリントンのホテルには夜の十時きっかりに着き、ベルボーイに荷物を運ばせ、エレベーターで部屋のある三階までのぼった。室内のミニバーにはまずまずの白ワインの小瓶があり、ドミニクはとりあえずシャワーを浴びてから、その白ワインをごくごく飲んだ。ワインと退屈なテレビが睡眠薬となった。七時のモーニングコールを頼んでから、ケーブルテレビＨＢＯの番組の助けを借りて眠りに落ちた。

「おはよう」ジェリー・ヘンドリーは翌朝八時四十五分に言った。「コーヒーは？」

「いただきます」ジャック・ジュニアは自分でカップにコーヒーをそそぎ、椅子《いす》に座った。「お電話、ありがとうございました」

「きみの学業成績を調べてみたよ。ジョージタウン大学ではなかなかの成績だった」

「なにしろ授業料が高いですからね、それなりに勉強しませんと――それに、あんがい簡単に調べられたでしょう」ジョン・パトリック・ライアン・ジュニアはコーヒーをひとくち飲み、次になんと言われるのだろうかと思った。

「初心者レベルの仕事をやってもらうというのはどうだろう？」元上院議員は単刀直入に切りだした。ヘンドリーは何事も遠回しに言うような男ではない。彼が再度訪れた若者の父親と仲良くやってこられたのは、そういう性格のせいもある。

「何をするんでしょう、具体的に？」ジャックは目を輝かせた。

「ヘンドリー・アソシエイツ社について知っていることは？」

「すでに話したことだけです」

「オーケー。これからわたしがきみに言うことは、だれにも話してはいけない。だれにもだぞ。いいね？」

「はい」早くもすべてが明らかになってしまった。やっぱりそうだったのか、とジャックは思った。うーん。

「きみの親父《おやじ》さんは、わたしの親友のひとりだった。〝だった〟と言うのは、もう会う機会がなく、電話でもごくまれにしか話さないからだ。たいてい彼のほうがここに電話をかけてくる。親父さんのような人々は絶対に引退しない――死ぬまで引退などできないんだ。きみの父親は史上最高の情報機関員のひとりだった。文書――少なくとも政府の文書――には書かれたことは一度もなく、これからも決して書かれないと思われるようなことを、やってのけたのだ。ただ、この場合の〝決して〟は五十年ほどという意味だがね。いま親父さんは回顧録を書いているが、実は二つのヴァージョンを書いている。ひとつは数年後に出版するヴァージョン、もうひとつは二世代ほどは日の目を見ないというヴァージョン。要するに、彼が死ななければ出版されないというやつだ。これは彼の命令でね」

父が死後のことまで計画しているということを知って、ジャックは衝撃を受けた。父《ダッド》さんが？――死ぬ？　頭では理解できるが、いざそうなったときの感じがまったくつかめない。「オーケー」なんとか言った。「母《マム》はそういうことを知っているのですか？」

「たぶん――いや、まず知らないだろうな。CIA本部《ラングレー》にも記録が残っていないものもある。ときには政府も記録文書を残せないようなことをするんだ。きみの親父さんは、その種のことに巻きこまれて大活躍する才があった」

「あなたはどうなんです？」ジャック・ジュニアは訊いた。

ヘンドリーは椅子の背にゆったりと身をあずけると、達観したような冷静な口調で言った。

「問題は、何をしようと、かならずそれを気に入らない者がでてくる、ということだな。ジョークと同じだね。どんなに可笑《おか》しいジョークでも、かならずそれで気分を害する者がいる。しかし、高いレベルでは、だれかが気分を害した場合、そのだれかさんは面と向かって本人に文句を言わず、大泣きしてジャーナリストに訴えるんだ。そして、それはふつう厳しく非難する論調で世間に知らされる。その多くは出世主義が醜い頭をもたげた結果だ――自分よりも高い地位にある者を陰険な中傷で闇討《やみう》ちにするようなものだ。しかし、そういうことが起こるのは、高位の者たちが自分たちの善悪の基準にのっとって政策をつくりたがるからでもある。それはエゴと呼ばれる。問題は、だれもがちがう善悪の基準をもっているということだ。そして、なかにはまさにクレイジーとしか言いようのない者たちもいる。

たとえば、現大統領だ。かつて上院の議員控室で、エド・キールティがこうわたしに言ったことがある。死刑には絶対に反対だ、わたしはアドルフ・ヒトラーの処刑にだって我慢できない、とね。まあ、酒を二、三杯飲んだあとだった――彼は飲むと口数が多くなり、残念なことに、ときどきちょっと飲みすぎる。そうキールティに言われたとき、わたしはジョークで返した。その文句は演説では使うなよ、と言ってやったんだ――ユダヤ人票は膨大で、たいへんな力があるからね。ヒトラーを死刑にするな、なんて、ユダヤ人にはひどい侮辱としか思えないはずだ。主義を立派に貫いたと思ってくれるユダヤ人なんていない。頭だけで考えて死刑には反対という人はたくさんいる。むろん、そうした考えは尊重する。だが、わたしは死刑廃止には賛成できない。死刑廃止をとなえる非暴力主義者の欠点は、他人に危害を加える者に対して、断固たる態度がとれないということだ。相手が取り返しのつかない危害を加える者である場合でもね。自分の主義をまげなければ、そうした者たちが悪事を働くのを阻止できないわけだ。良心や政治意識とやらのせいで、それができないという者たちもいる。正当な法の手続きでは問題が解決しないこともある、という悲しい現実があるというのにね。そうしたことは国外ではよくあり、国内でも、ごくまれにだがある。

で、それがアメリカにどんな影響をおよぼすか？　ＣＩＡは人を殺さない――絶対にな。少なくとも一九五〇年代以降は。アイゼンハワーは巧妙にＣＩＡを利用した。いやもう、力を行使する巧みさは見事なものでね、アメリカが何かをしているなんてだれにもわからないようにして、やりたいことをやった。カメラの前では〝出陣の踊り〟も〝戦勝の踊り〟もして見せなかったので、愚鈍な男とみんなに思われていた。まあ、当時はいまとはまったくちがう時代だったんでね、それも大きかった。第二次世界大戦の記憶はまだ薄れていず、大量殺戮《さつりく》――罪のない民間人をも含めた殺戮――おもに空爆によるそれが、珍しくもなんともない時代だったんだ。戦争を効果的に進めるには、それくらいの犠牲はやむをえない、と考えられていたというわけさ、当時は」

「カストロ暗殺計画は？」

「そいつはジョン・F・ケネディ大統領と弟のロバートがやったことだ。二人はカストロを殺そうと躍起になった。しかし、結局はピッグス湾への侵攻でしくじり、恥をさらした、というのが大方の意見だね。あの失敗は、ジェームズ・ボンド本の読みすぎが最大の原因ではないかと、わたしは思っている。当時の人間は、人殺しにわくわくするようなところがあった。いまの人間は、そういう者たちを変質者と呼んでいる」ヘンドリーは不愉快そうにつづけた。「ああいう作戦は実行するより小説で読んだほうが面白いんだ。高度な訓練を受けた士気の高い人員を集めなければ、なかなか成し遂げられることではない。立案者たちは失敗してそれがわかったと思う。ところが、それが公《おおやけ》になると、ケネディ兄弟の関与はおおい隠され、CIAがすべて責任をとらされた——大失敗の責任をな。彼らは現職の大統領が命じたとおりのことをしたにすぎないのに。ともかく、その後、フォード大統領が外国元首暗殺禁止の大統領令をだして、この問題にけりをつけた。以後、CIAは計画的な人殺しは一切しなくなったというわけだ」

「ジョン・クラークはどうなんです？」ジャックはクラークと会ったときの目の表情を思い出していた。

「彼は一種の例外だ。たしかに彼は何度も人を殺したことがある。が、戦術的にどうしても必要だというときにのみそうするよう、いつも充分に注意していた。現場での自己防衛はＣＩＡ《ラングレー》だって許している。彼には殺しを戦術的に必要なことにする才があった。わたしはクラークに二度会ったことがある。よくは知らない。ほとんど噂《うわさ》だけで知っているようなものだ。ともかく、彼は例外だよ。もう引退してしまったから、やはり本でも書いているかもしれんな。だが、たとえほんとうに書いているとしても、彼の場合はすべてを書くわけにはいかんだろう。この先もずっとな。クラークはルールを守ってプレーした、きみの親父さんと同じようにね。ときにはルールを曲げることもあったが、わたしの知るかぎり、破るということは一度もしていないはずだ——つまり、国家公務員としてはな」ヘンドリーは補足した。彼はかつてジョン・クラークについてジャック・ライアンとじっくり話し合ったことがある。ジョン・クラークがやったことをすべて知っているのは、世界中で彼ら二人だけなのである。むろん、本人をのぞいて。

「わたしは前に一度、クラークの〝暗黒面《バッド・サイド》〟を擁護したいとは思わない、と父《ダッド》に言ったことがあります」

ヘンドリーは微笑《ほほえ》んだ。「それはそうだろう。しかし、自分の子供の命が危ないとき、ジョン・クラークに頼めば助けてもらえるぞ。きのう会ったとき、きみはなぜクラークはここにいないのかと尋ねた。いまならそれに答えられる。もうすこし若かったら、彼は当然ここにいた、というのがその答えだ」ヘンドリーは明かした。

「いま、すごいことをおっしゃったんですよ、あなたは」ジャックは即座に返した。

「わかっている。きみはそういうのに耐えられるかね？」

「人を殺すことに？」

「わたしはそこまで言わなかったぞ」

ジャック・ジュニアはコーヒーカップをおいた。「なるほど、あなたは頭が切れると父が言うのもうなずけます」

「きみの親父さんは若いころに何人か殺したことがあるが、その事実には耐えられるのかね？」

「それならわたしも知ってます。わたしが生まれた夜のことでしょう。家庭の語り草になってましたから。父が大統領のとき、記者たちが大騒ぎしてましたしね。メディアはそれが恐ろしい伝染病であるかのような取り上げかたをずっとつづけてました」

「そうだったな。人を殺すのも、映画のなかでのことなら、世間も落ち着いていられるが、いざ現実のことになると、神経をとがらせる。しかし問題はだ、現実世界に生きていると、ときどき——しばしばではなく、ときどき——そうしたことをする必要も生じる、ということなんだ。きみの父親が身をもってわかったようにね、ジャック……それも一度でなく何度か。親父さんはすこしも怯《ひる》まなかった。ただ、そのときのことは悪夢としてよみがえったとは思うがね。ともかく、親父さんはやらねばならないときに、きっちりやった。だから、いまこうやってきみは生きていられるのだ。彼がテロリストを殺したおかげで、命が助かった者はほかにもたくさんいる」

「潜水艦のこともわたしは知ってます。こちらのほうは、かなりのことが世間に知られていますが——」

「いや、ほんとうのところはあんなものじゃない。きみの親父さんがみずからトラブルを求めたことは一度もない。だが、トラブルに巻きこまれたときは——繰り返すが、必要なことをきっちりやった」

「父と母を——わたしが生まれた夜に——殺そうとしたテロリストたちが処刑されたときのことを、わたしはうっすらと覚えています。子供だった自分にはよくわからなかったことを、母にいろいろ訊《き》いたんです。もちろん、母は処刑が好きなような人ではありません。でも、そのときは、たいして気にしなかったんです。いやな気分になりはしましたが、事情を無視するわけにもいかなかったのだと思います。父だって──処刑なんて、ほんとうは好きではありませんが、涙を流して悲しみはしませんでした」

「親父さんは男──テロリストの首領──の頭に銃口を押しつけたが、発砲しなかった。必要なかったからだ。で、結局、そいつを殺さずにすんだ。わたしだったら、まあ、どうしてたかわからないな。間違えても仕方ないような、むずかしい状況で、きみの親父さんは正しい選択をしたのだ」

「ミスター・クラークもそう言ってました。一度そのことについて訊いたことがあったんです。警官たちが現場にいたんだから、わざわざ自分で殺《や》ることもないだろう、というのが返ってきた答えでした。本気でそう言ったのかな、と思いはしましたけどね。これはほんとうにむずかしい問題です。わたしの警護班長だったマイク・ブレナンにも訊きました。警官でもなんでもない一般人なのに思いとどまれたというのはすごい、と彼は言ってました。自分はシークレット・サーヴィスの警護官だから、殺さなかっただろう、とも言ってました。訓練がものをいう、ということでしょうね」

「クラークの本心はわたしにもわからない。だが、彼は殺人鬼というわけではない。

快楽や金のために人を殺す男ではないからね。たぶん彼も、そのテロリストを殺さなかったんじゃないかな。むろん、よく訓練された一人前の警官も、そういうことはしない。きみだったらどうしていたと思う？」

「実際に自分がそういう状況になってみないとわかりません」ジャックは答えた。

「一、二度、とことん考えたことがあります。で、結論は、父の選択は間違っていなかったというものでした」

ヘンドリーはうなずいた。「そう、そのとおり。彼はもうひとつ正しい選択をした。小艇《ボート》の男の頭を撃ちぬいたんだ。生き延びるにはそうしなければならなかった。生きるか死ぬかだからな、そうせざるをえない」

「それで、ヘンドリー・アソシエイツ社は具体的に何をしているのですか？」

「情報を収集し、それに基づいて行動している」

「でも、ここは政府機関ではないですよね？」ジャックは疑問をぶつけた。

「厳密には、そう、ちがう。われわれはやらねばならないことをやるんだ。政府機関がそれをやれないときにね」

「そういうことはよく起こるんですか？」

「そうでもない」ヘンドリーはそっけなく答えた。「だが、それも変わるかもしれない――変わらない可能性もあるけどな。いまは、どちらだとも言えない」

「いままでにどれくらい――」

「きみはそこまで知る必要はない」ヘンドリーは両眉《まゆ》をあげた。

「オーケー。父はここのことを知っているのですか？」

「わたしを説得し、こんな会社を設立させたのは、きみの親父《おやじ》さんなんだ」

「えっ……」そうか、それでわかった、とジャックは思った。ヘンドリーが政治家のキャリアをきれいさっぱりあきらめたのは、世間に知られず報われることもない方法で国のために働きたかったからなのだ。うーん、そうだったのか。父にこんなことをする度胸があったのか？「でも、トラブルにおちいったら？……」

「会社の金庫室の小金庫に、大統領恩赦状が百枚保管されている。何かトラブルが起こったら、わたしの秘書がそれの空いたところに有効期間を示す日付をタイプする。それで、その期間におかされたいかなる不法行為も刑罰の対象とならない。なにしろそこには、ホワイトハウスを去る一週間前にきみの親父さんが書いたサインがついているからね」

「それで法的に問題ないんですか？」

「ああ、問題ない」ヘンドリーは応《こた》えた。「親父さんの司法長官だったパット・マーティンが、大丈夫だと太鼓判を押してくれた。ただ、世間に知れたら、ダイナマイトが爆発したようなとんでもない騒ぎになるぞ、とも言っていたがね」

「ダイナマイトどころではないですね。国会議事堂に核爆弾を落とすようなもんです」ジャックは思ったことをそのまま口にした。いや、それでもまだ控えめな表現だな。

「だから充分に注意しているんだ。刑務所で暮らさざるをえなくなるようなことを部下にやれとは、わたしだって言えない」

「信用格付けが永遠にゼロになるようなことなら、やれと言えるというわけですね」

「きみのユーモアのセンスは親父さんゆずりだな」

「まあ、父子《おやこ》ですから。青い目や黒い髪といっしょに受け継いだわけです」

学業成績を見れば、頭がいいということもわかる。探究心が旺盛《おうせい》なところも父親に似ているし、分析力もいちおうはあるようだ、とヘンドリーは思った。しかし、親父さんほど度胸があるのかどうか……。まあ、それがあるのを証明して見せなければならない場面に遭遇しないほうが幸せではあるがな。もっとも優秀な部下たちでも、未来のことはわからない。いや、為替相場に関してなら、未来の動きもわかってしまう――といっても、これは不正行為をしているからだ。それは訴追される可能性のある唯一《ゆいいつ》の不法行為だったが、実際に告訴される可能性はまずないだろう。

「オーケー。ではリック・ベルに会ってもらおう。彼とジェリー・ラウンズが分析部門を仕切っている」

「すでに会ったことがある人たちでしょうか？」

「いいや。きみの親父さんもこの二人には会ったことがない。それもまたアメリカの情報機関全体がかかえる問題のひとつだな。あまりにも大きくなりすぎてしまったんだ。人員がたくさんいすぎてね――たえずぶつかり合い、つまずき合っている。同じひとつのプロフットボールチームに最高のプレーヤーが百人いたら、内紛でチームは崩壊してしまう。いまのアメリカの情報機関も、それとあまり変わりない。だれもがエゴをもって生まれてくる。だから、だれもがロッキングチェアがいっぱいある部屋のなかにいる尻尾《しっぽ》の長い猫のように神経過敏になる。ところが、それではだめだとはっきり言う者はひとりもいない。政府は能率よく機能しないものと、みんながあきらめているからだ。政府がうまく機能しだしたら、逆に人々は怯《おび》えはじめる。もうどうしようもないね。だからこそ、われわれがここにいるわけだ。ようし、行こうか。ジェリーのオフィスはすぐそばだ。廊下をすこし歩くだけでいい」

「シャーロッツヴィル？」ドミニク・カルーソーは驚いた。「わたしはワシントンDCだとばかり――」

「フーヴァー長官の時代からFBI《ビューロー》はそこに隠れ家《セーフ・ハウス》をもっているんだ。厳密にはFBIのものではないがな。〈グレー・ファイル〉の保管場所だ」ワーナーFBI対テロ担当副長官は説明した。

「あっ」ドミニクは〈グレー・ファイル〉についてはFBI学校《アカデミー》の上級教官から聞いたことがあった。〈グレー・ファイル〉――部外者はこの呼称さえ知らない――は、ほぼ五十年にわたってFBIに君臨したフーヴァーが捜査官に集めさせた政治家に関する情報、つまり彼らのあらゆる種類の悪癖や不品行の情報がおさめられたファイルだという。政治家は、切手や古銭の収集と同じような感覚で、ほかの政治家の弱点に関する情報を収集するが、それと同じようなことをFBI長官のフーヴァーは大規模にやっていたのである。〈グレー・ファイル〉は一九七二年にフーヴァーが死んだときに破棄されたということになっていたが、実はヴァージニア州シャーロッツヴィルの大きな隠れ家《セーフ・ハウス》にひそかに移され、保管されたのだ。それは小山の上にあって、ヴァージニア大学を見わたすことができ、なだらかな谷の向う側にはトマス・ジェファソン自身の設計になるモンティセロの邸宅がある。もとは古い大農園主《プランテーション》の屋敷で、広いワインセラーもついていて、そこには五十年以上ものあいだ寝かせられたままのかなり貴重なワインもある。〈グレー・ファイル〉がその屋敷に保管されているということは、FBIの秘密のなかでも最高の秘密で、ほんのひとにぎりの人々しか知らず、現職の長官にも知らされない場合さえあり、組織にもっとも忠実な生え抜きの幹部捜査官たちの管理下にあった。〈グレー・ファイル〉は決してひらかれない。政治がらみの部分がひらかれることは絶対にない。たとえば、トルーマン政権時代に、未成年の娘を好む一年生上院議員がいたが、そういうことは世間に知らせる必要はない。その上院議員は、妊娠した少女の胎児を殺した堕胎医同様、とっくの昔に死んでしまっているので、いまさらということもある。しかし、そうした情報の収集はいまもつづけられていると広く信じられていて、それを議員たちが恐れているので、議会はFBIへの予算割当額にはめったに文句をつけない。コンピューターなみの記憶力をもつ天才的な記録文書保管係なら、あるいは、FBIの膨大な記録のなかに巧みにあけられた穴に気づき、〈グレー・ファイル〉のようなものが存在するのではないかと怪しむこともできるかもしれない。が、そこまでやるのはやはり、ヘラクレスなみの者にしかなしとげられない難業だろう。それに、ウエスト・ヴァージニア州の炭鉱跡にひそかに保管されている〈ホワイト・ファイル〉をのぞいたほうが、もっとずっと興味をそそる秘密が見つかる——少なくとも歴史家はそう考えるのではないか。

「きみはFBI《ビューロー》ではない別の組織に派遣される」ワーナーは次に言った。

「えっ?」ドミニク・カルーソーは思わず声をあげた。「なぜです?」椅子《いす》から跳びあがらんばかりに驚いた。

「ドミニク、きみと話し合いたいという特殊な組織があるんだ。そこに移っても、きみの身分は変わらない。FBI捜査官のままだ。つまり、いま言ったように、きみは〝派遣される〟のであって、FBIと〝切れる〟わけではない、いいね。給料はいままでどおりFBIが払いつづける。記録上は、きみは副長官であるわたしが直接指揮する対テロ特別任務につく特別捜査官ということになる。昇進、昇給についても通常どおり実施される。ただし、いま言ったことはすべて秘密だ、カルーソー捜査官」ワーナーはつづけた。「この件はわたし以外のだれとも話してはいけない。いいな?」

「はい。でも、どういうことなのかよくわからないのですが」

「そのうちわかる。犯罪捜査をすることには変わりない。たぶん、その捜査に基づいてなんらかの行動をとることもあるだろう。その新任務がどうしても好きになれないというのであれば、そうわたしに言ってくれ。FBIのふつうの部局のふつうの仕事にもどしてやる。しかし、繰り返すが、新任務についてはわたし以外のだれとも話してはいけない。訊く者がいたら、ＦＢＩの特別捜査官だと答えろ。しかし、それ以上のことは、つまり任務の内容については絶対にだれにも話してはいけない。仕事をきちんとこなしていれば、いかなる形の非難、追及にもさらされることはない。監視はこれまでよりもゆるい。ただし、ある者への報告義務が常にある」

「まだよくわかりません」ドミニク・カルーソー特別捜査官は言った。

「きみはアメリカにとって何よりも重要な仕事、おもに対テロ活動をするのだ。むろん、危険はある。テロリストどもは文明人ではないからな」

「では、秘密任務ということですか？」

ワーナーはうなずいた。「そうだ」

「で、それはあなたが直接指揮する？」

「と言ってもいい」ワーナーはうなずいたが、曖昧《あいまい》な答えかたをした。

「そして、好きなときに抜けることもできる？」

「そう」

「わかりました。のぞいてみることにします。どうすればよろしいのでしょうか？」

ワーナーはメモ用紙に所番地を書き、それを机越しに手わたした。「そこへ行って、ジェリーに会いたいと言うんだ」

「いますぐですか？」

「ほかにやることがなければな」

「わかりました」ドミニク・カルーソーは立ちあがると、握手をし、副長官執務室をあとにした。まあ、乗馬が盛んなヴァージニアへのドライヴは気持ちがいいかもしれないな、とドミニクは思った。

4　新兵訓練所

愛車を運転してポトマック川をわたり、マリオット・ホテルまでもどると、ドミニク・カルーソーは荷物をふたたび積みこみ——ベルボーイにチップとして二十ドル札を一枚わたし——メルセデスのカーナビに目的地の情報をインプットした。すぐに州間高速《インターステート》95号線に乗って南へと下りはじめ、ワシントンＤＣに別れを告げた。ルームミラーに映る首都の高層ビルなどのスカイラインが、とてもきれいに見えた。快適なドライヴだった。さすがメルセデスと思えるような走りだった。地元ラジオのおしゃべりも心地よいていどに保守的だ——警官はどうしても保守的になりやすい。車の流れもまずまずだった。それでもドミニクは思わずにはいられなかった。毎朝DCへ車で向かい、モールをとりかこむFBI本部《フーヴァー・ビル》をはじめとするグロテスクな政府庁舎でタイムカードを打刻しなければならない連中は哀れだな、と。でも、FBI本部には専用の射撃場があるから、そこでストレス解消ができる。たぶん、とっても役立っているのだろう、と彼は思った。

リッチモンド直前で、右折してリッチモンド環状高速《ベルトウエイ》に入るようカーナビの女性の声に指示され、言われたとおりに進むと、すぐに州間高速64号線に乗れ、風景はなだらかに起伏する樹木におおわれた丘の連なりとなった。緑いっぱいの気持ちのよい田舎の風景だった。きっと、ゴルフコースや馬の飼育場がたくさんあるのだろう。冷戦時代にこのあたりには、ソ連からの亡命者の尋問をおこなうCIAの隠れ家《セーフ・ハウス》があったと聞いたことがあったが、いまは何に使われているのだろう、とドミニクは思った。中国人亡命者用？　それとも、もしかして、フランス人用？　ともかく、売り払われてはいないはずだ。政府はそういうものを手ばなしたがらない。軍の基地を閉鎖するのは好きなくせに。北東部と極西部のアホ議員たちが基地をつぶすのが大好きなのだ。彼らはFBIも好きではない。というより、きっと怖いのだろう。いったい警官や兵隊のどこがそんなにいやなのか、ドミニクにはわからない。しかし、そんなことは気にすぎてもしかたない。自分には自分の考えがあるし、彼らには彼らの事情があるのだろう。

それから一時間十五分ほどで、ドミニクは出口の案内標識をさがしはじめたが、カーナビはすでに状況を把握していた。

「次の出口でおります。右に寄ってください」出口まであと約二分というとき、女性の声が告げてくれた。

「助かるよ、ハニー」ドミニク・カルーソー特別捜査官は応《こた》えたが、それへの反応はなかった。一分後、彼は指示された出口でおりた――カーナビは「よくできました」とさえ言ってくれなかった。メルセデスはこぎれいな小さな町のごくふつうの街路をぬけて、なだらかな丘をいくつか越え、谷の〝北壁〟にまで達した。そして、ついにカーナビが最後の指示をだした。

「次の道を右折してください。目的地付近です……」

「ありがとね、ハニー、大助かりだ」ドミニクはカーナビに感謝した。

〈目的地〉はなんの変哲もない田舎道の端だった。線がまったく引かれていないところを見ると、庭内路《ドライヴウェイ》なのかもしれない。二、三百ヤード先に、両脇《わき》が赤煉瓦《れんが》の構造物になっている白いレール・ゲイトが見えた。ゲイトは都合よく大きくひらいていた。

そして、ゲイトの向こう三百ヤード奥には、六本の白い柱が屋根の前面を支えている家があった。屋根はスレート——それも、昔のスレート——のようで、壁は煉瓦だが、百年以上も風雨にさらされたにちがいなく、赤にはとても見えない。そう、この家は百年以上はたっているにちがいない。いや、もしかしたら、二百年たっているかもしれない。庭内路《ドライヴウェイ》は豆サイズの小石を敷かれたばかりと見え、きれいになっていた。芝生——広い——はゴルフコースの芝のように青々としていて、目に鮮やかだ。横のドアからだれかがでてきて、手を振って、左にまわるよう指示した。ドミニクは指示どおりハンドルをまわし、家の裏のほうへと向かった。家に近づいて、びっくりした。まさに大邸宅なのだ——こんなに大きな家はどう呼べばいいのか？　最初に見たときは、これほど大きいとは思わなかった。それにまた、駐車場がかなり大きい。とまっている車に目をやると、シヴォレー・サバーバン、ビュイックのSUV——そして、ノースカロライナ・ナンバーのついたドミニクのと瓜《うり》ふたつのメルセデス・ベンツ・Cクラス。その車を見ても、まさかこんな偶然が起こるとは夢にも思っていなかった——

「エンツォ！」
はっとしてドミニクは振り向いた。「アルド！」

ドミニクとブライアンはそっくりだとよく言われるが、いっしょにいるときに見くらべれば、ちがうところもいろいろあることがわかる。二人とも髪は黒く、肌は白い。しかし、背丈はブライアンのほうが二センチ四ミリ高く、体重はドミニクのほうが十ポンドほど重い。そして、少年のときに二人がそれぞれもっていた癖は、大人になってもそのまま残った。二人ともイタリア人の血がまざっているので、ドミニクとブライアンは熱烈なハグをした――だが、キスはしなかった。彼らはそこまでイタリア人ではない。

「いったいぜんたい、こんなところで何をしているんだ？」最初に訊《き》いたのはドミニクだった。

「おれ？　そっちはどうなんだ？」ブライアンは即座に訊き返し、荷物を運ぶのを手伝おうと近づいてきた。「アラバマでぶっぱなしたんだってな。新聞で読んだぞ。なんなんだ、あれは？」

「小児性愛者だ」ドミニクは答え、小型のスーツケースを引っぱりだした。「かわいい女の子をレイプし、殺しやがったんだ。もう三十分くらい早く着いていたら、助けられたのにな」

「おい、だれも完璧《かんぺき》ではないんだ、エンツォ。新聞によると、おまえのおかげで野郎はもう犯罪をおかせないようになったそうじゃないか」

　ドミニクはブライアンの目をまっすぐ見つめた。「ああ、なんとかやりとげたよ」

「どうやったんだ、具体的には？」

「胸に三発」

「なら、確実だな」ブライアン・カルーソー大尉《たいい》は納得した。「で、やつの死を嘆き悲しむ弁護士さんはいないのか？」

「いない、今回はね」ドミニク・カルーソー特別捜査官はすこしも嬉《うれ》しそうではなかったが、兄は弟の声に冷たい満足感がにじんでいるのに気づいた。

「これでやったのか？」海兵隊大尉は、ホルスターにおさまっていた弟のオートマチックをとりだした。「よさそうだな」ブライアンは言った。

「なかなかの性能だ。装弾されてる、気をつけて、兄弟《ブロ》」

　ブライアンは弾倉《マガジン》をとりだし、薬室《チェンバー》に実包が入っていないことを確認した。「10ミリ口径か？」

「そう。FBI標準弾だ。立派な風穴があく。オデイ監督官《インスペクター》が悪者相手に銃撃戦をやらかしたあと――ほら、ジャック伯父さんの次女の事件、覚えてるだろう？――FBI《ビューロー》は昔のように強力な弾丸を使用することにしたんだ」

ブライアンもその事件のことは覚えていた。伯父のジャック・ライアンが大統領になってまもなく、テロリストどもが保育所にいたケイティ・ライアンを襲ったのだ。たまたまそこにパット・オデイFBI監督官がいて、最後まで生き残った悪者を撃ち殺したのである。テロリストどもは死んだが、ケイティを警護していたシークレット・サーヴィス警護官たちも死んだ。

「あの洒落者《しやれもの》がやらかしたことは見事の一語につきるね」ブライアンは言った。「いやあ、海兵隊にいたこともないのに、よくあそこまでできたよ。FBIに入る前は海軍にいたっていうじゃないか。クアンティコの士官基礎学校《ベイシック・スクール》で聞いた話だけどな」

「FBIではその襲撃事件に関する訓練ビデオをつくった。おれは彼といちど会ったことがある。おれみたいな新人がほかにも二十人くらいいて、握手しただけだけどな。射撃の腕前はすごいね、マジで。チャンスが来るのをじっと待ち、初弾を絶対にはずさないようにした、と言っていた。彼はテロリスト二人の頭に二発ずつ撃ちこんだ」

「どうやって冷静さをたもったんだろう?」ケイティ・ライアン救出劇には、ブライアンもドミニクも感動した。なにしろ、ケイティは二人の従妹《いとこ》で、母親そっくりのかわいい女の子なのだ。

「おい、おまえだって向こうで実戦を体験しているじゃないか。おまえはどうやって戦場で冷静さをたもったんだ？」

「訓練だよ。おれには面倒を見なけりゃならない部下がいたんだ、兄弟《ブロ》」

二人はいっしょにドミニクの荷物を館《やかた》のなかに運びこんだ。ブライアンが先に立って、二階へと導いた。寝室は別々だったが、隣り合っていた。荷物を運び終わると、二人は階下にもどって厨房《ちゅうぼう》へ行った。二人ともカップにコーヒーをそそぎ、キッチンテーブルについた。

「海兵隊ではどんな調子だい、アルド？」

「すぐに少佐になるよ、エンツォ。向こうでやったことで銀星《シルヴァー・スター》章をもらえる――たいしたことしたわけじゃないんだけどな、ほんとうに。訓練されたとおりやっただけでね。部下のひとりが撃たれたが、もうよくなった。ターゲットは生け捕りにはできなかったよ――やつは降参する気がなくて、しかたなくサリヴァン一等軍曹がアッラーに会わせてやった。ただ、生きたまま捕まえることができた者も二人いる。そいつらはしゃべり、役立つ情報がいくらか得られた、と情報機関員が言っていた」

「じゃあ、なんで勲章をもらえるんだ？」ドミニクが意地悪く訊いた。

「生きて帰ってこられたというのがいちばんの理由じゃないのかな。おれも自分で悪党どもを三人撃ち殺した。むずかしい射撃でさえなかったね。ただ、ねらって撃っただけだ。こっちに帰ってから、悪夢は見ないかと訊かれたよ。海兵隊にも精神科医がやたらにいるんだ――まあ、みんな海軍《スクウィッド》さんなんだけどさ」

「おれもFBIで、後悔してないかと訊かれたけど、してませんって即答した。あんなクソ野郎のせいで悪夢なんて見てたまるか。女の子がかわいそうでかわいそうで。野郎のあそこを吹っ飛ばしてやるべきだったよ」

「なぜやんなかった？」

「それじゃあ野郎を殺せないじゃないか、アルド。心臓に三発なら確実に殺せる」

「衝動的に殺《や》ってしまったというわけではないんだな？」

「まあ、そういうことになるかな。でも――」

「だから、きみはここにいるんだ、ドミニク・カルーソー特別捜査官」と言いながら、ひとりの男が厨房に入ってきた。身長は六フィート以上、五十がらみだが、体はいたって壮健そう、とカルーソー兄弟は見た。

「どなたですか？」ブライアンが訊いた。

「ピート・アレグザンダー」男は答えた。

「わたしが先週CIAで会うことになっていたかた――」

「いや、実はそうではなかったんだ。将軍にそう言っておいただけでね」アレグザンダーも自分のコーヒーカップをもって座った。

「では、あなたはどういうかたなんです？」今度はドミニクが訊いた。

「わたしはきみたちの訓練教官だ」

「あなただけ？」ブライアンが声をあげた。

「なんのための訓練ですか？」ドミニクも同時に声をあげた。

「いや、わたしだけじゃない。だが、ここにずっといるのはわたしだけだ。なんのための訓練かは、訓練に入ればわかる」アレグザンダーは答えた。「よし、きみたちはわたしが何者か知りたいわけだな。わたしは三十年前にイェール大学政治学部を卒業した。〈スカル・アンド・ボーンズ〉のメンバーでもあった。その〝髑髏《どくろ》クラブ〟のことは知っているだろう？　陰謀好きの連中があれこれ言うイェール大学の男子学生クラブだ。考えてもみたまえ、二十歳《はたち》にもならん男がなしとげられるものなんて、せいぜい、幸運な金曜の夜に女の子とヤルくらいのものだろう」そういう話とは裏腹に、アレグザンダーの茶色の目と、そこに浮かぶ表情は、大学生のものでも、アイヴィーリーグの学生のものでもなかった。「その昔ＣＩＡ《エージェンシー》は、イェール、ハーヴァード、ダートマスといったアイヴィーリーグの学生を引っぱるのが好きだったんだ。だが、学生たちはもう誘いに乗らなくなった。いまはもうみんな、金融機関に入って金をもうけたがる。わたしはいわゆる秘密諜報《ちょうほう》機関に二十五年いて、〈ザ・キャンパス〉に引き抜かれた。以来そこで働いている」

「〈ザ・キャンパス〉？　なんですか、それ？」ブライアン・カルーソー海兵隊大尉は訊いた。ドミニク・カルーソーFBI捜査官が訊くそぶりも見せなかったことをアレグザンダーは見逃さなかった。ドミニクは話にじっと耳をかたむけ、相手をしっかり観察しているのだ。これからもずっと、ブライアンは海兵隊員でありつづけ、ドミニクはFBI捜査官でありつづける。二人とも、ほかの者になることは絶対にない。それはどちらにとっても長所にも短所にもなる。

「それは私設の情報組織だ」

「私設？」ブライアンは驚きをあらわにした。「いったいぜんたい、どういうふうに――」

「運営の仕組みは、そのうちわかる。わかれば、その単純さにびっくりするはずだ。いまここできみたちが知っておくべきなのは、それが何をする組織かということだ」

「人を殺す組織でしょう」ドミニクが即座に応《こた》えた。言葉が勝手に口から飛びだしたという感じだった。

「なぜそう思うのかね」アレグザンダーは涼しい顔をして尋ねた。

「この施設は小さい。外の駐車場を見たかぎり、ここにいまいるのはわたしたちだけ。わたしは経験豊かなベテラン捜査官ではない。わたしがやったのは、殺されなければならない男を殺しただけ。しかも翌日、わたしはFBI本部に呼ばれて副長官に転勤を示唆《しさ》され、その二日後にはDCにのぼり、最終的にここに送りこまれた。そして、ここは、とてもとても特殊で、とてもとても小さく、その活動についてはトップレベルの承認を得ている。あなたはここで貯蓄国債を売っているわけではないでしょう?」

「きみの記録ファイルには、〝鋭い分析力あり〟とある」アレグザンダーは返した。

「きみたちは秘密を聞いても口をつぐんでいられるかね?」

「この場所にいるかぎりは、そうする必要もないと思いますけど。でも、大丈夫です、必要な状況では、口をつぐんでいられます」ドミニクは答えた。

「よし、まずはざっと説明する。きみたちは〝ブラック〟が何を意味するか知っているよな? それは政府に認知されていない秘密の計画、プロジェクトのことだ。それは存在していないことになっていて、だれもがそういうふりをする。〈ザ・キャンパス〉の場合はそれをさらに一歩おし進めた。われわれはほんとうに存在していないのだ。政府のいかなる役人も、われわれに関する文書はただの一枚も持っていない。つまり、政府のどんな文書にも、われわれについては一語たりとも書かれていない。だから、たったいまから、きみたち若きジェントルマンお二人も、存在しなくなる。ブライアン・カルーソー大尉――いや、もう少佐かな？――の場合、もちろん今後も身分は海兵隊員で、給料も海兵隊から今週きみがひらいた銀行口座に振り込まれるが、きみはもはや通常の海兵隊員ではない。きみは隊外の詳細不明な特殊任務に派遣されたのだ。そして、きみ、ドミニク・カルーソー特別捜査官は――」

「わかっています。ガス・ワーナー副長官から聞きました。副長官たちが穴を掘り、そこからわたしを脱出させて、その穴を埋めた、というわけですよね」

アレグザンダーはうなずいた。「海兵隊およびＦＢＩの身分証のたぐい、認識票《ドッグ・タグ》など、すべて、ここにおいていってもらう。名前はそのまま使えるかもしれないが、この仕事では名前は単なる無意味な文字の羅列でしかなく、それを本名だと思う者なんてひとりもいない。ＣＩＡで工作員をしていたころ、わたしも名前で笑ってしまうような失敗をしたことがある。任務ごとに何も考えずにてきとうに名前を変えていたんでね、名前を間違えてしまうことがあったんだ。それに気づいたときのバツの悪いこと。なにしろ、ハムレットであるべきときに突然マクベスになってしまった役者のようなものだからな。ただ、それで不都合なことは何も起こらなかった。それに、シェイクスピアの劇とはちがい、最後に死にもしなかった」

「わたしたちは具体的にどんな仕事をするのでしょうか?」そう訊《き》いたのはブライアンだった。

「調査・捜査の仕事が大部分だ。金の流れを追うんだ。〈ザ・キャンパス〉はそれにとくに長《た》けている。なぜそうなのかは、そのうちわかる。きみたちにはたぶん組んで仕事をしてもらうことになると思う。ドミニク、きみは調査・捜査面の骨の折れる仕事のほとんどを担当する。ブライアン、きみは腕力のいる仕事をうけもってドミニクを支援する。具体的に何をするかは、やっていくうちにわかる——さっき、きみはドミニクのことをなんて呼んだ?」

「ああ、エンツォのことですか? こいつは運転免許証をとったとき飛ばし屋だったんで、わたしがそう言いだしたんです。エンツォ・フェラーリみたい、というわけです」

ドミニクは兄を指さし、笑いだした。「こいつはダサイ服装をするんでアルド。『流行にとらわれないワイン、アルド・チェラ』というコマーシャルがあるでしょう。あれです。こいつは『流行にとらわれない男』。家族に大受けしたジョークです」

「ようし、ブルックス・ブラザーズへ行って、もうすこしましな服を着ろ」ピート・

アレグザンダーはブライアンに指示した。「きみたちの偽装は、だいたいビジネスマンか観光客だ。だからこぎれいな服装をしなければならない。だが、イギリスの皇太子ほど高級な身なりもいかん。二人とも髪を伸ばすように、とくにきみ、アルド」

ブライアンは不精髭《ぶしょうひげ》ていどの髪しか生えていない頭をこすった。そんな頭では、どこの文明国に行っても、アメリカ海兵隊員だとばれてしまう。いや、海兵隊員は最悪というわけでもない。陸軍のレンジャー部隊員のヘアスタイルはさらに過激である。ともかく、ブライアンも一、二カ月後にはかなりふつうの人間に見えるようになるだろう。「くそっ、櫛《くし》を買わないといかんなあ」

「今後の予定は？」

「今日は、ただくつろぎ、ゆっくりしていい。明日は早く起きてもらい、まずは体がしっかりした状態にあるかどうかの確認。それから武器あつかいの熟練度を見る――そして、座って授業。二人ともコンピューターはあつかえるよな？」

「なぜですか？」そう訊いたのはブライアン。

「きみたちにとって、〈ザ・キャンパス〉はパソコン通信で結ばれるヴァーチャル・オフィスのようなものなのだ。きみたちはモデムが組み込まれたコンピューターを支給される。本局との連絡はすべてそれでやることになる」

「セキュリティはどうなっているんでしょう？」ドミニクが訊いた。

「コンピューターには優れものの暗号システムも組み込まれている。それを破る方法があったとしても、まだだれも知らない」

「それを聞いて安心しました」とドミニクは応えたが、どこか疑わしげだった。「海兵隊でもコンピューターは使うのかい、アルド？」

「ああ、おれたちは現代の便利なものはぜんぶ使ってる。トイレットペーパーだって使ってるぞ」

「きみがムハンマドかね？」エルネストは訊いた。

「そうです。でも、いまはミゲルと呼んでください」ムハンマドは答えた。パスポートのナイジェルという名前は、どうも覚えづらい。ミゲルならしっかり覚えていられる。ムハンマドはこの交渉の冒頭にアッラーの祝福を請《こ》いはしなかった。どうせ、こいつら不信者どもには理解できないに決まっている、と思ったからだ。

「あんたの英語は――まるで、なんというか、イギリス人のようだな」

「わたしはイギリスで教育を受けたのです」ムハンマドは説明した。「母はイギリス人で、父はサウジアラビア人でした」

「でした？」

「二人とも死にました」

「それはそれは、お気の毒に」エルネストは返したが、本気でそう言っているようにはとても思えなかった。「で、お互いの利益のためにできることって何かね？」

「大筋はそこのパブロに話しました。彼から聞きましたか？」

「シー、聞いた。だが、わたしはあんたから直接聞きたい。わたしは六人のビジネス・パートナーの代表でもあるんでな」

「わかりました。あなたにはその六人を代表して交渉する権限があるんですよね？」

「完全にあるというわけではない。が、あんたの言葉は彼らに伝える——あんたは六人全員に会う必要はない。それに、わたしの提案がはねつけられたことはこれまで一度もない。われわれが今日ここで合意に達すれば、この週末には完全な承認が得られるはずだ」

「いいでしょう。わたしが代表している集団についてはご存じですよね。わたしも契約を結ぶ権限を与えられています。あなたがたと同様、わたしたちにとっても、この国の北にある国が最大の敵なのです。やつらがわが友人たちにかける圧力は日増しに強まっています。わたしたちはそれに報復し、やつらの力をほかへ向けたいのです」

「それはわれわれも同じだ」エルネストは返した。

「では、アメリカ国内を不安定化し、混沌《こんとん》とさせるのが、どちらにとっても利益となりますな。アメリカの新大統領は弱い男です。しかし、だからこそ、危険な男にもなりえます。すぐに力に訴えたがるのは、強い男ではなく弱い男です。やつらは力の行使が上手ではありませんが、それでも厄介なことにはなります」

「ただ、あの国の情報収集力には不安をおぼえている。あんたらもそうか？」

「わたしたちはいろいろ学んで、用心するようになりました」ムハンマドは答えた。

「わたしたちに欠けているのは、アメリカにおける堅固な下部組織です。それを支援してほしいのです」

「アメリカに下部組織がない？　それは驚きだ。あの国のニュース・メディアは、国内に潜伏するあんたらの仲間をＦＢＩとかそういう機関がせっせと追跡していると、やたら報道しているじゃないか」

「いま現在、やつらが追跡しているのは〝影〟にすぎません——だから、やつらは成果をなんらあげることができず、国内に不和の種をまいているだけです。ただ、それでわたしたちも、やつらへの攻撃作戦に必要なしっかりしたネットワークを築くのに苦労せざるをえないのです」

「その作戦だが、われわれは心配しなくてもよいたぐいのものなんだろうな？」パブロが訊いた。

「ええ、そりゃもう。あなたがたがやってきたことですから」《ただ、アメリカではやったことがない》とムハンマドはわざわざ断りはしなかった。ここコロンビアでは、麻薬カルテルの連中は容赦なく人を殺しまくるが、〝お客さん〟の国であるアメリカでは用心深く自制してきた。だから、なおさら都合がいいのだ、とムハンマドは思った。これからこちらがやろうとしていることは、彼らがアメリカでやってきたこととはまるでちがうことなのである。それゆえ、今度の作戦では秘密保全がとりわけ重要になるが、それは双方とも充分に理解している。

「なるほど」カルテルの幹部は言った。この男は馬鹿《ばか》ではない、とムハンマドは思った。目を見ればわかる。この男たちを甘く見てはいけない、彼らの力を見くびってはいけない……。

彼らを友人だと勘違いしてもいけない。こいつらは自分の部下たちと同じくらい残忍になりうる。神を否定する者たちも、どこまでも危険な存在になりうるという点では、神の名のもとに活動する者たちに一歩もひけをとらない。

「で、あんたらはわれわれに何をしてくれるのかね？」

「わたしたちは長年ヨーロッパで作戦を遂行してきました」ムハンマドは答えた。「あなたがたはヨーロッパでも市場を拡大したいわけですよね。わたしたちは二十年以上も前からあの地にはきわめて安全なネットワークを維持しつづけています。ECやらEUやらができて、通商がかなり自由になり、国境の重要性が薄れたりして、わたしたちは大いに助かったのですが、それがあなたがたにも都合がよいわけです。わが組織はアテネの外港ピレエフスに細胞があり、そこがあなたがたの要求を簡単に満たせますし、トラック運送会社内にも協力者がいます。彼らはわたしたちの武器や要員を運べるわけですから、あなたがたの商品もわけなく運べるはずです」

「名前のリストが必要になる。実行に必要になる細かな点を話し合って決めておかねばならないからな。話し合う相手のリストが必要だ」エルネストはヨーロッパから来た客に言った。

「持ってきました」ムハンマドは自分のラップトップ・コンピューターをかかげて見せた。「彼らは金という見返りのために働くことに慣れています」ムハンマドはエルネストが黙ってうなずくのを見た。いくらだ、と問わなかったところをみると、支払う金など、どうということないのだろう。

エルネストとパブロは考えていた——ヨーロッパには三億以上の人間がいて、その多くがコロンビア産のコカインを楽しむようになるはずだ。ヨーロッパには、麻薬を管理下において——課税対象とし——その控えめな使用を認めている国さえある。むろん、それだけでは大きな儲《もう》けにはならないが、麻薬に手をだしやすい環境をこしらえてくれているわけで、こちらにとっては実にありがたい。それに、アンデスのコカは最高だ。医薬品として使われる良質のヘロインにだって勝つ。彼らはコカインをユーロで買う。それなら大儲けできるだろう。言うまでもないが、危険はある。流通の過程でどうしても危険が生じてしまうのだ。街の売人のなかには不注意な者もいて、かならず捕まり、そのうちの何人かはしゃべってしまう。だから、卸売りと小売りとのあいだには〝厚い絶縁体〟が必要になる。だが、そのつくりかたなら充分に心得ている——ヨーロッパの警官がいかに優秀であろうと、アメリカの警官とそうちがうはずはない。警官のなかにはカルテルが稼いだユーロを喜んでうけとり、便宜をはかってくれる者もいるだろう。ビジネスとはそういうものだ。それに、アラブ人が手を貸してくれるというのだから——それも、すばらしいことに、ただで——ますますいい。そう思いながらも、エルネストとパブロは、提案されたビジネス・チャンスを歓迎する表情も身振りもまったく見せなかった。二人のようすは、外からは退屈しているふうにしか見えなかった。だが、ほんとうのところは、むろん、その正反対だった。アラブ人の提案は願ってもないものだった。なにしろ、新しい大市場を開拓できるのである。そして、そこからは、祖国をまるまる買ってしまえるほどの莫大《ばくだい》な利益があがる。新市場に適した新しいビジネス法を学ぶ必要はあるが、試運転する資金はあるし、彼らは適応性に富む生きもの、いわば田舎者と資本主義者の海を巧みに泳ぎまわる魚だった。

「協力してくれる者たちへの連絡法は？」パブロが訊いた。

「うちの組織の者たちが仲介します」

《願ったり叶《かな》ったりだ》とエルネストは思った。

「で、あんたらはわれわれに何をしてほしいのかね？」エルネストはついに訊いた。

「人間をアメリカへ入れるのを手伝っていただきたい。どういう手がありますか？」

「あんたらのところにいる人間をアメリカに入国させたいという意味なら、空路コロンビアへ入れるのがいちばんいい――ここカルタヘーナへな。あとはわれわれが手配し、北にある別のスペイン語圏の国に飛ばす。たとえばコスタリカとか。そこからは、パスポート類がしっかりしていれば、アメリカの航空会社の便でそのまま直行も、メキシコ経由で入ることも可能だ。ラテン系に見え、スペイン語を話せる者たちなら、メキシコから国境を越えてアメリカに密入国するという手もある――肉体的にあんがいきついし、捕まってしまう者もいるかもしれないが、たとえ捕まっても、メキシコに送り返されるだけだから、また試みることもできる。あるいは、パスポート類がきちんとしていれば、合法的に歩いて国境を越えてカリフォルニア州のサンディエゴに入るという方法もある。アメリカに入ってしまえば、あとは偽装を維持するだけでいい。金に糸目をつけないというのなら――」

「つけない」ムハンマドはきっぱりと言った。

「それなら、アメリカの弁護士を雇って、作戦基地として使える安全な隠れ家《セーフ・ハウス》を買う手配をさせるといい――あの国の弁護士のほとんどは良心の呵責《かしやく》など感じない。余計なことかもしれないが――あんたらの作戦はわれわれには係わりのないことで、こちらが心配してもしかたないとわかっているが――差し支えなかったら、いま考えていることを話してくれないか。何か助言することもできるかもしれない」

ムハンマドはしばし考えてから、説明した。

「なるほど。そちらの人間はそういうことをする気構えはしっかりできているにちがいない」エルネストは感想を述べた。

「ええ、もちろん」その点はこの男だって疑いえないはずだ、とムハンマドは思った。

「よく練られた計画と度胸があれば、生きてもどることも可能だろう。だが、アメリカの警察組織をなめてはいかんぞ。われわれのような仕事なら、警官を買収するということも可能だが、あんたらの場合、それはまずできない」

「わかってます。実行する者たちを死なせずにもどせたらと、もちろん思いますが、それは理想でして、悲しいことに、かならず何人かは死ぬとわかっています。彼らもその危険をしっかり理解しています」ムハンマドは天国のことは話さなかった。話したところで、理解してもらえないとわかっていたからだ。こいつらが崇拝する神は、札入れのなかに収まっている紙幣なのである。

《いったいどんな狂信者が、手下をそんなふうに使い捨てにできるのか？》パブロは自問した。自分の手下は、成功したときに得られる金と、失敗したときの結果とを秤《はかり》にかけ、納得できれば進んで危険をおかす。自分の自由意志でどうするか決める。だが、この男の手下はちがう。まあ、ビジネスでは相手を選んでいられないときもある。

「ようし、わかった。われわれのところには、名前や写真の入っていないアメリカのパスポートがたくさんある。あんたの仕事は、英語かスペイン語をきちんと話せる者たちをしっかり選び、彼らが予定どおりこちらに来られるようにする、ということだ。まさか、そのなかに飛行機の操縦を習いにいくなんて者はいないだろうな？」エルネストは冗談のつもりで言った。

ムハンマドは冗談とは思わなかった。

「それはもう過去の手です。わたしの活動領域では、同じ手で二度成功することはまずありません」

「あんたとはちがうビジネス領域にいてよかったよ」エルネストは返した。本心だった。なにしろ、荷はいまも貨物専用コンテナに入れて商船で送り、トラックでアメリカじゅうに輸送できるのである。そのうちのひとつが押さえられ、輸送先が見つかってしまっても、アメリカには下っぱを保護する法律がいろいろある。だから、刑務所に送られてしまうのは馬鹿者だけなのだ。長いことかかったが、麻薬を探知する犬や装置の裏をかく方法もわかった。だが、いちばん重要なのは、危険を喜んでおかす者たちを使うということだ。彼らの大半は生き延び、引退してコロンビアにもどり、中流の上の生活を送る。そうやって、日々薄れゆく遠い過去にやった、繰り返されることも話題になることも決してない仕事がもたらしてくれた富を楽しむのである。

「では」ムハンマドは言った。「わたしたちはいつ作戦を開始できますか？」

《この男は早くやりたくてうずうずしている》とエルネストは思った。だが、この男の望みは叶えてやるつもりだ。どこまで成功するかは知らないが、彼のやることで、アメリカの麻薬密輸取締りに投入されていた人員が確実に減る。それはこちらにとっては都合がよい。密輸時に摘発されて失われる麻薬は、これまでもたいして多くはなく、なんとか許容できる量だったが、それがさらに減少し、無視できるほどの量にまで落ちこむはずだ。市場に流入するコカインの量が増えれば、末端価格はさがるが、需要がすこしは増大し、結局、純益が減るということはない。それに戦術上の利点もある。つまり、アメリカはコロンビアにあまり係わっていられなくなり、情報活動の矛先をよそに向けざるをえなくなる、ということだ。それがアラブ人の作戦がもたらしてくれる戦略的な利点……

……それに、ＣＩＡに情報を洩《も》らすという選択肢をいつでも選ぶことができる。テロリストどもが突然、接近してきた、と言えばよいのだ。カルテルにとっても常軌を逸しているとしか思えない作戦を決行するつもりだというんで、一報した、と。そうしたところで、アメリカに好かれはしないが、害にもならないだろう。そして、テロリストどもに実際に手を貸したカルテルの下っぱたちを、いわゆる内部で処分すればよい。それにはアメリカもいちおうの敬意を払うだろう。

だから今度のことには、とっても良い面と、修復可能な悪い面があるというわけだ。全体的に見て、利益のあがる貴重な作戦ということになる、とエルネストは最終的に判断した。

「セニョール・ミゲル、あんたの提案をパートナーたちに話し、この提携話を受け入れるよう勧めてみる。週末には最終的な決定を伝えられると思う。あんたはカルタヘーナにとどまるのかね？　それともよそへ行ってしまうのかね？」

「ひとところに長くとどまるというのは避けたいのです。明日、飛行機でよそへ行きます。あなたがたの決定については、パブロがインターネットでわたしに連絡できます。それでは、誠意あるビジネス・ミーティングをどうもありがとうございました」

　エルネストは立ちあがり、客の手をにぎった。彼はその場で、ミゲルをビジネスマンと考えることに決めた。自分と同じような仕事をしているが競合はしないビジネスマン、と。友人ではむろんない。都合がよいので提携しただけのビジネスマンだ。


「いったいぜんたい、どうしてこんなことまでできちゃうんですか？」ジャック・ジュニアは訊《き》いた。

「ＩＮＦＯＳＥＣ《インフォセック》という会社、聞いたことあるかね？」リック・ベルは訊き返した。

「暗号関係の会社でしょう？」

「そう。インフォメーション・システムズ・セキュリティ・カンパニー。所在地はシアトル郊外。現在最高の情報セキュリティ・プログラムをもっている。社長は

NSA本部《フォート・ミード》Z課の課長代理を務めたことがある暗号専門家だ。INFOSECは彼が同僚三人と九年ほど前に設立した。そこのセキュリティ・プログラムの暗号はNSAだって解読できないかもしれない。あそこの新しいサン・ワークステーションを連結して力ずくでやるというのなら話は別だがね。ともかく、そのセキュリティ・プログラムを世界中のほぼすべての銀行が使用している。もちろん、リヒテンシュタインをはじめとするヨーロッパ諸国の銀行もね。ところが、そのプログラムには秘密の上げ戸《トラップドア》がひとつあいているんだ」

「そして、それを見つけた者はまだいない?」セキュリティ・プログラムを買った銀行や会社も、これまでの長年の経験から学んで、外部の専門家たちにプログラムのコードを一行一行調べさせるようになった。なにしろ世の中には、遊び半分で情報を盗もうとするソフトウェア・エンジニアたちがうじゃうじゃいるのである。

「その会社の元NSAの連中が書くコードはすごいんでね」ベルは答えた。「プログラムがどうなっているのかは、わたしにはさっぱりわからない。だが、彼らの胸のうちにはいまだにNSAへの忠誠心が残っているんだ」

「で、NSAが情報を盗みだし、それをファックスでCIA本部《ラングレー》へ送るときに、われわれもそれをいただいてしまう、というわけですね」ジャックは言った。「CIAにお金の追跡が上手な人はいるんですか？」

「うちの者たちほど上手なのはいない」

「《蛇《じゃ》の道は蛇《へび》》ですか」

「相手の思考様式がわかっていると役立つんだ」ベルは認めた。「われわれが相手にしているのは、たいして広い世界ではない。しかも、相手の大半はよく知っている連中でね――なにせ同業者と言っていいわけだからな」

「ということは、わたしはやはり〝おまけ〟ですか」ジャックは言った。アメリカの法律では彼は王子ではない。が、ヨーロッパ人はいまだに、元大統領の息子である彼をそのような者と考える。だから彼らは握手するさいも、お辞儀をしながら片足をうしろへ引き、たとえジャックが大馬鹿者《おおばかもの》のように見えようとも、彼を前途有望な若者と見なし、好意を得ようとするのだ。要するに、彼がしかるべき地位のある人に自分への褒め言葉を言ってくれるのを期待しているのである。むろん、これは腐敗と言われるもの、そこまではっきり言えないというのなら、腐敗を生む環境と言ってよい。

「きみがホワイトハウスで学んだことは？」ベルは訊いた。

「たいしてないと思いますね」ジャックは答えた。学んだことの大半は自分の警護班長をしていたマイク・ブレナンから教えてもらったものだ。ブレナンは、ホワイトハウスで毎日繰り返される政治芝居はもちろんのこと、あらゆる外交的行事も心の底から嫌っていた。そして、外交団についてやってくる外国の警護官たちとよくそういう話をしていた。彼らもまた、それぞれの首都で、無表情な顔をして警護の任務をこなしながら、同じことを目にし、ほぼ同じことを考えていたのである。たぶん、警護官たちのほうが父よりも楽に政治や外交のからくりを学べたのではないか、とジャックは思った。父は政治の海にいきなり突き落とされて、溺《おぼ》れまいともがいているうちに、泳ぐ術《すべ》をなんとか学んだのだが、ブレナンの場合はそういう荒っぽい修行をさせられたことは一度もない。ともかく、腐りきった政治への怒りを抑えられなくなったときにしか、父は政治の話をしなかった。

「ジェリーに政治の話をするときは注意しないとだめだぞ」ベルはヘンドリーのことを思い出した。「政治にくらべたら証券取引や為替取引のなんと清くまっとうなことか、というのがジェリーの口癖だからな」

「父《ダッド》は彼のことが大好きなんです。自分にちょっと似ているからではないかと思います」

「ちがう、ちょっとどころじゃない」ベルは訂正した。「二人はそっくりなんだ」

「ヘンドリーは例の事故のせいで政界から身を引いたんですよね？」

ベルはうなずいた。「そうだ。だが、その件は妻子をもたないと完全には理解できない。あの事故は男が受ける打撃で最悪なものだ。いまのきみの想像では追いつけないと思う。ジェリーは死体を確認しにいかなければならなかったんだ。きれいな死体ではなかった。ああいう体験をしたあと、銃身をくわえて自殺した者もいる。だが、ジェリーはそうはしなかった。それまではホワイトハウスをねらうことも視野に入れていた。妻のウェンディはいいファースト・レディになるとジェリーは思っていたんだと思う。実際にジェリーが大統領になれば、彼女はほんとうにそうなっていただろう。だが、大統領になる野望は、妻子の死とともについえてしまった」この話題はそこまでだった。〈ザ・キャンパス〉の幹部はみな、ボスを護《まも》る。ともかく、そういう評判ではある。彼らは〈ヘンドリーを主人として仰ぐに足る人物と考えているのだ。〈ザ・キャンパス〉には、熟慮のすえ決められた〝継承順位〟というものはない。だれもそんな先まで考えていないので、それが幹部会議で議題になることはない。だいたい、幹部会議でおもに話し合われるのはビジネス以外のことで、増収や会社存続といった議題がのぼることはめったにないのだ。〈ザ・キャンパス〉の会社としてのこの欠落点に果してジョン・パトリック・ライアン・ジュニアは気づくだろうか、とベルは思った。「それでと」ベルはつづけた。「どんな調子かな、仕事のほうは？」

「例の中央銀行の幹部たちのやりとりを記録した文書をわたされて、読みましたが、腐敗したとんでもない内容のものもあって、驚きました」ジャックは言葉をいったん切った。「いやあ、こんなことで驚いていたんじゃいけないんですよね？」

「人間だれしも、あれだけの金を動かす力を与えられると、かならずあるていど腐敗してしまうものなんだ。わたしが驚くのは、そういう連中が国境を越えて友情をはぐくんでいるという点だな。自国の通貨が打撃をこうむっているときに儲《もう》けたりする者が、彼らのなかにはたくさんいる。国民に少々難儀をさせても、自分さえ儲かればいいという根性なんだな。昔々、貴族たちは、同じ王をいただく自領の民よりも、よその貴族たちに親近感をおぼえることのほうが多かった。それがいまもつづいていると いうわけだ——少なくともあちらではな。こちらでは、大企業のお偉方が一致協力して議会へのロビー活動をするということはあるが、互いに〝みやげ〟をわたし合うということはあまりないし、秘密を交換し合ったりもしない。そのレベルでの陰謀は不可能ではないが、長いあいだ隠しつづけるのはとてもむずかしい。なにしろ、あまりにもたくさんの人がいて、それぞれが口をもっているのでね。まあ、ヨーロッパも同じ状態になりつつはある。こちらでもあちらでも、メディアがいちばん喜ぶのはスキャンダルだからね。そして彼らは大臣よりも金持ちの悪党をたたきたがる。大臣は貴重な情報源だからさ。金持ちの悪党は単なる悪党にすぎない」

「ここの職員だって口をもってますよね。裏切りをどうやってふせいでいるんです？」

なかなか鋭い質問だ、とベルは思った。それこそ、たえず心配しなければならないことなのである。話題にのぼることはあまりないのだが。

「職員にはかなりいい給料を払っている。全員がグループ投資の配当を得られるシステムになっていて、みんな満足しているはずだ。ここ数年の年間配当率は一九パーセントほどになる。利益のほぼ五分の一が職員のふところに入る勘定だ」

「悪くないですね」ジャック・ジュニアは納得した。「ぜんぶ合法の取引ですか？」

「そいつは弁護士によって見解がわかれるな。だが、うちの取引をほじくって大騒ぎしてやろうと考える連邦地方検事はひとりもいない。それに、うちは取引には充分に注意している。貪欲《どんよく》なやりかたはしないんだ。その気なら、ポンジーのねずみ講的な投資詐欺《さぎ》以来の大儲けも可能なんだが、それをやったんじゃ世間に知られてしまう。だから、派手にやることは絶対にない。作戦実行に必要な資金と、職員にいい暮らしをさせられる金を稼ぐだけにしている」さらに彼らは、職員の金の使い道や投資活動にもたえず目を光らせている。ほとんどの職員は個人的な取引はしないが、会社をとおして信用取引をする者がすこしはいる。むろん、その個人的な取引でも、儲けの幅はほどほどに抑えられる。「きみにも、個人資産がプールされている口座の番号と暗証番号をすべて教えてもらう。コンピューターがきみの金のあらゆる動きを監視しつづけられるようにな」

「わたしには父がつくってくれた信託資金があります。でも、その管理はニューヨークの会計事務所がおこなっています。定期的にかなりの金を支給されますが、わたしは元金に手をつけることはできません。自分で稼ぐ金は自分だけのものですが、それもニューヨークの公認会計士たちのところへ送ってしまうということもできます。彼らはそうやって受けとった金も増やしてくれ、その明細書を三カ月ごとに送ってきてくれます。三十歳になれば、信託資金を自分で運用できるようになるんですけどね」

しかし、三十を越えるというのは、まだ若いジャック・ジュニアにとってはいささか遠い話で、あまり関心をもてない。

「知っている」ベルは先刻承知だという言いかたをした。「金の使いかたを監視するのは、信用がなくなったら困るとか、そういう問題じゃない。ただ、だれかひとりにでもギャンブル癖をもたれると困るので、絶対にそうならないようにしたいだけだ」

史上最高の数学者はたぶん、賭博《とばく》のルールをつくった者だろう、とベルは思った。

彼らは、金を巻きあげられるカモたちに、勝つチャンスはあるのだという幻想をうえつけることに成功したのだから。もっとも危険な麻薬は人間の心のなかで生まれる。それは自惚《エゴ》れとも呼ばれる麻薬だ。

「では、わたしはこの会社の裏《ブラック》ではなく表《ホワイト》の仕事からはじめるわけですね？　為替相場の観察とか？」ジャックは言った。

ベルはうなずいた。「そうだ。まずは専門用語を覚える必要があるな」

「ですよね」ジャックの父親はもっとずっとつまらない仕事からはじめなければならなかった。メリル・リンチに入った当初は経理の下働きをやらされ、客になる可能性のある見知らぬ人に投資勧誘の電話をかけるということまでしなければならなかったのだ。下積みの仕事を経験するということは、自惚《エゴ》れには悪いかもしれないが、魂には良い。父はよく息子のジャックに〝忍耐という美徳〟を身につけるよう説いた。その美徳を獲得するのも、それを維持するのも、なかなかむずかしい、とも父は息子に言った。しかし、ゲームにはルールがあるのだ。このような場所にも。《いや、このような場所であるからこそ、絶対に守らねばならないルールがあるのだ》とジャックは悟った。ルール違反をしてしまった〈ザ・キャンパス〉職員はいったいどうなるのだろう、と彼は思った。たぶん、楽しいことにはならないだろう。

「いいワインだ《ブォーン・ヴィーノ》」ドミニクが思わずイタリア語で感想を述べた。「このワインセラーは政府の施設としてはなかなかどうしてたいしたもんだ」ボトルに書かれている製造年は一九六二年。おれと兄が生まれるずっと前、とドミニクは思った……まだ母《マム》がボルティモアのロック・レイヴン・ブールヴァールにあった祖父の家にいて、数ブロックしか離れていないマーシー高校への入学を考えていたころ……大昔……たぶん最後の氷河時代の終わりころ。しかも、ボルティモアはおれたちが育ったシアトルからは地の果てかと思えるほどおそろしく遠い。「ここはいつごろできたんですか？」ドミニクはアレグザンダーに訊《き》いた。

「屋敷？　南北戦争前だ。館《やかた》は十八世紀に建てられた。そして、一八八二年に焼け、再建された。政府が買いとったのは、ニクソンが大統領になった直後だ。当時の所有者は、〝ワイルド・ビル〟・ドノヴァン一派とOSSで働いた経験をもつJ・ドナルド・ハミルトンという男だ。彼はかなりいい値で売って、ニューメキシコで余生をすごし、たしか一九八六年に九十四歳で亡《な》くなった。ハミルトンは現役時代は実力者で、第一次世界大戦でも危ない橋をわたっていて、第二次世界大戦では〝ワイルド・ビル〟を助けて対ナチ工作をおこなった。図書室にハミルトンの肖像画がある。向こうから歩いてきたら、思わず道をあけたくなるような貫禄《かんろく》のある人物だ。それに、そう、ワインのこともよく知っていた。これはイタリアのトスカーナ地方のものだ」

「子牛肉《ヴィール》によく合う」ブライアンが言った。今日の料理は彼がつくったのだ。

「このヴィール料理なら、どんなワインとも合う。料理は海兵隊で習ったわけではないよな?」アレグザンダーは感心して言った。

「親父《ポップ》からです。料理は母より父のほうがうまいんです」ドミニクが説明した。「イタリアではよくあることなんです。お祖父《グランドポップ》ちゃんがまた、すごいのなんのって、まだ料理ができるんです。ええと、アルド、八十二歳だったっけ?」

「そう、先月八十二になった」ブライアンは答えた。「まあ、おかしな祖父《じい》さんでしてね、世界中を旅してシアトルにたどり着きまして、以来六十年シアトルから一歩もでていないんです」

「しかも、ここ四十年ずっと同じ家に住みつづけています」ドミニクが付け加えた。

「自分がやっているレストランから一ブロックしか離れていない家にね」

「このヴィールのレシピは祖父さんのか?」

「そのとおり。祖父はフィレンツェ生まれなんです。二年前、所属していた地中海艦隊海兵隊がナポリに寄港したとき、フィレンツェまで足を延ばしました。祖父の従弟《いとこ》がヴェッキオ橋からアルノ川をすこしさかのぼったところにレストランをもっているんです。わたしがだれだか知ると、もう狂ったようなご馳走《ちそう》攻めでした。イタリア人というのはアメリカの海兵隊員が大好きなんです」

「きっと緑色の軍服にしびれるんだろうな、アルド」ドミニクが茶化した。

「いいや、おれの男っぷりに惚《ほ》れぼれするのさ、エンツォ。おまえ、おれの凜々《りり》しさ、わからないのか?」カルーソー海兵隊大尉《たいい》は弟に訊いた。

「わかってますとも」カルーソーFBI特別捜査官は答え、子牛肉の白ワイン煮《ヴィール・フランシーズ》をもうひとくち食べた。「では、お次のロッキーはブライアン主演でいこう」

「きみたちはいつもこんなふうなのか?」アレグザンダーが訊いた。

「飲んだときだけです」ドミニクが答え、兄は笑いだした。

「エンツォは情けないほど酒が弱いんです。われら海兵隊員は蟒蛇《うわばみ》ぞろいですけどね」

「ミラーライトを本物のビールだと思っているやつにそんなこと言われたくねえなあ」FBIのほうのカルーソーが天井をあおいで言った。

「しかし」アレグザンダーが声をあげた。「双子《ふたご》っていうのは似るもんだけどな」

「それは一卵性双生児だけですよ。わたしたちの場合は二卵性で、母がその月に卵子を二つ排出したんです。わたしたちが一歳になるまでは、父も母もよく間違えましたけどね。いまは、ほら、ぜんぜん似ていませんよ、ピート」ドミニクはにっこり笑ってこう言ってのけ、兄のブライアンも同じように微笑《ほほえ》んだ。

しかし、アレグザンダーはだまされはしなかった。二人の似ていない点といったら服装だけだ、と彼は思った——そして、それもすぐに同じになる。

5　同盟

ムハンマドはアビアンカ航空のいちばん早い便でメキシコシティまで飛び、そこで英国航空242便ロンドン行きを待った。すべてが無個性の空港では、彼も安心できる。メキシコは異教徒の国なので食べものには気をつけなければならないが、ファーストクラスのラウンジにいるかぎり、この国の文化的蛮行の犠牲になる心配はない。それに、武装警官がたくさんいるので、自分のような者たちがこのささやかなラウンジに押し入ってくることもまずありえない、とムハンマドは思った。だから、窓から離れた片隅の席に腰をおろし、空港の店で買った本を読みはじめ、すこしでも退屈をまぎらわそうと努力した。言うまでもないが、こういう場所では絶対にコーランを読まない。中東関係の本も禁物だ。もしかしたらテロリストではないかと不安になって問いかけてくる者がいないともかぎらないからである。そう、〝伝説《レジェンド》〟と呼ばれる偽装経歴《カバー・ストーリー》にあくまでも忠実に行動しなければならないのだ。プロの工作員と同じくらい忠実に。でないと、ローマで殺《や》ったあのユダヤ野郎のグリーンゴールドみたいに突然この世におさらばしなければならなくなる。ムハンマドはトイレを使うときも充分に注意する。万が一、同じやりかたで自分をねらう者がいても殺られないように。ラップトップ・コンピューターを使う機会はたくさんあったが、彼はそれさえしなかった。こんなふうに木偶《でく》の坊《ぼう》みたいにじっと座っているほうがいいのだ、とムハンマドは判断した。二十四時間もすれば、ヨーロッパ大陸にもどれる。自分がいちばん長く暮らしているのは飛行機のなかかもしれないぞと、ふと思った。自分には家はない。あるのは、安全とは言い切れない隠れ家《セーフ・ハウス》がいくつかあるだけだ。サウジアラビアにはもう帰れない。そのような状態になってほぼ五年になる。アフガニスタンも、同じように、行ってはいけない国になった。安心に近い感覚をおぼえて生きられる土地が、ヨーロッパのキリスト教国だけになってしまったとは、なんという皮肉だろう。だってそうだろう。ヨーロッパこそ、イスラム教徒が一再ならず征服しようと奮闘し、失敗した地なのだから。そこのキリスト教国の、よそ者を受け入れる寛大さときたら、自殺的と言ってもよいほどで、あるていどの技がありさえすれば——いや、金があるなら、技などほとんどなくても——よそ者はその広大な地のなかに姿を消すことができる。ヨーロッパの人々は自滅したがっているのではないかと思えるほど開放的なのだ。要するに、よそ者の機嫌をそこねるのが怖くてしかたないのだ。たとえそのよそ者が、彼らを子供もろとも殺し、彼らの文化をそっくり破壊したいと思っていてもである。それが実現したときの光景は想像するだけでも楽しい、とムハンマドは思った。だが、おれはそんな夢を見るだけでは満足できない。おれはその夢を実現するために、行動するのだ。この闘いは自分が生きているうちに終わりはしない。それはやはり悲しいことだが、事実である。それでも、自分だけの利益を追い求めるよりは、大義に殉じたほうがずっといい。この世で我欲にとらわれたらきりがない。

こういう話をしたら、きのうの話し合いでいちおう同盟者ということになった者たちはなんと言い、どう思うのだろうか、とムハンマドは思った。彼らは真の同盟者ではむろんない。たしかにわれわれには共通の敵がある。だが、それだけで真の同盟が結べるわけではない。彼らは——たぶん——事を容易にしてくれるが、それだけのことだ。彼らの手下が、うちの者たちが実行する戦闘行為にまで手を貸すことはありえない。どんな時代でも、傭兵《ようへい》が本物の強さを発揮したためしはない。真に強力な戦士になるには、神を信じる必要がある。信仰ある者のみが命をかけて戦えるのだ。神を信じる者だけが何ものも恐れないからである。アッラーご自身が味方なら、恐れるものなどありはしない。では、心配なこともまったくない？　いや、ひとつだけある、とムハンマドは心のなかで認めた。失敗だ。失敗はまずい。成功をはばむ障害は、どんな手を使ってもとりのぞかねばならない。こちらに都合がよければ、どんな手を使ってもいいのだ。それは障害というものをとりのぞくだけのこと。人間がからむ、魂の問題ではない。ムハンマドはポケットから煙草《たばこ》を一本とりだし、火をつけた。こういう場所での喫煙がまだ認められているという点では、メキシコは文明国と言えるな、と彼は思った。ただ、イスラム教が誕生した時代にすでに煙草があったら、預言者ムハンマドはその悪癖についてなんて言っていただろうかと考えてみることはやめた。

「そりゃあ車のほうが楽だよな、えっ、エンツォ？」ゴールに達しようとしたとき、ブライアンが弟をからかった。三マイル走は海兵隊員にはなんでもなかったが、FBI捜査官のドミニクにはちょっときつすぎた。ついこのあいだFBIの体力テストで最高点をとったばかりだというのにである。

りゃならんのだ」

「なんだと、このう」ドミニクはあえいだ。「おれだって容疑者よりも速く走らなけ

「アフガニスタンだったら、完全に殺《や》られているぞ」ブライアンは苦しげに肩で息をしている弟をもっとよく観察しようと、うしろ向きに走った。

「かもしれん」ドミニクは認めた。「だが、アフガニスタン人はアラバマやニュージャージーで銀行強盗はしない」兄との体力くらべは生まれてはじめてだったが、耐久力の維持という点では海兵隊に鍛えられた兄のほうがFBI捜査官をやっていた自分よりも上だと認めざるをえなかった。だが、拳銃《けんじゅう》の腕くらべなら負けんぞ、とドミニクは思った。三マイル走もやっと終わって、彼はかつての大農園《プランテーション》主の館のほうへ歩いてもどりはじめた。

「合格ですか？」ブライアンがもどる途中でアレグザンダーに訊いた。

「まあまあ、そうあわてなさんな、二人とも。ここはレインジャー・スクールじゃないんだ。オリンピック・チームの選考をしているわけでもない。ただ、現場では、走って逃げるということも大いに役立つので、それができるようにしているだけだ」

「クアンティコでも、ハニー上級曹長がなにかにつけてそう言ってました」ブライアンも同感だった。

「えっ、だれだって？」ドミニクが訊いた。

「アメリカ合衆国海兵隊上級曹長のニコラス・ハニーだ。そう、名前が名前なもんで、よくからかわれていたようだが――同じやつから二度からかわれたことはないだろうな。士官基礎学校《ベイシック・スクール》の教官だった。〝とげとげニック《ニック・ザ・プリック》〟とも呼ばれていた」ブライアンはタオルをつかみ、ぽんと弟にほうった。「呆《あき》れるほど腕っぷしの強いこわもての海兵隊員だった。そのおっかない下士官がだ、走って逃げるのは歩兵が必要とする技のひとつだと言ったんだ」

「おまえは逃げたことはあるのか？」ドミニクが訊いた。

「ない。おれは戦闘任務はいちどしか経験したことがないし、それも二カ月ほどのあいだだけだった。くそ険しい山々をのぼってきた野生山羊《やぎ》が、そのあまりのきつさに心臓発作を起こすのを、上から見おろしてばかりいたしな」

「そんなにひどいところなのか？」

「もっとひどい」アレグザンダーが割りこんだ。「だが、戦闘は若者たちがやることであって、思慮のある大人がやることではない。きみも戦場に行ったら、カルーソー捜査官、六十五ポンドの荷物を背負って動きまわらんといかんのだぞ」

「楽しそう」ドミニクは一目おくような口調で兄に言った。

「そりゃあ楽しいさ。それで、ピート、今日はこのあと、どんな楽しいことをすればいいんです？」

「まずはシャワーを浴びて、さっぱりしろ」アレグザンダーは指示した。二人とも、体の状態は問題ないとわかった——体力が充分にあることは最初からわかっていたことではある。しかも、二人にはそれが重要だというような話しかたをしたが、実はたいして重要でもないのだ。ともかく、体力テストはいちおう終わった——これで肝心なこと、重要なことに移れる。

「ドルが攻撃されようとしています」ジャックは新しいボスに言った。

「どのくらいの打撃がある？」

「ひっかき傷ていどです。ドイツがドルを売ってユーロを買おうとしているのです。五億ドルほど」

「大変なことなのかね？」サム・グレインジャーは訊《き》いた。

「それは質問ですか？」ジャックは訊き返した。

「そうだ。きみも意見をもたないといけない。正しくなければだめということはないが、あるていど筋のとおった意見である必要はあるな」

ジャック・ライアン・ジュニアは傍受内容が書かれた書類を手わたした。「このデイーターというドイツ人が話している相手は、同等の地位にあるフランス人です。ディーターは通常の取引のように聞こえる話しかたをしていますが、翻訳者によると、何かたくらんでいる調子が声にでているそうです。わたしもすこしドイツ語をしゃべりますが、そういうニュアンスがわかるほどではありません」ヤング・ライアンはボスに言った。「正直なところ、なぜドイツとフランスがこそこそ結託してアメリカの足を引っぱるような真似《まね》をするのか、わたしにはよくわかりません」

「現在、ドイツにとっては、フランスにすり寄るのが国益にかなっているのだ。ただ、二国が長期の協定を結ぶ可能性はいっさいないと、わたしは思う。いかなる形の協定であろうとね。結局のところ、フランスはドイツを恐れ、ドイツはフランスを見下しているんだ。しかし、フランスには大それた野心がある――いまにはじまったことではない、昔からそうなのだ。アメリカとの関係を見てみたまえ。十二歳ほどの兄と妹の関係に等しい。互いに愛し合っているのだが、どうしてもうまくやっていけない。ドイツとフランスの関係も同じようなものだが、もっと複雑だ。歴史を見ると、まずフランスがドイツをやっつけ、次いでドイツが力をたくわえ、フランスをやっつけた。そして両国とも、それをいつまでも覚えている。それがヨーロッパの災いのもとだ。

ヨーロッパには戦いの歴史がたくさんあり、彼らはそれをなかなか忘れられない」

「それがこれとどういう関係があるんです？」ヤング・ライアンは訊いた。

「直接的な関係はない。だが、そのドイツの銀行家の腹は、いまフランスの銀行家に軽く取り入っておけば、これからのゲームを有利に進められる、というものだと思う。そしてフランス人のほうは、ドイツ人に思惑どおりうまくいっているぞと思わせようとしているのかもしれない。そうドイツ人に思わせられれば、フランスの中央銀行はドイツのそれに対して数ポイント稼げるということだろう。まったく、おかしなゲームだよ。相手をたたく場合、やりすぎは禁物なのだ。そんなことをしたら、相手はもういっしょにゲームをしてくれないからな。それに、敵をつくろうとことさら努力することもないだろう。要するに、隣近所でやるポーカーみたいなもんだ。本気になって勝ちすぎると、敵をつくってしまい、もうだれもポーカーをしにきてくれなくなるので、日々の大きな楽しみを失うことになる。逆に仲間のなかでいちばん弱いと、よってたかっていじめられ、金を巻きあげられるが、やるほうはそれを実に巧妙にやってのける——感情を害するほどの損害を与えず、おれはなんて利口なんだと自己満足できるていどに勝つのだ。だから、結局のところ、みんな、ちょっと手加減してゲームを楽しむわけだ。それで仲良くやっていける。ヨーロッパでは、ゼネストが起こると、深刻な通貨危機がかならず起こり、そうなったときに必要となるのが、隣国の友人たちなんだ。そうそう、言うのを忘れていたが、ヨーロッパの中央銀行の幹部たちは、大陸に住む人々をみんな卑《いや》しい農民と見なしている。各国政府の元首も含めてな」

「われわれのことは？」

「アメリカ人？　同じさ。生まれは卑しく、教育もない――だが、とてつもなくラッキーな――農民と見なしている」

「大砲を持った？」小《リトル》ジャックは言葉を差しはさんだ。

「そう、銃や大砲を持つ農民には、貴族どもは不安になるものなんだ」グレインジャーはこみあげてきた笑いを抑えこんだ。「ヨーロッパにはいまだに階級などというくだらないものがあるんだ。それがどれだけ経済の発展をさまたげているか、彼らにはよくわからないらしい。なにしろ、あそこの〝貴族〟つまりお偉方が、斬新《ざんしん》なアイディアを思いつくことはめったにない。しかし、それはわれわれの問題ではない」

《オデリント・ドゥム・メチュアント》とジャックは思った。それは彼が覚えている数少ないラテン語の格言のひとつだった。ローマ帝国皇帝ガイウス・カリグラの個人的なモットーと言われているもので、意味は《彼らがわたしを恐るるあいだは、彼らがわたしを憎むも可なり》。すると、ここ二千年間、文明はまったく進歩していないということか？

「では、われわれの問題はなんですか？」ジャックは訊いた。

グレインジャーは首を振った。「そういう意味で言ったのではない。われわれには関係ないというだけの意味でね。だいたい彼らはわれわれがあまり好きじゃない――実は彼らがわれわれを好きになったことなんて一度もないんだ――にもかかわらず、彼らはわれわれなしでは生きられない。ソ連が崩壊したので、自分たちだけで生きていけると思いはじめている者もいくらかはいるが、実際にそうしようとしたら、厳しい現実に尻《しり》をかまれて血を流すのがおちだ。〝貴族〟の考えと一般の人々の考えを混同してはいけない。それを混同してしまうのが彼ら〝貴族〟の困ったところだ。人々は自分らの指示にしたがうと〝貴族〟は思いこんでいるが、それがそもそも誤解なんだ。人々の行動は彼ら自身のふところ具合によって決まる。ふつうの人々は、じっくり考える時間さえあれば、問題なんて自分たちだけで解決してしまう」

「つまり、〈ザ・キャンパス〉はヨーロッパ〝貴族〟の空想世界《ファンタジー・ワールド》を利用して金を稼いでいるというわけですか？」

「そういうことだ。わたしはね、ソープ・オペラと呼ばれている連続メロドラマが大嫌いなんだ。なぜだかわかるかね?」訊かれて、ジャックはぽかんとした顔をした。

「現実そのままだからだよ、ジャック。現実というやつは、このレベルでも、つまらない戯言《たわごと》やエゴに満ちみちているんだ。世界を動かしているのは愛ではない。金でさえもない。戯言だよ、戯言」

「ちょっと待って。わたしもシニシズムはいろいろ聞かされましたが――」

グレインジャーは片手をあげて制した。「これはシニシズムではないぞ。人間の性《さが》だ。これだけは、有史以来一万年のあいだにも、ついに変わることはなかった。これからも永遠にそのままなのではないかと、わたしは思う。むろん、人間にはよい面もある。たとえば、高潔さ、慈善、献身、場合によっては勇気――そして、愛。愛は大切だ。とっても大切だ。だが、愛には、嫉妬《しっと》、貪欲《どんよく》など、七つの大罪がぜんぶついてくる。たぶんイエスも、そういうことがわかっていて、愛について説いたのだろうな」

「こういう話って、哲学とか神学とかいうんじゃないですか?」《ここは情報収集をするところだとばかり思っていた》とヤング・ライアンは心のなかでつぶやいた。

「来週わたしは五十になる。《老いはたちまちやってきて、知恵はなかなか訪れない》百年ほど前に、あるカウボーイが言った言葉だ」グレインジャーはにやっと笑った。

「つまり、自分にも何かできると気づいたときにはもう老いすぎているというわけだ」

「新興宗教でもおこそうというのですか?」

グレインジャーは楽しげに大笑いしながら、自分専用のジェヴァリアのコーヒーメーカーのほうを向き、空になっていたカップにコーヒーをそそぎ入れた。「いや、そんなつもりはない。モーセは柴《しば》のあいだに燃えあがる炎のなかに主の御使《みつか》いがあらわれるのを見たというが、わたしの家のまわりの柴が燃えるなんてことはないからね。深遠なことを考えても、芝を刈り、食事をしなければならないというのが、人間のつらいところだ。われわれの場合は国を護《まも》らなければならないしな」

「で、このドイツの中央銀行の件ですけど、どうするんですか?」

グレインジャーは傍受内容にもういちど目をやり、ちょっと考えた。「何もしない、いまはな。だが、ドイツのディーターがフランスのクロードに対して一、二ポイント稼ぎ、それによってドイツは六カ月後くらいにそれなりの利益を得る可能性があるということだけは、頭に入れておかねばならない。ユーロはまだまだ新しい通貨で、どういうふうに動くか不透明なところがある。フランスは、ヨーロッパの金融の主導権はパリがにぎることになると思っている。ドイツはドイツで、主導権をにぎるのはベルリンだと思っている。むろん、それをにぎるのは、もっとも効率のよい労働力を擁する、経済力がもっともある国だ。だから、フランスではないな。フランスという国は、優秀なエンジニアはいるが、国民がドイツほどしっかりまとまっていない。わたしなら、ベルリンの勝ちに賭《か》ける」

「フランスは気に入らないでしょうね」

「そうなんだ、ジャック。そうなんだ」グレインジャーは繰り返した。「いやあ、まいるよ。なにせ、フランスは核兵器をもっていて、ドイツはもっていないからな――いまのところは」

「本気でそんなことを言っているんですか？」ヤング・ライアンは訊いた。

にやっという笑いが返ってきた。「いや、冗談さ」

「こういうのはFBI学校《アカデミー》でも教わった」ドミニクが言った。彼らがいる中くらいの規模のショッピングモールは、ヴァージニア大学に近いため、利用者はおもに大学関係者や学生だった。

「どんなことを教わったんだ？」ブライアンは訊いた。

「監視対象との位置関係が同じにならないようにすること。つまり、向こうから見て同じ方向、距離にいつづけるというのは、厳禁。できるだけ外見を変えること――サングラスとか使ってね。あれば、かつらも役立つ。リヴァーシブルのジャケットも使える。相手を見つめてはいけない。だが、向こうがこちらを見たら、あわててそっぽを向いたりしてはいけない。ターゲットひとりに二人以上でかかったほうがずっといい。相手がプロの場合、ひとりではそう長くは尾《つ》けてはいられないからな。かならず見つかってしまうんだ。最良の環境下でも、相手がプロだと、尾行は非常にむずかしくなる。だからFBIの大きな部局には、尾行や監視を専門とするSSG——特別《スペシャル・》監視班《サーヴェイランス・グループ》——があるんだ。班員はFBI局員ではあるが、宣誓をした捜査官ではなく、拳銃《けんじゅう》も携行していない。彼らをベイカー街イレギュラーズと呼ぶ者もいる。ほら、シャーロック・ホームズにでてくる浮浪児探偵団さ。路上暮らし——ホームレス——や、つなぎの作業着の労働者といった格好をしたりしてね、警官にはとても見えない。汚れるのも厭《いと》わない。物乞《ものご》いにだってなる。ニューヨーク支局で何人かに会ったことがある。OC——組織犯罪部《オーガナイズド・クライム》——と、FCI——対外防諜部《フォーリン・カウンターインテリジェンス》——に属している者たちだった。プロだが、あれくらいプロらしく見えない者たちもいない」

「そんなによく働かんといかんのか？」ブライアンは弟に訊いた。「監視って、そんなに大変なのか？」

「おれは自分ではやったことはないが、聞くところでは、ターゲットひとり監視、尾行するのに、十五人から二十人が必要になるらしい。さらに車やらヘリやら軽飛行機やらもな――それでも振りきる実に巧妙な悪者もいるそうだ。とくにロシア人。やつらは徹底的に訓練されているんでね」

「で、わたしたちはいったい何をすればいいんですか？」ブライアン・カルーソー大尉《たいい》は訊いた。

「まあ、基本を習うということだ」アレグザンダーはカルーソー兄弟に言った。「あそこにピンクのブラウスの女がいるだろう？」

「こげ茶の髪を長くした？」ブライアンが訊き返した。

「そうだ」ピート・アレグザンダーは答えた。「彼女が何を買い、どんな車を運転し、どこに住んでいるか、調べろ」

「われわれ二人だけで？」ドミニクは抗議するような口調になった。「いきなりそう言われても」

「やさしい仕事とは言わなかったぞ」アレグザンダーは何食わぬ顔で返し、二人にひとつずつ超小型無線機を手わたした。「イヤホンを耳にはめ、マイクを襟にとめろ。通話距離は約三キロだ。車のキーは二人とも持ってるな」言うなり、アレグザンダーは自分のパンツを買いにエディー・バウアーの店のほうへ歩いていってしまった。

「くそ世界にようこそ、エンツォ」ブライアンは言った。

「ともかく、任務説明《ミッション・ブリーフ》はあったぞ」

「実に簡潔《ブリーフ》ではあったな、うん」

そのときにはもう、二人の監視対象はアン・テイラーの店に入っていた。ブライアンとドミニクはその店のほうへ向かった。どちらも、間に合わせの変装の小道具としてスターバックスの大きなコーヒーカップをひとつずつ持っていた。

「カップは捨てるなよ」ドミニクは兄に言った。

「なんで？」ブライアンは訊《き》いた。

「小便をしたくなるかもしれないからな。こういう状況下では、用心深く練りあげた計画も、なんとも間の悪い不運によって崩れてしまうことがあるんだ。学校《アカデミー》の授業で教わった現場で役立つ教訓さ」

ブライアンは何も言わなかった。なるほど、そうかもしれない、と思った。彼らはひとりずつ無線機を身につけ、テストした。

「アルドからエンツォへ、どうぞ《オーヴァー》」アルドことブライアンはチャンネル6で呼んだ。

「エンツォ、受信《コピー》、兄弟《ブロ》」エンツォことドミニクは応《こた》えた。「よし、交代で監視に移ろう。だが、互いに見える位置をたもつこと、オーケー？」

「いいだろう。おれは店へ向かう」

「了解《テン・フォー》。ようし、了解《ラジャー》、兄弟《ブロ》」ドミニクは振り向いて、遠ざかる兄を見やった。そして、近くの椅子《いす》に腰をおろしてコーヒーを飲み、監視対象から目をそらした——視線を二〇度ほどずらし、女をまっすぐ見つめることは絶対にしなかった。

「彼女、何してる？」ブライアンは訊いた。

「ブラウスを手にとって見ているようだ」ターゲットはこげ茶の髪を肩までたらした三十歳くらいの女だった。なかなか魅力的な女で、結婚指輪をはめているが、ダイヤがはまっているようには見えない。安物の金色のネックレスはたぶん、道の向かい側にあるウォルマートで買ったのだろう。ブラウスはピンク。下はスカートではなくてパンツ。色は黒。靴は〝賢明な〟かかとの低いもので、色はやはり黒。ハンドバッグはかなり大きい。ありがたいことに、まわりを極度に警戒しているようには見えない。それにひとりのようだ。ついにブラウスを買うことに決めた。どうやら白のシルク。クレジットカードで支払いをすませ、アン・テイラーからでてきた。

「ターゲット、移動中、アルド」

七十ヤード離れたところで、ブライアンの顔がひょいとあがり、弟のほうにまっすぐ向いた。「どっちへだ、エンツォ?」

ドミニクはコーヒーを飲もうとするかのようにカップをかかげた。「左にまがり、そちらに向かっている。一分ほどでそちらが代わって監視できるようになる」

「了解《テン・フォー》、エンツォ」

二人は車をショッピングモールの反対側にとめていた。それで正解だったのだ。ターゲットは右にまがり、駐車場にでられる出口へ向かって歩いていく。

「アルド、近づけ、ナンバーが見えるところまで」ドミニクは命じるように言った。

「なんだって?」

「車のナンバーを教えてくれ。それから車の特徴。おれは自分の車に向かう」

「オーケー、了解《ラジャー》、兄弟《ブロ》」

ドミニクは走りはしなかったが、妙な感じに見えないよう注意しつつ、できるだけ早く歩いた。そして、車に乗りこみ、エンジンをかけ、窓をぜんぶおろした。

「エンツォからアルドへ、どうぞ《オーヴァー》」

「オーケー、車はボルボのステーションワゴン、色はダークグリーン、ヴァージニア・ナンバー、W《ウイスキー》―K《キロ》―R《ロミオ》―6《シックス》―1《ワン》―9《ナイナー》。車にはほかにだれも乗っていない。エンジンがかかった。北へ走りはじめた。おれも自分の車に向かっている」

「了解《ラジャー》。エンツォ、追跡する」ドミニクは車の流れに巧みに自分の車を割りこませ、ショッピングモールの敷地の東端にどっしり構えているシアーズの百貨店をできるだけ速くぐるっとまわった。そして、上着のポケットに手をつっこみ、携帯電話をとりだすと、番号案内に電話し、ＦＢＩシャーロッツヴィル支局の番号を訊き、五十セントの追加料金をはらって電話会社にダイヤルしてもらった。「こちら、ドミニク・カルーソー特別捜査官、調べてほしいことがある。身分証番号《クリードー・ナンバー》は１《ワン》―６《シックス》―５《ファイブ》―８《エイト》―２《ツー》―１《ワン》。いますぐナンバー・チェックを頼む。ヴァージニア・ナンバー、Ｗ《ウイスキー》―Ｋ《キロ》―Ｒ《ロミオ》―６《シックス》―１《ワン》―９《ナイナー》」

　もちろん電話の相手は、身分証番号をコンピューターに打ちこみ、ドミニクがアラバマ州のバーミングハム支局に所属するＦＢＩ捜査官であることを確認した。

「バーミングハムからこんなに遠いところで何をしているんです、ミスター・カルーソー？」

「説明している時間はない。ナンバー・チェックを頼む」

「了解《ラジャー》。オーケー、ダークグリーンのボルボ、ステーションワゴン、製造は一年前、所有者はエドワードとミシェルのピーターズ夫妻、住所はシャーロッツヴィル市ライディング・フード・コート６。街の西端。ほかには？　応援は必要ですか？」

「いや。ありがとう、ここからは自分で処理できる。カルーソー、以上《アウト》」ドミニクは携帯電話を切り、無線で住所を兄にも教えた。そして二人は同じことをした。その住所をカーナビにインプットしたのだ。

「こいつはズルだぞ」ブライアンはにやにやしながら言った。

「正義の味方はズルなんてしない、アルド。ただ、やるべきことをやるだけだ。オーケー、現在ターゲットを視認中。彼女はシェイディ・ブランチ通り《ロード》を西に向かっている。そちらの位置は？」

「おまえの五百ヤードほど後方だ——くそ！　赤信号につかまってしまった」

「オーケー、青になるまで待て。ターゲットは自宅にもどるようだ。場所はわかっている」ドミニクはターゲットの車とのあいだにピックアップ・トラックを一台はさんだまま、距離を百ヤード以内にまで詰めた。こういう車での尾行はほとんどしたことがなく、あまりの緊張感に驚かざるをえなかった。

「五百ヤード先、右折です」カーナビが告げた。

「ありがと、ハニー」ドミニクは、わからんぞと思いつつ、ぼそぼそ言った。

だが、ターゲットの乗ったボルボは、カーナビの指示どおりに右折した。では、うまくいったということだな、とドミニクは思い、ほっとひと息ついた。緊張もすこしはとけた。

「オーケー、ブライアン、彼女は自宅にまっすぐもどるようだ。おれのあとにつづいてくれ」ドミニクは無線で告げた。

「了解《ラジャー》、あとにつづく。あの姉《ねえ》ちゃんは何者なんだろう？」

「ミシェル・ピーターズ、とDMVは言っている」DMVは、ディパートメント・オブ・モーター・ヴィークル、自動車局のことだ。

ボルボは左に、ついで右に折れて、袋小路に入りこみ、庭内路《ドライヴウェイ》に乗り入れた。そして、二台用のガレージに入ってとまった。それは白いアルミのサイディングボードが張られた中くらいの大きさの二階建ての家にくっついていた。ドミニクは百ヤードほど手前の路上に車をとめると、コーヒーをひとくち飲んだ。三十秒後、ブライアンもあらわれ、弟の車のさらに半ブロック手前に車をとめ、同じようにコーヒーを飲んだ。

「車、見えるか？」ドミニクは呼びかけた。

「見えるとも、エンツォ」海兵隊大尉はすこし間をおいた。「さてと、おあとはどうすればいいのかな？」

「コーヒーを飲みに降りてらっしゃい」不意に女の声が割りこんだ。「わたしはボルボの姉《ねえ》ちゃんよ」自己紹介した。

「おおっ、くそっ！」ドミニクは口をマイクから遠ざけ、声を押し殺した。彼はメルセデスの外にでると、手を振って兄にも降りてくるよううながした。

カルーソー兄弟は合流し、いっしょにライディング・フード・コート6まで歩いていった。玄関に向かって庭内路《ドライヴウェイ》を歩きだすと、ドアがあいた。

「ぜんぶ仕組まれていたわけか」ドミニクはしょげた声をだした。「それくらい最初から見抜かないとな」

「だな。これじゃあ、アホだな」ブライアンは思ったことをそのまま口にした。

「でもないわよ」ピーターズ夫人がドア口から言った。「でも、DMVからわたしの住所を聞き出すのはやっぱりズルね」

「でも、ルールについては何も言われませんでしたよ、マーム」ドミニクは返した。

「たしかにルールなんてないわね、この仕事には――ごくたまにはある場合もあるかもしれないけど」

「では、あなたはわれわれの無線のやりとりをずっと聞いていたわけですか？」ブライアンが訊いた。

ミシェル・ピーターズはうなずき、二人をキッチンへ導いた。「そうよ。無線は暗号化されていたけど。だから、あんたたちがしゃべっていたことは、ほかのだれにも聞かれていないわ。あんたたち、コーヒーはどういうのがいいの？」

「じゃあ、われわれがどこにいるか、ずっと把握していたわけですか？」今度はドミニク。

「いいえ、そこまではやらなかったわ。無線を使ってズルしたりしなかったもの――あんまりはね」ミシェルは愛想よくにっこり微笑《ほほえ》んだ。それで客たちのプライドの傷もすこしは癒《い》えた。「あなたがエンツォね？」

「イエス、マーム」

「ちょっと近づきすぎだったけど、あれくらいの限られた時間内では、よっぽど観察力のあるターゲットじゃないと尾行には気づかなかったでしょうね。それに車種が幸いしたわね。ああいう小型のメルセデス・ベンツはこのあたりにはたくさん走っているの。でも、尾行にいちばん適した車はピックアップ・トラックよ――それも汚れているもの。田舎には車を絶対に洗わないという人たちがたくさんいるし、大学の教員のなかにもそういう行動様式を採用している人たちがいるみたい。ただ、州間高速《インターステート》64号線上の追跡だったら、もちろんヘリか軽飛行機がないといけないし、携帯便器《ポータ・ポッティ》も必要になるかも。やはり、この種の仕事では、秘密裏の監視というのが、いちばんむずかしくなるんじゃないかしら。でも、それはあんたたちもわかったでしょう」

そのときドアがあき、ピート・アレグザンダーが入ってきた。「どうだった、彼ら？」ミシェルに訊いた。

「Ｂといったところね」

かなり甘い評価だな、とドミニクはとっさに思った。

「それから前言を取り消すわ――ＦＢＩに電話して、ＤＭＶへのナンバー・チェックでわたしの住所を聞き出すというのは、やっぱりかなり賢いわね」

「ズルじゃない？」ブライアンが確認の問いを発した。

これに答えたのはアレグザンダーだった。「しくじらずに任務を遂行することというのが唯一《ゆいいつ》のルールだ。〈ザ・キャンパス〉では、やりかたは点数に入れない。結果がすべてだ」

「問題は死体の数だけ」ピーターズ夫人が補足したが、これにはアレグザンダーも渋い顔をした。

ブライアンの胃もキュッと収縮した。「ええと、これは前にも訊いたんですが、具体的に言ってですね、われわれはいったい何をするための訓練を受けているんでしょう？」

ドミニクもはっきり身を乗り出した。

「そうあわてなさんな、きみたち」ピート・アレグザンダーは注意をうながした。

「わかりました」ドミニクはうなずき、折れた。「今日のところは我慢します」でも、そう長くは待てませんよと、内心のなかでは言っていたが、声にはださなかった。

「では、この情報は利用しないのですね？」終業時間になってジャック・ジュニアは訊いた。

「利用できないわけではないのだが、時間をかけてやるだけの価値はあまりないな。儲《もう》けはせいぜい二十万ドルていどだろう。ことによると、そこまでいかないかもしれない。だが、きみはよくやった。これを見つけられたんだからな」グレインジャーはいちおう褒めた。

「この種のやりとりは、一週間にどれくらい入ってくるんですか？」

「ひとつかふたつだ。いちばん多い週で四つ」

「で、それを利用して仕掛けるのは？」ジャックは訊いた。

「五つにひとつという割合だな。やるときはできるだけ用心するが、それでも、気づかれる危険はつねにある。ヨーロッパの連中は、われわれにあまりにも見事に出し抜かれると、なんでそんなことになるんだろうと探りを入れる――たぶん、情報を漏洩《リーク》した人間を見つけだそうと、躍起になって部下たちを調べあげるだろう。ヨーロッパの人々は、そういうふうにしか考えられないのだ。なにしろ彼らは権謀術数をめぐらすのが大好きでね、それですぐに陰謀だということにしたがる。しかし、彼らがふだんやっているゲームは、陰謀の域にとうてい達しない、たわいないものなんだ」

「ほかにここがのぞいているものというと？」

「来週から、きみにも秘密口座をのぞいてもらう――名義が匿名《とくめい》で、コード番号のみで運用される決まりなので、匿名番号口座《ナンバード・アカウント》と呼ばれている銀行口座だ。いまはコンピューター・テクノロジーのせいで、たいがいコードは数字だけでなく文字も入るコードワードになっている。諜報《ちようほう》活動のコードネームの真似《まね》という面もあるかもしれないな。銀行は保安要員として情報機関員を引き抜くことが多くなっている――ただ、優秀な者はそういう誘いには乗らない。資金運用の仕事には手をだそうとしないんだ。そこまで落ちぶれていないという気持ちが強いんだな。ベテランの情報機関員には重要な仕事とは思えないということだ」グレインジャーは説明した。

「その〝秘密〟口座の所有者の身元はわかるんですか？」ジャックは訊《き》いた。

「いつもわかるというわけではない。すべての処理がコードワードだけでおこなわれ、預金者がわからない場合もあれば、銀行に部外秘メモがあって、それが記録されているコンピューターにわれわれが侵入でき、預金者を割り出せる場合もある。だから、いつも割り出せるとはかぎらない。銀行内で預金者についてあれこれ検討されることはない——少なくとも文書の形では。昼食時に担当者が話題にすることはあるにちがいないが、だいたい、彼らの多くは、金の出所などにはあまり関心がなく、そんなのどうでもいいと思っている。預金者がアウシュヴィッツで死んだユダヤ人であろうと、ニューヨークはブルックリンのマフィアの親分であろうと、どうでもいいんだ——彼らにとって、金はみんな同じ金、刷りたての札なんだ」

「でも、そういう情報をＦＢＩにわたしたら——」

「それはできない。違法行為になるからな。それに、そんなことをしたら、悪党どもとやつらの金を追跡する手段を失うことにもなる。だから、しない。さらに、法的にも、二国の法律がからんでくるから、ＦＢＩも思うような摘発ができない。だいたい、ヨーロッパ諸国のなかには——なんというか、銀行が儲ける莫大《ばくだい》な金をあてにしている国もある。そういう国の政府は、銀行からの税収を無視できないんだ。うちの国のなかでは、そちらの犬が銀行にかみつくのを許したりはしませんよ、というわけだ。近くのよその国でかみつくぶんには、まったくかまわないんだけどな」

「父《ダッド》はそういうことをどう思いますかね？」

「こだわりはしないはずだ」グレインジャーは推しはかった。

「ええ、あまり気にしませんよね」ジャックもその意見に賛成した。「では、秘密口座のなかをのぞいて、悪者とその金を追跡しているというわけですね」

「そういうことだ。きみが考えているよりずっとむずかしいが、うまく獲物を見つけだせれば、収穫は大きい」

「わたしは獲物を追う猟犬になるというわけですね？」

「そうだ。きみにその能力があればな」グレインジャーは言い添えた。

ちょうどそのとき、ムハンマドは彼らのほぼ真上にいた。メキシコシティからロンドンへの大圏航路（最短航路）上を飛ぶ旅客機は、ワシントンDCのすぐそばを通過するところで、見おろすと、三万七千フィート下にアメリカの首都がまるで地図のように張りついていた。もしおれが殉教者軍団の一員だったら、ここで螺旋《らせん》階段をのぼってアッパー・デッキへ行き、拳銃《けんじゅう》で乗務員《フライト・クルー》を殺して、この旅客機を急降下させ……。いや、いや、それはもう前にやったことだ。それにいまはコックピットのドアは外側からはあけられないようになっているし、たぶんアッパー・デッキのビジネスクラスには武装警官がひとりいて、ショーを台無しにしてしまう可能性がある。さらに私服の武装兵士も同乗しているかもしれず、その場合は状況はさらに悪くなる。ムハンマドは警官については恐れるに足らないと思っていたが、西洋の兵士については、あなどってはいけないということをさんざん苦労して学んだ。とはいえ、自分は殉教者軍団の一員ではない。むろん、彼ら聖戦士には賞賛をおしみはしない。重要な情報を探しだす能力に恵まれた自分は、あまりにも貴重で、そのような崇高な行為に身を投じてしまうわけにはいかないのだ。それは良くも悪くもある。だが、良いにせよ悪いにせよ、事実であることは確かだ。そして、おれは事実の世界に生きている、とムハンマドは思った。そのうちアッラーにはお会いする。神ご自身の手で神ご自身の本に書かれた定められたときに、天国へ行く。だからいまは、あと六時間半のあいだ、こうやってこのシートにおさまっていなければならない。

「ワインのお代わり、いかがですか？」ピンク色の顔をしたスチュワーデスが訊いた。この女なら天国にいるという乙女たちのひとりにしてもいいな……

「あっ、もらおうか、ありがとう」ムハンマドは最高のケンブリッジ英語で答えた。飲酒はイスラム教では禁じられているが、飲まなければ怪しまれる、と彼はまたしても思った。自分に与えられた使命は、とてつもなく重要なもので、いかなる危険もおかすことはできないのだ。ともかくおれは、たびたびそう自分に言い聞かせている、とムハンマドは認め、良心がほんのすこしだけ痛むのを感じた。彼はすぐさまワインを一気に飲み干し、シートをちょうどよいところまで倒した。ワインを飲むのはイスラム教の戒律に反するかもしれないが、眠りをもたらしてはくれる。

「例の双子《ふたご》は初心者にしては上出来だと、ミシェルは言ってます」リック・ベルはボスに言った。

「尾行訓練か？」ジェリー・ヘンドリーは訊いた。

「そうです」ベルは答えた。ふつうは八台から十台の車、二機のヘリや軽飛行機、合計二十人の人員をつぎこまないと、きちんとした尾行訓練にはならない、ということまで説明する必要はなかった。〈ザ・キャンパス〉が現在保有する〝資産《アセット》〟は、とてもそこまでいっていなかった。だが、ターゲットをどう始末するかということについては、ずっと自由にやれた。それは強みにもなるが、弱みにもなる。「アレグザンダーは二人を気に入ったようです。二人とも機転がきき、知力もある、と彼は言ってます」

「それはよかった。ほかに何かあるかね？」

「新しいものを見つけた、とリック・パスタナックが言ってます」

「どんなものだね？」ヘンドリーは訊いた。

「筋弛《きんし》緩剤《かんざい》スクシニルコリンの異性体、南米のインディオたちが毒矢に塗るクラーレの毒性をさらに強めた合成毒薬です。全身の骨格筋をたちどころに麻痺《まひ》させます。これを体内に注入された者は、動けなくなって倒れ、呼吸もできなくなります。胸を銃剣でつきさされたような悲惨な死にかたをする、とリックは言ってます」

「痕跡《こんせき》は残るのか？」ヘンドリーはさらに訊いた。

「そこなんですよ、いい点は。その薬物は体内のエステラーゼという酵素によって急速に分解され、アセチルコリンという神経伝達物質になってしまいます。したがって、検出はまず不可能です。まあ、ターゲットがたまたま世界最高クラスの病院のまん前で殺《や》られ、その病院に鋭すぎる病理学者がいて、最初から怪しいとにらんで毒物を検出しようと躍起になった場合は、そのかぎりではないでしょうがね。実は、その薬物、旧ソ連時代のロシア人が最初に注目したんです――一九七〇年代にです、信じられます？　彼らは戦場での使用を考えたのですが、結局、実用には適さないと判断されました。驚いたことにKGBも利用しませんでした。どう見ても心筋梗塞《こうそく》の大発作なのです。一時間後の検死解剖でもね」

「リック・パスタナックはそれをどうやって見つけたのかね？」

「同じ専門のあるロシア人医師がコロンビア大学まで訪ねてきたそうです。その医師もロシア系のユダヤ人だとわかりましてね、二人は意気投合し、リックがうまく聞き出したのです」パスタナックはロシアではパステルナークと発音されるユダヤ系の名前だ。「リックは充分な情報を得て、自分の研究室に合成装置をつくってしまいました。いま、それを完璧《かんぺき》なものにしつつあります」

「いやあ、マフィアがいままでこの手に気づかなかったとは驚きだな。殺りたいやつがいたら、医者《ドク》を雇うのがいちばんだ」

「でも、それは医者としての本分に反しますし、母校を裏切ることにもなります。ほとんどの医者はこういうことには協力しないでしょうな」そう、リック・パスタナックのような医者はめったにいない。なにしろ彼の弟は、ある火曜日の朝、世界貿易センタービルのカンター・フィッツジェラルド社のオフィスにいて、九十七階から海抜ゼロまで一気に落とされてしまったのだから。

「そのスクシニルコリンの異性体だが、すでにわれわれの手のなかにあるものよりも優れているのかね？」

「現在、望みうる最高のものです、ジェリー。正しく用いれば、ほぼ一〇〇パーセント信頼できる、とリックは言ってます」

「高価なのか?」

ベルは首を振った。「とんでもない」

「テストはしたのか?　ほんとうにそれだけの効果があるのか?」

「犬を六匹殺したそうです――それも大型犬をね。充分でしょう」

「ようし、許可する」

「了解《ラジャー》、ボス。二週間後には使用可能になるはずです」

「敵は何かたくらんでいるのだろうか?」

「わかりません」ベルは目を伏せて顔を曇らせた。「CIA《ラングレー》には楽観的に考えている者もいます。たとえば、敵の拠点を存分にたたいたから、活動停止にまでは追いこめていないとしても、やつらはそう活発には動けない状態になっているのではないか、というメモを書いている者がいます。しかし、わたしはそういうものを読むと、えらく不安になるのです。『こいつは天井知らずの相場だぞ』と喜んでいるやつがいると、突如、底が抜けたように株価が暴落するということがあるでしょう。あれと同じことが起こりそうな気がして。ユブリス・アテ・ネメシス。傲慢《ユブリス》は狂気《アテ》へといたり、狂気《アテ》は自滅《ネメシス》へといたる。NSA《フォート・ミード》もネット上の敵の動きを追跡できずにいます。もっとも、敵もすこしは賢くなりつつあるというだけの話かもしれません。いまは優れた暗号プログラムがたくさん市場にでまわっていますからね。ＮＳＡがいまだに解読できないものが二つあるんです——完全には解読できない、という意味ですけど。ＮＳＡは毎日二時間、大型コンピューターを使って解読に取り組んでいます。最高のプログラマーはもう祖国《アンクル》のためには働かないと、あなたはよく言いますけど、ジェリー、そのとおりで、彼らは——

「——ビデオゲームづくりに励んでいるというわけだ」ヘンドリーがあとを承《う》けた。政府が超一流の者たちを引きこめるほど高額な給料を支払ったためしはない——そして、それが改められることはこれからも決してない。「では、しばらくは、いらいらせざるをえないというわけか？」

リック・ベルはうなずいた。「やつらの息の根をとめ、心臓に杭《くい》を打ちこみ、地中に埋めるまでは、やはり心配ですよ」

「やつらをきれいに片づけるのは、やはりむずかしいだろうな、リック」

「ええ、それはね」コロンビア大学にいる専属のドクター死神《デス》の手を借りても、そこまではできない。

6 敵

ボーイング747－400は、午後零時五十五分、到着予定時刻よりも五分早く、ロンドンのヒースロー空港に穏やかに着陸した。ムハンマドも、他のほとんどの乗客と同様、ボーイングの広胴型の機体から一刻も早くでたくなっていて気が急《せ》いた。彼はにこやかに微笑《ほほえ》みながら入国審査を通り抜けると、トイレに入って用をたし、すこし人心地ついたところで、ニース行きの接続便に乗るため、エールフランスの出発ラウンジまで歩いた。そこで出発まで九十分待ち、さらに九十分のフライトで目的地のニースに着いた。そしてタクシーに乗り、いかにもイギリスの大学で学んだというようなフランス語を披露した。タクシーの運転手が言葉の誤りを正したのは二度だけだった。ホテルのチェックインにはイギリスのパスポートを使った――しぶしぶ見せたのだが、そのパスポートはこれまでに何度も使った安全なものだった。困ったことに、新しいパスポートの表紙の裏にはバーコードがつく。そのタイプのパスポートはまだ持っていないが、いま使用しているものが期限切れとなる二年後には、いやがおうでも新しいタイプを使わざるをえず、どこへ行くにもコンピューターの追跡から逃れられなくなり、心配の種が増える。まあ、いまのところ、こちらにはイギリス人としての、いかにも本物らしい安全な身元が三つあるから、それぞれのパスポートを使いわけ、イギリスの警官にそれらの偽《にせ》の身元をチェックされないよう、くれぐれも注意して、どこまでも地味に、目立たないようにしていればよい、とムハンマドは思った。そういう偽装は、入念な調査にはもちろんのこと、簡単なチェックにもばれる可能性がある。バーコード付きのパスポートを使わざるをえなくなれば、そのうちたぶん、出入国審査官のコンピューター画面上の警告ランプが点滅して、ひとりか二人の警官がやってくるという事態も起こりうるだろう。異教徒どもはイスラム教徒への圧迫をますます強めている。それこそ異教徒どものやることなのだ。

ホテルにはエアコンはなかったが、窓はあけることができ、海から吹いてくる微風《そよかぜ》が心地よかった。ムハンマドは机上の電話に自分のコンピューターを接続した。が、すぐにベッドが手招きしはじめ、彼はその誘いに負けた。これだけ頻繁に旅をしていても、ムハンマドは時差ぼけ解消法を見つけられない。これから二日ほどは、ほとんど煙草《たばこ》とコーヒーだけで生きることになる。そうしているうちに、体内時計が現在いる場所の時間をどうにか知った気になってくれる。ムハンマドは腕時計に目をやった。

ここニースで会うことになっている男は、四時間たたなければやってこない。ありがたい、と彼は思った。ともかく、体が朝食を欲したら夕食《ディナー》にし、あとは煙草とコーヒーで過ごすことになる。

コロンビアでは朝食の時間だった。パブロもエルネストも、ベーコンエッグかハムエッグにコロンビアの最上のコーヒーという取り合わせの英米風の朝食を好んだ。

「では、あの頭にタオルを巻いたアラブの殺し屋と手を組むことにするか？」エルネストは意見を求めた。

「組まない理由はないと思いますよ」パブロは答え、コーヒーにクリームを入れ、かきまわした。「大儲《おおもう》けできますし、アメリカ合衆国内《ノルテアメリカーノ》に大混乱が生じれば、それもまたわれわれにとってはたいへん都合がよいことになります。国境警備のやつらも、荷箱ではなく人に注意するようになります。都合の悪いことはいっさい起こりません、直接的にも間接的にも」

「イスラム教徒どものひとりが生け捕りにされてしゃべったらどうなる？」

「しゃべるって、何をしゃべるんです？　そいつらが会うのは、メキシコのコヨーテくらいなものでしょう？」パブロは疑問形で答えた。コヨーテには、メキシコからアメリカへの越境密入国請負人という意味もある。

「シー、そうだな」エルネストは納得した。「まるで怯《おび》えた婆《ばあ》さんみたいな心配のしようだと、おまえ思っただろう?」

「ボス《ヘフェ》、そう思って命を失った男が大昔にいましたが、以来その過《あやま》ちを繰り返す者はいません」

パブロの巧みな答えに、エルネストはウーンという声を返し、口もとをゆがめて笑った。

「うん、たしかにな。だが、二国の警察に追われても、のんびり構えているやつは馬《ば》鹿者《かもの》でしかない」

「ですから、ヘフェ、警察にはほかのやつらを追わせるんです」

もしかするとおれは危険なゲームをやろうとしているのかもしれない、とエルネストは思った。ただ、おれはたしかに手を組もうとしているが、それは都合がよいからそうするのであって、やつらに協力するのではなく、やつらを利用するのだ。イスラム教徒という身代わりを、アメリカ人に追わせ、殺させるのだ。それにしても、あの狂信者どもは殺されることをなんとも思っちゃいない。というより、死を追い求めている。それなら、やつらを利用するということが、ほんとうにやつらのためになるということではないか。その気なら、仕返しを受けないよう――充分に注意して――やつらをノルテアメリカーノに売ることも可能だ。いやいや、仕返しをしたくとも、やつらにどうやってそんな真似《まね》ができるというのか？　おれに危害を加える？　おれの縄張りで？　ここコロンビアで？　まずできないだろう。むろん、いまのところは裏切るつもりはないが、たとえ裏切ったとしても、やつらにはわかりようがないはずだ。やつらの情報収集能力がそれほど優秀だったら、そもそもわれわれの手助けなど必要ないではないか。ここコロンビアでは、ヤンキーの政府も――この国の政府も――おれを捕まえられないのだから、やつらにできるはずがない。

「パブロ、あのアラブ人にはどうやって連絡をとるんだ？」

「コンピューターでです。彼はEメール・アドレスをいくつももっています。それもぜんぶヨーロッパのサーヴィス・プロヴァイダーのものです」

「よし。承知したと彼に言ってくれ。評議会《コンセホ》の許可も得られたと」エルネストひとりが評議会であることを知っている者はあまりいない。

「わかりました《ムイ・ビエン》、ヘフェ」パブロはラップトップ・コンピューターのところまで行った。Eメールによるメッセージを送るのに一分もかからなかった。パブロはコンピューターのあつかいはよく心得ていた。国際的な犯罪者やテロリストの大半はコンピューターを自在にあつかえる。

それはEメールの三行めにあった――《それから、ファン、マリアが妊娠した。双《ふた》子《ご》だそうだ》ムハンマドもパブロも、市販されている最高の暗号プログラムを使っていた。そのプログラムは解読不可能と販売元は言うが、そんな宣伝文句はムハンマドにとっては〝サンタクロースはいる〟というのに等しく、とても信じられない。コンピューター・ソフトをつくっているのはみな欧米の会社で、彼らが忠誠を尽くすのは祖国にであって他国にではない。それに、そのような暗号プログラムを使って送ったEメールは、当然、アメリカの国家安全保障局（NSA）やイギリスの政府通信本部（GCHQ）やフランスの対外治安総局（DGSE）が用いている通信傍受監視プログラムがまっさきに目をつけるはずだ。もちろん、そのほかにも、合法的あるいは非合法的に国際通信を傍受しようとする、知られざる機関が存在するかもしれない。そうした機関で、おれや仲間を愛してくれるものなんて皆無だろう、とムハンマドは思った。そして、そう、イスラエルのモサドは、おれの首を斬《き》りとり、槍《やり》の先に突き刺して高く掲げられるなら、大金を支払うにちがいない。もっとも、やつらは、おれがデイヴィッド・グリーンゴールドを処刑した張本人だということも知らない――これ

から も絶対に知ることはない。

ムハンマドとパブロは、どんな意味にもなりうる、ありふれたフレーズを暗号としていた。そして、それをさらに暗号プログラムで暗号化し、世界中に散らばる中間連絡員《カットアウト》に送り、そのカットアウトがそれをふたたびEメールで相手に送りとどける、という方法をとっていた。そして、アカウント料金は身元の割れないクレジットカードで支払われ、アカウントそのものもヨーロッパを拠点とする信頼度抜群の大きなインターネット・サーヴィス・プロヴァイダーのものだった。インターネットも、匿名性《とくめい》をたもつという点でスイスの銀行法と同じくらい役に立つ。しかも、毎日ネット上をいきかうEメールの数たるや膨大なもので、それをすべて傍受し、ふるい分けるなどということは、たとえコンピューターの助けを借りたとしても、だれにもできない。何を意味するか簡単に予想がつくようなフレーズを使わないかぎり、メッセージの真の意味が読み取られる心配はない、とムハンマドは判断していた。

ともかく、コロンビア人たちは力を貸してくれるのだ。《マリアが妊娠した》は「協力する」、《双子だそうだ》は「作戦はただちに開始できる」という意味なのである。今夜、会いにくる者にディナーをとりながらこれを伝えれば、作戦実行に向けてのプロセスがただちにはじまる。この朗報をグラス一、二杯のワインで祝っても、慈悲深いアッラーはお許しくださるのではないか、とムハンマドは思った。

朝のランニングで困るのは、アーカンソーの新聞の社交欄よりも退屈だということだった――が、やめるわけにはいかず、カルーソー兄弟のどちらも、走りながら考えることにした……おもに、なんて退屈なんだと。ともかく、ランニングは三十分ほどしかかからない。ドミニクはポータブルラジオでも聴きながら走ろうかとも思うのだが、本気でそうする気はない。ショッピングモールにでかけても、そういうものを買おうという気は決して起きない。兄のブライアンのほうは、この退屈な儀式を楽しんでいるようにも見えた。海兵隊というところは相当ひどいところにちがいない、とドミニクは思った。

ランニングが終わると朝食となる。

「どうだ、二人とも目が覚めたか？」ピート・アレグザンダーが声をかけた。

「あなたも朝食前にひと汗かけばいいじゃないですか？　なぜ走らないんです？」ブライアンが訊《き》いた。海兵隊では、陸軍特殊部隊に関する内幕話がたくさん話されるが、褒める話はひとつもなく、正確な話もほとんどない。

「年をとると得することもあるんだ」訓練教官は答えた。「膝《ひざ》に負担をかけてはいけないというのも、そのうちのひとつなんだよ」

「なるほど。今日の訓練メニューは？」この怠け者、と海兵隊大尉《たいい》は付け足したかったが、口にだしはしなかった。「コンピューターはいつ支給されるんです？」

「まもなく」

「組み込まれている暗号プログラムは優れものということでしたが」ドミニクが言った。「その〝優れもの〟というのは具体的にどういうことなんでしょう？」

「NSAなら解読できる。一週間ほど大型コンピューターをそれだけに用い、力ずくでやるというのならな。充分な時間さえ与えられれば、彼らはどんな暗号だって解読できる。市販されている暗号プログラムのほとんどがすでに解読済みだ。実はNSAはプログラマーの大半と協定を結んでいるんだ」アレグザンダーは説明した。「で、協力してくれたプログラマーには……お返しにNSAの処理手順《アルゴリズム》をすこし教えてやる。こうした暗号解読はほかの国にもできないわけではない。が、それには暗号作成術を完全に理解しなければならず、専門知識がたくさん必要になる。それを得る能力と資金と時間がある者は世界にもそうはいない。だから、市販の暗号プログラムでも解読はかなりむずかしいんだ。ただ、プログラムの設計図と言ってよいソースコードさえわかれば、解読は可能になる。そういうわけで、敵も万一のことを考えて、できるだけ直接会ってメッセージを伝えるようにしているし、暗号を使って通信する場合でも、サイファーではなくコードを、つまり文字単位ではなく単語やフレーズごとの置き換えを用いるようにしている。しかし、そういうのは時間ばかり食って、わずらわしいので、やつらも次第にそこまでやらずにすますようになってきた。敵に緊急に伝えるべきことがでてきた場合は、かなりの確率で暗号解読が可能になっている」

「ネット上をゆきかうメールは毎日どのくらいあるんですか？」ドミニクが訊いた。

アレグザンダーはふぅーっと息を吐いた。「そこなんだ、厄介なのは。毎日、何十億というメールがゆきかっている。そして、われわれがいま使っている通信傍受監視プログラムには、そのすべてを調べられるほどの力はない。今後改良されたとしても、たぶん、すべてを取り込んで調べるというのは不可能だろう。やるべきことは、ターゲットのアドレスを発見し、使われている暗号鍵《キー》を見つけることだが、それには時間がかかるし、悪党どもの大半はひとつのアドレスしか使わないという律義者《りちぎもの》ではない。やつらはいろんなログオンＩＤを使ってネットに乗り出すんだ――そうやってたくさんのＩＤを使われたら、追跡はむずかしくなる。だが、やつらもスーパーマンではないし、頭にマイクロチップを埋めこんでいるわけでもない。だから、悪党のコンピューターが手に入ったとき、まっさきにアドレス帳を印刷するんだ。そいつはまさに純金ほどの価値がある。ただ、そうやってアドレスを一網打尽にできても、でたらめな文を送信されるということもあり、その場合はＮＳＡ《フォート・ミード》が、もともとどんな意味にもならないものから意味をとりだそうと、数時間――いや、数日も――無駄に努力することにもなる。その種の細工のかつてのプロは、ラトヴィアのリガの電話帳に載っている名前を送ったりしていた。それをやられると、ラトヴィア語以外では名前にさえならず、なんの意味にもならない。いや、最大の問題はアラブ語に堪能《たんのう》な者が不足しているということだな。アラブ語の話し手が充分にいないのだ。まあ、当局はモンテレーの語学学校でアラブ語堪能者養成に励んでいるし、大学にもアラブ語を教えるところがある。現在は仕方なく、アラブ人の学生にアルバイトをしてもらっているという状態だ。ただ、そういうアルバイト学生はたくさんいるが、〈ザ・キャンパス〉にいるわけではない。うちの場合はありがたいことに、ＮＳＡが翻訳したものを得られるのでね。語学方面でじたばたする必要はないんだ」

「では、われわれがやるのは情報収集ではないわけですね？」ブライアンが訊いた。

ドミニクのほうは、その点はすでに見抜いていた。

「そう。むろん、きみたちが情報を見つけることもあるだろう。そのときは、それを役立てるようにすればいい。だが、われわれの仕事は、情報に基づいて行動することで、情報を集めることではない」

「オーケー。では、最初の疑問にもどってしまうのですが」ドミニクが言った。「われわれの任務は、具体的に言って、いったいなんなんですか？」

「なんだと思う？」アレグザンダーは逆に訊き返した。

「ミスター・フーヴァーが喜ばないようなものだと思います」ドミニクはＦＢＩの長官に四十八年間も居座ったジョン・エドガー・フーヴァーをもちだした。

「そのとおり。フーヴァーは卑劣なくそ野郎だったが、市民権の侵害ということについてはうるさい男だった。〈ザ・キャンパス〉はうるさくないということだ」

「ということは？」ブライアンが先をうながした。

「だから、われわれの仕事は、収集された情報に基づいて行動するということなんだよ。断固たる行動をとるということだ」

「それ、〝処刑〟ということですか？」

「〝処刑〟なんていう言葉は映画でしか使われない」アレグザンダーは答えた。

「なぜわれわれが？」ドミニクは訊いた。

「いいかね、ＣＩＡは政府の一機関だということを忘れてはいけない。だから結局は、大将《チーフ》ばかりで兵卒《インディアン》が足りないという状態になってしまう。みずからの身を危険にさらして奮闘せよ、と職員に活を入れる政府機関がいったいいくつあると思う？」アレグザンダーは言った。「しかも、たとえそうした危険な作戦に成功する者がでてきても、弁護士や会計係に徹底的にあら探しをされる。だから、だれかさんにこの浮世から消えてもらう必要が生じたら、それの実行許可は指揮命令系統の高いところから下されなければならなくなる。そういう話は徐々に——いや、一気に行く場合もあるが——上へ上へとあげられていき、結局、最終的決定はホワイトハウス西館《ウエスト・ウイング》の大《ビッグ》ボスが下すことになる。そして、そんな〝暗殺許可書〟を自分関係の記録保管所に残したいと思う大統領はそうはいない。あとでどこかの歴史家にそれを見つけられて暴露されたら困るからな。だから、ＣＩＡもそういうことをやらなくなった」

「でも、正しい時に正しい場所で発射された45口径の弾丸一発で解決のつかない問題はそう多くはありませんよね」ブライアンが優秀な海兵隊員らしく言った。

ピート・アレグザンダーはうなずいた。「そのとおり」

「では、政治的暗殺ということですか？　それは危険でしょう？」ドミニクは不安げに言った。

「だから、そういうんじゃない。その種の暗殺はいろんな政治的問題を生じさせるんで、とてもじゃないがやれない。ここ何世紀か行われていないし、行われていた当時もそんなに多くはなかった。だが、世の中には早いところ神様のもとへ行ってもらわないと困る連中もいる。で、ときにはわれわれがその神様とのランデヴーの段取りをつけてやろうというわけだ」

「くそっ」と思わず洩《も》らしたのはドミニクだった。

「ちょっと待って。それを許可するのはだれなんです？」ブライアン・カルーソー大尉は訊いた。

「われわれだ」

「大統領ではなく？」

アレグザンダーは首を振った。「そう。繰り返すが、そういう作戦にイエスと言えるほど度胸のある大統領はそうはいない。みなさん、新聞のことを心配しすぎるんでね」

「でも、法というものがあるでしょう？」ドミニク・カルーソー特別捜査官が当然の疑問を口にした。

「きみたちのうちのひとりがいみじくも言ったというじゃないか――『虎《とら》の尻《しり》を蹴《け》りたければ、牙《きば》に対処する方策をもたねばならない』それが法だ。そして、きみたちがその虎の牙になるのだ」

「われわれ二人だけ?」ブライアンは驚いた。

「いや、きみたちだけではない。しかし、ほかの者がいるとかいないとか、そういうことは、きみたちは知る必要はない」

「くそっ……」ブライアンは椅子《いす》の背に身をあずけ、ふんぞり返った。

「だれがこれ――〈ザ・キャンパス〉――を立ち上げたんですか?」

「ある有力者だ。だが、その人物との関係を認めることはできない。〈ザ・キャンパス〉と政府との関係はいっさいない。まったくな」アレグザンダーは強調した。

「では、はっきり言って、自分たちだけの裁量で人を撃ち殺すというんですか?」

「銃はあまり使わない。ほかの方法があるんだ。銃器を使うことはおそらくあまりない。空港とか、銃を持って動きまわるのがむずかしすぎる場所がいろいろある」

「危険な現場に丸腰で?」ドミニクが訊いた。「偽装も何もなしで?」

「偽装経歴《レジェンド》はしっかりしたものを用意するが、外交官特権のたぐいはいっさいない。危機は自分で機転をきかせて乗り切らねばならない。ただ、外国の情報機関につけまわされる心配はまったくない。〈ザ・キャンパス〉は存在していないわけだからな。だから、連邦政府の予算から――秘密工作用の資金からも――流れる金は一ドルもない。もちろん、金の流れをたどってわれわれにまで行き着くことは、だれにもできない。もちろん、金の流れをたどるのは昔から有効な手で、われわれが敵を追跡する場合にもその方法は欠かせないがな。きみたちの偽装は、国際的なビジネスマン、銀行員、あるいは投資会社や証券会社の社員ということになる。きみたちにはその種の職業に必要となる専門用語を覚えてもらわねばならない。たとえば、飛行機のなかでそうした職業の者らしい会話ができるようにな。といっても、彼らは自分がやっていることについてはあまり話さない。仕事については秘密にしておきたい人種なのだ。だから、しゃべりすぎなければ、変だとは思われない」

「秘密諜報員《ちょうほういん》……」ブライアンがぼそっと言った。

「うちが必要なのは、自分で考えられ、みずから進んで事にあたり、血を見ても気絶しない者たちだ。きみたちは二人とも、実際に人を殺した経験がある。そして、どちらも予期せぬ状況に直面し、うまいこと対処した。しかも、後悔の念は皆無ときている。だから、この仕事はきみたちにぴったりなのだ」

「われわれを護《まも》ってくれるものはあるんですか？」ドミニク・カルーソーＦＢＩ捜査官がふたたび訊いた。

「ある。どちらにも、刑務所釈放《ゲット・アウト・オブ・ジェイル・フリー》カードが与えられる」アレグザンダーはモノポリー・ゲームのカードを引き合いにだした。

「まさか」ドミニクは思わず声をあげた。「そんなのがあるわけないでしょう」

「サイン付きの大統領恩赦状があるんだ」アレグザンダーは明かした。

「えっ……《ファック》」ブライアンはちょっと考えた。「ジャック伯父さんですね?」

「答えられない。が、お望みなら、現場にでる前に、その大統領恩赦状を拝むことはできる」アレグザンダーはコーヒーカップをおいた。「ようし、お二人さん。二、三日とくと考えてみてくれ。そして自分で決めるように。わたしがきみたちに頼んでいるのは、小さなことではない。楽しい仕事にはならないだろう。それはたやすくも愉快でもない。だが、祖国のためになる仕事なのだ。世界は危険に満ちている。われわれが直接、始末しなければならないやつらがいるのだ」

「間違った人を殺《や》ってしまったら?」

「ドミニク、その可能性は絶対にないとは言えない。だが、ターゲットがだれであろうと、マザー・テレサの弟を殺せという指令がでることはないと保証できる。われわれはターゲット選びには充分に注意するからな。むろん、きみたちは現場におもむく前に、ターゲットの名前や居所のほかに、なぜ彼または彼女を始末しなければならないかという理由も知らされる」

「女も殺す?」ブライアンは驚きの声をあげた。女を殺すなんて、海兵隊の精神《エトス》に反する。

「わたしの知るかぎり、女がターゲットになったことは一度もない。だが、これからもないとは言い切れない。まあ、朝食にはこのくらいの話で充分だろう。あとは自分たちでじっくり考えてくれ」

「なんてことだ」アレグザンダーが部屋からでていくと、ブライアンが思わず声を洩らした。「昼食にはどんな話がでてくるやら?」

「驚いた?」

「腰が抜けるところまではいっていないがな、エンツォ。しかし、いまの話では……」

「おい、兄弟《ブロ》、いままでに何度くらい思ったことがある?――なんでおれたちは仕事に集中できず、余計なことまで考えてしまうんだろうって?」

「おまえは警官だからな、エンツォ。『おおっ、くそっ!』の連発じゃないのか、おまえの仕事って? なにしろ、容疑者の権利とやらも、いちいち擁護しなくちゃならんからな、警官は」

「まあな。だが、あのアラバマでの射殺は――なんと言うか、一線をちょっと越えてしまった感じだったな。車を運転してDCへ向かう途中ずっと、おれはガス・ワーナ

―副長官にどう説明しようか考えつづけていた。ところが、副長官はすこしも驚かず、平然としていたんだ」

「だから、おまえはどう思うんだ？」

「アルド、もうすこし話を聞いてみようと思う。テキサスには《殺さなければいけない男は馬泥棒だけじゃない》という格言があるしな」

二人の役割が逆転してしまったような気がして、ブライアンは少なからず驚いた。なにしろ、自分は忠勇無双の海兵隊員であり、エンツォこと弟のドミニクは、悪党の手にガシャンと手錠をかける前に、憲法で保障されている権利を伝えるよう訓練されているFBI捜査官なのである。

自分たちは悪党の命を奪っても悪夢に苦しめられる人間ではないと、二人にはわかっていたが、今度の仕事はそこからさらにもうすこし先にまで進むということだった。要するに計画的殺人なのである。ブライアンの場合、よく訓練された凄腕《すごうで》の狙撃兵《そげきへい》をひとり指揮下に入れて戦場におもむくのがふつうで、狙撃が殺人とたいして変わらないということも心得ていた。しかし、軍服を着て戦う戦場ではいささか事情が違う。殺人も祝福されるべき範疇《はんちゅう》に入ってしまうのだ。ターゲットは敵なのであり、戦場では敵を斃《たお》して自分の命を護るのが兵隊ひとりひとりに課せられた仕事なのである。それに失敗して命を落とすのは、つまるところ、自分の不手際《ふてぎわ》なのであり、自分を殺した敵が悪いのではない。しかし、これはそういうことともちがう、はっきりとした殺人行為ではないか、とブライアンは思った。なにしろ、殺すという明確な意図のもとに、平時の街中に生きる個人を狩るのだから。おれはそういう人間狩りができるよう養成されたことも訓練されたこともない。平服を着て――アメリカ合衆国海兵隊士官ではなく〝スパイ〟として人を殺すのだ。戦う海兵隊員には名誉があるが、人殺しのスパイには名誉なんてありはしない。少なくともおれはそう思うよう訓練された。ただ、世界にはもう〝名誉ある戦場〟などありはしない。実際の戦闘は、広々とした場所で同じ武器を使って平等の条件で戦うという決闘ではない。だからおれも、敵に勝つチャンスをいっさい与えないような作戦を練るよう訓練されてきた。それというのも、自分は部下を率いる士官で、指揮下の兵士の命を護ると誓わされたからだ。それでも戦闘にはルールがある。過酷なルールにはちがいないが、ルールであることに変わりない。ところがいま、そうしたルールを捨てろと言われている――捨てて、何になれと？　プロの殺し屋？　アメリカという野獣の牙？　ニック・アット・ナイト・チャンネルで放映される古い映画にでてくるような仮面の復讐者《ふくしゅうしゃ》？　そんなものは、自分が現実世界にもつイメージに合いはしない。

アフガニスタンに送りこまれたときは、しなかった――しなかったって、何を？たとえば、街の魚屋に変装なんてしなかった。だいたい、アフガニスタンの山岳地帯には街なんてない。あれは猛獣狩りのようなものだった。相手の猛獣も武器をもって攻撃してくる狩り。そうした狩りには名誉というものがある。国もこちらの努力を認めてくれる。だから、勇気をふるえば、勲章だってもらえる。

　結局、ブライアンは朝の二杯めのコーヒーを飲みながら、ずいぶんいろんなことを考えてしまった。

「まいったな、エンツォ」ブライアンはつぶやくように言った。

「ブライアン、すべての警官がいだいている夢って、なんだかわかるか？」ドミニクは訊《き》いた。

「法を破って、見つからずにすますことか？」

　ドミニクは首を振った。「これはガス・ワーナー副長官と話したことなんだが、ちがう、法を破ることではない。そうではなくて、一度だけでいいから自分が法そのものになることさ。副長官は、〈神ご自身の復讐の剣〉になる、という言いかたをした――弁護士にも、その他のくだらん邪魔ものにも一切わずらわされずに、悪党をやっつけ、自分だけで正義を下す、これだよ。そういう機会はそうはないと言うけど、おれはその機会をアラバマでつかんだんだ。で、なかなかいい気分だったよ。ただ、これから仕留めるのは、やっつけられて当然の悪党だということが確実にならないといけない」

「それが確信できなかった場合は？」ブライアンは訊いた。

「そのときは、この任務から手を引く。殺人をおかさなかったからって、吊《つ》るされはしない、兄弟《ブロ》」

「じゃあ、やっぱり殺人か？」

「悪党にとってそれが当然の報いであれば、殺人とは言えないんじゃないか？」これは感覚的な指摘だったが、すでに法の庇護《ひご》のもとに殺人をおかし、悪夢に悩まされることもないという者にとっては、重要な見解ではあった。

「ただちにか？」

「そうだ。いま使える男は何人いる？」ムハンマドは訊いた。

「十六人」

「よし」ムハンマドはフランスのロワール川流域でつくられた最高級白ワインをひとくち飲んだ。訪ねてきた男のほうはレモン入りのペリエを飲んでいる。「言葉の能力は？」

「充分だと、われわれは考えている」

「ようし、いいだろう。では、男たちに旅の準備をするようにと言ってくれ。彼らを空路メキシコに入れる。そこで彼らは新しい友人たちと会い、アメリカへわたる。アメリカに入れれば、あとはやるべきことをやるだけでいい」

「イン・シャー・アッラー」もし神がお望みになるなら、と男はアラビア語で返した。

「そう、もし神がお望みになるなら」ムハンマドは英語で言い、使うべき言葉を来訪者に思い出させた。

二人は川を見わたせるレストランのテラス席にいた。端っこの席で、近くに客はひとりもいない。二人とも、ごくふつうの話しかたをしていて、身なりのよい男たちがなごやかにディナーを楽しんでいるとしか見えず、物腰に密談とか陰謀の気配はまったく感じられない。ただ、それはそれなりの努力の結果だった。彼らがやっていることはまさに陰謀なのであり、気をゆるめれば当然、そうした物腰がいくらかなりとも表にでてしまう。しかし、どちらの男も、この種の話し合いには慣れていた。

「ところで、ローマのユダヤ人殺しはどんなだった？」

「気持ちよかった、大満足さ、イブラヒーム。脊髄《せきずい》を切断すると、やつの体がぐにゃっとなってな、その感触が楽しかったこと。それから、やつの顔に浮かんだ驚きの表情がまた、なんともいえなくてね」

イブラヒームはにっこり微笑《ほほえ》んだ。モサドの工作員、それも支局長を殺せるなんて、毎日あることではない。イスラエル人は昔から彼らのもっとも憎むべき敵なのだ。もっとも危険な敵ではないが。「その日、神のお恵みがわれわれにあったということだな」

グリーンゴールド殺しはムハンマドにとってレクリエーションのようなものだった。どうしてもやらねばならない任務でさえなかった。接触するセッティングをして、あのイスラエル野郎においしい情報を与えるのは……楽しかった、とムハンマドは思った。たいしてむずかしいことでもなかった。ただ、すぐにまた繰り返すことはできない。そう、モサドはすべての工作員に指示したはずだ――何か新しいことをするときは、かならずしばらくのあいだようすを見ること、と。やつらも馬鹿《ばか》ではない。おかした誤りからしっかり学ぶ。だが、〝虎《とら》〟を殺すのは実に気持ちがいい。皮を剝《は》げなかったのが残念だ。しかし、皮なんてどこにかけるのだ？　おれにはもう決まった家などないんだ。あるのは完全に安全とは言い切れない隠れ家《セーフ・ハウス》がいくつか、それだけだ。待てまて、心配ばかりしていてもはじまらない。それでは何事もなしえない。おれも、仲間たちも、死など恐れはしない。恐れるのは失敗だけだ。いや、大丈夫、失敗する計画などそもそも練りはしないのだから。

「先方と会う場所、日時など、段取りをつけてくれ。メキシコまでの旅はこちらで手配できる。武器はわれらが新しい友人たちが用意してくれるんだな？」

うなずきが返された。「そうだ」

「しかし、われらが戦士はどうやってアメリカに入るんだね？」

「それは友人たちがうまくやってくれる。だが、先に三人のグループをメキシコに送りこみ、アメリカへの密入国の段取りが充分に安全であることを確認しないといけない」

「わかっている」イブラヒームは返した。

二人は作戦を安全に実行する方策については知りつくしていた。たくさんの教訓を学んできたし、そのすべてが厳しいものだった。おかげで、わが組織のメンバーが世界中のたくさんの刑務所に入れられたのだ、とムハンマドは思った。彼らは不運にも死ぬことができなかった者たちだ。それが実は問題なのだ。組織がどうしても解決できずにいる問題。作戦実行中に死ぬのは、気高く勇猛なことである。だが、ふつうの犯罪者のように生きたまま警官に捕まるのは、恥ずべき屈辱的なことなのだ。ただ、それでも配下の者たちは、任務を遂行できずに死ぬよりはそのほうがましだと考える向きがある。それに、西洋の監獄は、戦士たちの多くにとってはたいして恐ろしい場所ではない。狭苦しいところに監禁されるうっとうしさはあるだろうが、何はともあれ、食事だけはきちんとでてくるのだ。西洋諸国は食事のルールは決して破らない。西洋の国々は、愚かにも敵に対して甘く、なんの得にもならないのに、恩などまったく感じない者たちに慈悲をかける。だが、それはおれのせいではない、とムハンマドは思った。

「おおっ」ジャック・ジュニアが思わず声をあげた。彼にとっては今日が〝ブラック〟面の仕事始めだった。〝ホワイト〟面、つまり大型金融取引関係の訓練は、育ちのせいもあって、非常に速いスピードでどんどん進み、あっというまに終わった。メリル・リンチ社専務取締役だった母方の祖父に仕込まれたおかげだった。祖父のジョー・マラーはジャックの家にはめったに顔を見せなかったが、訪れたときはかならず孫に金融の初歩をみっちり教えこんだ。その祖父と父ジャック・ライアンは、馬が合わなかったものの、お互い表向きは礼儀正しくやっていた。真の男は汚い政治ではなく金融取引の世界でこそ働くものだ、というのがジョーお祖父《じい》さんの信条だった——

とはいえ、そういう祖父もむろん、ワシントンでの義理の息子の大健闘を認めざるをえなかった。しかし、娘婿《むすめむこ》はウォール・ストリートでずっと仕事をしていれば、莫大《ばくだい》な金を手にしていたものを……なんでそれに背を向けて、別の世界へ行ってしまったのか？　ジョー・マラーはそう思わずにはいられなかった。もちろん、そういう胸の内を小《リトル》ジャックにはっきり明かすということはなかったが、本心は透けて見えた。ともかく、祖父のおかげでジャックは、大手の証券会社で初歩的な仕事をこなせるていどの知識を得たのだ。その方面の仕事に進んでいれば、たぶんたちまち一人前になっていたはずだ。しかし、いまジャックにとって肝心なのは、〈ザ・キャンパス〉の金融取引部門を一気に駆け抜けてしまい、すでに工作部――実際にそう命名されていたわけではないが、そこで働く者たちはそう呼んでいた――に入ってしまったという事実だった。「彼らはこんなに優秀なんですか？」

「どうした、ジャック？」

「ＮＳＡの傍受です」ジャック・ジュニアは書類を手わたした。トニー・ウィルズはそれを読んだ。

テロリストの仲間である可能性がある男の声が傍受によってとらえられたのだ――その男の正確な役割はまだわかっていなかったが、声紋分析でそいつに間違いないと判断されたのだ。

「デジタル携帯電話だ。デジタルだと信号が非常にクリアでね、コンピューターによる声紋分析でたやすく声の主を特定することができる。相手がだれかはまだわかっていないようだな」ウィルズは書類を返した。

会話内容は、なんでこんなことでいちいち電話をかけたりするんだろうと思いたくなるほど、どうでもよいものだった。だが、電話でつまらないおしゃべりをするのが好きな連中もいる。あるいは、符丁《コード》で話していて、実際は細菌戦やエルサレムでの爆弾テロ作戦について話していたのかもしれない。その可能性もないわけではない。いや、ただの暇つぶしという線のほうが、可能性としては高いだろう。サウジアラビアには暇がたくさんあるのだ。ともかく、電話が最初から最後までリアル・タイムで盗聴されていることには、ジャックも驚いた。

「デジタル携帯電話の仕組みについてはきみも知っているだろう？　携帯電話というのは電源を入れた状態だと、たえず〈わたしはここにいます〉という信号を近くの無線基地局に送りつづけているんだ。そして、それぞれの電話には、電波の受送信時に必要となるアドレスを指定するアドレッシング・コードというものがある。そのコードさえ特定できれば、電話が呼び出されたとき、あるいはそれがよその電話を呼び出したとき、即座にわかり、あとはただ耳をかたむけるだけでいいことになる。そうなると、相手の電話の番号やアドレッシング・コードも瞬時に特定できる。だから、いちばんむずかしいのは、最初にやるべきこと、つまりテロリストの電話を割りだし、そのアドレッシング・コードを特定することだ。ともあれ、今日の傍受で、コンピューターが監視し盗聴しなければならない電話がもう一台増えてしまったというわけだ」

「監視・盗聴対象の電話はどのくらいあるんですか?」ジャックは訊いた。

「二十万ちょっとだ。それも、中東だけでな。ただ、そのほとんどすべてがはずれで、当たりは万にひとつの割合だ――で、ときにはとんでもない成果が得られる」ウィルズはジャックに言った。

「では、勧誘電話やらいろいろ盗聴し、コンピューターが聞き耳たてて、やばい言葉をチェックするわけですね?」

「やばい言葉だけじゃなく、やばい名前もな。だが、残念ながら、あちらにはムハンマドという名前の男がそれはもうたくさんいる――ムハンマドは男の名では世界一多いと言われているくらいだ。しかも、彼らの多くは父称やニックネームで通っていたりする。クローン携帯が大量に売買されていて簡単に手に入るというのも問題だな。

クローン携帯は知っているね？──他人の携帯の個人コードを勝手に使って、その携帯になりすまして受送信するというやつだ。クローン携帯がつくられるのはヨーロッパ、おもにロンドンで、そこの携帯の大半は世界中どこでも使えるタイプときている。ひとりでクローン携帯を六、七台もっていて、それぞれ一回だけ使って次々に捨てていく、という野郎もいるかもしれない。敵も馬鹿ではない。が、自信過剰になってしくじることもある。盗聴されているのも知らずに、べらべらしゃべる野郎もなかにはいて、そうやって得られた情報が役立つこともあるんだ。盗聴情報はすべて、ＮＳＡやＣＩＡの巨大な記憶装置のなかに入れられ、そこへはわれわれの端末からもアクセスできる」

「なるほど。で、この男は何者なんです？」

「名前はウダ・ビン・サリ。サウジアラビア国王と親しい裕福な一族の一員だ。親父《おやじ》はサウジアラビアのトップクラスの銀行家。その親父には十一人の息子と九人の娘がいる。妻は四人というから、賞賛すべき精力の持ち主なんだろうな。悪い男ではないようだが、子供を少々甘やかしすぎている。ハリウッドのお偉いさんのように、心のこもった躾《しつ》けなどいっさいせず、やたら金を与えているんだ。で、問題のウダは、十代後半に宗教にはまってアッラーを発見し、現在はイスラム教スンニ派に属するワッハーブ派の最右翼だ。われわれアメリカ人をあまり好きではない。だから、こちらもこの坊やから目を離さない。やつを追っていれば、そのうちテロリストどもの銀行取引をつかめるかもしれない。CIAのやつのファイルには写真もある。年齢は二十七歳ぐらい、身長五フィート八インチ、細身、きちんと整えられた顎鬚《あごひげ》。ロンドンへよく飛ぶ。時間買いできるご婦人を好む。未婚。これが変なのだ。もしやつがゲイだとしたら、上手に隠しているということだな。イギリスの関係当局がすでに、やつのベッドに女を何人か送りこんで調べた。年相応《とし》に精力的で、いろいろ工夫をこらし、なかなか積極的なセックスだった、と女たちは報告している」

「プロの諜報《ちようほう》機関員って、そんなことまでやらされるんですか？」ジャックは驚いた。

「売春婦に協力を求めるんだ。そういう機関はたくさんある」ウィルズは説明した。

「女たちは話すことはいとわない。それなりの札をにぎらせれば、まあ、だいたいなんでもやってくれる連中だからな。このウダ・ビン・サリは〈籠のなかの鶏《チキン・イン・ザ・バスケット》〉という体位が好きなんだ。わたしは試したことはないがね。アジア独特の体位だ。やつ関係の資料ファイルの呼び出しかた、知っているか？」

「いえ、まだだれにも教わっていません」ジャックは答えた。

「よし」ウィルズは回転椅子《いす》に座ったまま蛙《かえる》歩きで移動してきて、やって見せた。

「これが総索引だ。そして、きみのアクセス・パスワードはSOUTHWEST 91」

ジャック・ジュニアが言われたとおりのパスワードを打ちこむと、ウダ・ビン・サリの資料がアクロバット・グラフィックス・ファイルで画面に浮かびあがった。

最初の写真はパスポートのもののようだった。つづく六枚は、ずっとくだけた写真だった。ジャック・ジュニアはどうにか顔を赤らめずにすんだ。カトリックの学校でも、思春期にはプレイボーイ誌をたっぷり見ていたので、どぎまぎせずにすんだ。ウィルズはその日のレッスンをつづけた。

「セックスの仕方からいろいろわかるんだ。ＣＩＡ《ラングレー》にはセックス分析を事細かにやる精神科医がひとりいる。分析結果はたぶん、このファイルの付属文書に入っているはずだ。ラングレーでは、〈快楽心理学《ナッツ・アンド・スラッツ》〉情報と呼ばれている。精神科医の名前はステファン・ピツニアック。ハーヴァード・メディカル・スクールの教授だ。ウダに関する分析結果はたしか、年齢、経済状態、育ちという点を考慮すると正常な性行動、というものだった。ファイルを読めばわかるが、ウダはロンドンでは投資銀行家たちとよく付き合っている。それだけ見ると、仕事を覚えようとしている新人だ。評判も、利口、愛想がよい、ハンサムといったところで、悪くない。マネー・ゲームのやりかたは用心深く、堅実。酒も飲まない。ということは、信仰心はいちおうある。それをひけらかしも、他人《ひと》に説きもしないが、イスラム教の規範を守って生きているということだ」

「なぜ彼が悪党である可能性があるんですか?」ジャックは訊《き》いた。

「やつは、われわれが怪しいとにらんでいる者たちと電話でよく話しているんだ。サウジアラビアでやつが付き合っている連中に関する情報はまったくない。祖国でのやつの行動は、われわれもまったく探っていない。イギリスも同じだ。イギリスにはサウジアラビア国内で使える〝資産《アセット》〟がアメリカよりもずっとあるんだがな。CIAの場合は、使える要員がたいして向こうにいない。それに、ウダ・ビン・サリはしっかり探りを入れなければならないほどの大物ではない。とにかくCIAはそう考えている。残念ながらな。親父さんは善人らしいんだけどね。息子が祖国のよからぬ連中と付き合っていることを知ったら、悲嘆に暮れるにちがいない」父親の哀れさを思いやって見せてから、ウィルズは自分の仕事場所にもどっていった。

ジャック・ジュニアはコンピューター画面上に映しだされた顔を子細に観察した。ジャックの母はひと目で人物を読むという特技をもっているが、息子はその能力を受け継がなかった。彼は女性を読むのがとくに苦手だ——いや、それは自分だけでなく、世界中の男の大半がそうだ、とジャックはみずからを慰めた。彼はウダ・ビン・サリの顔をじっと見つめつづけ、六千マイル離れたところにいる、別の言葉をしゃべり、別の宗教を信仰する男の心を読もうとした。この目の奥の頭のなかには、いったいどんな考えがめぐっているのか？　自分の父親がサウジアラビア人を好きなのをジャックは思い出した。父はとくに、サウジアラビア政府高官でもあるアリ・ビン・スルタン王子と親しい。ジャック・ジュニアも王子にいちど会ったことがある——ただすれちがっただけだったが。ジャックが覚えているのは、顎鬚とユーモアのセンスだけだ。ジョン・パトリック・ライアン・シニアの信条のひとつに、どこの国の人間も基本的にはなんら変わらない、というのがあって、彼はそれを息子にもしっかりと伝えていた。しかし、その信条どおりなら、アメリカに悪者がいるように、よその国にも悪者がいる、ということになる。アメリカが最近、厳しい教訓を学ばざるをえなかったのも、実はその悲しい事実のせいなのだ。そして、不幸なことに、現職の大統領はいまだに、そうしたテロリズムにどう対処してよいのかよくわからない。

ジャック・ジュニアは資料を読みつづけた。だから、ここ〈ザ・キャンパス〉が立ち上げられたのだ。そして、いまおれはあるテロ事件に探りを入れている——いや、テロ事件になりそうなものに探りを入れるようなことをしている、とジャックは訂正した。ウダ・ビン・サリがロンドンでやっているのは国際銀行家の仕事だ。たしかに彼は金をあちこち動かしている。父親の金だろうか、とジャックは思った。そうなら、親父さんはとんでもない資産家にちがいない。ウダはロンドンのすべての大銀行と取引をしている――ロンドンはいまも世界の金融の中心地だ。アメリカのＮＳＡが、この種の情報まで傍受する能力があるとは、ジャックもいままで夢想だにしなかった。

ここに一億ポンド、あそこに一億ポンド……資料はすぐに現金の話になった。ウダ・ビン・サリは元金保護の仕事を、つまり、自分が任された金を増やすというより、その金が保管されている金庫の錠がしっかりとかかるようにする仕事をしているのだ。彼が管理している補助的な口座は七十一あり、そのうちの六十三については、銀行、口座番号、パスワードもわかっている。パスワードまで？　ともかく、資料にはそれまで載っている。サウジアラビアの金持ち坊《ぼ》っちゃまたちは、いったいどんな話をするのだろう？　女？　政治？　スポーツ？　財テク？　車？　オイル・ビジネス？　そうした点については、このファイルは何も言及していない。なぜイギリスは盗聴しないのか？　売春婦たちの話からわかったことは、ウダ・ビン・サリはチップをはずむ気前のよい男だということくらいだ。そして、売春婦たちがウダに金と引き換えに悦楽を提供した場所は、バークリー・スクエアの彼の自宅……そこがロンドンのメイフェア地区にある高級住宅街であることにジャックは気づいた。ウダは移動にはだいたいタクシーを使う。車を一台――なんと、黒のアストンマーチン・ヴァンキッシュ――所有しているが、あまり運転しない、とイギリスの情報筋は言っている。運転手はいない。大使館にはよく行く。結局のところ、情報はたくさんあるが、肝心なことはほとんどわかっていない、ということだ。ジャックはそれをトニー・ウィルズに指摘した。

「そう、そうなんだ。だが、やつがいよいよ怪しいということになれば、このファイル上から重要情報となって飛びだしてくるものが二、三あるにちがいない。ほかの関連事項がわかってはじめて重要情報と判断できるものがあるんだ。そこがこの忌《い》まいましい仕事のむずかしいところだな。それから、われわれが見ているのは処理済みの〝収穫〟であることを忘れてはいけない。どこかの間抜けが生データの処理をまかされ、いろいろ切り捨ててこの形にした、と考えていたほうがいい。どんな重要情報が切り捨てられたかということは、まるでわからない。まるでな」

《これは父《ダッド》が昔やっていたことだ》ジャック・ジュニアは記憶を呼びさました。《バケツいっぱいのくそのなかからダイヤモンドを探そうとするのと同じだ》なぜか、もっとたやすいことだと思いこんでいた。仕方ない。ともかく、やるべきことは、簡単には説明のつかない金の動きを見つけること。つまらないくそ仕事のうちでも最悪のものだが、ダッドに助言を求めることさえできない。おれがここで働いているのを知ったら、ダッドは気が変になるくらい心配するのではないか。母《マム》だって喜びはしないだろう。

なぜそんなことを気にする？　自分の人生ではないか？　おれはもう、したいことができる一人前の男のはずだ。いや、そうはっきり割り切ることはできない。いつまでたっても親は親、子は子なのだ。子はやはり、親を喜ばせようと努力する。ジャックはこれからもずっとそうするつもりだった。親に立派に育てられ、たえず正しいことをしつづけている、というところを親には示したい。まあ、できるだけそうしたいと思う。その点、ジャックの父親は幸運だった。彼がやらなければならなかったことを、家族はいまもってまったく知らない。当時、知らされていたら、果して喜んだかどうか？

喜びなどしなかったはずだ。きっと、あわてふためいて――怒り狂って――いたにちがいない。なにしろ、ジャック・ライアン・シニアは何度も命がけの綱渡りをしてきたのだ。そこまでは息子も知っていた。ジャック・ジュニアの頭のなかには、父親の不在という記憶がたくさん残っている。父が家にいず、母がなぜ父がいないのか説明しなかったときの記憶が……。そして、息子のジャックもいまここにいて、同じことをしているとまでは言えないものの、確実にその方向へ向かって歩んでいる……。そういえば、世界はクレイジーな場所だ、というのが彼の父親の口癖だった。だからいま、ジャック・ジュニアはこの〈ザ・キャンパス〉で、世界が実際にどれほどクレイジーになりうるか理解しようとしている。

7　移動

出発地はレバノンだった。まずキプロスへ飛び、そこからKLMの便でオランダのスキポール空港へ、そしてさらにパリへ飛んだ。十六人の男はパリで、八つのホテルに別れて一泊し、ゆっくり時間をかけて街をぶらつき、すこしでも英語の練習をしようとした——彼らにフランス語を学ばせても無意味ではないか。ただ、フランス人は英語を話す人々にはそれほど親切ではなく、彼らは苦労した。それでも、ありがたいことに、そう悪くない英語をわざわざしゃべってくれるフランス人女性もいて、彼らは大いに助かった。身を売るついでにということではあったが。

十六人とも、どこからどこまでふつうで、二十代後半、髭《ひげ》をきちんと剃《そ》り、体格も容貌《ようぼう》も平均的だったが、服装は並みよりもやや上等だった。全員が不安を上手に隠してはいたものの、警官を目にすると、見えているうちはずっと警戒し、こそこそ視線を投げずにはいられなかった――むろん、制服警官の注意を引いてはいけないことは、全員がわかっていた。フランスの警察は徹底的にやるということで有名で、それはパリに着いたばかりの者たちには魅力的なことではなかった。彼らはいまのところカタールのパスポートを使って旅をしていて、それはまず見破られる心配のないものだった。だが、たとえフランスの外務大臣が発行したフランスの本物のパスポートを持っていても、怪しまれて徹底的に調査されれば、正体がばれてしまう。だから、彼らは目立たないよう注意しつづけた。あたりをきょろきょろ見まわさず、礼儀正しくし、出会った人にはかならず微笑《ほほえ》むよう努力すること、と全員が出発前に指示された。幸運なことに、折しもフランスは観光シーズンで、パリには彼らのような外国人があふれていた。しかも、観光客の多くはフランス語がほとんどしゃべれず、パリっ子はすっかり困惑して軽蔑《けいべつ》のまなざしをたっぷり向ける。それでもパリの人々は観光客から金を巻きあげることを決して忘れない。

次の日の朝食には新たな爆弾発言はなく、昼食にもなかった。カルーソー兄弟は二人とも、居眠りしないよう懸命に努力しながら、ピート・アレグザンダーの授業に耳をかたむけた。ひねりも意外性もない素直な授業だったので、つい眠気に襲われるのだ。

「退屈だな、と思っているんだろう?」アレグザンダーが昼食時に訊いた。

「まあ、びっくり仰天するようなことは何もないですね」数秒してからブライアンが答えた。

「外国の都市ではいささかようすがちがう。たとえば、市場の通りで、二、三千人のなかからターゲットを捜しだしたりしなけりゃならないんだ。大切なのは透明になること。午後にその訓練をする。そういうことをした経験は、ドミニク?」

「あまりないです。基本的なことは知ってますが。ターゲットをまっすぐ見てはいけない。リヴァーシブルの服を使う。ネクタイが必要な状況では、ネクタイを替える。多人数で受け持ち範囲を決めて交代で見張る。でも、われわれの場合、ＦＢＩでやる用意周到な監視のときのような応援は得られないんですよね?」

「ああ、まるでな。だから、距離をたもつんだ、忍び寄るときがくるまでは。そのときがきたら、状況が許すかぎりできるだけ速く忍び寄り——」

「そいつを殺《や》る？」ブライアンがあとを受けた。

「まだ不安は消えないのか？」

「ええ、まだ割り切れません、ピート。不安が残っているということです。もうすこし時間をくれませんか？」

ピート・アレグザンダーはうなずいた。「いいだろう。われわれも、自分で考えられる者のほうがいい。ただ、自分で考えて判断するとなると、それなりの責任も生じる」

「それはそのままそちらにも言えることですよね。われわれが片づけるべきだと判断した男が、悪党ではないとわかったら、どうするんですか？」海兵隊員は尋ねた。

「そのときは中止し、事情を詳細に報告すればよい。任務が誤りとなりうる可能性は理論的にはあるが、わたしが知るかぎり、そういうことが起こったことは一度もない」

「一度も？」

「そう、一度もな、ただの一度もない」アレグザンダーは請け合った。

「これまでが完璧《かんぺき》だからといって、これからもそうとはかぎりません」

「だから充分に注意するのだ」

「ターゲットはどういう基準で選ばれるんです？　まあ、だれが殺人指令をだすのかということは——いまはまだ——わたしは教えてもらえないんでしょうけど、どんな基準で悪党の死刑執行令状が書かれるのか、できたら知りたいんですけどね」

「ターゲットとなるのは、直接的または間接的にアメリカ国民を殺した者、または、それを意図する計画に直接かかわった者だ。教会で賛美歌を歌うときに大声をあげすぎた者とか、図書館の本を期限内に返さなかった者とかは、対象とはならない」

「要するにテロリストということですよね？」

「そう」ピート・アレグザンダーは簡潔に答えた。

「逮捕すればいいじゃないですか？」ブライアンは食い下がった。

「きみたちがアフガニスタンでやったようにか？」

「あれとこれは別です」海兵隊員は言い返した。

「どう別なのだ？」アレグザンダーはさらに訊《き》いた。

「ですから、たとえばですね、わたしたちは法的に認められた指揮権による命令のもとに、戦場における戦闘行動をとった軍服着用の戦闘員だったわけです」

「きみがいわゆる指揮をしたわけだろう？」

「頭を使って指導力を発揮するのが士官の仕事です。任務全体に関する命令は、指揮系統の高いところから下されたわけですけどね」

「そして、その命令をきみは疑わなかった？」

「ええ。クレイジーな命令でなければ、疑う必要はないわけです」

「何かをしないということがクレイジーということもあるんじゃないかね？」アレグザンダーは追い討ちをかけるように訊いた。「たいへん破壊的なことを計画している人々に対して行動を起こせるチャンスがあったら、きみはどうする？」

「それはＣＩＡやＦＢＩの仕事です」

「だが、なんらかの理由で彼らがその仕事をできなかったら、どうする？　悪党どもにそのまま計画を進めさせ、やつらが実行したのちに対処するというのか？　それではとんでもない被害がでる」アレグザンダーは言った。「だから、われわれがやるべきことをやるのだ。従来のやりかたではできないときにな」

「どのくらいの頻度で？」ドミニクが攻められている兄を護《まも》ろうとした。

「機会は増えつづけている」

「いままでに何回やったんです？」ふたたびブライアン。

「きみたちは知らなくていい」

「いや、それはぜひとも知りたいですね」ドミニクはにやっと笑った。

「あわてるな。きみたちはまだ組織の一員になったわけではない」ピート・アレグザンダーは言った。この時点で異議をとなえるべきではないと判断できるほど二人が賢いことを願うしかなかった。

「わかりました、ピート」ブライアンがちょっと考えてから言った。「わたしたちは二人とも、ここで知ったことはだれにも言わないと約束しました。いいでしょう。ゆっくりやりましょう。ただ、平然と人を殺すというのは、わたしがいままで受けた訓練のなかにはないということです」

「それを楽しめと言っているわけではない。アフガニスタンで、きみはよそを向いている者を撃ったことはないのか？」

「二人撃ちました」ブライアンは認めた。「だって、戦場は正々堂々と闘わなければならないオリンピックではありませんからね」ちょっと反発するような言いかたになった。

「戦場だけじゃない。現実の世界はどこもみんなそうなんだ、アルド」アレグザンダーは返した。海兵隊員の顔に《うーん、たしかにそのとおりだ》という表情が浮かんだ。「世界は不完全な場所なんだよ。完全な場所にしたいなら、まあ、せいぜい努力してみることだ。これまでに何度試みられたか知らないけどな。わたしは、完全なんて求めない。世界をより安全で予想外のことが起きにくい場所にできればいい。だれかが一九三四年あたりにヒトラーを、あるいは一九一五年にスイスでレーニンを片づけていたら、世界はどうなっていただろう？　良くはなっていただろうな。いや、ちがうふうに悪くなっていたかもしれない。が、そういうことはわれわれには関係ない。われわれは政治的な暗殺には係わらないわけだからな。われわれが追うのは、従来のやりかたでは対処できないような方法で無辜《むこ》の人々を殺す小さな鮫《さめ》だ。ベストなシステムとは言えない。それはわたしもわかっている。いや、わたしだけじゃない。〈ザ・キャンパス〉に係わっているすべての者がわかっている。だが、やる価値はある。われわれはそれがうまくいくかどうか試そうとしているのだ。これまでよりもずっと悪い結果になるなんてことはありえないからな」

ドミニクは、話しているピート・アレグザンダーの顔から片時も目をそらさなかった。アレグザンダーはいま、話すつもりのなかったことを洩《も》らしてしまったのだ。それはうっかりミスで、わざと洩らしたわけではたぶんない。〈ザ・キャンパス〉にはまだ〝殺し屋〟はいないということだ、とドミニクは思った。おれたちが最初の〝殺し屋〟になるのである。おれたちにはそうとうな期待がかけられているにちがいない。ということは、それ相応の責任をになうということでもある。だが、これですべて辻《つじ》褄《つま》が合う。明らかにピートは、自分の実体験を基にして教えているわけではない。訓練教官というのは本来、同じことを実際に体験した者がなるべきだ。だからＦＢＩ学校《アカデミー》の教官の大半は、現場で経験を積んだ捜査官なのである。そういう者たちなら、経験者にしかわからない現場仕事の感触まで事細かに説明することができる。ピートには、こうすべきだ、ああすべきだ、という原則的なことしか教えられない。それにしても、なぜおれとアルドが選ばれたのか？

「あなたの考えは理解できます、ピート」ドミニクは言った。「わたしはまだ去るつもりはありません」

「右に同じ」ブライアンは訓練教官に言った。「ただ、どういう基準でターゲットが選ばれるのか、それが知りたいだけです」

ピート・アレグザンダーは何も答えなかった。実は基準はまだできていないのだ。基準はこれからやっていきながらつくるのである。そして、そのひとつはまもなくできる予定だった。

空港は世界中どこでも同じだ。彼らはみな、指示されたとおり行儀よくしていた。チェックイン・カウンターで荷物をあずけ、正しいラウンジで待ち、指定された喫煙エリアで煙草《たばこ》を喫《す》い、空港の売店で買った本を読んだ。あるいは読むふりをした。すべての者が、望ましいほどの英語能力があるわけではなかったからである。旅客機が巡航高度に達すると、彼らは機内食を食べ、ほとんどの者がうたた寝をした。ほぼ全員が、乗ったクラスの後方の席に座っていて、席を立ったときには、数日後か数週間後にふたたび会うのはどの席に座っている男だろうかと思った。細かなところまですべて段取りがつくのに何日かかるのか、彼らはまだ知らなかった。だが、だれもがまもなくアッラーに会え、天国で神聖なる大義のために戦った褒美《ほうび》をもらえるのだと期待していた。彼らのうちの聡明《そうめい》な者たちは、預言者ムハンマドでさえ天国のようすを充分に伝えることはできなかったと、ふっと思った。だからといって、むろんムハンマドの能力が劣っていたわけではない。預言者ムハンマドに神の祝福と平安あれ！　ムハンマドは、ジェット旅客機も自動車もコンピューターも知らない者たちに、天国というものを説明しなければならなかったのだ。では、天国とはいったいどんなところなのか？　そのほんとうの姿は？　言葉では言い尽くせないほど素晴らしいところにちがいない。が、それでも謎《なぞ》は残る。その謎をこれから見つけることができるのだ。そう思うだけでも、わくわくしてくる。それはあまりにも崇高な期待なので、仲間と話し合うこともできない。謎。だが、とてつもなくすてきな謎だ。ほかの者たちもアッラーに会うというのなら、それも神の〈偉大な運命の書〉のなかに書かれていることなのだろう。そう思いながら、男たちはみな、しばしのうたた寝を楽しんだ。それは安らかな〈心正しき者の眠り〉、これから〈聖なる殉教者〉となる者の眠りだった。天国で彼らを待っているのはミルクと蜂蜜《はちみつ》と乙女。

ウダ・ビン・サリには謎の部分があることにジャック・ジュニアは気づいた。彼のCIAファイルの〈快楽心理学《ナッツ・アンド・スラッツ》〉セクションには、ペニスの長さまで載っている。イギリスの売春婦たちから得た証言では、そのサイズは並の下といったところだが、彼はそれを異常なほど精力的に使用する、という――それに、チップをはずむので、商売第一の売春婦たちには受けがよい。しかし、男には珍しく、自分のことについてはあまり話さない。話題にするのはおもにロンドンの雨や寒さについて、それから一夜の伴侶《はんりょ》へのお世辞くらいで、それがまた売春婦の虚栄心をくすぐる。ときには高価なハンドバッグ――ほとんどの場合、ルイ・ヴィトン――を贈って〝お気に入り〟たちの機嫌をとる。ハンドバッグをもらったと、イギリスの保安局（ＭＩ５）本部であるテムズ・ハウスに報告している売春婦が二人いる。売春婦たちはウダ・ビン・サリとイギリス政府の両方からサーヴィス賃をもらっているのだろうか、とジャックは思った。もらっているとすると、女たちにとってはなかなかいい取引ということになる。もっとも、テムズ・ハウスからはたぶん、靴やハンドバッグを買ってもらえはしないだろうが。

「トニー」

「なんだ、ジャック」トニー・ウィルズは自分のワークステーションから目をあげた。

「このウダ・ビン・サリという男が悪党だって、どうしてわかるんですか？」

「実はまだ確信できるところまでいっていない。やつが何か実際にやらかすか、テロリストだとわかっている者とよからぬ相談をするかして、われわれがそうした事実を盗聴などで知ることができたら、そこではじめて確信できるということになる」

「では、いまのところわたしはただ調査をしているということですか」

「そういうことだ。きみはこれから調査をどっさりするんだ。やつについては、まだなんの感触もつかめないか？」

「とんでもない好色野郎です」

「きみはわかっていないかもしれないので、念のため言っておくが、金持ちが独身でいるというのは、なかなかむずかしいことなんだよ、ジュニア」

ジャックは目をぱちくりさせた。こうした方面にはどうもうといようだ。「なるほど。でも、わたしはあれのために金を払うなんて絶対にしません。こいつは払いすぎです」

「ほかには？」ウィルズは訊いた。

「べらべらしゃべる男ではない」

「ということは？」

ジャック・ライアン・ジュニアは回転椅子《いす》の背にぐっと上体をあずけ、考えこんだ。自分だってガールフレンドにはあまりしゃべらない。たとえば、この新しい仕事のことは絶対にしゃべらない。だいたい、男が〝財務管理〟とか〝金融取引〟とか言っただけで、ほとんどの女は自己防衛本能を働かせて眠たくなってしまう。しかし、ウダの場合、あまりしゃべらないというのは、どういうことか？　単に口数が少ないというだけの話なのかもしれない。それとも、ウダは精神的に強く、一種の自信があって、女たちには現金をやりさえすればいいと割り切り、それ以外のことで偉ぶって見せる必要はないと思っているのかもしれない。それにしても、ウダはいつも現金を使い、クレジットカードは使わない。なぜ？　家族に知られないように？　まあ、おれだって、母《マム》や父《ダッド》に自分の性生活なんて話しはしない、とジャックは思った。それどころか、ガールフレンドを実家に連れていくということもめったにしない。彼の母親を怖がる女の子が多いからである。なぜか、女の子たちはジャックの父親ではなく母親を怖がるのだ。ドクター・ライアン・MD（医師）という肩書をもつ母親に圧倒されるのだろう。若い女性のほとんどは、医者だなんてすごいと思うが、そのうちの多くが威圧感もおぼえる。父親のほうは、自分がもっていた権力などもうすっかり忘れていて、家を訪れる者たちには、ほっそりとした気品ある白髪のテディベアとしか見えない。なにしろ、その父親がいま何よりも好むのは、チェサピーク湾を眺望できる芝生の上で息子とキャッチボールをすることなのである。そうやって、いまよりずっと単純だった古き良き時代を思い出しているのかもしれない。そして、キャッチボールの相手をする息子というのは、末っ子のカイル。カイルはまだ小学生で、サンタクロースについてこそこそ訊く段階にある。むろん、マムとダッドがそばにいないときに、サンタクロースの真実を知っていそうな者に訊くのである。小学校低学年のクラスには、自分が知ったことをみんなに教えたがる子供がたぶん――いや、かならず――ひとりはいるし、すぐ上の姉のケイティもいまはもう真実を知ってしまっている。ケイティはいまだにバービー人形で遊ぶのが好きだが、それはマムとダッドがグレンバーニーの『トイザらス』で買ったものだと知っているし、クリスマスイブの飾りつけも両親がやっているのだとわかっている。なんでわたしがこんな飾りつけをと不平を洩らす父親が、実はそれが大好きなのだということまで知っている。ともかく、サンタクロースはいないとわかったときから、まわりの世界がぜんぶ悪いほうへと滑り落ちはじめるのだ……

「ということは、彼はおしゃべりではないということです。ほかに言えることはあまりないです」ジャックは最後にもういちど考えてから言った。「推測を事実と思いこんだんじゃあまずいですからね」

「そういうことだ。それに気づかない者たちがたくさんいる。だが、ここではそれが基本なんだ。〝仮定は大へまのもと〟だからな。ＣＩＡ《ラングレー》の例の精神科医は、でっちあげが得意でね。優秀なんだけど、つい話をつくってしまう。きみはここで、憶測と事実を区別することを学ばねばならない。で、ミスター・ウダ・ビン・サリについてわかったことを話してみたまえ」ウィルズは命じた。

「好色。寡黙《かもく》。家族の金をとても堅実に運用している」

「悪党であることを匂《にお》わせるようなものは？」

「ありません。イスラム教スンニ派に属する厳格なワッハーブ派の最右翼ですので、監視する価値はあります――ただし、過激派であるかどうかは定かではありません。でも、彼の場合、当然あってもいいようなものがないんですよね。たとえば、馬鹿《ばか》騒ぎしない。彼ぐらいの金持ちの若者はふつう派手な振る舞いをするものですが、それが欠落している。ウダのファイルを最初につくったのはだれですか？」ジャックは訊《き》いた。

「イギリスの情報機関だ。ベテランの分析官のひとりが、この男の何かが気になったらしい。それでラングレーも軽く調査し、自分たちでもウダのファイルをつくった。そうするうちに、やはりラングレーにファイルがある男との会話が傍受されたというわけだ――会話はどうということないものだったが、ＣＩＡがマークしている男と会話をかわしたということは事実だ」ウィルズは説明した。「それに、ファイルというものは、つくるのは簡単だが、破棄するのはえらくむずかしい。アドレッシング・コードがわかっているので、やつが携帯を使えば、ＮＳＡのコンピューターが自動的に傍受し、その結果をわれわれにも知らせてくれる。わたしもやつのファイルには目を通した。監視する価値のある男だと思う――が、なぜそうする必要があるのか、そこがまだわからない。この仕事ではおのれの直感を信じなければならないんだ、ジャック。きみにもそうすることを学んでもらう。そこで、きみをこいつ関係の部内専門家に任命する」

「彼が金をどのように動かしているか解明しろと？……」

「そうだ。テロリスト集団に資金を提供するのはそれほどむずかしいことではない——やつほど金を動かしている者にとってはとくにな。テロリストどもには年間百万ドルていどでも大金なんだ。やつらはその日暮らしで、組織の維持費なんてたいしたことない。だから、取引で得られた利益がどう動くか、そこに目を光らす必要がある。やつが隠そうとする金の動きがたぶんある。大きな取引の陰に隠れてわかりにくくなっている金の動きがあるはずだ」

「わたしは会計士ではありません」ジャックは返した。父は若いころにCPA（公認会計士）の免許を取得したが、それを使ったことは一度もない。所得税の申告も自分ではやらず、法律事務所にまかせきりだ。

「算数はできるんだろう？」

「それはまあ」

「なら、目を離さないように」

《まいったな》とジョン・パトリック・ライアン・ジュニアは思った。が、すぐに、実際の諜報《ちょうほう》活動は〝悪者をバンバン撃って、ウルスラ・アンドレスとヤッて、最後にクレジットタイトルが流れる〟なんてものではないということを思い出した。映画ではないのである。これこそが現実の諜報活動なのだ。

「われらが友はこんなに急いでいたのか？」エルネストは少なからず驚いた。

「のようですな。アメリカ合衆国《ノルテアメリカーノ》は最近、彼らに厳しいですからね。われらが友は、おれたちにはまだ牙《きば》があるんだぞと、敵に向かって吼《ほ》えたいんじゃないでしょうか。面目をたもつとか、そういう問題かもしれませんな」パブロは推測した。これならボスもすぐに理解できる。

「で、うちはどうすればいいんだ？」

「彼らがメキシコシティに到着し、次の行動が起こせる状態になったら、連中をアメリカへ運び入れる段取りをつければいいんです。それから、武器の準備もしないといけないでしょうな」

「面倒なことになる可能性は？」

「万が一われらの組織に敵のスパイが潜入しているようなことがあれば、ノルテアメリカーノはなんらかの警告を受け、われわれが係わっているという情報も得るかもしれません。しかし、そうした危険についてはすでに検討済みですよね」

うん、たしかにいちおう検討し、結論をだしたが、それはまだ作戦が開始される前、気持ちの余裕があったときのことだ、とエルネストは思った。いまや作戦がはじまり、ドアのノッカーが鳴っているのだから、さらなる検討が必要なのである。しかし、約束を破り、取引を反故《ほご》にすることはできない。面子《めんつ》の問題もあるし、ビジネスの問題もある。こちらだってすでに、EU向けコカインの初荷の準備にとりかかっている。ヨーロッパは巨万の富を生む大マーケットになりうる。

「何人来るんだ？」

「十六人ということです。武器はまったくなし」

「どんなものが必要だと思う？」

「サブマシンガンでいいと思います。むろん、拳銃《けんじゅう》のほかにということです」パブロは答えた。「一万ドル以下でそろえてくれる武器商人がメキシコにいます。さらに一万加えれば、武器をアメリカ入りした〝使用者たち〟のところまでとどけてもらえます。そのほうがいいでしょう、武器を持って国境を越えて厄介なことになるよりは」

「よし《ブエノ》、そうしてくれ。おまえもメキシコに飛ぶのか？」

パブロはうなずいた。「ええ、明朝。初回はやはり、彼らをコヨーテたちに引き合わせませんと」

「気を付けろよ」エルネストは注意をうながした。その言葉には爆弾ほどの力があった。パブロみずからが乗り込むのはやはり危険なのだ。しかし、これはカルテルにとって非常に重要なことなのである。ほかの者に行かせるわけにもいかない。

「わかってます、ボス《ヘフェ》。やはりわたしが行って、彼らがどれくらい信頼できるか見てきませんと。なにしろ、ヨーロッパでは彼らの助けを借りなければならないんです」

「ああ、そういうことだな」エルネストは慎重に同意した。取引では、いざ実行となると、再考して迷うことが圧倒的に多い。だが、彼は心配性の老婦人ではなかった。エルネストが断固たる行動をとることで怖《お》じ気《け》づいたことは生まれてこのかた一度もない。


エアバスがゲートまで地上走行し、機体と搭乗橋がつながると、最初にファーストクラスの客が降りることを許された。彼らは床の着色された矢印をたどって入国審査へと進み、パスポートにしかるべくスタンプを押してもらった。次いで荷物を受けとって税関へ進み、そこで制服を着た職員に、申告するものは何もないと告げた。それで入国手続きは完了した。

グループのリーダーはムスタファという名の男だった。サウジアラビア生まれで、髭《ひげ》をきれいに剃《そ》っていた。女たちはこういう剝《む》きだしの肌を好むというが、彼は嫌いだった。ムスタファはアブドゥラーという名の仲間といっしょにターミナルビルの出口へ向かった。車が待っているはずだった。これが西半球の新しい友人たちを試す最初のテストとなる。果して〈ミゲル〉と書かれた四角いボール紙をかかげている男がいた。ミゲルはこの任務でのムスタファのコードネームだ。彼はその男のところまで歩いていって握手をした。迎えの男は何も言わず、手振りでついてくるよう示した。外に茶色のプリマスのミニヴァンが待っていた。スーツケースは後部座席に乗せられ、二人のアラブ人はまんなかの座席に乗りこんだ。メキシコシティは暖かく、空気そのものがかなり臭《にお》った。それは二人にとってはじめての経験だった。これでは陽光が燦々《さんさん》と降りそそぐ日も、街は灰色の毛布をかぶせられたようになり、台無しだ——これが大気汚染というやつか、とムスタファは思った。

男は車を運転して二人をホテルまで送りとどけるあいだも、ひとことも発しなかった。これにはアラブ人たちも感心した。言うことがないなら、黙っているべきなのだ。

案内されたのは予想していたとおりの高級ホテルだった。ムスタファは、あらかじめ番号をファックスで送っておいた偽造VISAカードでチェックインをすませ、五分後にはアブドゥラーとともに五階の広々とした部屋にいた。見てわかるような盗聴器はないか、部屋のなかを見まわしてから、二人は話しはじめた。

「いやあ、長かったたな。永遠に飛行機に乗っていなけりゃならないんじゃないかって思ったよ」アブドゥラーは愚痴をこぼし、ミニバーのなかをのぞきこんで瓶入りの水をさがした。彼らは水道水は飲まないようにという注意を受けていた。

「まったくな。眠れたか？」

「よくは眠れなかった。ああいうときはアルコールも役立つんじゃないか。飲めばぐっすり眠れたんじゃないかって思ったよ」

「眠れる者もいる。だが、みながみな熟睡できるわけじゃない」ムスタファは友に言った。「そういうときに役立つ薬ならほかにもある」

「麻薬なんてやったら、神の逆鱗《げきりん》にふれる」アブドゥラーは返した。「医者に医薬品として処方されるのならいいが」

「そう思わない者たちも、いまは友だ」

「不信者どもめ」アブドゥラーは吐き棄《す》てるように言った。

「敵の敵は友なんだよ」

アブドゥラーはエヴィアンの栓をねじってあけた。「いや。信頼できるのは、真の友だけだ。あんなやつらがどうして信じられる？」

「必要なだけ信じればいい」ムスタファは譲歩した。ムハンマドも任務説明のさい慎重に言葉を選んだ。新しい同盟者たちは、都合がよいうちだけ、こちらに手を貸してくれる、とムハンマドも言っていた。アメリカという〈大悪魔〉に打撃を与えたい、という利害の一致があるうちだけの協力関係にすぎない、というわけだ。いまはそれで充分。そのうち彼らは敵になる。そのときは彼らを片づけなければならない。だが、その日はまだ来ていない。ムスタファはあくびを噛《か》み殺した。すこし休息をとる必要がある、明日は忙しくなる。

ジャック・ジュニアはボルティモアのコンドミニアムに住んでいる。二、三ブロック離れたところには、ボルティモア・オリオールズの本拠地であるオリオール・パーク・アット・カムデン・ヤーズがあって、ジャックはそこのシーズン・チケットをもっているが、今夜はオリオールズがトロントに行っているので野球場は闇《やみ》につつまれている。彼は料理は得意ではなく、今夜もいつものように外食ですますことにした。デート相手はいず、ひとりで夕食をとったのだが、それも残念ながら珍しいことではなかった。食事がすむと、ジャックは自分のコンドミニアムまで歩いて帰り、テレビをつけた。が、すぐに考えなおし、コンピューターのところまで行って、ログオンし、Eメールをチェックしてから、ネットサーフィンをはじめた。そのときだった、思いつくことがあり、頭にメモをしたのは。それは、ウダ・ビン・サリもひとりで住んでいて、頻繁に売春婦を買いはするが、毎夜のことではない、ということだ。ひとりの夜はウダは何をして過ごすのか？　こうやってコンピューターに向かうのか？　そうする者は多い。イギリスの防諜機関は彼が使っている一般電話も盗聴しているのか？　そうしているにちがいない。しかし、ウダ・ビン・サリのファイルにはEメール・アドレスはひとつもなかった……なぜ？　こいつは調べてみる価値がある。

「何を考えてるんだ、アルド？」ドミニクは兄に訊いた。スポーツ専門チャンネルESPNはちょうど野球の中継をやっているところだった。シアトル・マリナーズ対ニューヨーク・ヤンキース。現在、マリナーズがリードされている。

「街なかで哀れな野郎を撃ち殺すというのが、どうも好きになれないんだ、兄弟《ブロ》」

「そいつが悪党だってわかっていても？」

「同じ種類の車を運転し、同じ形の口髭を生やしていたんで、間違えて殺しちまった、なんてことになってもいいのか？　妻子が残されたら、どうする？　おれは完全な暗殺者——プロの殺し屋——じゃないか。そんなことは海兵隊の士官基礎学校《ベイシック・スクール》では教わらなかったんだよ」

「じゃあ、悪党だって確信できたときはどうする？」FBI捜査官は食い下がった。

「おい、エンツォ、おまえだってFBIでそんな訓練は受けなかっただろうが」

「それはそうだが、事情がちがうんだ。テロリストだとわかっているやつがいるのに逮捕できず、そいつがまたしてもテロを計画しているとわかっていたら、おれはそいつを片づけられると思う」

「アフガニスタンの山岳地帯ではな、いつも正確な情報収集ができたとは言えなかったぞ。そりゃあ、おれは命をかけて戦うことを学んだ。しかし、悪党であるかもわからないやつの命を奪う訓練は受けていない」

「おまえがアフガニスタンで追いかけていた連中は、人殺しだったのか？」

「おい、やつらはアメリカ合衆国に宣戦布告した組織の一員だったんだ。まさか、ボーイスカウトではないだろうが。だが、たしかに、おれはやつらが人を殺したという確かな証拠は見ていない」

「見てたらどうしてた？」ドミニクは訊《き》いた。

「そう言われてもな。見なかったんだから」

「おまえは幸運だよ」ドミニクは耳から耳まで喉《のど》を掻《か》っ切られた女の子のことを思い出した。《難事件が悪法をつくる》という格言がある。〝法の適用を手加減すれば法の効力が減ずる〟という意味で、要するに厳罰主義の勧めだが、法律だって人間のあらゆる行為を想定することはできない。言ってみれば法律なんて、白い紙の上に黒インクで書かれただけのもので、ときとして現実世界の出来事に適用するには少々冷淡すぎる。ドミニクは兄のブライアンより熱くなるたちだった。これまでもずっと、ブライアンのほうがすこしばかりクールで、テレビ青春コメディー『ハッピー・デイズ』のフォンジーといったところだった。二人は双子《ふたご》ではあるが、二卵性双生児なのだ。ドミニクのほうが父の情熱的なイタリア人気質をより多く受け継いでいる。ブライアンは性格的にはどちらかというと、イタリアより寒冷な地の出身である母に似て、あんがい冷めていられる。このちがいは他人には取るに足らないことかもしれないが、本人たちにとっては大きくて、よくからかいやジョークのネタになる。「自分で見たら、ブライアン、そういう証拠が目の前に転がっていたら、怒りに火がつくぞ。はらわたがカッと燃える」

「おい、おれだって、怒りに燃えて人を殺したことはある。ばっちり経験済みだよ。なにしろ自分ひとりで五人殺したんだ。だが、それは仕事で、個人的恨みがあったわけじゃない。やつらは待ち伏せしてたんだが、教科書をちゃんと読んでいなかった。で、おれは、教えられたとおり、正面から反撃しつつ、敵をあざむいてほかの兵をうまく動かし、側面から崩したんだ。やつらは間抜けだったが、それはおれのせいじゃない。敵は降服することもできたのに、最後まで戦う道を選んだんだ。判断が甘かったと言わざるをえないな。まあ、『男は自分がベストだと思うことをやらんといかん』のだけど」ブライアンはジョン・ウェインが西部劇『ホンドー』で吐いた台詞《せりふ》を引用した。『ホンドー』は彼のオールタイム・ベストワン映画だった。

「おい、アルド、おまえは意気地なしだ、なんて言っているんじゃないぞ」

「わかっているよ。だがな、つまり、おれは単なる殺し屋にはなりたくないんだ、そういうこと」

「まだ任務を与えられたわけじゃない、兄弟《ブロ》。おれだって疑いがぜんぶ消えたわけじゃない。だが、おれはまだここにとどまり、これからどういう展開になるか見てみようと思っている。いやになったら、いつだっておさらばできるんだからな」

「ああ、そのようだな」

そのとき、ヤンキースのデレク・ジーターがセンター方向へ二塁打をはなった。敵のピッチャーたちは彼をテロリストだと思っているのではないか。

館《やかた》の反対側の部屋では、ピート・アレグザンダーが盗聴防止システム電話でメリーランド州コロンビアの〈ザ・キャンパス〉の工作部長と話をしていた。

「で、二人はどんなだ？」受話器から聞こえてくるサム・グレインジャーの声は、向う側の盗聴防止装置で暗号化されて電話線を伝わり、こちら側の同様の装置でもとの音声にもどされたものだった。

アレグザンダーはグラスのなかのシェリーをひとくち飲んだ。「なかなかの若者だ。二人とも疑念をいだいている。海兵隊はそれを口にだすが、FBIのほうはまだ胸の奥にしまいこんでいるようだ。しかし、ゆっくりとだが、好ましい方向へ進みだしている」

「うまくいきそうか？」

「まだわからない。だって、サム、訓練がいちばんむずかしいということは最初からわかっていたじゃないか。プロの殺し屋になりたがるアメリカ人なんて、めったにいない――われわれが必要としている殺し屋になりたいやつなんてとくにな」

「CIA《エージェンシー》に、やらせればぴったりのやつがひとりいる――」

「だめだめ、彼は年をとりすぎている。あんたも知ってるじゃないか」アレグザンダーは即座に言い返した。「それに、彼はいま、海の向こうのイギリスで引退前の仕事をやっていて、あんがい楽しそうだ」

「もしも……」

「もしも伯母さんにタマがついてたら、伯母さんは伯父さんになっちまう」アレグザンダーは〝もしも……〟と考えることの無意味さをジョークで指摘した。「候補者を選ぶのがあんたの仕事。そいつらを訓練するのがおれの仕事。あの二人は頭もあるし、腕もたつ。問題は気質だな。いま、そいつに取り組んでいるんだ。忍耐、忍耐」

「映画だったら、ずっと簡単なんだけどな」

「映画にでてくるのは、変質者《サイコパス》すれすれというやつらばかりだ。そんなのを雇えばいいのか？」

「いや、まずいな」変質者ならたくさんいる。大きな管轄《かんかつ》区域を受け持つ警察はどこも、変質者の犯罪を少なくとも数件はあつかった経験がある。やつらはほんのわずかな金や、ごく少量の麻薬のために人を殺す。そうした連中の問題点は、命令をよく守らず、頭もよくないということだ。頭の切れる変質者は映画のなかにしか存在しない。映画『ニキータ』で〝泣き虫な殺し屋〟に変身した不良少女なら、喉から手がでるほど欲しいが、現実に存在するわけがない。

「だから、頭のいい信頼できる善人を説得する必要があるんだ。そういう者たちは考える。こちらの予想どおりに考えてくれないこともある。良心のある者を雇うのはいいのだが、彼らはしょっちゅう、果して自分は正しいことをしているのだろうかと考える。なんであんたは、よりによってカトリック教徒を二人送りこんだんだ？　ユダヤ教徒は厄介だ。彼らは生まれながらに罪を背負わされているからな——カトリック教徒は学校でその人間の原罪とやらをしっかり教えられる」

「ご説明、ありがとうございます、教皇様」サム・グレインジャーはわざと無表情な声で返した。

「だからさ、サム、簡単にはいかないことは最初からわかっていたんだ。それにしても、海兵隊員にＦＢＩ捜査官とはな。なんで、イーグルスカウトを二人、送りこんでくれなかったんだ？」最高位のボーイスカウトなら、さぞや素直で楽だっただろうな、とピート・アレグザンダーは思った。

「オーケー、ピート。訓練があんたの仕事だ。二人はいつごろ仕上がる？　こっちもそろそろ片づけなければならない仕事がでてきそうなんだ」グレインジャーは明かした。

「たぶんあと一カ月くらいで、彼らがやるかやらないかわかる。〝だれを〟だけじゃなく、〝なぜ〟も、あの二人には教えないといけない。それは前からあんたにも言っていたはずだ」アレグザンダーは上司である工作部長に思い出させた。

「ああ」グレインジャーは認めた。映画だったら、ほんとうにずっと簡単なんだけどな、と彼はまたしても思った。たとえば、職業別電話帳《イエロー・ページ》をぱらぱら繰って、『トイザらス』ならぬ『暗殺者《アサシン》ザらス』の電話番号を見つけるだけでいい。最初は元KGB工作員を雇うことも考えた。元KGBマンはみな専門的な訓練を受けているし、金が欲しくてしかたない――ひとり殺《や》るごとの報酬は、現在では二万五千ドルにもならないはずだ。雀《すずめ》の涙ほどの手当と言ってよい。だが、彼らはたぶん祖国の情報組織への再就職を期待して、KGBの後身のモスクワ本部へ自分のやったことを報告する。と、〈ザ・キャンパス〉は世界中の〝秘密情報界〟に知れわたることになる。それは絶対にまずい。

「新しい〝玩具《おもちゃ》〟のほうはどうなってる？」アレグザンダーは訊いた。遅かれ早かれ、あの双子に〝商売道具〟の使いかたを習得させなければならない。

「二週間後にできるそうだ」

「ずいぶんかかったな。だって、サム、おれがその作製を提案したのは九カ月前だぞ」

「近くの自動車用品店《ウエスタン・オート》で手に入るようなものじゃないんだ。ゼロからつくらなければならないんだからな。人目につかないところでひっそり暮らしている非常に熟練した機械工で、何も訊かずに頼まれたものをひたすらつくる、という人々が必要になるんだ」

「だから言ったじゃないか、空軍のためにそういう仕事をしている者たちに頼めって。彼らは巧妙な超小型装置をずっとつくりつづけているんだ」たとえば、ライターに収まるテープレコーダーとか。もっとも、それはおそらく映画からヒントを得たものだろう。それから、ほんとうに良いものをつくる者は、政府機関のなかにはひとりもいないと言ってよい。それゆえ、しかたなく政府は民間人につくらせる。大金をもらって政府の仕事をする優秀な民間人が、口をつぐんで秘密を洩《も》らさないのは、政府からまた仕事をもらいたいからだ。

「だから、空軍関係の仕事をしてきた者たちがいま、頑張って仕上げているところなんだよ、ピート。で、あと二週間かかる」グレインジャーは強調した。

「よし、わかった。それまでは、減音器付き拳銃《サプレスト・ピストル》しかないというわけだな。二人とも尾行の訓練は上手にこなしている。ごくふつうの風貌《ふうぼう》だというのも有利だ」

「結局は、うまくいっているということだな？」グレインジャーは訊いた。

「良心の問題をのぞいてな、うん」

「よし、こまめに連絡してくれ」

「わかった」

「じゃあな」

アレグザンダーは受話器を架台にもどした。まったく、良心というやつは厄介なものだ、と彼は思った。ロボットを使えたら楽だろうな。いや、ロボットが街なかを歩きまわったら、気づく者がかならずいる。そもそも、そんなものが手に入るわけがない。じゃあ、透明人間はどうだ？　いやいや、H・G・ウェルズの小説では、主人公の科学者は例の薬で透明になれはするが、副作用で発狂してしまう。だいたい、奇怪な風貌であらわれるあの科学者は、最初から気がふれていたんだけどな。アレグザンダーはシェリーの残りを一気に飲み干し、すこし考えてから、空のグラスを持ってお代わりを注ぎにいった。

8　確信

ムスタファとアブドゥラーは夜明けに起床し、朝の礼拝をおこない、朝食をとり、それからそれぞれ自分のコンピューターでネットワークにログオンし、Eメールをチェックした。思ったとおり、ムハンマドからムスタファあてにEメールが一通とどいていた。ディエゴという偽名の男からのメッセージを転送したもので、内容は新しい友人との接触方法……時間は現地時間の午前十時半とあった。残りのEメールも調べたが、そのほとんどはアメリカ人が〝スパム〟と呼ぶジャンクメールだった。なかなか適切な表現ではないか、とムスタファは思った。スパムが豚肉の缶詰であることを彼は知っていた。豚肉はイスラム教徒にとって食べてはいけない不浄な食べものなのだ。九時ちょっとすぎ、二人はホテルの外にでて――別々に――歩きはじめた。血のめぐりをよくし、近所のようすをうかがう、というのがとりあえずの目的だった。だが、そうするうちに、ひそかにあたりをうかがい、尾行されていないか慎重にチェックした。尾《つ》けてくる者はひとりもいなかった。二人は十時二十五分に、あらかじめ決められていた接触地点に着いた。

ディエゴはすでにそこにいた。ブルーのストライプの入った白いシャツを着て、新聞を読んでいた。

「ディエゴさん？」ムスタファは愛想よく声をかけた。

「ミゲルだね？」男はにっこり笑って立ちあがり、ムスタファの手をにぎった。「さあ、座って」パブロはあたりを見まわした。いた、この〝ミゲル〟の相棒が。そちらのほうはテーブルにひとりで座ってコーヒーを注文した。いかにもプロらしく監視している。「で、メキシコシティは気に入ったかね？」パブロは訊《き》いた。

「こんなに大きくて活気のある都市だとは思いませんでした」ムスタファはメキシコシティを示すつもりで手を振った。歩道はあらゆる方向へ向かう人々でごった返していた。「それに、空気がずいぶん汚れていますね」

「それがここの問題だな。まわりの山が汚れた空気を逃がさないんだ。強い風が吹かないと空気はきれいにならない。コーヒーでいいかね？」

ムスタファはうなずいた。パブロはウエイターに手を振り、コーヒーポットをかかげて見せた。そこはヨーロッパ風のカフェのテラス席だった。あまり込んではいず、テーブルははんぶんほど埋まっているていどで、そこここにかたまって座る客たちは、仕事できている者も、友人とおしゃべりをしにきている者もいたが、自分たちの話にしか興味がないようだった。新しいコーヒーポットが運ばれてきた。ムスタファは自分でコーヒーをつぎ、相手が話すのを待った。

「で、わたしは何をすればいいのかね？」

「言われたとおり、わたしたちはここにやってきました。全員そろってます。いつ行けますか？」

「いつ行きたいのかね？」パブロは返した。

「今日の午後。でも、それではちょっと早すぎますよね。そちらもいろいろ手筈《てはず》をとのえないといけないのでしょう?」

「そう。だが、明日ならいい。十三時というのはどうかね?」

「そりゃ、ありがたい」ムスタファは嬉《うれ》しい驚きをおぼえた。「国境越えはどういうふうにやるんですか?」

「わかっていると思うが、わたしが直接手引きするわけではない。きみたちは車で国境まで運ばれ、人やある種の商品をアメリカに入れるのを専門とする者に引きわたされる。そこから六キロほど歩かねばならない。歩くところは暑いが、耐えられないほどではない。アメリカに入ったら、ニューメキシコ州サンタフェ近郊の隠れ家《セーフ・ハウス》まで車で送りとどけられる。そこから最終的な目的地までは、飛行機で飛んでもいいし、レンタカーで走ってもいい」

「武器は?」

「具体的にどんな武器が欲しいんだね?」

「AK−47があれば理想的なんですが」

パブロは即座に首を振った。「それはむりだが、サブマシンガンのウージーやイングラムなら用意できる。弾薬は9ミリ・パラベラム弾で、そうだな、三十発入り弾倉《マガジン》を一挺《ちょう》につき六個つけよう。きみたちの目的にはそれで充分だろう」

「それでは足りない」ムスタファは間髪を入れず返した。「一挺につき、マガジン十二個およびバラの銃弾三ケース」

パブロはうなずいた。「いいだろう。問題ない」弾薬を上乗せしたところで、費用は二千ドルくらいしか増えない。武器同様、弾薬だって、おおっぴらに買えるのだ。武器や弾薬の出所や、それをだれが買ったかということは、調べが絶対につかないとは言いきれないが、それは理論的に調べがつく可能性があるというだけの話で、実際にそうなることはまずない。銃はだいたいイングラムになるはずだ。イスラエル製のウージーのほうが性能もいいし命中率もいいが、こいつらは気にすまい、とパブロは思った。もしかしたら、こいつらは、自分たちの宗教や道徳のせいでユダヤ人への嫌《けん》悪《お》感《かん》をつのらせ、彼らがつくった武器にはさわりたくもないのでは？「ところで、きみたちは旅行費としていくら持ってきたんだね？」

「それぞれが現金を五千アメリカ・ドルずつ持ってきました」

「それは食料とかガソリンといった細かな出費には使えるが、クレジットカードじゃないとできないこともある。アメリカでは、現金ではレンタカーを借りられないし、航空券も絶対に買えない」

「クレジットカードは持ってます」ムスタファは応《こた》えた。彼も他のメンバーもバーレーンで発行されたVISAカードを持っていた。支払い口座はみな同じスイス銀行の口座で、預金額は五十万ドルちょっとだった。今回の作戦には充分の額だ。

パブロは差しだされたカードの名前を見た。ジョン・ピーター・スミスとあった。よし。今回の作戦を組み立てた者は、ひと目で中東の人間とわかる名前を使うという誤りをおかさなかったわけだ。このクレジットカードが警官の手にわたり、ミスター・スミスがどこの国の人間であるか調べられないかぎり、問題はない。こいつらがアメリカの警察と彼らのやりかたについても説明を受けていればいいのだが、とパブロは思った。

「パスポートとか、ほかのものは？」パブロは訊いた。

「パスポートはカタールのものです。国際運転免許証もあります。全員がいちおう英語をしゃべり、地図を読めます。アメリカの法律も知っています。車で移動するときは制限速度を守り、慎重に運転します。《出る杭《くい》は打たれる》と言いますからね。できるだけ目立たないようにするんです」

「うん」パブロは満足した。説明はちゃんと受けたようだ。そして、それを覚えている者もいるようだ。「誤りをひとつおかしただけで、すべてが台無しになり、きみたち全員の努力が無に帰する、ということを忘れぬようにな。誤りをおかすのは簡単なんだ。アメリカは住むのも動きまわるのも楽にできる国だが、警察は非常に有能だ。だが、彼らに気づかれなければ、安全ではある。だから気づかれないようにしなければならない。それに失敗したら、きみたちの計画は瓦解《がかい》しかねない」

「ディエゴ、わたしたちは失敗しない」ムスタファはきっぱりと言いきった。

《失敗しないって、何に？》とパブロは思ったが、口にはださなかった。《おまえらは何人、女子供を殺すつもりなんだ？》しかし、まあ、おれにはどうでもよいことだ。無差別殺戮《さつりく》は卑劣なことだが、〝新しい友人〟の文化の〝名誉のルール〟は、おれたちのそれとはまるでちがう。おれにとってはこれはビジネス。それだけのことだ。

三マイル走り、腕立て伏せをし、コーヒーを飲んでひと息入れる。それがヴァージニア州南部での訓練の日課だった。

「ブライアン、銃を持ち歩くのは慣れているよな？」

「ふつうはM16小銃に予備の弾倉《マガジン》を五、六個。破片手榴弾《しゅりゅうだん》も基本装備に入ってます、ピート」

「わたしは拳銃《けんじゅう》のことを言ったんだよ」

「Ｍ９ベレッタ、使い慣れているのは」

「うまくあつかえるかね？」

「それ、装備品ですから、ピート。クアンティコの士官基礎学校《ベイシック・スクール》の射撃訓練では特級をとりました。でも、わたしのクラスの者は大半が特級でした。だから、たいしたことないんです」

「持ち歩きには慣れているか？」

「平服で、という意味ですか？　それなら、ノーですね」

「じゃあ、慣れろ」

「法律違反ではないんですか？」ブライアンは訊いた。

「ヴァージニア州は、善良な市民には拳銃隠匿《いんとく》携帯許可証がかならず発行される〝シャル・イシュー〟州だ。前科がなければ、すぐ許可証がおりる。きみはどうなってる、ドミニク？」

「わたしはまだＦＢＩです、ピート。外にでるときは拳銃という友といっしょじゃないと丸裸のような気がします」

「いつも携帯しているものは？」

「スミス・アンド・ウェッソン１０７６。使用弾は10ミリ口径、ダブル・アクション。

FBI《ビューロー》は最近グロックを採用しましたが、わたしはスミスのほうが好きなんです」ドミニクは《むろん、握《グリップ》りに〝殺し〟の刻み目なんてつけていませんよ》と言い添えようと思ったが、やめた。実は、つけてみようかと思ったことはある。

「ようし、では、外にでるときはかならず銃を携行するように。慣れるためにな、ブライアン」

ブライアンは肩をすくめた。「わかりました」六十五ポンドの背嚢《リユックサック》を背負うよりはずっといい。

もちろん、ウダ・ビン・サリだけに目を光らせていればよいわけではなく、仕事はほかにもたくさんあった。ジャック・ジュニアの担当はぜんぶで十一人、ひとりをのぞく十人が中東のアラブ人で、全員が金融取引に係わっていた。アラブ人ではないのは、サウジアラビアの首都リヤドに住むヨーロッパ人だけだった。彼はドイツ人で、イスラム教に改宗したのだが、それだけで電子監視対象にすべき奇妙な人物と判断されたのだ。この男のEメールは、ドイツ語を大学で学んだだけのジャックにも読めたが、内容はどうということないものだった。生活習慣も現地人なみになってしまったようで、ビールさえ飲まない。サウジアラビアの友人たちにも受けがよい——戒律を遵守《じゅんしゅ》し、正しい礼拝をしていれば、外見や民族のちがいなど関係なくなる、という点はイスラム教のよいところではある。イスラム教はすばらしい宗教なのだ——世界のテロリストの大半がメッカのほうに向かって祈りを捧《ささ》げるという事実をのぞけば。いや、それはイスラム教のせいではない、とジャックは自分に注意をうながし、記憶を呼びさました。そう、おれが誕生したあの夜、まだ子宮のなかにいたおれを殺そうとした者たちがいた——そいつらは自称カトリック教徒だったではないか。どんな宗教、団体に属していようと、狂信者は狂信者でしかない。それは世界中どこでも同じだ。母《マム》を殺そうとした者がいると思っただけで、愛用の40口径のベレッタを手にとりたくなる。父《ダッド》は、大丈夫、自分のことは自分で護《まも》れる。だが、マムは護れない。女に危害を加えるというのは、一線を大きく越えてしまうことだ。そして、その一線は、一方の方向にしか越えることはできない。いちど越えてしまったら、もうあとにはもどれないのだ。

もちろん、ジャックはあの夜のことは何ひとつ覚えていない。ULA（アルスター解放軍）のテロリストどもは、ジャックが小学校に入る前に——メリーランド州のおかげで——この世から去り、彼らの神に会いにいってしまった。両親もあの事件については何も話してくれない。話してくれたのは姉のサリーだけだ。サリーはいまでもあの夜の夢を見る。マムやダッドもまだ夢を見るのだろうか、とジャックは思った。あんな惨劇の記憶でも、歳月が洗い流してくれるのか？　ヒストリー・チャンネルで見たのだが、第二次世界大戦の帰還兵はいまだに戦闘の夢を見るという。六十年以上も前の殺し合いの映像が、真夜中、眠っている脳裏に鮮明によみがえるのだ。そんな記憶は呪《のろ》いとしか言えない。

「トニー」

「なんだ、ジュニア」

「このオットー・ウェーバーという男ですけど、どこが怪しいんですか？　ほんとうにどうということない男のように見えますけど」

「きみが悪党だったら、背中に〈悪党〉というネオンサインをつけようと思うかね？それとも草むらに身をひそめようと思うかね？」

「そりゃあ、蛇みたいに草むらに身をひそめます」ジャック・ジュニアは言うまでもない答えを口にした。「わかってます——小さなことを探すんですよね」

「前にも言ったな——四年生の算数はできるんだから、目を離すなって。それから、そう、きみの言うとおり、きみが探すのはふ﹅つ﹅う﹅の﹅状態ではほとんど見えないものだ。だから、この仕事はとても面白いんじゃないか。だが、罪のない小事の大部分は、まさに罪のない小事でしかない。それに、児童ポルノをインターネットからダウンロードしたからといってテロリストということにはならない。単に性的倒錯者というだけの話だ。児童ポルノのダウンロードだけだったら、ほとんどの国で大罪とはならない」

「サウジアラビアでは大罪でしょう」

「かもしれん。だが、当局もしつこく追いまわしはしないはずだ」

「あの国の人々はみな厳格だと思っていました」

「あそこの男は性衝動をうまく抑えこんでいるんだ。妄想をいだく男はいるが、それを生きている子供相手に実行する者はいない。そんなことをしたら、とても厄介なことになるからな。サウジアラビアの人々は法律をしっかり守るんだ。メルセデスをとめて、キーをつけたまま用を足しにいっても大丈夫という国なのさ。帰ってきたら、車はちゃんともとの場所にある。アメリカだったら、モルモン教の本拠地のソルトレークシティでも、こうはいかない」

「ソルトレークシティには行ったことありますか?」ジャックは訊《き》いた。

「四回行った。こちらが礼儀正しくしていれば、住民はとても親切にしてくれる。あそこで真の友ができたら、一生ものだ。だが、彼らの規範はわれわれのとはちがっていて、それをこちらが破った場合はとんでもないことになる」

「オットー・ウェーバーも現地の規範にのっとって生活しているわけですね？」

トニー・ウィルズはうなずいた。「そのとおり。彼はサウジアラビアの体制、宗教をはじめ、ありとあらゆるものに溶けこんでいるのだ。だから好かれる。サウジアラビアの文化の中心には宗教がある。イスラム教に改宗し、その戒律にしたがって生活するということは、彼らの世界の正当性を認めることであり、彼らだって喜ぶ。オットーのような男なら、世界中どこでも歓迎される。だが、彼はプレーヤーではないとわたしは思う。われわれが捜しているのは、人格異常のため反社会的な行動を早とる社会病質者《ソシオパス》だ。そういう者はどこの社会にもいる。そして、その種の者たちを早いところ捕まえて改造する——あるいは殺す——文化もあれば、そうしない文化もある。アメリカはソシオパスの扱いについては上手とは言えない。サウジアラビアもたぶんそうではないかと思う。しかし、ほんとうに巧妙なソシオパスは、どんな文化でもすいすい泳ぎまわれるし、なかには宗教を隠れ蓑《みの》にする者もいる。イスラム教は変質者《サイコパス》のための宗教ではないが、堕落すれば、そうした人々を利用したりもする。もっとも、その点はキリスト教も同じだがね。異常心理学のコースをとったことはあるかね？」

「ありません。とっとけばよかったと思います」ヤング・ライアンは認めた。

「じゃあ、本を買いたまえ。本を読むんだ。そして、そういうことに詳しい者をつかまえて、質問をし、答えに耳をかたむける」ウィルズは自分のコンピューター・スクリーンに向きなおった。

《くそっ》とジャック・ジュニアは心のなかで思った。この仕事はどんどん厄介になっていく。おれはいつまでに役立つ情報を見つければいいのか？〈ザ・キャンパス〉はどれくらい待ってくれるのか？　一カ月？　一年？　いったい、どこまでやれば合格点をもらえるのか？……

……そして、おれが役立つ情報を見つけたら、そのあとどうなるのか？　具体的にどんなことが起こるのか？

ともかく、オットー・ウェーバーにもどろう……

部屋に一日中こもるわけにもいかなかった。なぜこもっているのだろうと怪しまれかねない。ムスタファとアブドゥラーは、ホテルのコーヒーショップで軽い昼食をとってから、外にでて散歩をした。三ブロック先に美術館があった。入場はただだった。なかに入って、なぜかわかった。そこは現代美術専門館で、展示されている絵画も彫刻も、彼らに理解できるような代物《しろもの》ではなかった。二時間たっぷりかけて全室を見てまわり、二人とも、メキシコでは絵の具が安いにちがいないという結論に達した。それでも彼らは、壁にかけられたり床に据えられたりしているガラクタを鑑賞しているふりをして、偽装に磨きをかけた。

二人はぶらぶら歩いてホテルにもどった。気候だけは味方だった。ヨーロッパの人々には暑すぎるのだろうが、中東からやってきたアラブ人には心地よい気候なのだ。灰色のスモッグなどが少々あっても問題ない。それに明日はふたたび砂漠を目にすることができる。見納めになるかもしれないが。

毎晩サイバースペースを飛びかうすべてのメッセージを調べるなんて、資金も施設もたっぷりある政府機関にもできることではない。だからNSAは、コンピューター・プログラムを使ってキーとなる言葉や文章をとらえ、メッセージを篩《ふるい》にかけるという方法をとっている。テロリストとわかっている者、その疑いがある者、さらには協力者の可能性がある者のEメール・アドレスが、長い年月のあいだに採集されていて、インターネット・サーヴィス・プロヴァイダー（ISP）のサーヴァー・コンピューターもろとも、監視の対象となる。ということは結局、収集された膨大な量のメッセージが広大な記憶スペースをむさぼり食うことになり、その結果、新しいディスク記憶装置がトラックによって絶え間なくメリーランド州フォート・ミードに運びこまれ、大型汎用コンピューター《メインフレーム》に接続される。これではじめて、ターゲットとなる人物が特定された場合に、その男のEメールを何カ月、いや、何年も前までさかのぼってチェックできることになる。その追跡はまさに鼠《ねずみ》を狩る鷹《たか》のそれに等しい。悪党のほうもいまではむろん、敵の〝篩かけ〟プログラムが特定の言葉や文章を探しているということを知っているので、真の意味が自分たちにしかわからないコードワードを使う――ただ、それがまた新たな落とし穴になる。コードワードを使っているので安全だと思いこんでいる悪党どもの気のゆるみを、七十年にもわたってアメリカの敵の心を読みつづけてきた実績がある機関はたやすく利用できるのである。

しかし、このやりかたにも限界がある。通信傍受情報をやたらに使いすぎると、ターゲットの敵は傍受されていることに気づき、暗号方法を替えてしまい、こちらは情報源を失いかねない。だが逆に、傍受した情報をほとんど使わないというのでは、情報をまったく得ていないのと変わりない。不幸なことに、現在の情報機関は前者よりも後者のやりかたをする傾向が強い。国土安全保障省が創設されて、形式的にはあらゆる脅威関連情報をあつかう中央情報交換機関ができたのだが、超大型機関ゆえに最初から機能していない。情報はすべてそろっているのに、量があまりにも多すぎて、うまく処理できないのだ。さらに、情報を処理・加工する者が多すぎて、実行可能な方策を立てるところまでたどり着けない。

だが、昔からの習慣はなかなかすたれない。超大型機関を上にいただこうがいただくまいが、昔からある情報機関はこれまでどおりの活動をつづけ、仲間内だけで会話をかわす。彼らは例によって、いわゆるインサイダー情報というものを存分に楽しみ、それを外にだそうとしない……そして、これからもその姿勢を崩したくないと思っている。

ＮＳＡがＣＩＡに声をかけるときは、だいたい《これは興味ある情報だが、そちらはどう思うか？》という言いかたになる。なぜそうなるかというと、ＮＳＡとＣＩＡでは〝組織の精神《エトス》〟がちがうからである。話しかたも、考えかたも、ちがう。ＮＳＡの場合は行動を起こすということはないが、仮にそうすることになったとしたら、行動のしかたもＣＩＡとはちがうものになるはずだ。

しかし、ちがうといっても、考えかたは対立するわけではなく、並行にならんで交わらないだけの話である。全体的に見て、ＣＩＡは分析に、ＮＳＡは情報収集に、よりすぐれていると言ってよい。ただし、どちらのことにも例外があり、ＣＩＡが情報収集で、NSAが分析で、すぐれた結果をだす場合もある。真に才能ある人間というのは、お互いにわかるようで、ちがう組織に属していても、ほぼ同じ言葉をしゃべる。

これは、翌朝NSAからCIAに電話線で送られた通信文でも明らかになった。それはNSA本部《フォート・ミード》の上級分析官のひとりが、CIA本部《ラングレー》の同等の者に〈緊急信《フラッシュ》〉として送ったものだった。もちろんその内容は〈ザ・キャンパス〉の知るところとなった。ジェリー・ラウンズは、朝のEメール群のトップにきていたそれに注目し、朝の会議の議題にした。

「『今度はやつらをしっかり痛めつけてやる』と問題の男は言ってます。これはどういう意味なんだろう？」ジェリー・ラウンズは声にだして考えた。債券部長でもある〝副長〟のトム・デイヴィスは一泊出張でニューヨークへでかけている。いまごろ、法人・機関投資家向け証券業務を専門とするモルガン・スタンレー社の証券担当者たちと朝食をとりながらビジネスの話をしているはずである。仕事が仕事の邪魔をするなんて、困ったもんだ。

「翻訳の精度は？」ジェリー・ヘンドリーは尋ねた。

「その点は問題ないとの注があります。傍受された音声は鮮明で雑音もありません。

崩れたところのないきちんとしたアラビア語で、単純な平叙文です。心配すべき微妙なニュアンスもありません」ラウンズはきっぱり言いきった。

「発信者と受信者は？」ヘンドリーは訊いた。

「発信者はファードという名の男です。父称等は不明です。この男のことはあるていどわかっています。やつらの組織の工作部に所属する中位の者のひとりだろうと思われます――作戦実行者ではなく計画立案担当です。バーレーンのどこかを本拠にしています。車で移動中か、市場など公共の場にいるときに、携帯電話でしか話しません。こいつの身元はまだ割れていません。受信者は――」分析部門のリック・ベルはつづけた。「新しい男のようです――老人のような感じで、つくられたばかりのクローン携帯を使っています。古いアナログの携帯電話でして、声紋がとれませんでした」

「進めている作戦があるということか……」ヘンドリーは頭に浮かんだことをそのまま口にした。

「そのようですね」ラウンズも同じ意見だった。「だが、作戦内容も実行場所も不明」

「肝心なことは何もわかっていないわけだ」ヘンドリーはコーヒーカップに手を伸ばし、マグニチュードで測るのがいちばんよさそうな皺《しわ》を眉間《みけん》につくった。「当局はどうするのだろう？」

この問いには工作部長のグレインジャーが答えた。

「効果的なことは何もできないでしょうね、ジェリー。彼らはジレンマにおちいるはずです。何かやるとしたら、テロの警戒レベルの色を引きあげて、国民に危険を知らせるくらいのことしかできませんが、それはこれまでにもたびたびやってきましたから、またかと思われ、かえって逆効果になります。この傍受記録と情報源を明かさないかぎり、だれも本気にしません。しかし、すこしでも明かしたら、この情報源はもう確実に利用できなくなります。といって、当局が国民に警戒を呼びかけず、何か起こってしまったら、議会はかんかんになるでしょうな」

議員というのは、問題を解決するより、大騒ぎしてみずから問題となるほうがずっと好きなのだ。政治の世界では、非生産的にぎゃあぎゃあわめくだけで成果があがるのである。ただ、議員に騒がれても、CIAをはじめとする情報機関は、遠い地で使われる携帯電話を盗聴してテロリストを見つけるという作業をつづける以外ない。それは遅々として進まない地味な警察仕事で、ひどくせっかちな政治家連中に速くやれと命じられて速くなるものではない——それに、金を投じれば改善するというものでもないので、潤沢な資金に恵まれることもない。だから、ほかに妙案も浮かばない当事者たちの欲求不満はよけいつのる。

「要するに、当局はどっちつかずの態度をとって、効果がないとわかっていることをやり――」

「――奇跡が起こるよう祈る」グレインジャーもボスと同じ意見だった。

むろん、アメリカ中の警察に警戒警報がだされる――が、その目的、つまりどんな脅威に対する警報なのかということは、だれにもわからない。それでも警官はいつものように、〝中東顔〟を見つけたら車を停止させて尋問しようと目を光らせる。だが、実を言うと警官はもうそういうことにうんざりしているのだ。ＡＣＬＵ（アメリカ自由人権協会）が人権侵害だとわめきたてていることをするのは、ほとんどいつも無駄骨なのだから。交通違反をおかした証拠もないのに運転者がアラブ人というだけで停車を命じられる、いわゆる〝アラブ人差別交通取り締まり〟に関する訴訟が目下、各地の連邦地方裁判所で六件も係争中である。うち四件はアラブ人医師からの、残りの二件は警官に少々手荒くあつかわれた明らかに無実の学生からの訴えだ。そして、こうした訴訟によって生まれる判例は害になることのほうが多い。サム・グレインジャーがジレンマと呼ぶのは、まさにこういうことなのだ。

ヘンドリーの眉間の皺がさらに深くなった。間違いなく、五つか六つの政府機関がそうした判例の影響をかなりこうむることになる。いや、そもそも政府機関なんて、あれほどの資金と人員を擁していながら、牡猪《おすいのしし》のおっぱいと同じくらい役に立たない。

「われわれにできることは？」ヘンドリーは訊《き》いた。

「注意していて、不審なものを見たら警官に知らせる、くらいのことでしょうな」グレインジャーが答えた。「拳銃《けんじゅう》を携行していれば、もっとできることもあるでしょうが」

「だが、怪しい者を撃ったら、国籍取得のためのクラスに通っている、罪のない間抜けだったなんてことにもなりかねない」ベルがあとを受けた。「そうなったら取り返しのつかないことになる」

《上院議員のままでいればよかったかな》とヘンドリーは思った。議員だったら、ぎゃあぎゃあ騒いで問題提起だけしていればいいわけで、それなりの満足感もある。そうやってときどき鬱憤《うっぷんば》晴らしをするのもいいだろう。ここでわめくのは完全に逆効果で、部下たちの士気をそぐことにしかならない。

「ようし、では、われわれはふつうの一般市民のふりをするしかないな」ボスはようやくこの問題にけりをつけた。幹部たちはいっせいにうなずき、残りの通常業務に関する問題を話し合った。終わり近くになって、ヘンドリーがラウンズに〝新人〟のようすを尋ねた。

「よく質問をします。賢い証拠です。いまのところ、テロ組織の協力者とわかっている者や、その疑いのある者たちを調べさせています。説明のつかない資金の移動を見つけるようにと指示しています」

「そういう仕事を我慢してやれたら、たいしたもんだ」ベルが感想を述べた。「ふつうは気がふれそうになる」

「《忍耐は美徳なり》というわけだな」ヘンドリーが言った。「その美徳はなみたいていのことでは身につかんがね」

「最初に話した傍受の件だが、全職員に知らせて注意をうながすべきかな？」グレインジャーがだれに言うでもなく言った。

「そのほうがいいんじゃないか」ベルが答えた。

「ようし、そうしてくれ」ヘンドリーは全員に命じた。

「くそっ」十五分後、ジャック・ジュニアは思わず声を洩《も》らした。「どういうことなんでしょう、これ？」

「明日わかるかもしれないし、来週知ることになるかもしれない――あるいは永遠にわからんかも」ウィルズは答えた。

「ファード……この名前は知ってる……」ジャックは自分のコンピューターに向きなおり、キーをたたいて関連ファイルを呼びだした。「これだ！　バーレーンに住んでいる男。なぜ地元の警官が厳しい尋問でもして吐かせないんですかね？」

「向こうの警察はやつのことをまだ知らない。これまでのところ、やつを追跡していたのはNSAだけなんだ。これからはCIAも何かわかるかどうか探りを入れてみるだろうがね」

「CIAも警察仕事はFBIくらいうまいんですか？」

「いや、実はうまくない。受ける訓練がちがうんでね。警察仕事をやらせたら、CIAはふつうの素人《しろうと》とたいしてちがわない――」

ヤング・ライアンはウィルズの言葉をさえぎって言った。「ええっ、そんな！　人を見抜くのは警官の特技ですよね。それは経験によって磨かれる能力で、警官は質問のしかたも学ばねばならないそうです」

「だれに教わったんだね？」ウィルズは訊いた。

「マイク・ブレナン。わたしの警護を担当してくれたシークレット・サーヴィス隊員。いろいろ教わりました」

「まあ、ＣＩＡの工作員だって、人を見抜かねばならない。優秀な者はかなりうまいはずだ。なにしろ、それに自分の命がかかるわけだからな」

「なるほど。でも、命じゃなくて目が危なくなったら、うちの母《マム》に相談するのがいちばんです。耳をなおしてほしいんだったら、そちらの特技をもっている人に頼まないといけませんけど」

「よしよし、わかった。ではと、われらがお友だちのファードをようく調べてくれ」

ジャックは自分のコンピューターに向きなおった。画面をスクロールして、傍受された問題の興味深い会話のところまでもどった。それから考えなおし、最初の最初、つまりファードがはじめてこちらの注意を引いたところまでさかのぼった。「こいつはなぜ電話を替えないのでしょう？」

「無精なやつなんじゃないか。テロリストどもは賢い連中だが、抜けたところもある。癖をなおせないんだ。利口だが、ちゃんとした訓練を受けていない。ＫＧＢとかそういったプロの工作員のようには訓練されていないんだ」

ＮＳＡはバーレーンに秘密にしては規模の大きい通信傍受拠点をもっている。それはアメリカ大使館内に隠されていて、定期的に寄港するアメリカ海軍艦船が補助的な役割をになう。電子情報収集活動の可能性ありと外国艦船を警戒するようなことはバーレーンではない。海軍艦船に定期的に乗りこむNSAチームは、波止場地区を歩きながら携帯電話で話す人々の会話まで盗聴する。

「こいつは悪《わる》です」一分後、ジャックは声をあげた。「この男は悪党です。間違いありません」

「いいバロメーターでもあるぞ。興味深いことをたくさん言ってくれる」

「だれかがとっ捕まえないと」

「それはCIA《ラングレー》が考えている」

「バーレーンのCIA支局は大きいんですか？」

「六人所帯だ。支局長、工作員二人、それに通信など雑務にあたる要員が三人」

「それだけ？　バーレーンに？　少ないですよね？」

「ああ、少ない」ウィルズは認めた。

「うーん。こういう疑問はよく父《ダッド》にぶつけました。だいたい父は肩をすくめ、ぶつぶつぼやくだけでしたけど」

「きみの親父《おやじ》さんはCIAの資金と人員を増やそうと懸命になったが、議会が首を縦に振らないこともあったからな」

「CIAがこういう者の身柄を確保し、なんと言えばいいか、〝話を聞いた〟ことはないんですか？」

「最近はない」

「なぜ？」

「人手が足りない」ウィルズは簡潔に答えた。「残念ながら、給料を払わないと人は雇えないことになっている。ＣＩＡもそれほど大きな組織じゃないんだ」

「だったら、地元の警察にやつを捕まえるよう頼めばいいじゃないですか。バーレーンは友好国ですよね」

「友好国だが、属国ではない。市民権には彼らなりの考えかたがあり、それはわれわれのと同じではない。それに、よからぬことを知っている、考えているというだけで、逮捕するわけにはいかない。悪いことをやったとき、はじめて逮捕できるんだ。知ってのとおり、やつが実際に悪事を働いたということはまだ確認できていない」

「では、尾行をつけるとか」

「できるわけないだろう。工作員は二人しかいないんだぞ」ウィルズは返した。

「なんてこった！」

「現実世界へようこそ、ジュニア」ＣＩＡ《エージェンシー》は現地で協力者を何人か調達すべきだろう。たとえばバーレーンの警官を抱き込んで、そうしたことを手伝わせるのだ。だが、その種のことが実行されたためしはない。もちろん、支局長が人員を増やしてほしいと本部に要請するという手もある。しかし、アラビア語をしゃべり、アラブ人に見える工作員はCIAにはたいしていないし、そういう者たちは、もっと面倒だとだれの目にも映る任地に投入されてしまう。

集合場所に約束どおり迎えの車が来ていて、事は計画どおり進んだ。待っていたのは運転手がひとりずつ乗っている車が三台、それだけ。運転手は三人とも、ほとんどしゃべらず、ごくたまにひとこと言うのだが、それもスペイン語だった。心地よいドライヴで、アラブ人たちは故郷をちょっと思い出した。運転手は用心深かった。スピードをだすとか、人目を引くことはいっさいしなかった。が、いちども休まず、堅実に車を走らせつづけた。アラブ人はほぼ全員が煙草《たばこ》を喫《す》った。しかも、喫ったのはみなマールボロのようなアメリカ煙草だった。ムスタファも喫い、思った――ムハンマドのように――イスラム教ができた時代に煙草があったら、預言者ムハンマドは喫煙についてなんと言っていただろうか、と。たぶん、奨励するようなことは言わなかっただろう。だが、実際は何も言っていないのだ。だから、煙草は好きなだけ喫うことができる、とムスタファは思った。健康への害という問題も、いまとなってはもうどうでもよい。なにしろ、生きていられるのは、あと四、五日だけなのだ。いや、すべて計画どおり進めば、もうすこし生きていられるかもしれない。

車中では、みんな興奮してしゃべるのではないか、とムスタファは思っていたが、その予想は見事に裏切られた。ほとんどの者が、ひとことも発しないのだ。みな、車窓の向こうを移動する田舎の風景をぼんやりとながめているだけなのである。ほとんど何も知らず、これからも知ることがない異文化のなかを、彼らはひたすら疾走していた。


「そうら、ブライアン、きみの拳銃携帯許可証だ」ピート・アレグザンダーは手わたした。

それは第二の運転免許証のようなもので、札入れのなかに収められた。「では、もう拳銃を持って街にでても法律違反にはならないというわけですね？」

「実際問題として、拳銃不法携帯の疑いありといって海兵隊士官につっかかる警官なんていやしない、拳銃を外から見えないようにしていようがいまいがな。許可証は、あくまでも念のためだ。ベレッタを持ち歩くつもりかね？」

「ええ、使い慣れているんで。それに、十五発装弾できますから安心感があります。

何に入れて持ち歩けばいいのかな?」

「こういうのを使うといい、アルド」ドミニクがウェポン・ファニーパックをかかげて見せた。それはマネーベルトのようにも、男より女がよく使うウエストポーチのようにも見えた。そう、要するにウエストポーチ型ホルスターだ。ひもを引っぱるとひらき、なかの拳銃と二個の予備弾倉《マガジン》がとりだせるようになる。「かなりの捜査官がこいつを使っている。ヒップ・ホルスターより具合がいい。ヒップ・ホルスターをつけて車に長く乗っていると、腎臓《じんぞう》のあたりが痛くなる」

だが当面、拳銃はベルトに差しておくしかない。「今日はどこへ行くんですか、ピート?」ブライアンは訊いた。

「ショッピングモール。追跡訓練を繰り返す」

「そりゃ、すばらしい」ブライアンは返した。「じゃあ今日は、ターゲットに透明薬でも飲ませたらどうです?」

「それが生憎《あいにく》、H・G・ウェルズが死んだとき、その薬の調合法もわからなくなってしまったんだ」

9　神とともに

ジャック・ジュニアは毎朝〈ザ・キャンパス〉まで行くのに三十五分ほど車を運転し、その間ずっとNPR（ナショナル・パブリック・ラジオ）のニュース番組『モーニング・エディション』を聞く。父親と同様、現代の音楽には興味がないからだ。父親とはいろいろ似ているところがある。ジョン・パトリック・ライアン・ジュニアは生まれてこのかた、その父《ダッド》似ということにわくわくもし、いらだちもしてきた。ティーンエイジャーのときはほぼずっと、似ているところを消し去ろうと懸命になり、シャツはボタンダウンしか着ないという父とはまったく別のことをして、独自の自分というものを確立しようとした。ところが、大学に入るとなぜか、ほとんど知らぬまに、風に吹きもどされる小舟のようにもとにもどってしまった。だから、意味のあることしかしようとしなかった。たとえば、女の子とデートするときも、将来のよき妻を選ぶためという感覚だった。といっても、完璧《かんぺき》な花嫁候補はまだひとりも見つかっていない。無意識のうちに母《マム》を基準にしてしまうからである。ジョージタウン大学でも教師たちに父親似と言われ、それがいやで最初は憤慨もしたが、そのうちダッドもそれほど悪くないじゃないかと思えるようになった。客観的に見て、なかなかよくやったと判断できるようになったのだ。だが、イエズス会の伝統が色濃く、厳しい教授ばかりいるジョージタウンという保守的な大学にも、親に反抗する学生はたくさんいた。自分の両親をめちゃくちゃにけなして見せるクラスメイトまでいた。そんなことを平気でするなんて最低だ、とジャックは思わずにいられなかった。ダッドには真面《まじ》目《め》すぎるところがあるし、えらく古風なところもある。それは否定しない。だが、父親という点では、とてもよい父親だった。高圧的になったことはいちどもなく、息子に自分の道を歩ませ、進路を自由に選ばせた……。息子は結局は問題のない道を選ぶと確信できていたから、ダッドは干渉しなかっただけの話なのか、とジャックは思った。いや、それはない。ダッドがそこまでの陰謀家だったら、こちらにも確実にわかっていたはずだ。

ジャックは陰謀について考えはじめた。新聞や三流低俗誌には陰謀があふれている。彼の父親だって大統領のとき、いっそ〝専用〟ヘリコプターを海兵隊に黒く塗らせようか、というジョークを一再ならず口にしたほどだ。むろん、それは〝政府または〈新世界秩序〉なるものがブラック・ヘリコプターを飛ばして国民を監視している〟

という極右民間武装団体やらの陰謀妄想にうんざりしてのことだった。大統領専用ヘリをほんとうに黒く塗ってしまったらさぞ面白かっただろうに、とジャックは思った。実の父親が大統領の仕事で忙しいときに、父親代わりになってくれたのがマイク・ブレナンで、ジャックは当時そのシークレット・サーヴィス隊員に質問しまくり、陰謀に関することもよく訊《き》いた。で、ジョン・F・ケネディ暗殺にまつわる陰謀についても訊いたのだが、あれはリー・ハーヴェイ・オズワルドの単独犯行に一〇〇パーセント間違いないとアメリカ合衆国シークレット・サーヴィスが信じきっているということを知って、ジャックは大いに失望した。ワシントン郊外のベルツヴィルにあるシークレット・サーヴィス学校《アカデミー》で、元大統領の命を奪ったマンリッヒャー＝カルカーノ6・5ミリ口径ライフルのレプリカを手にとり、撃たせてさえもらい、事件に関する詳細な説明も受けて、ようやく納得することができた——それでジャックは満足したが、むろん、陰謀ビジネス界は満足することなく、儲《もう》かるネタを手ばなしてなるものかと、いまも熱心に陰謀説を信じている。そして彼らは、元ＣＩＡ局員のジャックの父親こそ、その陰謀の恩恵にあずかった最後の人物なのだとさえ言いだす始末である。なにしろ、ケネディ暗殺は、ＣＩＡに政府を自由に操る力を与えるという明白な目的のもとに仕組まれた陰謀で、少なくとも五十年のあいだそのとおりになった、というのが彼らの主張なのだ。そう、そういうこと。CIAも、三極委員会（トライラテラル・コミッション）、〈新世界秩序〉を打ち立てようとするフリーメイソン、その他、小説家がでっちあげる秘密組織と同じだというわけだ。ジャックは父親からもマイク・ブレナンからも、CIA物語をたくさん聞いたが、そのなかに連邦政府情報機関の能力を誇る自慢話はほとんどなかった。CIAは優秀ではあるが、ハリウッドが描くようなすごい能力はまるでない。ハリウッドはきっと、ロジャー・ラビットは実在すると信じているのだろう——ともかく、映画『ロジャー・ラビット』で実際に大金を稼ぐことができたんだ。だが、そう、現実のCIAには深刻な欠点がいくつかある……

……それを補い、正すのが、〈ザ・キャンパス〉の役割……？　とすると？　《うーん》ジャック・ジュニアは29号線へと折れながら思った。《結局、陰謀論者たちは正しいのかもしれないぞ……？》ジャックは心のなかで、ふんと鼻を鳴らし、顔をしかめた。それが自問への答えだった。

いや、〈ザ・キャンパス〉はそういうのとはまるでちがう。ジェームズ・ボンド映画の〈スペクター〉とも、ニック・アット・ナイト・チャンネルで再放映されている『0011ナポレオン・ソロ』の〈スラッシュ〉ともちがう。陰謀論というのは、夥《おびただ》しい数の人々が口を閉ざしていられるということが前提になる。ところが、マイクが何度も言っていたように、悪党は口を閉ざしていられない。連邦刑務所には口のかたい者なんてひとりもいないのに、犯罪者どもはアホばかりで、それに気づかない、とマイクは何度言ったことか。

いまおれが追跡している連中だって、この問題をかかえている、とジャックは思った。やつらは頭が切れ、モティヴェーションも高いようだ。少なくとも本人たちはそう思っている。だが、彼らだって映画の悪党ほどの筋金入りではない。話さずにはいられず、それが彼らに破滅をもたらす。どちらだろう、とジャックは思った――悪事を働くやつらは自慢せずにはいられないのか？　それとも、悪事に見えることをしても実は善をなしているのだと、同じ志をもつほかの者たちに言ってもらう必要があるのか？　ジャックがいま監視対象としているのはイスラム教徒だが、イスラム教徒にもいろいろいる。父親の友人で、ジャック自身も知っているサウジアラビアのアリ王子は、善人だ。ダッドが彼から剣をもらい、それで大統領当時のシークレット・サーヴィスのコードネームが〝剣士《ソードマン》〟になったというエピソードを、ジャックは思い出した。王子はいまも年に一回はライアン家を訪れる。サウジアラビア人は、いちど友人になってしまうと、世界一誠実な友となる。むろん、前大統領にとっては、それがいつか役に立つときがくる。そう、〝ブラック〟な世界で働きはじめた前大統領の息子にとっても……

《うーん、ダッドが知ったらどんな反応を示すだろう?》とジャックは思った。《やはり、かなり慌《あわ》てるだろうな。マムが知ったら? カッとして癇癪《かんしゃく》を起こすに決まっている》彼は左折しながら思わず笑い声をあげた。マムにはわからないようにしないと。マムは——祖父《グランパ》も——適当な偽装話でなんとかごまかせる。だが、ダッドはだませない。だって、ここの設立にはダッドも手を貸しているのだ。ダッドはもしかしたら例の〝ブラック・ヘリコプター〟とやらを一機必要としているのかもしれない。ジャックは自分専用の127番駐車スペースに車をゆっくりとすべりこませた。いや、〈ザ・キャンパス〉はたいして大きくはないから、あんな大陰謀を実現する力なんてあるはずがない。百五十人にも満たない人員ではとてもむりだ。ジャックは車をロックし、建物のほうへ向かいながら、この〝通勤という毎朝の儀式〟にはうんざりするなと心のなかで愚痴った。しかし、だれだって最初から思いどおりになるわけではない。

ジャックは毎朝、大部分の者と同じように裏口から入る。そこには受付兼警備デスクがある。そこで人の出入りをチェックするのは、第一歩兵師団に所属していた元一等軍曹のアーニー・チェンバースだ。肩章《けんしょう》や鋭い黒い目を見落とす者がいるといけないので、青い制服のブレザーに、地上戦闘で本分を尽くした歩兵に与えられる戦闘歩兵記章のミニチュアをつけている。彼は湾岸戦争後、歩兵からMPに配属替えとなった。きっと法執行のほかに交通整理も上手にこなしたにちがいない、とジャックは思いつつ、チェンバースに手を振って〝おはよう〟の仕種《しぐさ》をした。

「あっ、ミスター・ライアン」

「おはよう、アーニー」

「おはようございます、サー」元兵士にとっては、すべての者が〝サー〟だった。

メキシコ側の国境の都市《まち》シウダード・フアレスの郊外では、時差の関係で、時計は二時間前をさしていた。ムスタファの乗ったヴァンが、サーヴィスエリアに入り、車が四台かたまっているところにとまった。そのうしろについてアメリカの国境まではるばるやってきた他のミニヴァン二台も、次々にとまった。乗っていた男たちは眠りから覚め、よろけながら朝の冷気のなかにでて伸びをした。

「おれはここまでだ、セニョール」運転手はムスタファに言った。「茶色のフォード・エクスプローラーのそばにいる男のところへ行ってくれ。ごきげんよう《バィヤ・コン・ディオス》、友よ《アミーゴ》」

バイヤ・コン・ディオスは、直訳すると〝神とともに行きなさい〟という意味になる、スペイン語ではいちばん魅力的な別れの言葉だ。

ムスタファはフォード・エクスプローラーのほうへ歩いていった。カウボーイハットのような帽子をかぶった、背が高めの男がいた。あまり清潔そうには見えず、口髭《くちひげ》も手入れが必要だった。「おはよう《ブエノス・ディーアス》、ペドロだ。あとはおれが連れていく。おれの車には四人だったな?」

ムスタファはうなずいた。「そうです」

「飲み水は車のなかにボトル入りのがある。何か食べるものが欲しいなら、あそこの店でなんでも買える」ペドロは手を振って、サーヴィスエリアの建物を示した。ムスタファは助言どおり食べものを買い、ほかの仲間たちも彼にならった。十分後、アラブ人たちはそれぞれの車に乗りこみ、出発した。

彼らは西に向かった。すぐに四台の車は、言わば〝編隊をといて〟散りぢりになり、ほぼずっと2号線を走りつづけた。四台とも、大型のアメリカ製SUVで、泥と砂が車体に厚くこびりついていて、新車には見えなかった。太陽はうしろの地平線からすでにのぼっていて、カーキ色の地面に車の影を投じていた。

ペドロは言うべきことをすべてサーヴィスエリアで言ってしまったようだった。ときどきゲップをするだけで、ひとことも発せず、煙草《たばこ》をたてつづけに喫《す》いながら、ラジオのAM局から流れでるスペイン語の歌に合わせて鼻唄《はなうた》を歌った。アラブ人たちは黙って座っていた。

「どうも、トニー」ジャック・ジュニアは挨拶《あいさつ》した。先輩はすでに自分の席についていた。

「よう」ウィルズは返した。

「今朝はなんかあります、面白い情報？」

「きのうほどのものはない。が、CIA《ラングレー》がわれらが友のファードを監視してみようかと話し合っている――またしてもね」

「ほんとにやるんですかね？」

「わたしもきみと同じくらい懐疑的だな。バーレーンのCIA支局長は、それをやるには人員が足りないと言っていて、ラングレーの人事担当者たちがいまごろもう、あれこれ検討しはじめているはずだ」

「政府をほんとうに動かしているのは会計士と弁護士だ、というのが現役時代の父《ダッド》の口癖でした」

「的外れではないね。そう、そんなところなんだよな。それにしても、エド・キールティはなんであんなにうまいこと適応できるんだろう？　きみの親父《おやじ》さんはキールティをどう思っているんだ？」

「あいつには我慢できない、というのが本心です。してはいけないとわかっているので、公《おおやけ》の場では新政権の悪口は言いませんが、だれかがディナーの席で新大統領のことを褒めでもしたら、大喧嘩《おおげんか》をはじめ、相手にワインをひっかけてしまうかもしれません。なんか、滑稽《こっけい》ですよね。父は政治が大嫌いでして、懸命になって平静をよそおい、何も言わずに知らんぷりしているんですが、あの男の名前をクリスマスカード・リストに載せることは絶対にありません。でも、それを決して口外せず、口が裂けても新聞記者には本心を明かしません。マイク・ブレナンから聞いたんですが、シークレット・サーヴィスも新大統領が好きではないそうです。でも、好きにならなければいけない、いけない」

「プロに徹するというのは、なかなか厳しいものなんだな」ウィルズも同感だった。

　ジャック・ジュニアはコンピューターを起動し、ＣＩＡ本部《ラングレー》とＮＳＡ本部《フォート・ミード》の夜間のやりとりをチェックした。量はかなりあったが、内容のほうはどうということない。ただ、ロンドンにいる新しい友人のウダ・ビン・サリが――

「われらが友のウダ・ビン・サリがきのうだれかさんと昼食をとりました」ジャックは声をあげた。

「だれと？」ウィルズは訊いた。

「イギリスの知らない男です。中東の人間のようで、年は二十八ほど、例によって薄い——というか、幅の狭い——顎鬚《あごひげ》を下顎にぐるりとたくわえていて、口髭もつけている。だが、正体は不明。二人はアラビア語でしゃべったが、だれもそばには近づけず、会話内容はわかっていない」

「食事をした場所は？」

「タワー・ヒルにある『縛り首・八つ裂き《ハング・ドローン・アンド・クオーターズ》』という名のパブ。金融地区のはしっこ。ウダはペリエを飲み、相手はビールを飲んだ。そして、二人ともイギリス特有のプラウマンズ・ランチを食べた。隅のボックス席に座っていたので、イギリスの情報機関員でも、近くから観察するのも会話を聞くのもむりだった」

「つまり、二人はプライヴァシーが欲しかったわけだな。しかし、だから悪党だということにはならない。イギリスは相手の男を尾行したのか？」

「いえ。ということはおそらく、イギリスはひとりにウダ・ビン・サリを監視させていたということですね」

「だろうな」ウィルズも同意見だった。

「でも、新しい男の写真は当然、撮っているでしょうね。ＣＩＡへの報告書にはありませんでしたけど」

「監視していたのはきっと、保安局——ＭＩ５——の要員、それもたぶん駆け出しだったんじゃないか。ウダは、しっかり監視する必要があるほどの重要人物とはまだ見なされていないんだ。情報関係の組織というのはどこも、人手不足だからな。ほかには？」

「同じ日の午後、ウダは金をいくらか動かしています。どうということないふつうの取引のようです」ジャックは取引記録をスクロールしながら答えた。《おれが探さなければならないのは、無害のように見える小さな取引なんだぞ》と彼は自分に注意をうながした。しかし、無害に見える小取引は、だいたいの場合、無害な小取引にすぎない。ウダは毎日、金を動かし、その金額は大きいときも小さいときもある。富を維持するのが仕事だから、冒険はめったにせず、取引の大半は不動産の売買だ。ロンドン——いや、イギリス全土——は、金を維持するのに都合のよい場所である。不動産価格はとても高いが、非常に安定している。土地や建物を買えば、ひとまず安心なのだ。値の跳ねあがりは期待できないものの、とんでもない値崩れが起こる心配は絶対にない。だから、ウダの親父さんも、息子にあるていど自由にやらせているのだろう。だが、危険なことはさせない。車がたくさん通る道路に子供が走りでて、遊びださないよう、目を光らせている。ウダが自由に使える現金はどれくらいあるのか？　売春婦に現金で払い、高価なハンドバッグも買うわけだから、現金のたくわえはあるはずだ。たぶん、ささやかな額なのだろうが、サウジアラビアの〝ささやか〟の基準は他の多くの人々のそれと同じではない。なにしろウダはアストンマーチンを運転しているのだ。トレーラーハウス用の駐車場に住んでいるわけでもない……だから——

「どうすれば、ウダが一族の金を使ってする取引と彼個人の取引とを見分けられるんですか？」

「そんなの、見分けられない。二つの口座はわかりにくいようになっていると、われわれは考えている。〝わかりにくいようになっている〟というのは、その二つは秘密口座であるとともに、似ていて見分けがつきにくくなってもいる、という意味だ。だから、彼個人の取引がどれか見極める確実な方法は、やつが三カ月にいちど作成する家族への報告書を見ることだ」

ジャックはうめいた。「うーん、まいったな。すべての取引を数えあげ、さらに分析するとなると、それだけで何日もかかりますね」

「やはりきみは公認会計士ではないということだな、ジャック」ウィルズはこらえきれずに笑いを洩《も》らしてしまった。

ジャックは危うく不満を爆発させそうになった。が、なんとかこらえ、この職務をまっとうする方法はひとつしかなく、それこそがおれの仕事なのだ、と自分に言い聞かせた。そこでまず、作業を楽にする機能がプログラムにあるのかどうか調べた。結果は、なし。が、ともかく、この仕事を終えるころには、キーボードの右端のテンキーを使って数字を打ち込むのくらいはうまくなっているだろう。楽しみなことがひとつはあるわけだ！　しかし、なぜ〈ザ・キャンパス〉は犯罪捜査専門の会計士を雇わないのか？

ムスタファの乗ったSUV――フォード・エクスプローラー――は2号線からはずれ、北へまがりくねりつつ向かう未舗装の道に入った。タイヤの跡がたくさんついていて、最近のものと思われるものもあり、かなりよく使われる道のようだった。そこは山岳地帯と言ってもよいところだったが、ロッキー山脈に連なる山々の稜線《りょうせん》ははるか西で、見ることもできなかった。ムスタファは高地には慣れていず、空気の薄さを実感していた。歩きだせば暖かくはなる。どれくらい歩くことになるのか、とムスタファは思った。アメリカとの国境はどのあたりにあるのか？　アメリカとメキシコの国境は警備されているが、たいして厳しい警備ではないという。アメリカという国はむらがあって、とても太刀打ちできないほど優秀なところもあれば、幼稚としか言いようがないほど脆《もろ》いところもある。ムスタファも、彼の仲間たちも、その優秀なところを避け、脆いところを利用できるようにと祈っていた。午前十一時ごろ、遠くに角張った大きなヴァン型トラックが一台見えた。ムスタファの乗ったSUVはその方向へ走っていった。近づいてみると、トラックは空っぽで、荷台の大きな赤いドアがひらいたままになっていた。フォード・エクスプローラーは百メートルほどまで近づいて、とまった。ペドロはエンジンを切り、外にでた。

「着いたよ、マイ・フレンド」ペドロは宣言するように言った。「さあ、ここからは歩きだ」

アラブ人は四人とも車から降り、前にもやったように、手足を伸ばし、あたりを見まわした。こちらに向かって歩いてくる男がいることに気づいたとき、後続の三台のSUVもとまって、アラブ人たちを吐きだした。

「よう、ペドロ」やってきたメキシコ人は先頭のSUVの運転手に挨拶した。二人は親しいようだった。

「おはよう、リカルド。アメリカへ行きたい連中を連れてきたぞ」

「ハロー」リカルドは最初の四人と次々に握手した。「おれはリカルド。あんたらのコヨーテだ」

「えっ？」ムスタファは訊《き》き返した。

「金をとって国境を越えさせる者のことをそう言うんだ。言うまでもないが、今回はもう金はもらってるよ」

「どのくらい歩くんですか？」

「十キロ。たいしたことない」リカルドは気楽に言った。「だいたいこういうところを歩く。蛇を見たら、近づくな。よけて歩けば、追ってこない。一メートル以内に近づいたら襲いかかってくることがあり、嚙《か》まれたら死ぬこともある。あとは恐れるものは何もない。ヘリコプターを見たら、地に伏して動くな。アメリカの国境警備はたいしたことない。不思議なんだが、昼も夜と同じくらい簡単に国境越えができる。だが、念のため、予防措置をとっておいた」

「どんな？」

「あのトラックには三十人乗っていたんだ」リカルドは、ムスタファたちが来るときに見た大きなヴァン型トラックを指さした。「そいつらが先に、おれたちの西を歩くことになる。捕まるとしたら、そいつらだ」

「時間はどのくらいかかりますか？」

「三時間。脚が強い者なら、そんなにかからない。水は持ってるか？」

「ええ、砂漠には慣れてますから」ムスタファは自信たっぷりに返した。

「ようし、わかった。では、出発だ。ついてきな、アミーゴ」そう言うなり、リカルドは北へ向かって歩きはじめた。服はすべてカーキ色で、水筒が三つ付いた軍隊仕様の厚い布製のベルトをしめ、軍用の望遠鏡を携行し、陸軍スタイルのへなへなのフロッピーハットをかぶっていた。靴は、はき古されて擦り切れた深靴だった。足どりはしっかり、きびきびしていたが、着実に歩くという一点に焦点をしぼり、むやみに速すぎることはなく、落ち着いていた。アラブ人たちは一列になってリカルドについていった。一列になったのは、万が一、追跡してくる者がいたとしても、人数まで知られぬようにするためだった。ムスタファがアラブ人たちの先頭で、〝コヨーテ〟のしろ五メートルあたりのところを歩いた。

大農園主《プランテーション》の館《やかた》から三百ヤードほどのところに、拳銃《けんじゆう》用の射撃場があった。それは屋外にあり、スチール製の標的には人間の頭部とほぼ同じ大きさの円形のヘッドプレートがついていた。FBI学校《アカデミー》にあるのとそっくりで、命中するとカーンという小気味よい音がし、標的がちょうど人間のターゲットのように落ちる。ここでの射撃訓練では、エンツォことドミニクのほうが成績がよかった。海兵隊は拳銃の射撃には重きをおかない、というのがアルドことブライアンの説明だった。一方FBIは、肩撃ちできる小銃はだれにでも正確に撃てると考え、拳銃の射撃訓練に格別の注意を払っているというわけだ。撃ちかたも、それぞれの組織に教わったとおりで、FBI捜査官のほうは両手を使ったウィーヴァー・スタンス、海兵隊員のほうはまっすぐ立って片手で撃つというスタイルをなかなか崩さなかった。

「おい、アルド、それじゃあ反対に撃たれちまうぞ」ドミニクが注意をうながした。

「へえ、そうかい?」ブライアンは三発たてつづけに発射し、三発ともカーンという心地よい命中音を響かせた。「敵の眉間《みけん》に一発ぶちこめば、もう撃たれる心配なんてないさ、兄弟《ブロ》」

「それから、そのくだらん一発主義はなんだ? 撃つ価値のあるものは二発撃ちこむ価値があるんだ」

「例のアラバマの野郎には何発撃ちこんだんだ?」ブライアンは訊いた。

「三発だ。確実にやりたかったんでね。危険をおかす気分じゃなかったんだ」ドミニクは説明した。

「なるほどな、兄弟《ブロ》。おい、おまえのスミスをちょっと撃たせてくれ」

ドミニクは弾倉《マガジン》を抜いてからスミス・アンド・ウェッソン1076を兄に手わたした。マガジンはそのあとわたされた。ブライアンは空撃ちを数回して引き金の感触を確かめ、それから装弾して、最初の実包を薬室《チエンバー》に送りこんだ。一発めはヘッドプレートに命中し、カーンという音をたてた。二発めも命中。三発めは的をはずれたが、三分の一秒後に飛びだした四発めはターゲットをとらえた。ブライアンは拳銃を弟に返した。「どうも感触がちがうなあ」海兵隊員は言った。

「おまえなら慣れる」ドミニクは保証した。

「お言葉はありがたいが、おれはマガジンに六発よけいに入るベレッタのほうが好きなんだ」

「まあ、好みがあるからな」

「それから、このつねに頭をねらって撃つというのは、いったいなんなんだ？」ブライアンは疑問を口にした。「狙撃銃《そげきじゆう》で頭をねらうというのならわかる。一発で確実に仕留められるからな。だが、拳銃ではむずかしい」

「十五ヤード離れたところから頭部に弾丸をぶちこむという技は――」ピート・アレ

グザンダーがいつのまにかそばにいた。「習得しておいて損はない。喧嘩《けんか》を終わらせるそれ以上の方法をわたしは知らない」

「どこからあらわれたんですか？」ドミニクが訊いた。

「きみたちはまるで警戒していなかったからな、カルーソー捜査官。アドルフ・ヒトラーにも友がいるということを忘れるな。クアンティコでは教わらなかったのか？」

「いえ、教わりました」ドミニクはちょっとしょげた。

「問題のターゲットを斃《たお》したら、そいつの仲間がいないか、あたりに目をやらなければならない。または、急いで姿をくらます。あるいは、その両方をやる」

「逃げろ、ということですか？」ブライアンは訊いた。

「追われていなければ、その必要はない。だが、目立たないように現場から離れなければならない。本屋に入って本を買ってもいいし、どこかでコーヒーを飲んでもいい。何をするかは、状況に応じて自分で判断するんだ。ただ、目的はしっかり頭に刻みこんでおかねばならない。目的はいつも同じで、〝状況が許すかぎり速やかに現場から離れること〟というものだ。が、速く動きすぎてはいけない。目立つからな。ゆっくり動きすぎるのもだめだ。きみたちがターゲットのすぐそばにいたことを覚えている者がでてくるかもしれない。だれの記憶にも残らないようにするんだ。記憶に残らない人物のことを通報するなんて真似《まね》はだれにもできないからな。任務遂行のときに着る服、現場での身のこなし、歩きかた、考えかた——あらゆる手を使って〝透明人間〟になることをめざさなければならない」アレグザンダーはカルーソー兄弟に言った。

「つまり、ピート、われわれはいま人殺しの訓練を受けていて、実行にあたっては——」ブライアンは聞いたばかりの説明を冷静にまとめた。「殺し、なおかつ、罰を逃れるために現場から上手に遠ざかる必要がある、ということですよね」

「捕まりたいとでもいうのか？」アレグザンダーは返した。

「いえ、そうじゃなくて、だれかさんを殺す最良の方法は、高性能ライフルで二百メートル離れたところから頭を撃ち抜くことだと言いたいわけです。それなら失敗はない」

「だれにも殺しだとわからないように殺したかったらどうする？」訓練教官は訊いた。

「ええっ、いったいどうやったらできるんです、そんなこと？」驚きの声をあげたのはドミニクだった。

「あわてなさんな、きみたち。ひとつずつ学んでいくんだ」

フェンスらしきものの残骸《ざんがい》があった。リカルドはそれを簡単に通り抜けた。できて久しいと思われる穴をくぐっただけなのだ。フェンスの柱は鮮やかな緑に塗られていたが、錆《さ》びついている部分のほうが多かった。金網はもっと悪い状態だった。だから、なんの苦もなくたやすく通り抜けられる。〝コヨーテ〟はさらに五十メートルほど歩いてから、大きな岩を選んで座り、煙草《たばこ》に火をつけ、水筒を手にとって水を飲んだ。それが最初の休憩だった。どうということのない行程だったし、リカルドはここを何度も歩いてきたのだ。ムスタファや彼の仲間は知らなかったが、リカルドはこの同じルートを使って数百のグループに国境を越えさせた経験があり、逮捕されたのはたったの一度だけだった——しかも大した打撃は受けず、プライドが傷ついたくらいのことだった。名誉を重んじる立派な〝コヨーテ〟なので、罰金もちゃんと払った。ムスタファはリカルドのところまで歩いていった。

「友だちは大丈夫かね？」リカルドは訊いた。

「ええ、きつくはなかったですよ」ムスタファは答えた。「それに、蛇を一匹も見ませんでした」

「このルートにはあまりいないんだ。見たら、撃ったり石を投げたりするしな。蛇のことはだれもあまり心配しない」

「危険なんですか？――誇張じゃなく？」

「嚙まれるのはアホだけだ。それに、嚙まれても、運が悪くなければ死なない。ふつうは数日、具合が悪くなるだけだ。だが、歩くのがつらくはなるな。ここで数分、休憩する。予定より早く国境を越えられた。そう、ここはもうアメリカだ。ようこそアメリカへ、アミーゴ」

「こんなフェンスしかないのですか？」ムスタファは驚きをあらわにした。

「アメリカ《ノルテアメリカーノ》合衆国は金持ちだし、賢くもあるが、怠惰でもあるのだ。アメリカには、怠惰なアメ公《グリンゴー》が自分ではやらない仕事がある。そういう仕事がなければ、わがメキシコ人はアメリカなんぞに行きやしない」

「何人アメリカに密入国させたんですか？」

「おれが？　何千人。数千人。たくさんだ。実入りがよくて、儲《もう》かるよ。おれは立派な家を持っているし、六人の〝コヨーテ〟をかかえている。グリンゴーは麻薬を密輸する連中のほうが心配なんだ。おれは麻薬はやらない。捕まったらやばいからな。麻薬は二人の部下にやらせているよ。むろん、報酬はえらくいい」

「どんな麻薬を運ぶんです？」ムスタファは訊いた。

「金になる麻薬さ」リカルドはにやっと笑い、もうひとくち水筒の水を飲んだ。

近づいてくる人の気配を感じてムスタファが振り向くと、アブドゥラーだった。

「もっときついかと思っていました」ナンバー・ツーは感想を述べた。

「これくらいでへたばるのは都市に住んでいる者だけだな」リカルドは返した。「ここはおれの故郷なんだ。おれは砂漠から生まれたようなものなんだ」

「わたしもそうです」アブドゥラーは言った。「今日は晴れわたって気持ちがいいですね」トラックの荷台に座っているより歩くほうがいい、と付け加える必要もなかった。

リカルドはもう一本ニューポートをとりだし、火をつけた。彼は喉《のど》にやさしいメンソール・タイプの煙草が好きだった。「あとひと月、いや、ふた月くらいは、暑くならない。だが、暑くなったら、とことん暑くなる。だから、賢い男はたっぷり水を持っていく。八月の炎天下で水がなくてここで死んじまった者がたくさんいる。だが、おれが連れてく者はひとりも死なん。おれは全員に水をちゃんと持っていかせるからな。母なる自然は人間に愛も憐《あわ》れみも感じない」〝コヨーテ〟は言った。歩く行程が終わったら、喉をうるおせる場所を知っているから、そこでビール《セルヴェッサ》を二、三杯飲み、そのあと車で東へ進み、エルパソまで行く。そして、エルパソからアセンシオンの住み心地のよいわが家へもどるのだ。そこは国境からかなり離れているので、国境越えに必要となるものを盗むという〝移民志望者〟たちの悪癖に悩まされる心配もない。彼らはグリンゴー側でどれだけ盗みを働いているのだろうか、とリカルドは思った。だが、そんなことはおれに関係ない。彼は煙草を喫《す》い終えて立ちあがった。「あと三キロだ、マイ・フレンド」

ムスタファと彼の仲間は集合し、北へ向かってふたたび歩きはじめた。あとたったの三キロ？　故郷では、バスの停留所に行くのにも、もっと歩かねばならない。

キーボードのテンキーで数字を打ちこむのは、真っ裸でサボテンの庭を走りまわるのと同じくらい苦痛だった。ジャック・ジュニアは何事をするにも知的刺激を必要とする人間で、経理調査にそれを見いだせる者もいるのかもしれないが、彼はそのタイプではなかった。

「退屈か、えっ？」トニー・ウィルズは訊《き》いた。

「ええ、かなり」ジャックは正直に認めた。

「だから、諜報《ちようほう》情報を集めて分析するというのは、こういうことなんだよ。最大に盛りあがってもなお、冴《さ》えないという感じがつきまとう――だが、逃げるのがとりわけうまい〝狐《きつね》〟の臭《にお》いをしっかり嗅《か》ぎつけた場合は別だ。そのときは、ちょいとわくわくする。ただ、現場にでて、ターゲットを監視するのとはやはりちがうな。わたしは現場仕事というのをしたことがないんだ」

「父《ダッド》も同じです」ジャックは言った。

「それは、だれの話を信じるかによるな。きみの親父《おやじ》さんの場合は、きわめて厳しい状況のなかで奮闘するということが何度かあった。そういうのを大好きだったかどうかは、わたしにはわからないけどね。親父さんからそういう話を聞いたことは？」

「ありません。ただのいちども。母《マム》もほとんど知らないんじゃないかと思います。まあ、例の潜水艦の件をのぞいてですけど。あの件についてはわたしもあるていど知ってます。でも、そのほとんどは本やら新聞やらから得た知識です。いちど父にも訊きましたが、返ってきたのは『おまえは新聞にでていることはなんでも信じるのか？』という言葉だけでした。あのロシア人、ゲラシモフがテレビにあらわれたときだって、父はいかにも不満げにうなっただけでした」

「きみの親父さんのＣＩＡ本部《ラングレー》での評判は、〝大スパイ〟というものだった。守るべき秘密をぜんぶ守りとおしたんだ。でも、幹部として〈七階〉で働いた期間がいちばん長かった。わたしはそこまで出世できなかった」

「教えてもらえることがあるかもしれませんね」

「たとえば？」

「ゲラシモフ、ニコライ・ボリショヴィッチ・ゲラシモフのこと。彼はほんとうにKGB議長だったんですか？　父が彼をモスクワから連れだしたというのは事実なんでしょうか？」

ウィルズはためらった。が、知らんぷりするわけにもいかない。「ああ。ゲラシモフはKGB議長だった。そして、そう、彼の亡命の段取りをつけたのはきみの親父さんだ」

「ほんとうなんですか？　いったいぜんたい父はどうやったんですか？」

「そいつは長い長い話になるし、いまだに国家機密でもあるので、きみには教えられない」

「では、なぜゲラシモフは父を裏切って、メディアにしゃべったりしたのですか？」

「それは彼が〝気の進まぬ亡命者〟だったからだ。きみの親父さんに無理やり連れだされたのさ。で、親父さんが大統領になったあと、仕返しをしたんだ。だが、ニコライ・ボリショヴィッチ・ゲラシモフはしゃべった——カナリアが囀《さえず》るみたいに自ら進んでぺらぺらしゃべるほどではなかったが、しゃべらないわけではなかった。現在、〈証人保護プログラム〉で護《まも》られている。CIAはいまでもときどき、彼を連れてきて、しゃべらせるようにしている。捕まった連中というのは、いちどにぜんぶ吐くということは絶対にしない。だから、定期的に話を聞きにいかないといけない。そうすれば彼らに、おれたちはまだ重要人物なのだと思わせることもできる――で、彼らも、もうすこし話そうという気になる。ゲラシモフはいまだに亡命生活を楽しめない。祖国にも帰れないしな。帰ったら、たぶん銃殺刑に処せられる。ロシア人は国家反逆罪については許そうという気には決してならない。まあ、われわれアメリカ人も、その点は変わりないかもな。ともかく、そういうわけで、彼はいまも連邦政府の保護下にアメリカで暮らしている。わたしが耳にしたいちばん新しい情報では、ゴルフをはじめたそうだ。娘は、世襲財産がたんまりある、ヴァージニアのアホな資産家と結婚した。娘のほうはそうやってアメリカに溶けこんだが、父親はこのままでは不幸のうちに死す、ということになるな。ゲラシモフはソ連を思いどおりに支配したかったんだ。そう、本気で国家元首になるつもりだったんだ。なのに、きみの親父さんにすべてをぶち壊されてしまった。だから、ニコライことニックは、いまだに恨みをいだいているのさ」

「いやあ、そうなんですか」

「ウダ・ビン・サリのほうはどうだ？　何か新しいことは？」ウィルズは仕事の話に

もどした。

「小額の金の動きがいくらかあります。五万とか八万の動き――ドルではなくポンドで。明細についてはわかりません。ウダが毎週使う金は、二千から八千ポンド。小遣いはそのていどと考えているようです」

「その現金はどこから来るのかね?」トニー・ウィルズは訊いた。

「それもはっきりしないんです、トニー。家族の資金からちょろまかしているんだと思います。二パーセントほどなら、経費ということにすれば、わからないのではないでしょうか。父親にばれないていどに両親の金をちょろまかしているというわけでしょう。わかったらパパとママはどうしますかね？」ジャックは想像してみた。

「手を切り落としはしないだろうが、息子にとってもっとこたえることをするかもしれない――つまり、金をぜんぶとりあげる。こいつが食うために働くところを想像できるかい？」

「汗水たらして働くところをですか？」ジャックは笑い声をあげた。「とても想像できません。ありえないでしょうね。なにしろ、労せずに金が入るという生活が長すぎます。枕木《まくらぎ》に大釘《おおくぎ》を打ちこむなんていう仕事は好きにはなれないでしょう。わたしはロンドンには何度も行ったことがあります。あそこは、賃金労働者はどうやって生き延びているのだろう、と思いたくなるほど、厳しいところなんです」

ウィルズは小声で歌いはじめた。「『彼らはパリを見たんだ、もう農場なんかで働かせられるものか』」彼が口ずさんだのは、第一次世界大戦直後に大ヒットした、戦争帰りの若者を皮肉った歌謡曲だった。

ジャックは顔を真っ赤にした。「あのですね、トニー、ええ、たしかにわたしだって、裕福な家庭に育ちましたよ。でもね、夏休みはいつも、父にしっかりアルバイトをやらされました。建築現場で働いたこともあります、二カ月間も。わたしの警護を担当していたマイク・ブレナンたちにはきつかったでしょうがね。でも、父はわたしにほんとうの仕事がどういうものか知ってほしかったのです。最初は嫌でしたが、いまから振り返ると、ああいう経験はきっとプラスになるんだろうなって思います。ウダ・ビン・サリはそういう経験はいちどもしたことがないはずです。わたしは、そうせざるをえない状況になっても、初歩的な賃金労働をして生き延びることができますよ。このウダにとっては、とてつもなくむずかしいでしょうがね」

「オーケー、説明のつかない金はぜんぶでいくらになるのかね？」

「たぶん、二万ポンド――ドルに換算すると、およそ三万。でも、詳しいことはまだ何もわかっていません。たいした金額ではないんですがね」

「どういうたぐいの金か調べるのにどのくらいかかる？」

「こんな調子でやっていって？　そうですね、うまくいって一週間ほどでしょうか。ニューヨークのラッシュアワーにたった一台の車を追跡するようなものですからね」

「頑張ってつづけてくれ。この仕事は簡単なはずがないし、面白いはずもない」

「アイ・アイ・サー」これはホワイトハウスの海兵隊員の真似《まね》。彼らは子供のジャック、、、、にもときどきそう応《こた》えていたが、あるとき父親がそれに気づき、ただちにやめさせた。ジャックは自分のコンピューターに向きなおった。メモは罫線《けいせん》の入った白いメモ帳にとりあえず書くことにしている。ジャックにとってはそのほうが楽だからだ。そして、毎日午後にそのメモをコンピューターのファイルに移す。ジャックがメモを書いていると、トニー・ウィルズが彼らの小さなオフィスからでていった。最上階の幹部のところへ行くのだろう、とジャックは思った。

「あの子はたいしたもんです」トニー・ウィルズは最上階のオフィスで、情報収集・分析部を仕切るリック・ベルに言った。

「ほう？」新人がもう結果をだしたというのか？　父親が父親でも、ちょいと早すぎやしないか、とベルは思った。

「ウダ・ビン・サリというロンドンに住む若いサウジアラビア人を見張らせているんです——ウダの仕事は家族の金の運用。イギリスがこの男をいちおう監視しています。彼らが怪しいとにらんでいる者にウダが電話したことがあるからです」

「で？」

「で、ジュニアが説明のつかない二万ポンドを見つけたんです」

「確実度は？」ベルは訊いた。

「それはベテランに調べさせないと。だが、これだけは言えます……あの子はなかなか鼻が利《き》く」

「では、デイヴ・カニングハムにやらせるか？」カニングハムは司法省の組織犯罪課から〈ザ・キャンパス〉に引っぱられた犯罪捜査専門の会計士だ。もうすぐ六十歳。怪しい数字を見つけだす勘の鋭さは伝説的。いまのところは、おもに〈ザ・キャンパス〉の金融取引部門で通常の〝ホワイト〟面の仕事をやらされている。ウォール・ストリートでも大成功していたはずだが、悪者を捕まえるのを生業《なりわい》としたかったので司法省入りした。〈ザ・キャンパス〉でなら、政府の退職年齢を超えて、その趣味と実益をかねた仕事をいくらでもつづけられる。

「わたしもデイヴが適任だと思います」ウィルズも賛成した。

「よし、ジャックのコンピューター・ファイルをデイヴのコンピューターに送り、デイヴが何を発見するか見てみようじゃないか」

「そうしましょう、リック。きのうNSAからCIAへ送られた傍受報告書、読みました？」

「ああ、読んだ。無視できない内容だな」ベルは顔をあげた。三日前にも、情報機関が関心を寄せている傍受対象からのメッセージ発信量が一七パーセントも減り、とりわけ怪しいとにらんでいる対象からの発信がほぼ完全にストップするということがあった。軍隊の無線交信が同様の状態になったときは、大作戦前の一時的交信停止という場合が多い。だから、こうした通信量の減少には、電子情報収集担当者たちは不安をおぼえざるをえない。たまたまそうなっただけで、なんの予兆でもないことがほとんどなのだが、そのすぐあとに重大な惨事がほんとうに起こってしまったということも過去には何度かあるので、電子情報収集にあたる人々はよく慌《あわ》てふためくのだ。

「なんだと思います？」ウィルズは訊いた。

ベルは首を振った。「わたしは十年ほど前に縁起をかつぐのはやめた」

トニー・ウィルズのほうは明らかにやめていなかった。「リック、縁起はかつぐべきです。ずっと前からそうすべきだったんです」

「言いたいことはわかる。が、そういうことでわれわれは動くわけにはいかない」

「リック、こいつは野球場で何もできずに座っているようなものです――たとえば、ダッグアウトに座っていて、フィールドにでていきたいのにいけない、そんな感じです」

「何をしにフィールドにでていくんだね？　アンパイアを殺しにか？」ベルは訊いた。

「いや、頭をねらう危険球《ビーンボール》を投げようとしている野郎を殺《や》るだけです」

「忍耐だ、トニー、忍耐」

「なんともくそ忌《い》まいましい美徳ですね、忍耐というやつは。いったいどうすれば身につくんですかね？」ウィルズは経験豊かなベテランだが、忍耐という美徳をいまだ習得できずにいる。

「忍耐が欲しくて難儀しているのは自分だけだと思っているのか？　だったら、ジェリーはどうなんだ？」

「ああ、リック、わかっています」ウィルズは立ちあがった。「では、また」

彼らは人間も車もヘリコプターも見なかった。そこには価値あるものは何もないにちがいなかった。石油も、金も、銅さえ、ないのだろう。護る価値のあるようなものは何ひとつないのだ。歩きも健康によいていどの運動でしかなかった。みすぼらしい低木の茂みくらいは散在していて、発育不全の樹木もすこしだけあった。タイヤの跡も二つ三つあったが、いずれも最近のものではなかった。アメリカのこの部分は、サウジアラビアで言えば、頑健な砂漠用の駱駝《らくだ》も嫌がる、ルブー・アル・ハーリー砂漠といったところだろう。ルブー・アル・ハーリーは、アラビア語で〝空白の地域〟という意味だ。

だが、歩きはきつくなる手前で終わってしまったようだ。彼らは小高いところにいて、かたまってとまっている五台の車が見えた。ほかに車はなく、数人の男がそばに立って話している。

「あっ」リカルドは思わず声を洩《も》らした。「向こうも早かったな。よしよし」これでこの陰気くさい外国人どもから解放され、ゆっくりできる。彼は足をとめ、客が追いつくのを待った。

「ここが目的地ですか？」ムスタファは声に希望をにじませた。楽な歩きだった。思っていたよりもずっと楽だった。

「あそこの友人たちがあんたらをラスクルーセスまで連れていく。そのあとは自分たちで旅のプランをつくってくれ」

「あなたは？」ムスタファは訊《き》いた。

「おれは家族のもとに帰る」リカルドは答えた。おれは素朴な男なんだよ。たぶん、こいつは所帯をもっていないのだろう？

　あと十分歩くだけでよかった。リカルドはここまで連れてきた者たち一人ひとりと握手してから先頭のＳＵＶに乗りこんだ。こいつらはずいぶん友好的だったじゃないか、と彼は思った。もっとも、うちとけることはなく、慎重に距離をおいていたがな。今日はうまいことといった。もっとむずかしくなる可能性もあったのだ。だが、密入国者の越境はここよりアリゾナやカリフォルニアに集中し、アメリカの国境警備隊はそちらのほうに人員のほとんどを投入している。アメ公《グリンゴー》だって——たぶん、ほかの国の連中といっしょで——キーキーきしむ車輪に油をさそうとする。だが、やつらはいつまでもその調子だと安心していたらケガをする。遅かれ早かれ、やつらだって、ここでも国境越えがおこなわれていることに気づく。大々的なものではないにせよ、たしかに密入国がおこなわれているということに。そうなったら、生計を立てる新たな方法を見つけなければならなくなる。だが、ともかく、この七年間はよくやった——おかげで、小規模ながらも密入国ビジネスを軌道に乗せられ、子供たちをもっとまともな仕事ができるように育てることもできた。

リカルドは客たちがそれぞれの車に乗りこみ、走り去るのを見まもった。そのあと彼は、やはりラスクルーセスのほうへ車を走らせ、州間高速《インターステート》10号線に乗って南へと方向を転じ、エルパソへ向かった。自分の客はアメリカで何をするつもりなのか、と考えることを彼はもうかなり前にやめていた。だが、今日は考えずにはいられず、あいつらはたぶん庭の手入れをしたり建設現場で働くわけではないだろう、と思った。おい、そんなことどうだっていいじゃないか。おれはすでに一万ドルをアメリカ・ドルの現金でもらっているのだ。ということは、だれかさんにとってはあいつらは重要だということなのだろう……が、おれにとってはどうでもいい連中だ。

10　目的地

ムスタファとその仲間にとって、ラスクルーセスまでのドライヴはびっくりするほど嬉《うれ》しい中休みとなった。表情にはださなかったが、彼らはいまや明らかに興奮していた。なにしろ、アメリカにいるのである。自分たちが殺そうとしている人々がすぐそばにいるのだ。これでまた、任務遂行へと近づいたことになる。単に十数キロ近づいたというだけの話ではない。見えない魔法の一線を越えたのだ。ここはもう〈大悪魔〉の住処《すみか》なのである。祖国に死を雨のようにふらせ、イスラム世界全域の敬虔《けいけん》なる信徒たちを虐殺《ぎゃくさつ》してきたやつら、ユダヤ人に媚《こ》びへつらってイスラエルを支援しているやつらが、すぐそばにいる。

デミングで、彼らは東へ方向を転じ、ラスクルーセスへ向かった。そのまま州間高速《インターステート》10号線を走って、次の経由地までは六十二マイル――百キロ。途中、モーテルやレストランを宣伝する看板のほか、ふつうのものから信じられないようなものまで種々雑多な観光スポットの広告板があった。起伏がさらになだらかになり、時速七十マイルをたもって走りつづけても、地平線は遠いまま、いっこうに近づいてくるようには見えなかった。

運転手は今回もメキシコ人のようで、前回同様ひとこともしゃべらなかった。こいつらも報酬目当ての傭兵《ようへい》にすぎないのだろう、とムスタファは思った。みんな口をつぐんだままで、ひとことも発しなかった。運転手は関心がまったくなかったからだし、客たちは英語をしゃべると運転手がアラビア訛《なま》りに気づくかもしれないと思ったからだ。こうやって何もしゃべらなければ、運転手の記憶に残るのは、ニューメキシコ州南部の未舗装道路で人間を何人か乗せ、ほかの場所まで運んだ、ということだけだ。

仲間たちはおれよりは不安をおぼえているかもしれない、とムスタファは思った。彼らは自分たちが具体的に何をするのかまだ知らされていないのだ。これからもムスタファを信頼し、指示されたとおりに動かねばならない。ムスタファがこの任務の現場指揮官で、彼がリーダーを務める戦士集団はすぐに四班に別れて再合流することなくそれぞれの目的地で戦う。作戦は綿密に練られていた。これからの連絡はすべてコンピューターでおこなわれるが、そもそも連絡する必要がほとんどない。四班は別々に行動するが、あらかじめ決められた単純なタイムテーブルどおりに、たったひとつの戦略的目的を達成すべく、それぞれの場所で戦う。この作戦はこれまでのどんな計画もなしえなかったほどアメリカを震撼《しんかん》させることになるだろう、とムスタファはすれちがおうとするステーションワゴンのなかをのぞきこみながら思った。乗っていたのは、若い夫婦に幼児が二人——ひとりは四歳ほどの男の子で、もうひとりは一歳半といったところ。みんな、異教徒だ、とムスタファは断じた。すべて、ターゲット。

言うまでもないが、作戦計画はきちんと文書にされていた。ごくふつうの白い紙に14ポイント・ジュネーブというフォントで印字されたものだった。そして、その同じ計画書が四枚あった。各班長に一枚ずつ、ということだ。その他のデータは、全員がそれぞれの小さな鞄《かばん》のなかに入れて持ち運ぶコンピューターのファイルのなかにある。

むろん、鞄のなかには着替えのシャツ、清潔な下着、旅行に必要な小物なども入っている。それらのものはすこしあればよかったし、アメリカをさらに悩ませるために、ほんのわずかしかあとに残さないつもりだった。

考えているうちに、気がつくと、うしろへと動きつづける田舎の景色に向かって薄く微笑《ほほえ》みかけていた。ムスタファは煙草《たばこ》――あと三本しか残っていない――に火をつけ、深々と煙を吸いこんだ。車のエアコンが吹きかけてくれる冷たい風が心地よい。背後では太陽がかたむきかけている。次の――全員そろっての最後の――経由地に着くころには、暗闇《くらやみ》が訪れているはずである。なかなかいい戦術ではないか、とムスタファは思った。偶然そうなっただけとわかっていたが、だとしても、それはアッラーがこの作戦計画を祝福してくださっているという証拠ではないか。むろん、神は祝福してくださるはずだ。おれたちはみな、神の御業《みわざ》を実現しようとしているのだから。

また、さえない一日の仕事が終わった、とジャック・ジュニアは自分の車に向かう途中、心のなかでつぶやいた。〈ザ・キャンパス〉の困ったところは、そこでの仕事についてだれとも議論することができないという点だ。理由がはっきりわかっているわけではないのだが、〈ザ・キャンパス〉で自分がやったことや見聞きしたことは、だれにも話してはいけないのである。だが、父《ダッド》となら、あれこれ検討してもかまわないはずだ――大統領が知ってはいけないことなんてあるわけがなく、前大統領にだって同じ最高度の秘密情報取扱資格があるにちがいない。法的にはないにせよ、実際上はあることになっているはずだ。いやいや、それでもダッドに相談することはできない。おれが〈ザ・キャンパス〉の仕事をしていることを知ったら、ダッドは喜びはしない。きっと、電話を一本入れて、すべてをぶち壊しにしてしまうだろう。そして、おれは少なくとも二、三カ月は大いに悔やんで暮らさねばならなくなる。いまの仕事にそれくらいの愛着はもてるようになった。だが、それでも、世界でいま起きていることを理解できるだれかさんといくつかのことについて話し合えたら、やはり、ありがたいだろうなと思う。そう、それは実に重要なことだ、と言われたり、うん、きみはほんとうに〈真実、正義、アメリカの理想〉に貢献しているよ、と言われるだけでもいい。

おれは世界にとってプラスになることをほんとうにできるのか？　世界は勝手に動いていってしまうもので、それを大きく変えることなんてできないのではないか？　大統領になって〝王〟ほどの権力を手にしたダッドにさえ、世界を大きく変えることはできなかった。ならば、その〝王子〟でしかない自分には、どだい無理というものではないか？　しかし、もしも世界の壊れた部分をなおせる者がいるとしたら、それを実現するのは不可能かどうかなど考えずに突っ走る者にちがいない。たぶん、不可能なことを……不可能だとはわからない若くて愚かな者だろう。だが、ジャックの母親も父親も、そんなことは信じていないし、息子をそのように育てもしなかった。長女のサリーはもうすぐメディカル・スクールを卒業し、癌《がん》専門医——眼外科医の母親がそれもやってみたかったといまだに思っている専門医——になる。そして、なぜ癌なのかと訊かれたときはかならず、癌というドラゴンがついに退治されるとき、その現場にいあわせたいからだと答える。癌の撲滅は時間の問題だからだ。〝不可能なことも起こりうる〟という言葉はライアン家の信条にはない。おれはまさに駆け出しだ、とジャックは思った。どうすれば学べるのかまだわからないが、世界は学ぶべきことであふれている。そして、ジャックは賢く、立派な教育を受けているうえに、かなりの額の信託資金もある。だから、怒らせてはいけない人を怒らせて失職しても、飢える恐怖をいだかずに前進できる。それこそ、父親が息子に与えたもっとも重要な自由だった。ジョン・パトリック・ライアン・ジュニアも、馬鹿《ばか》ではないから、それがいかに重要なことかわかっていた——ただ、そのような自由にともなう責任については、まだ充分には理解できていなかった。

その夜、二人は夕食を自分たちでつくらずに、近くのステーキハウスに食べにいくことにした。そこはヴァージニア大学の学生でいっぱいだった。二人にはわかった――学生たちは利口そうに見えるが、自分たちで思っているほど利口ではないということが。それに彼らはみな、ちょっとうるさすぎ、ちょっと自信過剰だった。それは子供――本人たちはそう呼ばれるのが大嫌いだろうが――であることの特権のひとつで、大学生というのはまだまだ親の愛情ある面倒見が必要な時期なのである。もっとも、べったり張りついて面倒を見るのはだめで、親はお互い快適となる距離をたもたねばならない。カルーソー兄弟は学生たちを見て、つい一、二年前まで自分たちもあんなだったのだろうと思い、こそばゆい感覚をおぼえた。むろん、いまは、厳しい訓練と現実世界での体験によって、別の人間になっている。ただ、自分が正確にどういう人間になったのか、それは二人にもまだよくわからない。確実に言えるのは、学校にいたときはとても単純に思えていたものが、大学という〝母胎〟から飛びだしたとたん、とてつもなく複雑なものに変化してしまったということだ。つまり、世界はデジタルではなかったと気づく――現実はアナログで、いつも乱れ、はみだしている。まるで、垂れさがったまま、きちんと結ばれることなど決してない靴ひものようなものだ。だから、不用意な一歩を踏みだすたびに、つまずいて転ぶ可能性がある。そして、転ばぬために必要となる用心深さは、経験によってしか学べない——何度か転んで痛い思いをし、そのいちばん激しい痛みだけが教訓として記憶に残るのである。カルーソー兄弟はそうした教訓を早い時期に学んだ。他の世代ほど早くはなかったものの、容赦のない厳しい現実世界のなかで誤りをおかしたらどうなるかということについては、二人とも比較的早い時期に理解することができた。

「ここはまあまあだな」フィレミニョンをはんぶんほど食べたところで、ブライアンが言った。

「いくらへぼコックだって、もともとうまい牛肉を台無しにするのはむずかしい」このステーキハウスで料理しているのは、シェフではなくてコックにちがいないが、ポテトフライはほとんど純粋な炭水化物にしてはかなりいけるし、ブロッコリーも新鮮で、冷凍袋からだしたてという感じだ、とドミニクは思った。

「まあ、栄養的にもうすこしましな食事をすべきだがな」海兵隊少佐は感想を述べた。「食いもんは、食えるうちになんでも楽しむもんだ。おれたちはまだ三十歳にもなっていないんだからな」

これには二人とも笑い声をあげた。「昔は三十なんて、はるか未来のこととしか思えなかったんだがな」

「人は三十にして老いはじめるか？　うん。ところで、おまえ、少佐にしては若すぎやしないか？」

ブライアンは肩をすくめた。「かもな。ボスに好かれちゃってね。部下がまた優秀なんだ。だが、MREは好きになれないなあ」MREはミール・レディ・トゥー・イート・インディヴィジュアル（個人用糧食）の略。「食べれば戦う力はでるが、まあ、おれとしては、それくらいの評価しかできない。おれの一等軍曹《ガニー》は大好きでな、海兵隊の訓練所の食事よりうまいって言うんだ」

「FBI《ビューロー》の連中は、ダンキンドーナツを主食にしがちだ――まあ、あそこのコーヒーはアメリカの大量生産もののなかでは最高の部類に入るけどな。ともかく、ドーナツをやたらに食ってたら、ベルトがゆるむなんてことはなかなかない」

「おまえはデスクワークもしなけりゃならん戦士にしてはなかなかいい体をしているじゃないか、エンツォ」ブライアンはちょっとおまけをして弟を褒めた。ドミニクは朝のランニングを終えたとき、いまにもぶっ倒れそうなようすをしていることがときどきある。だが、海兵隊員にとっては、朝の三マイル走などモーニングコーヒーのようなもので、目覚ましていどの運動でしかない。「それにしてもさ、おれたちはいったいなんのために訓練されているのか、詳しいことがやはり知りたいな」アルドことブライアンはもうひと切れ肉を口にほうりこみ、言った。

「兄弟《ブロ》、おれたちがいま受けているのは人を殺す訓練だ。それだけわかっていれば充分さ。だれにも気取られないように忍びより、だれにも気づかれないようにずらかるんだ」

「拳銃《けんじゅう》で殺《や》るのか？」ブライアンは疑わしげに言葉を返した。「銃声は大きいし、ライフルほど正確でもない。おれがアフガニスタンで指揮したチームには狙撃手《そげきしゅ》もひとりいた。そいつは悪党を数人、一マイルも離れたところから仕留めたよ。古いＢＡＲ《バー》がステロイド剤を飲んで肉体改造したみたいにすげえやつ、バーレット50口径ライフルを使ってな。使用弾はマ・デュース機関銃の50口径弾だ」ＢＡＲはブローニング自動装塡式《そうてんしき》小銃、マ・デュース機関銃はブローニングＭ2重機関銃。「おそろしく正確で、一発で確実に仕留められるんだ。半インチの風穴をあけられたら、だれだって歩いて逃げるわけにはいかんだろう」デトロイト出身の黒人の狙撃手、アラン・ロバーツ伍長《ごちょう》は、頭に弾丸をぶちこむのが好きときているのだから、なおさらだ。頭部に命中した50口径の弾丸は、やるべきことをしっかりとやる。

「減音器《サプレッサー》付きの拳銃を使うんじゃないか。拳銃の発砲音はかなりのていど消せる」

「見たことある。強襲偵察学校《リコン・スクール》でその訓練も受けたが、あれはビジネススーツの下に隠して持ち歩くにはかさばりすぎだ。それに、いざというときに引っぱりだし、ぴたっと体をとめ、ターゲットの頭をねらう、ということをしなければならない。ジェームズ・ボンド学校に入れてもらい、マジック・コースでもとらせてもらわなければ、拳銃で人を殺すなんてそうはできない、エンツォ」

「じゃあ、きっと別の方法を使うんだろう」

「結局、おまえも知らんというわけか？」

「おいおい、おれはまだＦＢＩ《ビューロー》から給料をもらっているんだ。おれが知っているのは、ガス・ワーナーにここに送りこまれたということだけさ。だから、こいつはきっと正しいことにちがいない……と、おれは思っているんだけどな」ドミニクは正直に明かした。

「ガス・ワーナーのことは前にも言ってたな。どういう男なんだ、正確なところ？」

「ＦＢＩ副長官、新設された対テロ部の長。逆らえるような男ではない。ＨＲＴ――人質救出チーム――の長だったこともあり、その他、現場での経験をいろいろ積んでいる。頭が切れ、おそろしくタフ、精神的にもね。血を見て失神するような男ではない。だが、肩の上のおつむには脳味噌《のうみそ》がいっぱい詰まっている。対テロはＦＢＩ《ビューロー》が新たに取り組まねばならなくなった分野でね、ダン・マリー長官は、拳銃が撃てるからという理由だけでワーナーを対テロ部長に抜擢《ばってき》したわけではない。ワーナーとマリーとの関係は緊密で、二人は二十年来の友人だ。マリーだって、薄のろじゃない。ともかく、おれをここに送りこんだのがマリーだったとしても、もっと上の者の許可を得ているはずだ。だから、おれは、法律を破れと言われるまではここにいるよ」

「おれもだ。だが、まだちょっと不安なんだ」

ラスクルーセスには短距離旅客機と軽飛行機のための空港がある。そして、そこにはレンタカーの営業所もある。車は空港に入ってとまり、ムスタファにとって不安なときが訪れた。彼と、仲間のひとりが、ここで車を借りなければならないのだ。そして、さらに二人が、街のなかにある同様のレンタカー営業所を利用することになっていた。

「手筈《てはず》はぜんぶととのえてある」運転手は言った。そして、紙を二枚、手わたした。「予約番号だ。フォード・クラウン・ヴィクトリア、フォードア・セダンを借りられる。お望みのステーションワゴンはむりだった。エルパソまで行けば借りられるが、それはやめたほうがいい。支払いはＶＩＳＡカードを使うこと。あんたの名前はトマス・サラザール。お友だちのほうはエクトール・サントス。営業所の者に予約番号を見せ、あとは、言われたとおりにすればいい。とても簡単だ」こいつらはみんな、ラテン系には見えないが、ここのレンタカー営業所の従業員は二人とも、スペイン語はタコスとセルヴェッサくらいしか知らない無学な白人だ、と運転手は思った。

ムスタファは車から降りると、手を振って仲間についてくるよう合図し、営業所のなかに入った。

その瞬間、これは問題ないと思った。経営者はどんなやつか知らないが、利口な人間を雇おうという気が最初からなかったようだ。受付は少年としか思えないような若者で、カウンターにおおいかぶさるようにして漫画を食い入るようにして読んでいた。はた目にも、ちょっと熱中しすぎじゃないかと思えるほどだった。

「ハロー」ムスタファは不安を微塵《みじん》も見せずに言った。「予約してあるんですが」メモ用紙に予約番号を書き、手わたした。

「オーケー」従業員はバットマンの最新作から現実の世界に引きもどされても、嫌な顔ひとつしなかった。彼はオフィスのコンピューターの使いかたくらいは知っていた。果してコンピューターが、すでに細かな項目まで書きこまれている契約書類を吐きだした。

ムスタファが国際運転免許証を手わたすと、従業員はそれをコピーし、営業所用の書類にホチキスでとめた。ミスター・サラザールが保険のオプションをすべて選んでくれていたので、従業員は嬉《うれ》しかった——保険を勧めた結果と認められ、歩合が入るのだ。「オーケー、あなたの車はナンバー4の区画にとまっている白のフォードです。駐車場はドアをでて右。キーはイグニッションに差してあります」

「ありがとう」ムスタファは訛《なま》りのある英語で言った。《ほんとうにこ、、、、んなに簡単なのか？》

のようだ。ムスタファがナンバー4の白いフォードに乗りこみ、座席の調節を終えたちょうどそのとき、サイードがライト・グリーンの同じ車種がとまっているナンバー5の駐車区画にあらわれた。どちらの車にもニューメキシコ州の地図があったが、そんなものは必要なかった。二人はエンジンをかけ、車をそれぞれの駐車区画からゆっくりとだし、車道へと向かった。通りにでると、SUVが待っていた。難なくSUVのあとについていけた。ラスクルーセスの街にも車は走っていたが、ちょうど夕食どきで数はたいして多くなかった。

ラスクルーセスのメイン・ストリートと思われる通りを北に八ブロック行ったところに、レンタカーの営業所がもうひとつあった。ハーツと呼ばれるレンタカー会社の営業所で、ムスタファにはその名がなんとなくユダヤ系のような気がした。二人の同志がそこに入り、十分後でてきて、借りた二台の車にそれぞれ乗りこんだ。それらもまた、ムスタファやサイードの車と同じ型式のフォードだった。それで作戦のもっとも危険な部分は終わったと言ってよかった。彼らはSUVのあとについて北へ向かった。せいぜい数キロ走ればいいのだろうと思っていたのに、二十キロほど行ってやっと、舗装道路からはずれ、またしても未舗装の道に入った。アメリカにもこうした〝土の道〟がたくさんあるようだな、とムスタファは思った……祖国とたいして変わらないじゃないか。さらに一キロほど走ると、住居であることを示すものはそばにとまる一台のトラックだけという一軒家があった。すべての車がそこでとまり、全員が降りた。全員そろってのミーティングはこれが最後になるな、とムスタファは思った。

「ここに武器がある」ファンという名の運転手がアラブ人たちに言った。彼はムスタファを指さした。「あんた、いっしょに来てくれ」

なんの変哲もない木造家屋の内部は、ほとんど兵器庫だった。ぜんぶで十六あるボール紙の箱のなかに、ひとつずつイングラムMAC10サブマシンガンが入っていた。MAC10は優美な火器とは言えず、鋼板プレス加工でつくられ、金属表面の仕上げもだいたいが貧弱だ。一挺《ちょう》につき十二個つけられている弾倉《マガジン》は、みな装弾済みのようで、黒い絶縁テープでひとかたまりにくくりつけられていた。

「サブマシンガンはみな新品だ。いちども撃っていない」ファンはアラブ人たちに説明した。「それぞれに減音器《サプレッサー》もついている。消音効果はたいしてないが、それをつけるとバランスがよくなり、正確度が増す。扱いはウージーほどたやすくない――ここではMAC10のほうが手に入れるのが簡単というわけでね。有効射距離、約十メートル。マガジンの着脱は容易。むろん作動システムはオープン・ボルト方式だから、発射速度はきわめて速い」実際、引き金をひきつづければ、三十発入るマガジンを空にするのに三秒もかからない。精密な射撃をするにはすこしばかり速すぎるが、そういうことにこだわる連中だとはファンには思えなかった。

思ったとおりだった。アラブ人は十六人とも、新しい友に挨拶《あいさつ》するかのようにMAC10を持ちあげた。そして、ひとりがマガジンのかたまりを手にとった――

「ストップ！　やめろ《アルト》！」ファンはあわてて声を荒らげた。「家のなかで装塡するのはやめてくれ。試射したいんだったら、外に標的がある」

「音が大きすぎませんか？」ムスタファは訊《き》いた。

「いちばん近い家でも四キロ離れている」ファンは撥《は》ねつけるように答えた。弾丸は四キロも飛ばない。音だってそんなに遠くまでとどきはしないだろう、とファンは思った。が、音に関しては彼は間違っていた。

しかしアラブ人たちは、フアンをこのあたりのすべてを知っている男と思っていた。銃を撃つのが大好きだった。全自動モードでの撃ちまくりはとくに。家から二十メートルほど離れたところに、木箱や段ボール箱が散らばる砂盛りがあった。彼らは次々にマガジンをSMG《サブマシンガン》に押しこみ、ボルトを引いた。〝撃て！〟という命令はなかった。が、まずはムスタファからで、そのあと他の者がひとりずつ試射するという順番は決まっていた。ムスタファは銃口からたれるストラップをつかみ、引き金をひいた。

その瞬間あらわれた結果は満足のいくものだった。MAC10は予想どおりの連射音を響かせ、右上方に跳ねるというサブマシンガン特有の動きをした。だが、ムスタファはこの種の火器を扱うのははじめてで、試し撃ちでしかなかったので、弾丸は思いどおりには飛ばず、左前方六メートルほどのところにあった段ボール箱にあたった。あっというまに、マガジン内のレミントン9ミリ口径弾は撃ちつくされ、三十の薬莢《やっきょう》が飛びだし、ボルトが空の薬室《チエンバー》を閉じて、ガシャという空疎《くうそ》な音をたてた。ムスタファは、マガジンを入れ換えて二、三秒の凄《すさ》まじい連射の快感をいまいちど味わおうかと思った。が、なんとか自制した。そうする機会はすぐにまた訪れるのである。

「消音器《サイレンサー》は？」ムスタファはファンに訊いた。

「家のなかだ。銃口にねじこんで固定するようになっている。サイレンサーというかサプレッサーは、つけたほうがいい――そのほうが銃の扱いがたやすくなり、弾丸をすこしは思いどおりにばらまけるようになるからな」ファンの説明には説得力があった。彼はここ何年かのあいだに、MAC10を使ってダラスやサンタフェの商売敵や不愉快な連中を何人も消していた。にもかかわらずファンは、十六人の客をながめて一抹の不安をいだかざるをえなかった。彼らはあまりにもにやにやしすぎるのだ。こいつらはおれとはちがう、とファン・サンドバルは心のなかでつぶやいた。早いところ、どこへでも行ってくれ。そのほうが気が楽だ。もっとも、こいつらがこれからおもむく地の住民にとっては恐ろしいことになるのだろう。だが、それはおれの知ったことではない。命令は高いところからとどいた。とても高いところから。そのことは一週間前にすぐ上の者から聞いた。金も相応の額もらった。だから、とくに不満はない。だが、ファンには人を見抜く力があり、頭のなかには赤い警告灯が点滅していた。

　ムスタファはファンについて家のなかにもどり、サプレッサーをとりあげた。直径が十センチほど、長さが半メートルくらいの筒状のものだった。ファンの説明どおり、銃口についたネジ山にしっかりねじこみ、それをつけたせいで確かに全体としてバランスがすこしはよくなった。ムスタファは重さを量るようにして具合を確認し、サプレッサーをつけて使うことに決めた。銃口が跳ねあがりにくくなり、射撃の精度が増すように思えたからだ。今回の作戦では、減音の必要性はほとんどないが、射撃の正確さは求められる。しかし、サプレッサーをつけると、簡単に隠せたＭＡＣ10が容易には隠せない大柄の火器に変身してしまう。だから、ムスタファはいまははずしておこうと、サプレッサーを反対にねじってとりさり、鞄《かばん》のなかに入れた。そして、仲間を集めるため、ふたたび外にでた。ファンも彼のあとについて家からでた。

「知っておかないといけないことがある」ファンはアラブ人の班長たちに言った。声を抑えて、ゆっくりと話した。「アメリカの警察は優秀だが、完全無欠ではない。運転していて、車をとめられても、礼儀正しく受け答えをすれば問題ない。車から降りるようにと言われたら、言われたとおり降りること。アメリカの法律によって、警官はあんたらが武器を身につけていないかどうか——手で体を——調べることはできる。だが、車を調べてもいいかと訊かれたら、〝いや、それはやめてほしい〟とだけ言うこと——法律に、警官は許可なく車のなかを調べることはできないとある。繰り返す——もしアメリカの警官に車を調べてもよいかと言われたら、ただノーと言いさえすればいい。そうすれば、警官は調べられない。そのまま走り去るしかない。それから、幹線道路を走るときは、道路標識をよく見て、制限速度を超えないこと。制限速度内で走っていれば、たぶん面倒なことに巻き込まれる心配はまったくない。速度違反は警察に車をとめる口実を与える。だから、やってはいけない。いかなるときも忍耐。そいつを忘れてはいけない。質問は?」

「警官がひどく攻撃的で、どうにもならなかったら――」

ファンはその質問を予想していた。「殺せるか? 殺すのは可能だ。だが、殺《や》ったら、もっとたくさんの警官に追われることになる。警官が車をとめて真っ先にやることは、無線で現在位置と車のナンバーや型式を本部に連絡することだ。だから、そいつを殺っても、数分のうちにそいつの仲間があんたを探しはじめる――大人数でな。警官をひとり殺してもどうにもならん。もっと厄介なことになるだけだ。アメリカの警察には、車はたくさんあるし、ヘリだってある。やつらは探しはじめたらかならず見つける。だから、警察から身を護《まも》る方法は、やつらの目にとまらないようにすること、それだけだ。スピードをださない。やつらの交通法規を破らない。それだけ守っていれば、安全だ。法規を破ると、銃を持っていようがいまいが、捕まる。わかったかね?」

「わかりました」ムスタファはしっかりとした声で答えた。「いろいろありがとうございます」

「全員に地図をわたす。アメリカ自動車協会の正確な地図だ。全員、偽装話はちゃんと考えてあるんだろうな？」ファンはこんなことはできるだけ早く終わらせたかった。

ムスタファはほかに質問はないかと仲間を見やった。だが、みな、油を売るのはもうたくさんという顔をしていた。早く自分たちの仕事にかかりたくてうずうずしているのだ。ムスタファは満足してファンのほうを向いた。「ありがとうございました、お友だち」

《おまえが友だちなものか！》とファンは思ったが、ムスタファと握手し、アラブ人たちを家の表側まで導いた。鞄がSUVからセダンに素早く移され、ファンは州道185号線にもどっていこうとする男たちを見まもった。レイディアム・スプリングスまではたったの数マイル、そこからは州間高速《インターステート》25号線に乗って北上すればよい。外国人たちは最後にもういちど集合し、握手し合った――少数だがキスをし合う者もいたので、ファンは驚いた。それから彼らは四人ずつにわかれて四チームとなり、それぞれ四台のレンタカーに乗りこんだ。

ムスタファは運転席に座った。煙草《たばこ》を何箱か自分の横のシート上におくと、後方がしっかり見えるようにミラーを三つとも調整し、シートベルトをしめた――シートベルトの非着用はスピード違反と同じくらい危険で、警官にとめられる確率が増すという注意も受けていたからだ。やはり、警官にとめられるのだけは避けたい。とめられたときの対応法をファアンから教えてもらいはしたが、できればそんな危険にはさらされたくなかった。通りすぎるときにちらっと見られるだけなら、警官にもアラブ人だとは気づかれはしないだろうが、顔と顔をつき合わすとなると話はちがってくる。アメリカ人がアラブ人をどう思っているかについては、ムスタファはなんの思い違いもしていなかった。だから、コーランはみな、トランクに隠されていた。

長い旅になる、とムスタファは思った。しばらくしたらアブドゥラーに代わってもらうが、最初はおれが運転する。まずは州間高速25号線を北上してアルバカーキに達し、そこで州間高速40号線に乗り換える。あとはその高速道を東へ向かってずっと走りつづければ、目標地点のすぐ近くまで行ける。ただ、三千キロ以上の旅になる。いや、もうマイルで考えるようにしないといけない、とムスタファは自分に言い聞かせた。一マイルは一・六キロ。これからはマイル数をかならず一・六倍しなければならないというわけだ。あるいは、この車に乗っているときはキロ数を完全に無視してしまうか。いずれにせよムスタファは、州間高速25号線の入口を示す若葉色の標識と矢印が見えるまで、州道185号線を北に向かって走った。彼は座席の背にゆったりともたれかかり、車の流れをチェックしながら車線変更して州間高速25号線に入り、スピードを時速六十五マイルにまであげ、その速度にフォードのクルーズコントロールをセットした。これで、アクセルを踏みつづけなくても、車の速度は時速六十五マイルにたもたれる。あとはもうハンドルを操作するだけでいい。ムスタファは、自分たちと同じようにアルバカーキへと向けて北上する、どんな人間が乗っているのかまったくわからない車を一台一台ながめた……

ジャック・ジュニアはなぜ眠れないのかわからなかった。もう夜の十一時で、いつものようにテレビを観《み》て、酒も二、三杯——今夜は三杯——飲んだ。だから、眠たくなるはずなのである。いや、ほんとうは眠たいのだ。それなのに眠りは訪れない。しかも、なぜなのか、その理由がわからない。目を閉じて楽しいことを考えなさいと、子供のころ、母《マム》に言われた。しかし、楽しいことを考えるなんて、子供ではなくなってしまったいまはもうむずかしい。ジャックはもう、楽しいことなんか皆無に等しい新しい世界に入ってしまったのである。なにしろいまの仕事は、会うことなどたぶんない者たちに関する事実やその可能性がある事柄を調査して、彼らが会ったこともない人々を殺したがっているのかどうか判断しようとし、そうやって得られた結果を、それに基づいてなんらかの行動を起こそうとするかもしれない他の人々に知らせる、というものなのだ。行動を起こすかもしれない人々が具体的に何をするのかはわからないが、おそらく……醜悪なことなのだろう、とジャックは疑っている。寝返りを打ち、枕《まくら》をもういちどふわふわにし、枕カバーのひんやりした部分をさがして、頭をもどし、眠ろうとする……

……眠りが訪れる気配はない。が、結局は訪れるのだ。いつもそうなのである。ただ、たちまち目覚まし用のタイマー付きラジオが鳴りだし、半秒しか眠った気がしない。

《ちくしょうめ！》天井に向かって悪態をついた。

おれはテロリスト狩りをしているのだ、とジャックは思った。やつらの大半は、犯罪をおかしているにすぎないのに、自分はよいことを――いや、英雄的なことを――していると信じきっている。彼らにとって、それは犯罪ではまったくない。自分は神の仕事をしているのだ、とイスラムのテロリストは思いこんでいるのである。ただ、コーランには実はそんなことは書かれていない。反対に、無辜《むこ》の人々、非戦闘員は殺してはいけないと、はっきりと書かれている。罪のない人々を殺して神が喜ぶとでも思っているのか？　アッラーは自爆犯を微笑《ほほえ》みながら迎える？　それとも、まったく反対の迎えかたをする？　カトリックでは、個人的な良心がいちばん重要なものとされる。正しいことをしているのだと心の底から信じている者は、そのことで神の罰を受けることはない。イスラム教にも同じルールがあるのだろうか？　そもそも、神はひとつなのだから、神が人間に示される規範はだれにとっても同じはずである。問題は、宗教によって規範がいろいろちがっていて、どの宗規が神のほんとうの御心《みこころ》にいちばん近いかはっきりしないということだ。いったいどうすれば人間にそんなことがわかるというのか？　十字軍はそうとう悪いことをした。しかし、あれは実は経済的利益を求める単なる野望の戦争で、だれかがそれを宗教戦争ということにしてしまったという、よくあるすりかえの古典的ケースでしかない。貴族は金のために戦っていると思われたくなかったというわけだ——それに、神を味方にしてしまえば、やってはいけないことなど何もない。剣を振りまわし、だれの首を刎《は》ねようと、オーケーなのだ。司教がそう言ったのだから。

　そういうこと。いちばんの問題は、宗教と政治権力が混ざり合うと、とんでもないものになるのに、それに熱くなりやすい若者がまどわされて飛びつくという現象だ。若者は冒険に文字どおり袖《そで》を引かれるものなのである。ジャックの父親もときどき、ホワイトハウス居住区でのディナーのさい、そうしたことについて話した。たとえば、戦争にもルールがあり、それを破ったら過酷な罰を科されるということも、若い兵士や海兵隊の新兵に教えなければならない、と言った。アメリカの兵隊ならそれを学ぶのは簡単だろう、なぜなら彼らは無軌道な暴力が厳しく罰せられる社会で生まれ育ったからであり、そのように具体的に見聞きしたり身をもって学んだりするほうが、抽象的な善悪の教えをほどこされるよりもずっと効きめがある、ともジャック・ライアン・シニアは息子に言った。一、二度痛いめに遭えば、ルールを破ってはいけないということくらい呑《の》みこめる、というわけだ。

ジャックは溜息《ためいき》をつき、もういちど寝返りを打った。彼はこうした〈人生の大問題〉について考えるにはまだまだ若すぎる──ジョージタウン大学を卒業した学士であるのだから、そうでもないように思えるのだが。大学はふつう、教育の九〇パーセントは卒業証書を壁に飾ったあとに得られるという真実を教えてはくれない。だったら、大学に授業料の払い戻しを求めてもいいのかもしれない。

〈ザ・キャンパス〉の終業時刻はとうに過ぎていた。ジェリー・ヘンドリーは最上階の自分のオフィスにいて、その日の就業時間内に処理できなかった情報に目をとおしていた。トム・デイヴィスも残業中で、ピート・アレグザンダーからの報告をもってやってきた。

「トラブルかね?」ヘンドリーは訊《き》いた。

「例の双子《ふたご》がいまだにちょっと考えすぎています、ジェリー。こうなったときの対策をたてておくべきでした。二人とも、頭が切れ、おおむねルールを守ってプレーします。ですから、ルールを破るような訓練をさせられているとわかったとき、不安になるのです。面白いことに、ピートによると、不安をつのらせているのは海兵隊のほうだそうです。FBIのほうがずっとよく順応しています」

「わたしは反対になると思っていたが」

「わたしもです。ピートもそういう予想でした」デイヴィスは冷水に手を伸ばした。彼は夜遅くなったらコーヒーを飲まない。「ともかくピートは、最終的にどういう結果になるかはわからないが、訓練をつづける以外にない、と言っています。ジェリー、わたしはいまになって、あなたにもっと注意をうながしておくべきだったと思っています。こういう問題が生じるだろうと思っていましたからね。なにしろ、われわれにとっても、はじめての試みなんです。うちが欲しいのは——前にも言いましたが、変質者《サイコパス》ではありません。ですから、かならず質問をします。かならず理由を知りたがります。かならず迷います。ロボットを雇えれば世話ないんですけどね」

「CIAがカストロを殺《や》ろうとしたときと同じだな」ヘンドリーは思い出した。彼は失敗に帰したいくつもの冒険作戦に関する極秘ファイルをしっかり読みこんでいた。まずマフィアに依頼した暗殺工作、そしてピッグス湾侵攻作戦、さらにボビー・ケネディが熱心に推進した〈マングース作戦〉。カストロ暗殺計画はどれもこれも、たぶん酒を飲みながら、あるいはタッチフットボールでもやって汗を流したあと、やろうということになったのではないか。アイゼンハワーだって任期中にCIAを使って同様のことをやらせたのだから、おれたちがやっちゃいけないということはない、というわけだ。ただ、太平洋戦争で指揮していた魚雷艇を日本の駆逐艦にまっぷたつにされた元海軍中尉《ちゅうい》（ジョン・F・ケネディ大統領）と、弁護士活動を一度もしたことがない弁護士（ロバート・ケネディ司法長官）は、五つ星（元帥《げんすい》）まで昇りつめた職業軍人（アイゼンハワー大統領）が最初から完全にわかっていたことを直感的に理解する力はなかった。だが、ケネディ兄弟には権力があった。大統領のジャック・ケネディは憲法の規定により国家最高司令官であり、それほどの権力を掌握すると、それを使いたくなる衝動にかならず駆られ、世界をもうすこし自分好みのものにつくり替えたくなる。そこでCIAにカストロ暗殺を命じた。だが、CIAには暗殺を担当する部局はなく、そのような任務を遂行する要員の訓練もしていなかった。だからCIA

は最初マフィアに話をもっていった。マフィアの大幹部にはフィデル・カストロを賞賛する理由はまったくなかった――もうすこしでマフィアのもっとも儲《もう》かる事業になるはずだったものをカストロがつぶしてしまったからだ。犯罪組織の親分たちのなかに、ハバナのカジノに自分個人の金を投資した者がいたことは確実である。そのカジノを共産主義者の独裁者が閉鎖してしまったのである。

マフィアなら人殺しはお手のもの？

いやいや、実はそうではないのだ。ハリウッド映画のマフィアとは反対で、彼らが手際《てぎわ》よく殺しを実行したことなどただの一度もないのである――反撃できる人々を殺す場合はとくに手こずる。それでもアメリカ合衆国政府は、外国の国家元首の暗殺を彼らに請け負わせようとした――ＣＩＡがそういうことをするノウハウを知らなかったからである。いまにして思えば、ちょっと滑稽《こっけい》だ。ちょっと？　とジェリー・ヘンドリーは自問した。いや、ちょっとどころではない。しかも、それは暴露される寸前までいった。もし明るみにでていれば、政府は立ちなおれないほどの打撃を受け、悲惨なことになっていたにちがいない。だから、ジェリー・フォード大統領はそうした活動を違法とする大統領令を発しなければならなくなり、それはジャック・ライアン大統領がイランの独裁者となった宗教指導者を二発のレーザー誘導爆弾で排除する決心をするまで効力を発揮した。ライアンは決行のもようをテレビ演説中に〝実況中継〟して国民に直接知らせるという見事な手法をとり、ニュース・メディアに国家元首攻撃を論評する暇を与えなかった。結局のところ、それを実行したのはアメリカ合衆国空軍だったのだ。そのイランの元首は、大量破壊兵器をアメリカ国民に対して使用し、宣戦布告はしなかったものの、まぎれもない戦争をアメリカに仕掛けたのであり、それゆえ――ステルス機ではあったが――国籍マークもしっかりつけたアメリカ空軍の爆撃機が元首への直接攻撃を実行したのである。そういう事情のため、作戦全体が合法的なものになっただけでなく賞賛に値するものにもなり、ライアンの大統領再選によってアメリカ国民に承認された。その後のライアン人気はものすごく、歴代の大統領でジャックを上まわるのはジョージ・ワシントンのみというほどだったが、それを思うとジャック・ライアン・シニアはいまも落ち着かない気分になる。しかしジャックは、マフムード・ハジ・ダリアイ殺害の重要性をしっかりと認識していたので、ホワイトハウスを去る前に、ジェリー・ヘンドリーを説得し、〈ザ・キャンパス〉を設立させた。

《だがジャックは、これがどれほどむずかしい仕事になるか言いはしなかった》ヘンドリーはそのときのことを思い出し、心のなかでつぶやいた。ともかく、ジャック・

ライアンがずっとやってきたやりかたをするしかない。つまり、優秀な者を選んで、任務とそれをやりとげるのに必要となるものを与え、あとは最小限の指示をだすだけで自由にやらせる。そういうやりかたをしたからこそ、ジャックはすぐれたボス、立派な大統領になれたのだ、とヘンドリーは思った。しかし、それで部下のほうはかえって大変になる。いったいぜんたいわたしはなぜこんな仕事を引き受けてしまったのか、とヘンドリーは自問した。が、すぐに笑みが浮かびあがった。息子が〈ザ・キャンパス〉で働いていることを知ったら、ジャックはどんな反応を示すだろう？　笑ってすませることができるだろうか？

たぶん、できない。

「要するに、ピートはこのまま続行するしかないと言っているわけだな？」

「ほかになんて言えます？」トム・デイヴィスは訊き返した。

「トム、ネブラスカの親父《おやじ》さんの農場にもどれたらなあと思ったりするかね？」

「いやあ、あちらに行ったら、とんでもない重労働を強いられますし、退屈ですからね」それに、CIA工作員をやったことのあるデイヴィスを、農場につなぎとめるなんて所詮《しょせん》むりというもの。彼は〝ホワイト〟面では債券取引部門で有能さを大いに発揮しているが、〈ザ・キャンパス〉本来の仕事である〝ブラック〟面でも、自分の黒い肌の色となじむのか、水を得た魚のように大活躍している。デイヴィスはブラックな秘密工作というやつが大好きなのである。

「ＮＳＡ《フォート・ミード》の例の情報はどう思う？」

「何かある気がしますね。われわれはやつらを痛いめに遇《あ》わせました。だから、やつらは報復したがっているのです」

「やつらは回復できると、きみは思っているわけか？　アフガニスタンでアメリカ軍に徹底的にやっつけられたんだぞ？」

「ジェリー、にぶすぎるか熱心すぎて、やっつけられたことに気づかない者たちもいるんです。宗教が強力な原動力となるのです。たとえ実行するやつらが、自分たちのしていることがなんなのか理解できないほどアホだとしても――」

「――与えられた任務を遂行するくらいの頭はある」ヘンドリーは認めた。

「だから、われわれがここにいるんですよね？」デイヴィスは返した。

11　渡河

夜が明け、太陽が見るまにのぼってきた。タイヤが道路のこぶに乗っかり、車体が跳ねた。その跳ねとまぶしい光でムスタファは目を覚ました。首を振って頭をはっきりさせ、運転席のほうを見ると、アブドゥラーが微笑みかけてきた。

「いまどこだ？」攻撃部隊の隊長にして第一班の班長でもあるムスタファは、副官の地位にあるアブドゥラーに訊いた。

「アマリロから東へ半時間のところだ。ここ三百五十マイルは快適なドライヴだったが、そろそろガソリンを入れないと」

「何時間も前に運転を交代するはずだったじゃないか。なぜ起こさなかった？」

「なぜ？　あんたが気持ちよさそうに眠っていたからさ。それに、ひと晩じゅう、道はほぼ空っぽという状態だった。走っていたのは例のくそ大きいトラックだけでね。アメリカ人というのは夜はみんな眠るみたいだ。この数時間のあいだに見た車は三十台にもならないと思うね」

ムスタファはスピードメーターをチェックした。時速六十五マイルしかでていない。大丈夫、アブドゥラーはスピード違反をしていない。これまでのところ警官にとめられることは一度もなかった。心配することは何もない――アブドゥラーが命令をきちんと守らなかったということをのぞいて。

「あそこ」アブドゥラーが運転席から青いガソリンスタンドの看板を指さした。「ガソリンを入れて、食いものを買おう。いずれにせよ、ここらへんであんたを起こすつもりだったんだ、ムスタファ。そうおっかない顔をしないでくれ」

ムスタファは燃料計に目をやった。針がほとんどEをさしている。ここまでガソリンがなくなるのをほうっておいたアブドゥラーは愚かだが、それをがみがみ言っても益はない。

彼らはかなり大きなサーヴィスエリアに車を乗り入れた。ガソリンポンプにはシェヴロンの文字があり、それはセルフサーヴィスの自動ポンプだった。ムスタファは札入れをとりだし、VISAカードを読み取りスロットに差し入れ、二十ガロン以上のハイオクタン・ガソリンをフォードに入れた。

そのころにはもう、ほかの三人は男子トイレで用をすませ、食べものを選びはじめていた。またドーナツになりそうだった。サーヴィスエリアに入って十分で、彼らは州間高速《インターステート》にもどり、東隣のオクラホマ州めざしてふたたび車を走らせた。あと二十分ほどで、オクラホマ州に入れるはずだった。

バックシートでは、ラフィとズヘイルが眠らずに話をしていた。ムスタファは運転しながら、話には加わらずに黙って二人の会話に耳をかたむけた。

土地は平らで、地形は祖国と似ているが、緑はずっと多い。地平線は驚くほど遠くにあって、ひと目でそこまでの距離を推測するのは不可能のように思える。太陽はまだ地平線からそれほど離れてはいず、朝日に目を射られ、まぶしくてしかたない。と、シャツのポケットにサングラスがあるのを思い出した。それをかければすこしは楽になるだろう。

ムスタファはいまの自分の精神状態について考えてみた。ドライヴは気持ちがよい。過ぎゆく景色も目に心地よい。そして運転も、もともとむずかしいことではないが、実にたやすい。だいたい九十分ごとにパトカーを目にする。パトカーはふつう、かなりのスピードでスーッと追い抜いていき、なかの警官たちはこちらをしっかり観察している暇などない。制限速度を守って走れという助言は正しかったのだ。むろん遅すぎてもいけない。制限速度ぎりぎりがいちばんいい。それでも移動はとても順調に進んでいる。ところが、ほかの車がたえず追い抜いていく。大型トラックにも追い抜かれる。法をきちんと守っていれば、急ぎすぎている連中を罰することをおもな仕事としている警察には見えない存在になる。今回の作戦の秘密保全は万全だ。でなければ、尾行されていたはずだし、大規模な武装部隊による待ち伏せという敵の罠《わな》にはまりこみ、高速道の交通量がとくにすくないところでとめられていたはずだ。だが、そういうことは起こらなかった。尾行の車があれば目立つというのも、制限速度を守って走っていればこそ得られる利点だ。尾行車があれば、バックミラーをチェックするだけでわかる。これまでのところ、うしろに数分以上ぐずぐずしている車は一台もなかった。警察の尾行車の場合、乗っているのは二十代か三十代の男だろう――そう、男のはずだ。ひとりではなく二人かもしれない。ひとりが運転し、もうひとりがこちらを監視する。そうした男たちは、見るからにたくましく、地味なヘアスタイルをしているにちがいない。彼らは数分だけ尾《つ》けてきて、うしろにさがるか追い抜いて、ほかの者たちと交代する。もちろん、敵だって賢いに決まっている。だが、尾行の手順というのは予測可能だ。何台かの車があらわれ、消え、またあらわれる。その繰り返しなのである。だが、ムスタファはそういう点を充分に注意して、うしろを観察しつづけている。いまのところ、二度うしろにあらわれた車は一台もない。もちろん、航空機に尾けられている可能性もないわけではない。しかし、ヘリコプターによる尾行はすぐにわかる。ほんとうに危険なのは、軽飛行機に尾けられている場合だけだ。だが、心配しだしたらきりがない。万が一、そこまで敵がやっているというのなら、それが運命なのであり、もうどうすることもできない。ともかく、いまは道をふさぐ者たちはいず、コーヒーもうまい。そして今日も晴天。緑色の案内標識が〈オクラホマシティ　36マイル〉と告げていた。

ＮＰＲ（ナショナル・パブリック・ラジオ）が、今日はバーブラ・ストライサンドの誕生日です、と誇らしげに告げた。こいつは一日をはじめるのにふさわしい重要情報だぞ、とジョン・パトリック・ライアン・ジュニアは心のなかでジョークを飛ばしつつ、ベッドから転がりでて、トイレへ向かった。二、三分後、タイマー付きのコーヒーメーカーが時間どおりに作動したことを確認した。ドリップ式で淹《い》れられた二杯分のコーヒーが、すでに白いプラスチック製のポットのなかにたまっている。今朝は途中で、マクドナルドに寄って、エッグ・マックマフィンとハッシュ・ブラウンズを食べよう、とジャック・ジュニアは思った。健康的な朝食とは言えないが、空腹は満たせる。まだ二十三歳だから、コレステロールや脂肪をそれほど心配することもない。母《マム》のせいで心配するようになった父《ダッド》のようには心配しなくていい。いまごろマムは着替えをすませ、ジョンズ・ホプキンズ大学病院へ車で向かう準備を終えているはずだ（運転は専属警護班長のシークレット・サーヴィス隊員）。マムも午前中から仕事をはじめる。そして、今日手術があるならコーヒー抜き。カフェインをとると手がすこしふるえるかもしれないと心配しているからだ——で、手もとがくるい、メスが哀れな患者の目ん玉をマティーニのオリーブみたいに串刺《くしざ》しにして、ずぶりと脳にまで突き刺さるんだ（ダッドがこのジョークを飛ばすと、マムがたわむれに平手打ちで逆襲するのがいつものパターン）。ダッドもすぐに回顧録の執筆にとりかかる——ゴーストライターの手を借りて（本人はそういうやりかたが大嫌いなのだが、出版社に押し切られてしまった）。メディカル・スクールで医者になる最後の仕上げをしているサリーは、いまごろ何をしているのだろう？　ケイティとカイルはそろそろ着替えるのではないか？　学校へ行くために。だが、このおれは仕事に行かなければならない。大学が最後の休暇だったのではないかと、最近ふっと思う。むろん、子供というのは、男の子も女の子も、早く大人になって自立したいとしか思わない。ところが、いざ大人になると——そう、もう子供にはもどれない。この毎日働くというやつが、どうも辛気くさい。まあ、金をもらえるのだから仕方ないか——だが、金ならすでにたっぷりある。それにジャックは名家の御曹司《おんぞうし》だった。彼の場合、金は財産としてすでにあり、そのすべてを使い果たして自滅するような浪費家ではない。ジャックは空になったコーヒーカップを食洗機のなかに入れ、バスルームに髭《ひげ》を剃《そ》りにいった。

この髭剃りというやつもまた辛気くさい。十代の男の子は、桃の綿毛のようなものが黒々とした逞《たくま》しい髭に変わるのを見て大喜びするものだが、そうなると今度は、週に一、二回、たいていデートの前に、髭剃りをしなければならなくなる。だが、それが毎朝となると——もう面倒以外の何ものでもない！　ジャックにも、男の子がよくそうするように、髭を剃る父親を観察して、大人の男ってなんてカッコいいんだろうと思った記憶がある。だから、そう、大人になろうと頑張ることなんてないんだ。生活に必要な面白くもなんともないことはみんな、マムやダッドにやってもらったほうがいい。それでも……

……それでも、おれはいま重要なことをしているのだ、とジャックは思った。だから満足感もある。いや、満足感のようなものだ。やらねばならない家事というやつをぜんぶ、軽くこなせるようになれば、それは立派な満足感になる。さて、もうでかけないと。まずは清潔なシャツを着る。そしてネクタイとタイピンを選ぶ。それからジャケットをはおる。そしてドアからでる。まあ、なんだかんだ言っても、車を運転するのは楽しい。もう一台買ってもいいな。キャンヴァストップのとか。すぐ夏が来る。

風に髪をなびかせたら、さぞ涼しいだろうな。だが、そのうち異常な野郎にキャンヴァスの屋根をナイフで切り裂かれる。そうなったら、保険会社に電話しなければならず、車は三日ほど修理工場に持っていかれてしまう。結局のところ、大人になるというのは自分でショッピングモールに下着を買いにいかねばならないこと、と言ってもよい。下着はだれもが必要とするもので、大人になってひとり暮らしをはじめれば、自分で買いにいかねばならないが、それでできることといったら、ぬぐことくらいのものなのである。

車通勤は車通学とほとんど変わりなく、新鮮な気分になどなれないが、試験のことはもう心配しなくていい。ただ、大ヘマをすれば、職を失い、その汚点は大学の社会学でもらったF（不可）よりもずっと長くついてまわる。だからヘマはしたくない。それにこの仕事は、毎日が学ぶことばかりで、大学で学んだ知識を活用できる余地なんてない。大学に行けば人生に必要な知識が学べるというのは、真っ赤な嘘《うそ》なのだ。そう、そのとおり。ダッドの場合だって、たぶんそうだったのだ――マムの場合だって。なにしろ、マムなんか、新しい知識を学ぶために、医学誌を一生読みつづけなければならない。それも、アメリカの医学誌だけでは足りなくて、イギリスやフランスのものまで読まなければならない。マムは立派なフランス語をしゃべれるし、フランスの医師は優秀だと考えているのだ。フランスでは、政治家より医者のほうがずっと優秀だというわけである。いや、それならアメリカ合衆国だって、政治指導者によって判断するならたぶん、救いがたいとんでもない国ということになる。まあ、ダッドがホワイトハウスをでたあとのアメリカがそうなってしまったという意味だが。

ジャックは車のなかでもNPRを聴いた。それはお気に入りのニュース局で、流行《はや》りのポピュラー音楽に耳をかたむけるよりずっとよかった。母親が弾くピアノを聴いて育ったせいだ。母が弾くのはおもにバッハとその仲間で、ほかには現代音楽への挨《あい》拶《さつ》代わりにジョン・ウィリアムズを少々。もっとも、ウィリアムズが作曲したのは、ピアノよりも金管楽器のための曲のほうが多い。

イスラエルでまたしても自爆テロ。くそっ。ダッドはパレスチナ問題を解決しようと懸命になって頑張ったし、イスラエル側からも真剣な努力がなされた。にもかかわらず、結局、何も進展しないまま、すべてが水泡に帰してしまった。ユダヤ人とイスラム教徒は、どうしても仲良くやっていけないようだ。ダッドとサウジアラビアのアリ・ビン・スルタン王子は、会えばその問題を話し合うが、そのときの二人の失望ぶりは見ていて痛々しいほどである。アリ王子の王位継承はまだ決まっていない——それは幸運なことなのだろう、とジャックは思った。王になるのは大統領になるのよりさらにつらいはずだ。が、王子は有力者にはちがいなく、現国王もほとんどの場合、彼の言葉には耳をかたむける……そんなことを考えているうちに、ジャックは思い出した……

ウダ・ビン・サリのことを。今朝は彼についてもうすこし情報が得られるのではないか。きのうはCIA《ラングレー》のスパイたちの好意で、イギリスのSIS（秘密情報局）が収集した情報を知ることができた。CIAのスパイたち？　スパイだなんて大げさすぎやしないか、とジャックは思った。彼の父親も、CIAで働き、大手柄をたてたのち、国家安全保障問題担当大統領補佐官、副大統領をへて大統領までのぼりつめた。その父親が、映画にでてくる諜報《ちようほう》活動なんてぜんぶ嘘っぱちだから、いっさい信じてはいけないと、子供たちに何度言ったかしれない。ただ、ジャック・ジュニアが詳しい説明を求めて質問しても、返ってくるのは満足できない曖昧《あいまい》な答えばかりだった。だが、いま、ジャックは諜報活動というものの実態を学びつつある。それは退屈な作業がほとんどという仕事だ。会計事務にあまりにも似ている。ジュラシック・パークで鼠《ねずみ》を追いかけるようなもの。ただ、有利な点もある。天敵の猛禽《もうきん》にはこちらが見えないということだ。〈ザ・キャンパス〉が存在していることはだれも知らないのである。この秘密が守られているかぎり、そこで働く者たちはみな安全だ。それで安心はできる。

が、だからこそ退屈でもある。ジャック・ジュニアはまだ若く、興奮できなければ楽しくないと思っていた。

国道29号線から左にはずれ、〈ザ・キャンパス〉へ向かった。いつもの駐車スペースに車をとめる。警備員に微笑《ほほえ》みかけ、手を振り、自分のオフィスまでのぼる。そのときだった、マクドナルドに寄るのを忘れてしまったことに気づいたのは。しかたなく、菓子パンなどがおかれた盆からデニッシュを二つとり、コーヒーをカップに入れて、仕事部屋であるこぢんまりとしたオフィスに入った。コンピューターを起動し、仕事にかかる。

「おはよう、ウダ」ジャック・ジュニアはコンピューター・スクリーンに向かって言った。「おまえは何をたくらんでいるんだ？」コンピューターの時刻表示には午前八時二十五分とある。ロンドンの金融地区では午後がはじまったばかり。ウダ・ビン・サリがロイズ保険組合ビルにオフィスをもっているという情報にジャックの目がとまった。ジャックはイギリスに何度も行っていて、そこがガラス張りの精油所のように見えたことを覚えていた。そのあたりはまさにロンドンの金融の中心地で、イングランド銀行など莫大《ばくだい》な金をかかえる組織がいくつもある。ウダのオフィスが何階にあるかは報告書にはなかったが、ジャックはロイズ保険組合ビルのなかにまで入ったことはなく、何階かわかったところでイメージは湧《わ》かない。保険。建物が火事になるのを待ったりする、世界一退屈な仕事。で、きのうはウダさん、電話を何本かかけ、そのうちのひとつが……ああ！「こいつの名前はどこかで見たぞ」ヤング・ライアンはスクリーンに語りかけた。ときどき悪いプレー・グラウンドでプレーしていることが確認されている、大金持ちの中東野郎の名前だ。そいつもイギリスの保安局の監視下にある。で、二人はどんな会話をかわしたのか？

報告書には会話を文字に起こしたものもついていた。アラビア語でかわされた実際の会話と、その翻訳……仕事の帰りにスキムミルクの一クォート・パックをひとつ買ってきてくれと奥さんが頼んでいるような会話だった。それほど面白くもなんともない会話だということだ――ただ、そのなんの重要性もないつまらない依頼に対して、ウダが「確かなのか？」と応じている。それは、仕事の帰りにスキムミルクの一クォート・パックをひとつ買ってきてくれと頼んだ妻に言うような言葉ではない。

《声の調子から、背後に隠された意味があるように思われる》とイギリスの分析官は報告書の最後につつましやかに意見を述べている。

そして、きのう、それから、ウダは早めにオフィスをあとにし、いつもとはちがうパブに入って、電話で話した男と会った。だから、電話の会話はやはり無害なものではなかったのではないか？　しかし、保安局の要員が、パブのボックス席で話す二人の会話を盗み聞きしようとしたが果たせず、二人とも電話では落ち合う日時や場所を口にすることはなかった……しかも、ウダはそのパブに長居せず、すぐに立ち去った。

「おはよう、ジャック」トニー・ウィルズが入ってきて挨拶し、スーツの上着をハンガーにかけた。「なんかあるか？」

「われらが友ウダが魚みたいにくねくね動いています」ジャックは〈印刷《プリント》〉をクリックし、でてきたプリントアウトをルームメイトに手わたした。ウィルズはまだ椅子《いす》に座ってさえいなかった。

「これはなんだか怪しいな」

「トニー、こいつは黒、プレーヤーです」ジャックは声に自信をにじませた。

「電話で話したあと何をした？　いつもとちがう金の動かしかたをしているか？」

「まだチェックしてません。が、もしそういうことをしているとしたら、電話の友人に命じられたのであり、さらにその男と会って、ジョン・スミスズ・ビターの一パイント・ジョッキーでもかたむけながら、指示どおり金を動かしたことを二人で確認したのです」

「それはちょっと想像の翼をはばたかせすぎだぞ。ここでは避けねばならないことウィルズは注意をうながした。

「わかってます」ジャック・ジュニアは不満げな声をあげた。よし、それなら、きのうの金の動きをチェックしてみよう。

「あっ、そうそう、きみには今日ある人と会ってもらう」

「ある人って、だれですか?」

「デイヴ・カニングハム。司法省——組織犯罪課——にいた犯罪捜査専門の会計士だ。怪しい金の動きを見つける名人」

「わたしが何か面白いものを見つけたと思っているのでしょうか?」ジャックの声が希望で明るくなった。

「彼がここに来ればわかる——昼食後だ。いまごろ彼は、きみが見つけたものに目を通している」

「わかりました」ジャックは応《こた》えた。たぶんおれは何かを嗅《か》ぎつけたんだ。たぶんこの仕事にも興奮できる要素があるのだろう。たぶんおれの優秀な計算機を讃《たた》える勲章でもいただけるのではないか? きっとそうだ。

日々の訓練が同じことの繰り返しになってしまった。起きたらまず走り、体を充分に動かす。そして朝食をとり、話し合う。事実上、ドミニクがＦＢＩ学校《アカデミー》で、ブライアンが士官基礎学校《ベイシック・スクール》で受けた訓練となんら変わらない。この類似性のせいで、海兵隊員はなんとなく不安になっていた。海兵隊の訓練は、人を殺し、ものを破壊するのを主眼とする。ここでの訓練もそうだ。

監視はドミニクのほうがすこしうまかった。ＦＢＩ学校で、海兵隊にはない教科書にある監視術を教わったからだ。エンツォことドミニクはまた、拳銃《けんじゅう》のあつかいにも長《た》けていた。だが、アルドことブライアンは、弟愛用のスミス・アンド・ウェッソンよりベレッタのほうが好きだった。それに、弟のドミニクはそのスミスで悪党をひとり始末したが、兄のブライアンは適当に離れたところからＭ16Ａ２小銃でやるべきことをやったという事情もある。適当に離れたところというのは、五十メートル離れたところということで、その距離は、弾丸を急所に受けた敵の顔に浮かぶ表情を見られるほど近いが、とっさに敵に反撃されても被弾の心配はまずしなくてよいというほど遠い。で、ＡＫ－47の銃口が自分のほうを向いたとき、ブライアンは地面に伏せようともしなかったのだが、あとでその点を一等軍曹《ガニー》にたしなめられた。しかし、ブライアンは実戦を体験してはじめて、重要な教訓をひとつ学んだ。戦闘になるや、脳が凄《すさ》まじいまでに活性化し、思考力が一気に高まって、まわりの動きがゆるやかになったように見え、頭が驚くほど冴《さ》えわたってしまったのだ。いまから考えると、飛んでくる弾丸が見えなかったのが不思議なくらい、脳がすみずみまで目覚めて感覚が鋭敏になっていた——もっとも、AK－47の弾倉《マガジン》にこめられる最後の五発はふつう曳光弾《えいこうだん》なので、その弾道は見えたのだが、むろん、すぐ近くまで飛んできた弾丸は一発もなかった。すべてが目まぐるしく動いた五、六分を、ブライアンはいまでもよく思い出し、もっとうまくできたはずだと自己批判し、ああいう判断・指揮ミスはもう繰り返さないぞと心に誓う。ただ、ブライアンが部下たちと砲兵陣地で交戦後戦闘内容検討をしたさい、サリヴァン一等軍曹は指揮官の大尉《たいい》になみなならぬ敬意を表した。

「今朝のランニングはどうだった、諸君？」ピート・アレグザンダーが訊《き》いた。

「楽しかったです」ドミニクが答えた。「五十ポンドのバックパックを背負って走るというのも楽しいかもしれませんね」

「考えておこう」アレグザンダーは応えた。

「それなら、ピート、強襲偵察隊《フォース・リコン》でよくやってましたよ。楽しくなんてありません」

ブライアンが即座に反対した。「つまらんジョークを飛ばすのはやめろ、兄弟《ブロ》」弟に注意した。

「まあ、きみたちの体調は相変わらずよく、文句はない」アレグザンダーは気分よさそうに言った。朝のランニングをしなくてもいいのだから、気分が悪いはずがない。

「で、話ってなんだね？」

「ここでの訓練の目的について、できればもうすこし知りたいんです。その気持ちが消えないんです」ブライアンはコーヒーから目をあげた。

「辛抱が足らんな」訓練教官は語気鋭く返した。

「いいですか、ピート、海兵隊でも訓練は毎日しますけどね、なんのための訓練かはっきりしない場合でも、自分たちが海兵隊員であることはわかっていますし、ウォルマートの前でガールスカウト・クッキーを売るために鍛えられているのではないということも知っています」

「じゃあ、きみたちはいま、何をするために鍛えられているのだと思う？」

「警告もせずに人を殺すためでしょう。交戦規則と言えるものもいっさいないなし。殺人としか思えませんけどね、それ」うーん、ついに口にだしてしまったな、とブライアンは思った。さて、どうなるか？　たぶん、キャンプ・ルジューンに車でもどり、海兵隊《グリーン・マシン》でのキャリアを再開ということになるのだろう。まあ、それもいい。

「ようし、わかった。話してもいいころだ」アレグザンダーは譲歩した。「だれかさんの命を終わらせろという命令を受けたら、きみはどうする？」

「その命令が合法的なものだったら、実行しますが、それがどれほど合法的なものか考える権利は法律——法治国家というシステム——によって保障されています」

「では、仮にだが、テロリストであることがはっきりしている者の命を奪えと命じられたら、どうする？」アレグザンダーは訊いた。

「それは簡単です。殺《や》ります」ブライアンは即座に答えた。

「なぜ？」

「テロリストは犯罪者ですが、逮捕できないことがままあります。そうした者たちはわが国に戦争をしかけているのであり、それに反撃せよと命じられれば、わたしは迷わず実行します。そうすると誓い、署名して、海兵隊員になったのですから、ピート」

「それは必ずしも法的に許される行為ではない」ドミニクが意見を述べた。

「だが、犯罪をおかしている最中の野郎を殺るのなら、許されるぞ。いわゆる現行犯だったらな。おまえだって殺ったじゃないか。しかも、悔やんでなんかいないんだろう、兄弟《ブロ》」

「おまえだってそうじゃないか。おれと同じだ。大統領に殺れと言われたら、おまえは軍人で、大統領は国家最高司令官だから、言われたとおり殺るしかない、だよな、アルド。大統領に命じられたら、だれだって殺れるんだ、合法的にな――だって、それが任務ってことになるんだから」

「一九四六年に同じ理屈をこねたドイツ人たちがいなかったか？」ブライアンはニュルンベルク裁判での戦犯たちの自己弁護を思い出した。彼らは六百万人ものユダヤ人を殺しておいて、自分は上からの命令を忠実に実行しただけだから無罪だ、と言い張ったのである。

「その点に関しては、あまり心配する必要はないと思うね。それを心配しなけりゃならんのは、戦争に負けたときだ。アメリカが戦争に負けるなんてことは、ここしばらくはありえない」

「エンツォ、おまえの言ったことが事実だとすると、つまりこういうことか？　もしもドイツが第二次世界大戦に勝っていたら、六百万人ものユダヤ人が殺されたことを気にする者なんていなかっただろう。おまえの言いたいのはそういうことか？」

「おいおい」アレグザンダーが割って入った。「ここは法理論のクラスじゃないんだ」

「エンツォの野郎は弁護士でもあるんです」ブライアンが指摘した。

ドミニクはこの〝餌《えさ》〟に食いついた。「大統領が法をおかしたら、まず下院が弾劾《だんがい》訴追するか否かを決定する。訴追の決定が下されると、今度は上院で弾劾裁判がひらかれ、そこで有罪になれば、大統領は罷免《ひめん》される。しかるのちに、その前大統領は一般市民として刑事罰の対象となる」

「なるほど。じゃあ、大統領の命令を実行した者たちはどうなるんだ？」ブライアンは返した。

「それは場合によるだろう」ピート・アレグザンダーが二人に言った。「その大統領が罷免される前に実行者たちに大統領恩赦状を与えたら、彼らの法的責任とやらはどうなる？」

これにはドミニクも顔をぐいと向けた。「なくなる、と思います。大統領は恩赦権という絶大な権力を有すると憲法に定められています。昔の王様がやれたようなこともできるというわけです。理論的には、大統領は自分に恩赦を与えることもできます。ただ、それをやっちゃうと、複雑で解決困難な法的問題が生じるでしょうがね。憲法はわが国の最高法です。神と言ってもよい。それ以上のルールはない。でも、この恩赦というやつ、フォード大統領がニクソン前大統領に与えましたが、実際に使われたのはそのときくらいのものなんです。憲法は、道理をわきまえた者が理にかなった適用のしかたをする、ということを前提にしてつくられています。その点が憲法の唯一《ゆいいつ》の欠点ではないでしょうか。法律家は弁護士でもあるわけで、つねに道理をわきまえるとはかぎりませんから」

「では法律上は、人を殺しても、大統領から恩赦を与えられれば、罰せられることはない、というわけだな？」

「そうです」ドミニクは疑わしげに顔をちょっとゆがめた。「何が言いたいんです？」

「いやいや、仮にそうなったら、どうなのかな、というだけの話さ」言いつくろっているとはっきりわかる口調になった。とにかくアレグザンダーは、法理論のクラスをこれで終わりにすることにし、ずいぶんたくさん話したのに結局は何も話していないということに満足した。


都市《まち》の名前がなんとも妙だな、とムスタファは心のなかでつぶやいた。ショーニー、オーキマー、ウィリートカ。そして、ファラオ。この名前がいちばん変だ。だって、ファラオは古代エジプトの王の称号じゃないか。ここはエジプトではない。エジプトはイスラムの国だが、政治が信仰の重要性を認識していないので混乱したままだ。だが、それも遅かれ早かれ正される。ムスタファは煙草《たばこ》に手を伸ばした。ガソリンはまだはんぶん残っている。フォードの燃料タンクはそうとう大きいのだろう。そして、そこにたくわえられて車を動かしているのはイスラムの石油。アメリカ人というやつらは、なんて恩知らずな連中だろう。イスラム諸国が石油を売ってやっているのに、アメリカがお返しにやることといったら？　そう、アラブ人を殺すための武器をイスラエルに与える、それくらいのこと。あとは、猥褻《わいせつ》な雑誌やアルコールなど、信心深い者たちをも惑わす害毒をまき散らすだけ。しかし、自分で堕落するのと、異教徒の餌食《えじき》となって堕落させられるのと、どちらがより悪いのか？　そのうちいつか、すべてが正され、アッラーの法があまねく世界に広まる日がやってくる。そう、かならずやってくる、いつの日か。そして、われら戦士は、いますでにアッラーの御意志を実現する運動の前衛となっている。殉教者となるのだ、誇り高き殉教者に。しばらくすれば家族たちもわれわれの死について知り、嘆き悲しむだろうが、死をも恐れぬ信心深さを賞賛してもくれるだろう――この国はわれわれをかならず殉教者にしてくれる。その点に関してはアメリカをあてにできる。アメリカの警察は、勝負に負けたあとになってやっと、懸命になって有能さを示したがるのだ。そう思っただけで、ムスタファの顔に笑みが浮かんだ。

デイヴ・カニングハムは年相応の風貌《ふうぼう》をしていた。じきに六十歳、とジャック・ジュニアは判断した。薄くなりはじめた髪には白髪がまじり、肌の色はくすんでいる。

煙草は喫《す》わないが、やめてたいしてたっていない。だが、グレーの目が、餌となるプレーリードッグをさがすダコタの鼬《いたち》のそれのように、好奇心できらきら輝いている。

「きみがジャック・ジュニアか？」ドアをあけて入ってくるなり尋ねた。

「そうです」ジャックは答えた。「わたしが見つけた数字、どうでしたか？」

「素人《しろうと》にしては悪くない」カニングハムは認めた。「きみが見つけたのは、秘密裏にプールされる裏金や、洗浄《ロンダリング》中の金のようだ――自分やほかの者のためにな」

「ほかの者って、だれですか？」ウィルズが訊いた。

「はっきりしないが、中東の男、金持ちだが、けちで金に細かい。妙といやあ妙だね。中東の金持ちは湯水のように金を使うと、だれもが思っている。実際にそうする者もいる」会計士は説明した。「しかし、けちなやつもいるんだ。五セント貨《ニッケル》を一枚失うたびに、バッファローが悲鳴をあげる、なんてやつがね」このジョークで年齢がわかった。バッファローの図像が刻まれたバッファロー・ニッケルは、かなり昔に姿を消していて、ジャックはこのジョークを理解できなかった。カニングハムはヤング・ライアンとウィルズのあいだの机の上に書類をおいた。赤い円でかこまれた取引が三つあった。

「この男はちょっと不注意だな。怪しい取引はすべて、金額が一万ポンドになっている。だから簡単に見つけられる。偽装方法は個人的な出費とすること——金はこの口座にプールされるのだが、両親に見つからないようにするためじゃないかな。サウジアラビアの会計士もおっとりしているんだろう。百万ポンド以上の金が使われないと、あわてはしないのだと思う。金持ちの若者なら、高級娼婦《しょうふ》ととりわけステキな夜を過ごしたり、カジノでひと晩遊んだりして、一万ポンドくらい使うこともあるさと、あの国の会計士はたぶん思っているのだろう。金持ちの若者はギャンブル好きだが、強いわけではない。そういう連中がラスヴェガスやアトランティック・シティの近くに住んでくれたら、わが国の貿易収支も驚くほどよくなるんだがな」

「連中はアメリカよりヨーロッパの娼婦のほうが好きなんじゃないですか？」ジャックは思ったことをそのまま口にだしてしまった。

「いいかい、坊や、ラスヴェガスではな、金髪で青い目のカンボジア産牝《めす》ロバだって注文できるんだぞ。それも、電話して三十分もしたら、ホテルの部屋にとどく」マフィアの親分たちにはそれぞれ好みのセックスがあるということも、カニングハムは司法省での長い年月のあいだに学んだ。メソジスト派の信徒であり、だいぶ年もとったカニングハムは、最初そういう事実を知ってむかついたが、それもまた犯罪者たちを追跡するのに役立てることができると気づき、それからはその種の親分たちの出費を歓迎するようになった。堕落した者たちは堕落したことをするのだ。カニングハムはまた、〈優美な蛇《エレガント・サーペント》〉作戦にも参加した。それは、まったく同じ方法を用いて金の流れを解明し、獲物を追跡した作戦で、六人の下院議員をフロリダのエグリン空軍基地にある新入りにやさしい連邦刑務所《フェデラル・カントリークラブ・プリズン》に送りこむのに成功した。元議員の囚人たちを高級キャディーにして、基地から飛びたつ若き戦闘機パイロットたちの荷物でも運ばせればいいんだ、とカニングハムは思う。そうすれば、元議員さんたちにもよい運動になるではないか。

「デイヴ、われらが友のウダはプレーヤーでしょうか？」ジャックは訊《き》いた。

カニングハムは書類から目をあげた。「うん、この動きかたは確かにプレーヤーのそれだ」

ジャックは大いなる満足感をおぼえて椅子《いす》の背に体をあずけた。おれはやっぱり何かをなしとげたんだ……たぶん重要な何かを？

アーカンソー州に入ると、ちょっと起伏のある土地になった。ムスタファは自分の反応が遅くなっていることに気づいた。四百マイルも運転すればむりもない。そこでサーヴィスエリアへ入って車をとめ、給油したのち、運転をアブドゥラーに代わってもらった。体を伸ばすのは気持ちよかった。が、すぐにまた高速道路にもどった。アブドゥラーは慎重に運転した。追い越すのは高齢者が運転する車だけで、勢いよく追い抜いていくトラックにつぶされないように右車線にとどまりつづけた。警察にとめられたくもなかったし、急ぐ必要もなかった。二日のうちに、ターゲットを見つけ、任務を遂行すればいいのだ。時間は充分にある。他の三班はどうしているだろう、とムスタファは思った。三班とも、こちらより近いところをターゲットにしている。すでに目標の都市に到達している班もあるはずだ。彼らが受けた命令は、ターゲット地点から車で一時間以内にある、まともだが豪華ではないホテルに宿をとり、決行現場の偵察をしたのち、準備完了の報告をEメールで送り、隊長からの決行の合図をじっと待て、というものだ。言うまでもないが、命令は単純であればあるほどよい。それだけ、混乱したりミスをおかしたりする機会が減るからだ。みんな、優秀な男で、作戦内容の説明もしっかり受けている。ムスタファは全員を知っていた。サイードとメヘディは、ムスタファ同様サウジアラビア出身で、裕福な家庭に育ち、アメリカ人やその同類に媚《こ》びへつらう両親を軽蔑《けいべつ》するようになったというところも同じだ。サバウィはイラク人。家は裕福ではなく、信仰に生きる道を選んだ。ほかの者たちと同じようにスンニ派だが、祖国の多数派のシーア派にも、預言者ムハンマドに忠実な真のイスラム教徒として死んだと記憶されたいと思っている。イラクのシーア派は、スンニ派の支配下から——異教徒どもによって！——解放されたばかりで、まるで自分たちだけがイスラム教徒であるような顔をして祖国を闊歩《かっぽ》するようになった。サバウィはそれはまちがいだということを示したいと思っているのだ。ムスタファはそういう些《さ》細《さい》なことにはほとんどこだわらない。彼にとって、イスラム教は巨大なテントであり、そこには世界中のほぼすべての人々が入れる空間が……

「尻《しり》が痛くなった」ラフィがバックシートから声をあげた。

「しかたねえだろう、兄弟」アブドゥラーが運転席からたしなめた。ハンドルをにぎっていると、一時的に指揮官になったような気持ちになるらしい。

「わかってる。だが、尻は痛い」ラフィは返した。

「馬に乗って突っ走るという手もあったんだが、それだと遅すぎるからな。それに、馬に乗っても尻は痛くなるぞ、兄弟」ムスタファが横から言った。これでラフィは笑い声をあげ、手にしていたプレイボーイ誌に目をもどした。

地図によると、スモール・ストーンの市街地に着くまでは楽そうだった。スモール・ストーンに入るときは、しっかり目を覚ましていなければならない。しかしいまは、緑の木々におおわれた爽《さわ》やかな小山を縫って走る道をたどるだけでよい。ここはメキシコの北部とはまるでちがう。てくてく歩いたメキシコの地は、祖国の砂丘にそっくりだった……もはや帰ることのない祖国の砂丘に……

アブドゥラーにとって運転は楽しかった。フォードは父親が運転していたメルセデスほど快適ではないが、いまはこれで充分であり、ハンドルの感触は手にやさしい。アブドゥラーは座席の背にゆったりと身をもたせかけ、唇に満足の笑みを浮かべながらウィンストンをくゆらせていた。アメリカには大きな楕円形《だえんけい》のサーキットで、こんなふうに車を走らせて速さを競う人々がいるが、さぞかし楽しいにちがいない！　なにしろ、車をできるだけ速く走らせ、他人《ひと》と競うのだ――そして、そいつらを打ち負かす！　女と遊ぶより楽しいにちがいない……うん、たぶん……いや、女と車はちがう、別の楽しみだ、とアブドゥラーは思いなおした。だったら、レースに勝ったあと、女と遊べばいい。それなら文句なく楽しい。天国にも車はあるのだろうか、とアブドゥラーは思った。ヨーロッパで人気のあるF1みたいに速いやつが。コーナーではスピードを落として内側の縁すれすれにカーブを切り、直線では全速力で突っ走る。そうやって、車とトラックが許すかぎり速く走るのだ。この高速道路でそれを真似《まね》てみるのも面白いかもしれない。この車はたぶん時速二百キロくらいはでるだろう――いやいや、そんな遊びをしているときではない。任務のほうがずっと重要なんだ。

アブドゥラーは窓から煙草の吸殻を投げすてた。と、そのとき、側面に青いストライプの入った白いパトカーが、勢いよく一気に追い抜いていった。アーカンソー州警察のパトカーだ。あれは速い車のようだったし、なかの男はなんともすてきなカウボーイハットをかぶっていたじゃないか、とアブドゥラーは思った。彼もまた、地球上の人間ならだれでもそうであるように、西部劇を含めたアメリカ映画を見ていた。当然、馬にまたがって牛を追う男たちや、名誉の問題を解決するために酒場で拳銃《けんじゅう》を撃ち合う男たちも、見たことがある。カッコいいと思う——だが、それはそう思わせるようにつくられたものなのだ、とアブドゥラーは自分に注意をうながした。これもまた、イスラム教徒を惑わそうとする異教徒たちのたくらみだ。いや、実際のところは、アメリカ映画はおもにアメリカ人のためにつくられる。アラブの映画がアラブ人のためにつくられるのと同じだ。おれだって、サラディン——なんとクルド人！——率いるイスラム軍が、侵入してきた十字軍を粉砕するアラブ映画を何本見たかしれない。みんな、歴史を教え、アラブの男らしさを鼓舞するものだった。つまりは、イスラエルを打ち砕くための映画なんだ。だが、残念なことに、イスラエルはいまだ打ち倒されず、依然として存在する。たぶん、アメリカの西部劇も同じなんだろう。西部劇が描く男らしさは、アラブ映画のそれとたいしてちがわない。ただ、西部劇では武器はリボルバーだが、アラブ映画ではもっと男らしい剣だ。むろん、拳銃には遠くから敵を斃《たお》せるという利点がある。だから、アメリカ人は効率のよい戦いかたをするし、戦術も実に巧妙だ。だが、もちろん、勇気という点ではアラブ人に劣る。ただ小利口なだけなのだ。

アメリカ人とやつらの拳銃には気をつけないといけない、とアブドゥラーは自分に言い聞かせた。もし、やつらのなかにひとりでも、映画のカウボーイのように撃てる者がいたら、おれたちの任務は完遂されずに途中で終わってしまう。それは絶対にまずい。

追い抜いていったパトカーの警官は、ベルトのホルスターにどんな拳銃をしのばせているのか？——あいつの拳銃の腕前は？　その気なら、むろん知ることもできるが、それにはひとつの手しかなく、それをやったら任務遂行が危うくなる。だからアブドゥラーは、どんどん小さくなっていくパトカーを見えなくなるまで目で追っただけだった。そして、気持ちを落ち着けて、凄《すさ》まじい勢いで追い越していく大きなトレーラートラックをながめつつ、時速六十五マイルをしっかりとたもち、一時間に煙草《たばこ》を三本喫い、ごろごろ鳴る腹をかかえて、東へと車を走らせた。〈スモール・ストーン30マイル〉

CIAの連中《ラングレー》がまた騒いでいます」トム・デイヴィスがヘンドリーに報告した。

「どういうことかね？」ヘンドリーは訊いた。

「サウジアラビアにいる工作員が、ある情報提供者から妙な情報を入手したのです。プレーヤーの疑いのある者たちが、つまり、姿を消したというのです。行き先は不明。人数は十人ほど、西半球に向かった、と情報提供者は考えています」

「情報の確実度は？」ヘンドリーはさらに訊いた。

「信頼度は5のうちの3です。その情報源はふつうは高く評価されるんですけどね。CIA本部のだれかさんが評価を下げることに決めたんです。理由はわかりません」

これも〈ザ・キャンパス〉が抱える問題のひとつだ。情報分析のほとんどを他人《ひと》まかせにせざるをえないという点である。〈ザ・キャンパス〉の情報分析部門にはとりわけ優秀な人材が何人かいるというのに、生情報の整理・処理といういちばん大事な仕事はみんなポトマック川の向こう側（CIA）にやられてしまう。しかも、CIAは果たすべき義務をここ数年のあいだまったく果たしていない――いや、数十年のあいだだな、とヘンドリーは記憶を呼びさまして訂正した。メジャーリーグならぬCIAリーグでは、だれひとり千本安打にさえ到達できず、役人のとぼしい給料でも貰《もら》いますぎという、デスクワークしかしない官僚たちがたくさんいる。だが、情報のファイリングさえきちんとしていれば、だれも文句を言わないし、彼らの無能さに気づきもしない。それにしても、サウジアラビア政府が、トラブルメーカーとなるおそれのある自国民を追いだし、犯罪をよその国でおかさせる、という身勝手な手を使っているのが、そもそも大問題なのだ。それで自分たちが困るようなことになれば、彼らはおそろしく協力的になるのだが、ただそれだけでやるべきことはやった、果たすべき責任は果たしたということにしてしまう。

「きみはどう思う？」ヘンドリーはトム・デイヴィスに訊いた。

「ですから、ジェリー、わたしはジプシー占い師ではないのです。水晶玉占いも、デルフォイの神託みたいなこともできません」デイヴィスはいかにも苛立《いらだ》たしげに溜息《ためいき》をついた。「この情報は国土安全保障省にも行ってますので、ＦＢＩをはじめさまざまな機関の分析チームにも当然知らされています。でも、これは、いわゆる〝曖昧《ソフト》な〟情報ですからね。まったく頼りにならない。名前が三つ。だが、写真はなし。どんな間抜けでも新しい名前を使って別人になりすますことができます」そのやりかたは大衆小説にも書いてある。他人になりすまして、身分証のたぐいを手に入れるのは簡単である。辛抱強く待つ必要もない。アメリカには、各種証明書の発行にさいして出生証明書と死亡証明書の両方を参照して確認する州はひとつもないからだ。こんな確認は、その気になれば、官僚にだって簡単にできることなのだが。

「だから、どうなる?」

デイヴィスは肩をすくめた。「例によって例のごとし。空港の警備担当者たちが、またしても警戒を強めるよう指示されます。で、彼らは、だれにもハイジャックさせまいと、さらに多くの罪のない人々を困らせるでしょう。そして、アメリカじゅうの警官が怪しい車をさがします。でもそれは、気まぐれな運転をしている者がとめられるくらいのことでしかありません。これまでに虚報がありすぎました。警察だって、もういいかげんうんざりしていますよ、ジェリー。またかと思う警官たちを、だれもとがめられません」

「すると、アメリカの対テロ防衛力は麻痺《まひ》しているわけだな――われわれ自身のせいで?」

「ええ、事実上。CIAが現場の〝資産《アセット》〟を大幅に増やし、テロ実行者をこちらに着く前に特定できるようになるまでは、われわれは先手ではなく後手にまわらざるをえません。まったく、もう!」デイヴィスは顔をしかめた。「わたしがやっている債券取引のほうは、ここ二週間、大当たりしているんですけどね」トム・デイヴィスはどちらかというとマネー・ビジネスのほうが好きだった——というか、楽にこなせた。ダートマス大学を卒業してすぐCIA入りしたのは間違いだったのではないか、と自問することもよくある。

「そのCIA報告の追跡調査は?」

「それが、現地の〝資産《アセット》〟にさらなる情報を求めたらどうかと提案した者がいたのですが、まだ〈七階〉の許可がでていません」

「なんてことだ!」ヘンドリーは思わず声をあげた。

「おやおや、ジェリー、驚くこともないんじゃないですか。あなたはわたしとはちがってCIAで働いた経験はありませんが、議会《ザ・ヒル》にいたわけですからね、こういうことは見てきたはずですよ」

「キールティの野郎は、まったくもう、、、、、なんでフォーリをCIA長官のままにしておかなかったんだ?」

「もっと好きな弁護士の友だちがいたからじゃないですか。それに、フォーリはプロのスパイです。だから信頼できない、とキールティは考えたのです。まあ、いずれにせよ——エド・フォーリは状況をすこしは改善しましたがね、ここまでがたがたになったCIAを立てなおすには十年はかかります。だから、われわれがここにいるんでしょう？」デイヴィスはにやっと笑って見せた。「シャーロッツヴィルのわれらが殺し屋《ヒットマン》訓練生たちはどんな調子なんですか？」

「海兵隊のほうがまだ良心の問題で悩んでいる」

「あの海兵隊きっての英雄〝チェスティ〟・プラー将軍が、いまごろ墓のなかで寝返りを打っているんじゃないですかね」デイヴィスは頭に浮かんだことをそのまま口にした。

「まあ、狂犬を雇うわけにはいかんからな。疑問をもたれるんだったら、任務で現場にでているときよりいまのほうがいい」

「それはそうですね。ハードウェアのほうは？」

「来週できる」

「ずいぶんかかりましたね。テスト段階というわけですか？」

「ああ、いまアイオワでやっている。豚を使ってな。豚の心臓血管システムは人間のに似ているんだそうだ。そう、われらの友は言っている」

《いやあ、豚とはぴったりではないか》とデイヴィスは思った。

スモール・ストーンの街に入っても、道を間違えて苦労することもなく、州間高速《インターステート》

40号線に乗ったまま、いったん南西にくだり、そのあと北東へ向かって走りはじめた。ふたたびムスタファがハンドルをにぎっていて、ローストビーフ・サンドイッチとコカコーラで腹を満たしたバックシートの二人は、うたた寝をしていた。

その後は退屈と言ってもよい状態になった。二十時間以上ものあいだ、心を高揚させてくれるものは何ひとつなく、一日半後に決行するすばらしい任務を頭に思い描いても目をあけていることがむずかしくなった。だから、ラフィとズヘイルは疲れ果てた子供のように眠りこんだ。ムスタファは陽光を左肩に受けながらフォードを北東に向かって走らせた。テネシー州メンフィスまでのマイル数を示す案内標識が見えた。ムスタファはしばし考え——これほど長く車に乗っていると頭がぼんやりし、考えるのもひと苦労——横切らねばならない州はあと二つだけであることを知った。移動は、ゆっくりではあったが、着実だった。飛行機で一気に移動したほうが楽だったろうが、サブマシンガンを持って空港を通過するのはたぶんむずかしかっただろう、とムスタファは思い、にやっと笑った。彼は任務部隊全体を指揮する隊長だったので、ほかの班のことも心配しなければならなかった。だから、他の班に手本を示すべく、四つのターゲットのなかでもっとも遠くて、もっともむずかしいところを、みずから選んだのだ。しかし、ばらばらの戦士をまとめるという役回りにはときどきうんざりする、とムスタファはシート上で尻《しり》の位置を変えながら思った。

つづく二時間が過ぎるのは早かった。それから、長さも幅も高さもかなりある巨大な橋をわたりはじめた。まず〈ミシシッピ川〉という標識があり、ついで〝ボランティア・ステート〉テネシー州へようこそ〟と書かれた看板があった。ボランティア・ステートというのはテネシー州の俗称で、一八一二年からはじまった米英戦争のさいに義勇兵《ボランティア》が多かったのでそう呼ばれるようになったのだが、ムスタファにはなんのことかまったくわからなかった。頭が長時間の運転のせいで痺《しび》れたようになっていて、ムスタファはどういう意味だろうかとぼんやり考えはじめたが、すぐにそんなことはどうでもよくなった。どんな意味であろうと、ヴァージニア州に到達するには、このテネシー州を横断しなければならないのだ、とムスタファは思った。あと少なくとも十五時間は休めない。メンフィスを通過して東へ百キロほど行ったら、アブドゥラーに運転を代わってもらおう。

フォードは大河をわたりきった。ムスタファの祖国には一年じゅう水が流れる川など一本もない。あるのは、ごくたまに降る通り雨で水がたまって流れ、すぐにまた干上がってしまう、ワジだけだ。アメリカはなんて豊かな国なのだろう、とムスタファは思った。アメリカ人が傲慢《ごうまん》なのは、きっとそのせいだ。おれが、ほかの三人の仲間とともに、これからやりとげる任務の目的は、そのアメリカ人の傲慢な鼻っ柱をへし折ることだ。しかも、神がお望みになるなら《イン・シャー・アッラー》、それを二日以内にやってのける。《天国まであと二日》という言葉がムスタファの頭に浮かび、いつまでも消えなかった。

12　到達

バックシートの者たちにとっては、テネシー州もひとりでにどんどん過ぎ去っていく風景でしかなかった。むろんそれは、メンフィスからナッシュヴィルまでの三百五十キロをムスタファとアブドゥラーが交代で運転したからであり、その間、ラフィとズヘイルはだいたい眠っていた。分速一・七五キロ、とムスタファは計算した。ということは、あと……何時間？　二十時間くらいか。スピードをあげて時間を短縮しようか、と思った——いや、だめだ、そんな愚かなことはできない。不必要な危険をおかすのは、どんな場合でも愚かでしかない。おれたちはそれをイスラエルから教えられたじゃないか。敵はいつも待っている、眠れる虎《とら》のように。不用意に虎を起こすのは、実に愚かなことだ。虎を起こすのは、ライフルでしっかり狙《ねら》いを定めたあと。それではじめて虎は、自分が出し抜かれ、反撃できないことを知る。そうやって、虎に自分の愚かさを認識させ、恐怖を味わわせるのだ。そして、その瞬間、撃ち殺す。アメリカにも恐怖を味わわせてやる。この国に住む傲慢なやつらをひとり残らず震えあがらせてやる。高度な武器をどれほど持っていようと、どれほど利口であろうと、かならず恐れおののかせてやる。

ムスタファは知らぬまにアメリカの暗闇《くらやみ》に向かって微笑《ほほえ》みかけていた。太陽はふたたび沈み、フォードのヘッドライトが二つの円錐形《えんすいけい》の白光を暗闇につきさし、ものすごいスピードで視界に入ってはは消えていく高速道路上の白い破線を照らしている。ムスタファは時速六十五マイルをきちんと維持して車を東へとひたすら走らせた。

双子《ふたご》の兄弟の一日は午前六時の起床ではじまる。すぐに外にでて、ピート・アレグザンダーの監督なしに、毎日欠かさずにやらねばならない十種類ほどの運動をこなす。ただ彼らは、もうそんなことは必要ないと思うようになっていた。三マイル走は、どちらにとってもどんどん楽になっていたし、ほかの運動も、どうということのない楽な日課になってしまった。七時十五分までに、やるべきことをすべて終え、館《やかた》のなかにもどって朝食をとり、訓練教官とのその日最初の検討会をおこなう。

「おまえの靴、それ、なんとかしないといかんな、兄弟《ブロ》」ドミニクが言った。

「ああ」ブライアンも同感で、はき古されたナイキのスニーカーを悲しげに見やった。

「こいつには二、三年、しっかり世話になった。だが、もう靴の天国へ行かないといけないようだな」

「ショッピングモールにフットロッカーがある」ドミニクの言うショッピングモールは、彼らのいる小山をおりたところにあるシャーロッツヴィルのファッション・スクエアのことだった。

「だったら、明日の昼飯はチーズステーキサンドにするか？」

「いいね、兄弟《ブロ》」ドミニクも賛成した。「昼食には、油と脂肪とコレステロールがいちばんだ。付け合わせにチーズフライがあれば、もう言うことない。だが、その靴に明日までもってもらわんとな」

「あのな、エンツォ、おれはこのスニーカーの臭《にお》いが好きなんだ。おれはこいつといっしょに何度か貴重な体験もしたしな」

「きたねえTシャツもいっしょだったんだろう。まったくもう、アルド、おまえはどうしてもうすこしマシな服装ができねえんだ？」

「戦闘服をもういちど着させてもらえんかなあ。おれは海兵隊員でいることが好きなんだよ。自分の役割がなんなのか、つまり、自分がどこに立っているのか、はっきりわかるんでね」

「なるほど、くそ溜《だ》めのまん真ん中に立っているのが、わかるというわけね」ドミニクは返した。

「かもしれん。だが、優秀な者たちといっしょだ」しかも、みんな味方で、全員が自動小銃を持っている、とブライアンは思ったが、口にだしはしなかった。そういう者たちにかこまれている安心感は、一般市民の生活ではめったに得られないものだ。

「外に昼飯を食いにいくのか？」アレグザンダーが訊《き》いた。

「ええ、たぶん明日」ドミニクは答えた。「そのあと、アルドのスニーカーにふさわしい葬式をしてやりませんとね。消毒剤《ライゾール》の缶あります、ピート？」

これにはアレグザンダーも大笑いした。「言っちまったなあ」

「あのなあ、ドミニク」ブライアンはベーコンエッグから顔をあげた。「おまえが弟じゃなかったら、こんななめた真似《まね》は絶対に許さんところだ」

「ほんとかよ」カルーソーFBI捜査官はイングリッシュ・マフィンをぽんと兄のほうに投げた。「まったく、海兵隊員というのは口だけなんだから。わたしはね、子供のころ、いつもこいつをぶったたいていたんです」これはアレグザンダーのための軽口。

ブライアンの目が飛びださんばかりにカッとひらいた。「嘘《うそ》つけ！」

こうしてまたしても訓練の一日がはじまった。

その一時間後、ジャック・ジュニアは出勤し、自分の仕事場にもどった。ウダ・ビン・サリがまたしても夜の体操を楽しんだ。お相手はふたたびローザリー・パーカー。ウダは彼女がお気に入りのようだ。彼女が〝お仕事〟のあとかならず、イギリスの保安局にその一部始終を実況中継するかのように詳しく報告していることを知ったら、ウダはいったいどんな反応を示すだろうか、とジャックは思った。だが、彼女にとっては、セックスは〝お仕事〟でしかない。その真実を知ったら自惚《うぬぼ》れを打ち砕かれる男たちが、イギリスの首都にはたくさんいるのではないか。ウダもそういう男の自惚れをもっているにちがいない、とジャック・ジュニアは思った。九時十五分前、トニー・ウィルズがダンキンドーナツの袋をぶらさげて部屋に入ってきた。

「やあ、トニー。重要な情報、何かありますか？」

「ないない」ウィルズは打ち返すように答えた。「ドーナツ、食うか？」

「いただきます。ウダが昨夜また〝体操〟をしました」

「『ああ、若さはすばらしい。だが、若者に無駄づかいされるだけ』」

「それ、ジョージ・バーナード・ショーですよね？」

「きみは教養があるにちがいないと思っていた。ウダは二、三年前に新しい玩具《おもちゃ》を見つけたんだ。それが壊れるまで——というか、萎《な》えるまで——それで遊びつづけるつもりなんだろう。保安局の監視チームにとっては、なかなかつらい仕事のはずだ。なにせ、やつが二階で《うはうは楽しんでいる》のを知りながら、冷たい雨のなかに立っていたりしなけりゃならんのだからな」ウィルズは、HBO《ケーブルテレビ》で放映中の『ザ・ソプラノズ　哀愁のマフィア』の台詞《せりふ》を引用した。彼はそのマフィア家庭コメディーとも言うべきテレビシリーズに惚れこんでいるのだ。

「娼婦《しょうふ》から話を聞いているのは、その監視チームの者たちなんですかね？」

「いや、それは保安局本部《テムズ・ハウス》にいる連中の仕事だ。生情報ではないので、興奮度もいまいちだな。こちらにも、女がしゃべったことをそっくりそのまま文字にしたものを送ってくれないかな」ウィルズはくすくす笑いを洩《も》らした。「そんなのを朝っぱらから読んだら、カッカして血のめぐりがよくなるぞ」

「わたしはいいです。万が一、夜に薄汚いポルノが見たくなったら、マガジン・スタンドでハスラー誌を買えばいいんです」

「おい、これはご清潔なビジネスではないんだ、ジャック。おれたちが監視しているのは、ディナーには絶対に招きたくないような連中なんだ」

「あっ、そうそう、ホワイトハウスでも同じでしたよ。公式晩餐会《ばんさんかい》に招かれる人々のはんぶんは——父《ダッド》ができれば握手したくない連中でした。アドラー国務長官に、これは仕事なんだと言われて、父はいやいやそういう変質者たちにも愛想よくしていました。政界というのも、薄汚いやつらが引き寄せられるところなんですよね」

「そういうこと。で、ウダに関する新しい情報、ほかに何かあるか?」

「きのうの金の動きをまだ調べていません。もしカニングハムが重要なことを見つけたら、そのあと、どうなるんです?」

「それはジェリーと幹部たちが決める」《きみがそんなことを心配するのは十年早い》とウィルズは思ったが、口にだしはしなかった。それでも、ヤング・ライアンはその言外のメッセージを受けとった。

「で、どうだった、デイヴ?」ジェリー・ヘンドリーが最上階のオフィスでカニングハムに訊いた。

「この男は資金洗浄《マネー・ロンダリング》をし、その一部を正体不明の者たちに送っているんです。リヒテンシュタインの銀行の口座にね。まだはっきりわからないが、その口座はクレジットカード決済用のものではないかと思います。その問題の銀行を通してＶＩＳＡカードやマスターカードをつくれるから、むろんそこの口座で、だれだかまだわからない者のクレジットカード決済もできるわけです。カードを使っているのは、愛人かもしれないし、親友かもしれない。あるいは、われわれが大いに関心のある者かもしれない」

「それを見つける方法は？」トム・デイヴィスが訊いた。

「その銀行も、ほとんどの銀行が使用しているのと同じ会計プログラムを使っています」カニングハムは答えた。ということは、ちょっと辛抱すれば、〈ザ・キャンパス〉はその内部に侵入し、もっと知ることができるというわけだ。もちろん、ファイヤーウォールと呼ばれる侵入をふせぐセキュリティ・システムがある。それを突破するのは、ＮＳＡにまかしたほうがいい。要するに、ＮＳＡのコンピューターおたくのひとりにそれをやってもらうのだ。そのためには、ＣＩＡがＮＳＡにそれを依頼したという形にもっていかなければならない。つまり偽《にせ》の依頼をでっちあげないといけないのだが、それはコンピューターの端末にメモを打ちこむのよりはすこしばかりむずかしいと、かつて司法省で犯罪捜査専門の会計士をしていたカニングハムは思った。だが、CIAにもNSAにも〈ザ・キャンパス〉の協力者がいて、この偽の依頼を上手に仕組み、何がおこなわれたかわからないように記録文書をいっさい残さないようにできるのではないか、とカニングハムは思ってもいた。

「やはり、やらんといかんか？」

「やれば、一週間くらいで、いろいろ見つけられます。このウダ・ビン・サリという男は、車がひっきりなしに通る道で危険な路上野球《ステイックボール》遊びをしているだけの金持ちの坊やでしかないのかもしれませんが……どうも臭うのです……こいつはテロ活動になんらかの係わりをもっているプレーヤーじゃないかと、わたしは思いますね」カニングハムは思っていることを正直に明かした。彼は長年の仕事で勘をみがき、その結果、マフィアの元親分が二人、いまもイリノイ州のマリオン刑務所で独房暮らしをしている。だが彼は、自分の勘に頼りすぎるということはない。元および現在の上司たちほど自分の勘を信じているわけではない。カニングハムは、狐狩り用猟犬《きつねがり》フォックスハウンドなみの嗅覚《きゆうかく》をもつプロ会計士ではあるが、自分の能力を自慢することはなく、その点、実に控えめなのである。

「一週間でできる？」

デイヴ・カニングハムはうなずいた。「ええ、そのくらいで」

「ライアン・ジュニアをどう思う？」

「いい勘をしています。ほとんどの者が見過ごすものを見つけました。若さが役立っているのでしょう。若いターゲットに若いブラッドハウンド。ふつう、その組み合わせではうまくいかないんですがね。今回は……うまくいったようです。そうそう、彼の父親がパット・マーティンを司法長官に指名したとき、わたしはパットから大《ビッグ》ジャックのことをいろいろ聞かされました。パットはライアン大統領が大好きでした。わたしはミスター・マーティンとは仕事で長い付き合いがあり、彼を大いに尊敬していました。小《リトル》ジャックは大物になると思います。むろん、それを確認するには、十年ほど待たねばなりませんがね」

「ここでは血統は信じないことになっている、デイヴ」トム・デイヴィスが注意をうながした。

「世の中には数字のようにはっきりしていることもあるのです、ミスター・デイヴィス。不正行為を見つける鋭い嗅覚の持ち主もいれば、そうじゃない者もいる。ジャック・ジュニアの場合、まだまだ本物の嗅覚を獲得してはいませんがね、その方向へ確実に進んでいます」カニングハムは、テロリストの資金を追跡する司法省特別会計班の創設にも力を貸した。何をするにも資金が必要になり、金を動かせば、かならずどこかに跡が残る。だが、そうした跡を見つけるのは事前より事後のほうがたやすく、そうなることのほうがずっと多い。事後の捜査にはそれでいいのだが、テロ防止には役立たない。

「ありがとう、デイヴ」ヘンドリーはカニングハムとの話し合いを終わりにした。「何か新しいことがわかったら、すぐ知らせてほしい」

「わかりました」カニングハムは書類を集め、部屋からでていった。

「うーん、あれで性格がまともなら、もうすこし仕事がスムーズにいくんですけどね」ドアが閉まって十五秒して、デイヴィスが言った。

「完全な人間なんていやしないんだ、トム。彼はこの種の仕事では司法省史上最高の人間だ。彼が釣りをしたあとの湖には、魚は一匹も残らない」

「それはわたしもそう思います、ジェリー。で、このウダという男ですが、悪党どもの銀行をやっているんでしょうかね？」

「その可能性は充分にあるな。ＣＩＡ《ラングレー》もＮＳＡ《フォート・ミード》も、現在の状況にどう対処していいかわからず、いまだにオロオロしている状態だ」ヘンドリーはつづけた。

「わたしもいま、彼らのつくった書類に目を通しているのですが、確実な情報がほとんどないのに、書類がやたらに多いんです」情報分析では、よっぽど用心してかからないと、たちまち憶測がはじまってしまう。そうなると、経験豊かな分析官も、恐怖によって情報をゆがめ、あらぬ方向へ考えを推し進め、仲間内でもあまりしゃべらないテロリストたちの心を強引に読もうとする。で、炭疽菌(たんそきん)か天然痘ウイルスが入った小瓶を髭剃(ひげそ)り道具のなかに隠している者たちがいる可能性がある、といった分析結果がでてくる。いったいぜんたい、なんでそんなことまで指摘できるのか？ アメリカが以前そういう攻撃を受けたから？ だが、それなら、アメリカはこれまでにあらゆる攻撃を受けている。そして、そういう攻撃のおかげでアメリカは、ほぼどんな攻撃にも国民は対処できるのだという自信を得ることができた。が、その一方、この国では恐ろしい惨劇が起こる可能性がつねにあり、それを起こしたテロリストたちをいつも特定できるとはかぎらない、ということもアメリカ国民は思い知った。そして、現職の大統領のもとでは、そういう凶悪なテロリストたちを阻止または罰することなどとてもむり。それひとつとっても、まさに大問題なのである。

「アメリカ人は己(おのれ)の成功の犠牲者ということか」元上院議員は静かに言った。「アメリカはこれまで、逆らう国をすべて、なんとかねじ伏せてきた。が、自分らの神のために活動しているのだと主張するテロリストどもは、見つけるのも追跡するのもむずかしい。神はどこにでもおわします、という。だから、その神の御心《みこころ》のままに動いているると思いこんでいる異常者どもも、どこにでもいるということなのかな」

「ですから、ジェリー、それがたやすいことだったら、われわれはここにいないわけです」

「いやあ、トム、きみがいつも元気づけてくれるんで助かるよ」

「われわれは不完全な世界に住んでいるんです。トウモロコシを育ててくれる雨は、いつも充分に降るとはかぎらないし、降ったら降ったで、ときどき洪水を起こす。父がそう教えてくれました」

「前から訊《き》こうと思っていたんだが——きみの家族はいったいどういうわけでネブラスカなんかに落ち着くことになったんだね？」

「わたしの曾祖父《そうそふ》は兵隊でした——騎兵だったんです、第九騎兵連隊、黒人だけの連隊の。退役したとき、曾祖父はジョージアに帰りたくなくて、ネブラスカ州オマハ郊外のフォート・クルークでしばらく過ごしました。そして、ドアホなことに、冬の寒さなんて気にしなかった。で、セネカの近くの土地を買い、トウモロコシを栽培しはじめた。こうしてわれらがデイヴィス家の歴史がはじまったというわけです」

「ネブラスカにはクー・クラックス・クランはいなかったのかね？」

「ええ、やつらはずっとインディアナにいて、ネブラスカまでは来ませんでした。ともかく、インディアナにある農場のほうが小さかったんです。曾祖父はセネカの近くに移り住んですぐ、バッファローを一頭しとめました。それは頭部だけの剝製《はくせい》にされて母屋《おもや》の暖炉の上にかけられました。いまでも家のなかにあるもののなかではいちばん大きく、でーんと構えています。でも、そいつがいまだに臭《にお》うんです。父《ダッド》と兄がいま狩りでしとめるのは、おもにロングホーン・アンテロープ、土地の人が〝早山羊《スピード・ゴート》〟と呼んでいる羚羊《かもしか》です。美味じゃないんですよこれが。わたしは好きになれません」

「この問題の新情報だが、きみの勘はなんて言ってる、トム？」ヘンドリーは訊いた。

「まあ、しばらくはニューヨークには行かないようにしよう、というところですかね」

ノックスヴィルの東で道は二つにわかれた。東へ向かう州間高速《インターステート》40号線と、北に向かう州間高速81号線に。レンタカーのフォードは、81号線のほうに入り、山越えをはじめた。それは、アメリカの西部辺境がやっと大西洋が見えなくなるところまで広がったか広がらないかという時代に、伝説の開拓者ダニエル・ブーンが踏査した山々だった。山岳地帯を抜けると、デイヴィー・クロケットという名の男の故郷であることを示す案内標識があった。何者だ、そいつは、と運転席のアブドゥラーは美しい山道をくだりながら思った。ブリストルという町で、ついにヴァージニア州に入った。作戦を実行する最後の大行政区画に入ったのだ。あと六時間ほど、とアブドゥラーは計算した。陽光を浴びて、青々と輝く土地。道の両側に、馬の牧場や酪農場が広がっている。教会もある。ほとんどが白塗りの木造で、尖塔《せんとう》のてっぺんに十字架がついている。キリスト教徒。この国は間違いなくキリスト教徒に支配されているのだ。

異教徒。

敵。

ターゲット。

トランクのなかには、やつらを始末するための銃がある。まず81号線で北東へ進み、ついで64号線に入って東へ進む。道順はだいぶ前にしっかりと頭にたたきこんだ。他の三班はすでにターゲット・シティに到着しているはずだ。デモイン、コロラドスプリングス、プロヴォ。それぞれ、立派なショッピングモールが少なくともひとつはある都市。うちひとつは州都だ。だが、どれも大都市ではない。みな、〝ミドル・アメリカ〟と呼ばれる中間層の都市で、〝善良〟な人々が住み、〝普通〟の〝勤勉〟な人々が家庭をもっている。彼らは、権力――と腐敗――の巨大センターから遠く離れているから、自分たちは安全だと思っている。そういう都市にはユダヤ人はほとんどいないはずだ、とアブドゥラーは思った。まあ、ひとりくらいはいるだろう。ユダヤ野郎は宝石店をやるのが好きだからな。ショッピングモールにもやつらの店があるかもしれない。それならボーナスということになるが、こちらからそれを求めてはいけない。偶然手に入るなら拾ってもいい、という心構えでいなければいけない。おれたちの真の目的は、普通のアメリカ人、普通のアメリカという〝母胎〟にいだかれて自分たちは安全だと思いこんでいる連中を殺すことだ。やつらにすぐ思い知らせてやる。この世界の安全は幻想にすぎないということを。アッラーの雷《いかずち》はどこにでも落ちるのだということを。


「これがそうですか？」トム・デイヴィスが訊いた。

「ええ、そうです」ドクター・パスタナックは答えた。「気をつけて。装塡《そうてん》済みで使用可能な状態になっていますから。赤いタグがついているほう。青いタグのものは未装塡です」

「何を発射するんでしたっけ？」

「筋弛緩剤《きんしかんざい》スクシニルコリンの異性体、南米のインディオたちが毒矢に塗るクラーレの毒性をさらに強めた合成毒薬です。横隔膜をも含めた全身の筋肉を麻痺《まひ》させます。これを体内に注入されると、呼吸することも、しゃべることも、動くこともできません。だが、意識は失われない、まったくね。悲惨な死にかたをします」医師は冷たいよそよそしい声で付け足した。

「なぜそうなるんです？」ヘンドリーが訊いた。

「呼吸できないからです。で、心臓がたちまち酸欠状態となり、大規模な心臓発作が引き起こされる。気持ちがいいものではありません。とてつもなく苦しい」

「そのあとは？」

「六十秒ほどでそういう症状がではじめます。薬の効果が完全にあらわれるまでに、さらに三十秒。そこで、ということはつまり薬物注入後、約九十秒で、やられた者は立っていられなくなり、倒れます。そして、ほぼ同時に呼吸が完全にとまる。心臓は無酸素状態になって苦しみもがく。鼓動しようと懸命になるが、まったく動けず、心臓は全身に、自分のところにも、酸素を送りこめなくなる。二、三分で心臓の組織が死に——その過程で激烈な痛みが生じる。意識も三分ほどで失われる。ただ、その者が直前に運動していた場合は、そのかぎりではない——脳に酸素がたっぷり送りこまれていますのでね。ふつうは、酸素の供給がとまっても、脳はそのとき内部にあった酸素だけで三分ほどは機能しつづける。だから意識を失うのは、約三分後――それは症状がではじめてからで、薬物注入時からということであれば、約四分半後ということになります。そして、さらに三分ほどで完全な脳死にいたる。しかも、スクシニルコリンは死後も代謝されます。完全に消えてなくなるというわけではありませんが、ほとんどが代謝されてしまい、頭の切れる超一流の病理学者が本気になって、しかも最初から毒物を見つけるつもりで、特別な検査をしてはじめて検出できるていどの量しか残りません。問題となる点は、〝被験者〟の尻《しり》にうまく薬物を注入できるかどうかということだけですな」

「なぜ尻なんです？」デイヴィスが訊いた。

「この薬はＩＭ――筋肉――注射がいちばんいいのです。それに、検死解剖のさい、死体はいつも仰向《あおむ》けに寝かされます。そうしないと臓器を見ることも取りだすこともできませんからね。死体がうつぶせにされることはめったにありません。この注射装置は皮膚にかすかな跡を残しますが、最良の状況下でもそれも見つけるのはむずかしい。それが残っている場所を、そういうものがあると思って探さないかぎり、まずむりでしょうな。麻薬中毒者だって、尻になんて針を刺しません――検死のときは当然、麻薬を常用していたかどうかもチェックされます。結局、原因不明の心臓発作という結論しかでてきません。そういう突然死は毎日あります。珍しくはあるけれど、あることはある。たとえば、頻脈が発作の引き金になることもある。このペン型注射装置は、I型糖尿病患者が用いるペン型注射器を改造したものです。あなたがたの機械工はすばらしい偽装をほどこしてくれました。これで書くこともできるんです。でも、クリップを押してペン先のカバーをまわすと、ペン先が引っこみ、針がでてくる。それをターゲットの体に刺せば、軸のうしろに仕込まれたカプセルのガスによって薬液が瞬間的に注入されるという仕掛けです。やられた者はたぶん気づくでしょう。蜂《はち》の針に刺されるようなものですからね。でも、痛みはそれほどなく、一分半以内にそのことをだれにもしゃべれなくなります。きっと、『痛っ』という声を洩《も》らし、刺されたところをさするくらいのことしかしません——せいぜいね。そう、蚊に首を刺されたときのような反応です。思わず手でぴしゃっとたたくかもしれませんが、警察は呼びません」

デイヴィスは安全な〝青〟ペンを手にとった。それは、軸の太い鉛筆やクレヨンを二年間使ってきた小学三年生がはじめて使わされるような、ちょっと太めのボールペンに似ていた。では、これをコートのポケットにしのばせて前からターゲットに近づき、すれちがいざま、うしろ向きに刺し、そのまま歩き去ればいいというのか、とトム・デイヴィスは思った。そして相棒が、ターゲットが歩道に倒れるのを見とどける。手を貸そうと足をとめ、悪党が死ぬのを確認してから、立ちあがって歩き去る、というのでもいいわけだ。そう、救急車を呼ぶという手もあるな。そうすれば死体は病院に運ばれ、こちらに都合よく、合法的に医者によって解体されてしまう。

「トム？」ヘンドリーが意見を求めた。

「気に入りました、ジェリー」デイヴィスは答えた。「先生《ドック》、ターゲットがノックダウンされたあと、その薬品が代謝されて消えるという点ですが、どれほど確実なんですか？」

「ですから確実なんです」ドクター・パスタナックは答えた。デイヴィスもヘンドリーも、パスタナックがコロンビア大学医学部麻酔科教授であることを思い出した。彼はこういう薬物に関しては知り尽くしているはずである。それに〈ザ・キャンパス〉はパスタナックを信頼している。だから〈ザ・キャンパス〉の秘密を教えたのではないか。いまさら信頼できないなんて言えやしない。「ごく基本的な生化学です。スクシニルコリンは二つのアセチルコリン分子が結合したものです。スクシニルコリンは体内のエステラーゼという酵素によってたちまちのうちにアセチルコリンに分解されてしまう。だから、スクシニルコリンを検出するのはまずむり。コロンビア・プレスビテリアン医療センターの医師にもね。むずかしい点はただひとつ、だれにも気取られないようにやらねばならないということです。たとえば、ターゲットを医者の診察室に連れてこられるというのだったら、塩化カリウムを静脈注射するだけでいい。それで心室細動が引き起こされ、心臓がとまってしまう。細胞が死ぬと、カリウムを放出するので、体内のカリウム値が多少あがったところで、気づかれる心配はない。だが、静脈注射の跡を隠すのはむずかしい。実は、突然死に見せかけて殺す方法はたくさんあります。今回は、あまり技術がなくても楽にやれる方法を選ばねばならなかったというだけの話です。実際問題として、どんなに優秀な病理学者でも、死因を特定することはできないでしょうな——ただ、死体を調べて死因がわからないと、悩んでしまい、むきになる者もいます。そうなるのは、ほんとうに才能のある学者や医者だけですけどね。そういう者はそこらにごろごろいるというわけではありません。コロンビア大学医学部だったら、リッチ・リチャーズが最高です。彼はわからないことがあるというのが我慢できない。リッチは本物の智者《ちしゃ》、難問解決屋で、一流の医師のうえに天才的な生化学者でもあります。その彼に、わたしは訊いてみました。きみだったらスクシニルコリンを検出できるかね、と。いや、たとえ何を探すべきかわかっているとしても、おそろしくむずかしい、というのがリッチの答えでした。ただし通常は、そのときどきの事情が影響をおよぼします。たとえば、ターゲットとなった人間の体の生化学的特質、どんなものを食べ、飲んできたか、といったことがスクシニルコリンの代謝に影響をおよぼすわけです。なかでも気温が大きなファクターになる。冬の寒い日に屋外で、ということだと、化学変化が抑制されるため、エステラーゼがスクシニルコリンを分解できなくなる可能性もある」

「では、一月のモスクワではこの手は使えない？」ヘンドリーは訊いた。ここまで専門的な話になると、理解するのがむずかしくなる。だが、パスタナックがいいかげんなことを言うはずがない。

教授はにやっと笑った。寒気がするほど凄《すご》みのある笑いだった。「そのとおり。ミネアポリスでもね」

「悲惨な死にかたをする？」デイヴィスが訊いた。

教授はうなずいた。「ええ、不快きわまりない」

「解毒《げどく》は？」

パスタナックは首を振った。「スクシニルコリンがひとたび血流に入りこんだら、もうなすすべはありません……まあ、理論的には、人工呼吸器をとりつけて、スクシニルコリンが代謝されるまで呼吸を維持すれば、解毒も可能ということになる――パンクロニウムという骨格筋弛緩剤を過剰投与された患者を手術室でそうやって助けるのを実際に見たことがあります。だが、それはきわめてまれなケースで、無視してもさしつかえない。理論的には救命可能ですが、実際の場面ではまずありえない。眉間《みけん》を撃たれても生き延びた者もいますが、よくあることではありません」

「ターゲットへの薬液注入がむずかしい？」デイヴィスがふたたび訊《き》いた。

「いや、それほどでも。正確なひと刺しでいいのです。針が衣服を貫通できればいい。針がそれほど長くありませんので、厚手のコートだと問題が生じるおそれもあります。が、ふつうのビジネススーツだったら、まったく問題ない」

「この薬に免疫《めんえき》のある者はいない？」ヘンドリーが確認した。

「いません、この薬にはね。いたとしても、十億人にひとり」

「やられた者は叫んだりしない？」

「すでに説明したように、たかだか蜂に刺されるくらいの痛みです——蚊に刺されるよりは多少痛いていど。苦痛の叫びをあげるほどではありません。やられた者はせいぜい、あれっ、何だ、と思うくらいのものでしょう。たぶん、振り向いて、なんでチクッとしたのか知ろうとするのではないか。だが、あなたがたの工作員はなにくわぬ顔をして歩き去る、走らずにね。これでは、怒鳴る対象となる相手もいないし、痛みもすぐに消えてしまうので、やられたほうもチクッとしたところをさすって、歩きつづけるにちがいない……が、歩けるのは、そうねえ、十ヤードくらいかな」

「つまり、即効、致死で、検出不可能？」

「そのいずれも正解」ドクター・パスタナックは返した。

「再装塡のしかたは？」デイヴィスが命じるような口調で訊いた。《いやまったく、なんでCIAはこんなにいいものを開発しなかったのだろう？》と彼は思った。いや、それを言うなら、KGBだってなんで開発しなかったのか？

「こういうふうに軸をねじって――」教授は説明した。「はずす。そして、ふつうの注射器で薬液を新たに注入し、ガス・カプセルを交換する。この超小型ガス・カプセルだけは、製造がとてもむずかしい。使用済みのものは、ごみ箱や側溝に棄《す》てられる――なにしろ、長さ四ミリ・幅二ミリしかありませんからな。あとは、新しいものを差しこめばいい。軸をねじりこんでペンをもとにもどすと、軸の尻の内側についている小さなスパイクがカプセルに突き刺さり、システムが作動可能となる。ガス・カプセルは粘着物質でコーティングされているので、脱落することはまずない」またたくまに〝青〟ペンが危険な〝赤〟ペンになった。ただ、スクシニルコリンは注入されていない。「言うまでもないが、注射器には気をつけないといけない。まあ、よっぽどの馬鹿でないかぎり、自分で自分を刺すなんてことはないでしょうが。実行要員を糖尿病患者ということにしてしまえば、自分で自分を刺すなんてことはないでしょうが。実行要員を糖尿病患者ということにしてしまえば、注射器をだれかに見つけられても説明がつきます。糖尿病患者のIDカードがあって、それを持っていれば、世界中だいたいどこでもインシュリンの補充ができます。それに糖尿病患者には、外から見てそれとわかる症状はありません」

「いや、すごい、先生（ドック）」トム・デイヴィスは感心した。「この装置でほかに使える薬はありますか？」

「ボツリヌス毒素でも同じくらい確実に人を殺せます。ボツリヌス毒素は神経毒で、神経伝達物質アセチルコリンの放出をとめてしまい、神経の情報伝達システムを破壊します。その結果、呼吸が停止し、死へといたる。しかもかなり急速に。ただし、この毒素は検死解剖時でも血液中に残っていて、簡単に検出できるので、謀殺の疑いありということになるでしょうな。美容整形外科で用いられるため、マイクログラム単位なら、世界中どこででもたやすく入手できます」

「医者が女の顔だけですよ」パスタナックは答えた。「たしかにボツリヌス毒素は顔面筋肉の収縮をとめて皺（しわ）をとりのぞいてくれますが、神経を殺してしまう。したがって、にっこり微笑《ほほえ》む能力もとりのぞかれてしまう。まあ、それはわたしの専門領域ではありませんがね。致死性の毒となる化学物質はたくさんあります。ただ、そのなかで使用可能なのは、即効性があって検出困難というものだけです。小型ナイフを頭蓋《ずがい》のすぐ下に刺しこみ、脳の基底部へ入りこもうとする脊髄《せきずい》を切断するというのも、人を速やかに殺す方法のひとつです。ただし、これを成功させるには、ターゲットのすぐうしろに忍びより、かなり小さな標的にナイフを正確にもぐりこませ、刃が頸椎《けいつい》のあいだに引っかからないようにしないといけない――そこまで近づくなら、22口径の消音器《サイレンサー》付き拳銃《けんじゅう》を使ったほうがずっと楽です。素早くやれます。しかし、銃弾が残ってしまう。ところが、このスクシニルコリンによる方法だと、正しい死因はまず見つからず、心臓発作ということで片づけられてしまう公算がきわめて高い。完璧《かんぺき》な方法と言ってよい」医師はカーペットに雪をまき散らせるほど冷たい声で、説明を結んだ。

「リチャード」ヘンドリーは言った。「料金ぶんの仕事はきちんとしましたね」

麻酔科の教授は立ちあがり、腕時計に目をやった。「お金はいりません。弟のためにやったことですから。また何かしてほしいことがあったら、連絡してください。アセラ特急《エクスプレス》でニューヨークへもどりますので、これで失礼」

「すごい」パスタナックが去ると、トム・デイヴィスが声を洩らした。「医者というのは邪悪なことを考えているにちがいないと昔から思っていました」

ヘンドリーは机の上におかれた箱を持ちあげた。なかに入っているのは、ぜんぶで十本の〝ペン〟、コンピューターで印刷された取扱説明書、ガス・カプセルでいっぱいのビニール袋、スクシニルコリンが入った大きな薬瓶二十本、それに使い捨て注射器ひと山。「仲のよい兄弟だったんだろうな、きっと」

「弟さんを知っているんですか?」デイヴィスは訊いた。

「ああ、知っている。いい男だった。妻と子供が三人いたよ。名前はバーナード、ハーヴァード・ビジネス・スクール卒の頭の切れる男でね、目先が利《き》く証券屋《トレーダー》だった。世界貿易センタービルのタワー・ワンの九十七階で働いていた。遺産をかなり残した――ともかく、それで家族は楽に食っていける。たいしたものさ」

「パスタナックは味方にしておくべき人間ですよね。敵にまわしたら大変なことになる」デイヴィスは思ったことをそのまま口にし、こみあげてきたふるえを抑えこんだ。

「そういうことだ」ヘンドリーも同感だった。

運転はもっと楽しいはずだった。空は晴れわたり、道はたいして混んでいないし、北東へほぼまっすぐ延びている。だが、楽しくない、まるで。バックシートのラフィとズヘイルから「あとどのくらいだ？」とか「まだ着かないのか？」とか、たえまなく声がかかり、ムスタファは車をとめて、こいつらを絞め殺してやろうかと何度思ったかしれない。バックシートにおとなしく座っているのも辛《つら》いのかもしれない。だが、おれはこのくそ車を運転しなければならんのだぞ！　そうムスタファは心のなかで怒声をあげた。緊張といらだち。ストレスがつのっているのが自分でもわかった。うしろの連中だって同じだろう。だからムスタファは、深呼吸し、落ち着け、落ち着くんだ、と自分に命じた。あと四時間もすれば旅は終わる。この大陸横断の旅全体とくらべたら、そのたったの四時間がなんだというのか？　この旅程は、聖なる預言者ムハンマドがメッカからメディナへ、そしてメディナからメッカへ、歩いたり馬に乗って進んだりした道程《みちのり》よりも長いはずだ——とムスタファは思ったが、ただちにこの考えを断ち切った。自分をムハンマドと比較するなんて、畏《おそ》れ多いにもほどがある。そう、いい、いい、とんでもない話だ。そうだ、確実なことがひとつある、とムスタファはみずからを励ました。目的地に着けば、沐浴《もくよく》することができ、思いきり眠ることもできる。《休息まであと四時間》とムスタファは心のなかで唱えつづけた。横の助手席ではアブドゥラーが眠りこんでいた。

〈ザ・キャンパス〉には職員専用のカフェテリアがあった。料理は外のさまざまな店から調達される。今日の料理は、ボルティモアの『アットマンズ』というデリカテッセンからとどけられたものだった。この店のコンビーフはなかなかうまい。と言っても、ニューヨークのものほどではないが——などと、ここで言ったりすると、殴り合いの喧嘩《けんか》になるかもしれないな、と思いながら、ジャック・ジュニアはコンビーフをカイザーロールの上にのせた。飲みものは何にしようか？　ニューヨークで昼食だったら、そう、クリームソーダ。そして、むろん、アッツ。それはこのあたりで売られているポテトチップスで、ホワイトハウスにもおかれていた——父《ダッド》のたっての望みで。いまのホワイトハウスはボストンからいろいろ取り寄せているのではないか。アメリカの首都はレストランで有名な都市《まち》とは言えない。だが、どんな都市にも少なくともひとつはすばらしいレストランがある。そう、ワシントンＤＣにも。

今日は、いつも昼食をいっしょにとるトニー・ウィルズが見あたらない。あたりを見まわすと、デイヴ・カニングハムの姿が目にとまった。やはり、ひとりで食べている。ジャックはそちらの方向へ歩いていった。

「どうも、デイヴ。座ってもいいですか？」ジャックは訊いた。

「いいよ」カニングハムは心から歓迎しているようだった。

「数字とのにらめっこは楽しいですか？」

「わくわくするよ」信じがたい答えが返ってきた。カニングハムは説明した。「だって、ヨーロッパの銀行のコンピューターのなかに入りこんで、データを見られるなんて、すごいじゃないか。もし司法省がここまでやれたら、悪党どもを文字どおり一網打尽にできるよ――もっとも、この種の証拠は法廷にもちだすわけにはいかないがね」

「ええ、デイヴ、ほんとに憲法って障害になることもありますよね。市民権に関するくそ忌《い》まいましい法律もすべてね」

カニングハムは、白パンの上にエッグサラダをのせたものをちょうど飲みこもうとしたところで、むせそうになった。「おいおい。ＦＢＩはちょっと怪しげな作戦もたくさんする――ふつうは、情報提供者が情報をくれたからとか、だれかさんに頼まれて、あるいは頼まれなくても、探りを入れるとかでね――でも、ぜんぶ、刑事訴訟法の範囲内でやるんだ。結局だいたいは司法取引ということになる。すべてを悪党の思いどおりにもっていける悪徳弁護士なんてそうはいないからな。いま言った悪党というのは、マフィアの連中のことだよ」

「わたしはパット・マーティン司法長官を知っています。父は彼を高く買ってます」

「長官は誠実なうえ、頭が切れる、とてつもなくね。判事になるべき人だよ。誠実な法律家はみな判事になるんだ」

「判事の給料はたいしてよくありませんよね」ジャックが〈ザ・キャンパス〉からもらう固定給は、どんな国家公務員の給料よりもずっとよい。新人にとっては悪くない額だ。

「それが問題なんだ。しかし、しかし――」

「しかし、貧乏にいいところなんて何もありません。これ、父の口癖です。父は議員の給料をなしにしたらどうかと考えたことがあります。議員にも実社会で仕事をしてもらい、ほんとうの仕事がどういうものか知ってもらう必要がある、と思ったからです。でも、結局、そうすると議員はもっと収賄《しゅうわい》の誘惑にかられやすくなるという結論に達してしまいました」

会計士はこの話を受けて応《こた》えた。「そうなんだ、ジャック、議員への贈賄はびっくりするほど簡単なんだ。だから贈収賄を見つけるのはむずかしい」CPA（公認会計士）はこぼした。「飛行機から草の下に隠れている者を探すようなものだ」

「われらがテロリストの友はどうですか？」

「安楽な生活を好む者もいる。裕福な家庭で育った者がたくさんいるんだ。そういう連中は贅沢《ぜいたく》が好きだね」

「ウダ・ビン・サリのように」

カニングハムはうなずいた。「やつは贅沢な趣味をしている。車は高価なものだ。実用にまるで適さない。燃費はおそろしく悪いはずだ、ロンドンのような都市にいたらとくにね。あそこはガソリンがえらく高い」

「でも、ふつうはタクシーを利用してます」

「金があるということだな。そのほうが合理的ではあるけど。金融地区の駐車料金は高いにちがいないし、ロンドンのタクシーはなかなかいいんだ」カニングハムは顔をあげた。「ああ、きみも知っているね。ロンドンにはよく行っていたんだったな」

「ええ、まあ」ジャックは返した。「いい都市《まち》です。人もいいですし」シークレット・サーヴィスの警護班や地元の警官たちもたいして邪魔にならなかった、とまで言う必要はなかった。「われらが友ウダについて新たに考えたことはありますか？」

「データをもっと詳しく調べないといけないが、前にも言ったように、ウダの動きはまさにプレーヤーのそれだね。もしやつがニューヨーク・マフィアの一員だったら、相談役見習《コンシリエーレ》いといったところだと思う」

ジャックはちょうどクリームソーダを飲んだところで、咳《せ》きこみそうになった。

「そんなに地位が高い？」

「黄金律《ゴールデン・ルール》があるんだ、ジャック。黄金《ゴールド》をもつ者が律《ルール》をつくるのさ。ウダ・ビン・サリは莫大《ばくだい》な金を動かすことができる。やつの家はきみの理解を超えるほどの金持ちなんだ。四、五十億ドルはある」

「そんなに？」ヤング・ライアンは驚いた。

「ウダはいま金の運営を学んでいる最中なんだ。やつが任されている資金についてちょっと考えてみよう。実は、やつが動かせるのは、その一五パーセントにも満たない。たぶん父親の制限があって、そのくらいまでは動かしてもいいと言われているのだろう。やつがやっているのは資産保護だというのは、覚えているね？　金をにぎっている男、つまり父親は、全資産を息子に運営させるなんて真似《まね》は絶対にしない。息子がどんなに立派な大学教育を受けていようとな。金を動かす仕事でほんとうに役立つのは、大学の卒業証書を壁に飾ったあとで学ぶことだからね。この若者は見込みはあるが、まだ思慮が浅く、何をやらかすかわからないところがある。まあ、金持ちの子供には珍しいことではないが、十億単位の金を持っている親にとっては心配なことではある。だから息子を革ひもでつないでおきたくなる。それに、ウダが提供していると思われる——というか、提供している疑いのある——資金は、それほど多額ではない。

きみはやつが目立たないよう地味にやった取引を見つけたんだ。たいしたもんだ。ウダはサウジアラビアに帰るとき、G－Vをチャーターするんだが、きみは知ってたか？」G－Vはビジネス・ジェット機のガルフストリームV。

「あっ、いえ」ジャックは正直に答えた。「そういう情報はのぞきませんでした。どこへ行くにもファーストクラスに乗ると思っていましたので」

「そうなんだよ、やつは。きみやきみの親父《おやじ》さんが以前やっていたようにな。ビジネスクラスとかいうものじゃなく、本物のファーストクラスだ。ジャック、この仕事では、どんな小さなことでも、いちおうチェックしておかんとな」

「クレジットカードの使いかたはどう思いますか？」

「ごくふつうの使いかただな。でも、注目すべきことはある。その気ならクレジットカードでぜんぶすませることができるのに、現金で支払うことがかなりあるようだ――しかも、実際に使う現金の額は、自分用におろした額よりも少ない。たとえば、やつは売春婦には現金で払う。サウジアラビア人は男の買春行為についてはとやかく言わないから、それは現金で払う必要があるからではなく、そうしたいから、ということになる。はっきりわからないなんらかの理由で、生活の一部を秘密にしておきたいということなんだろう。いや、それとも、単なる習慣にすぎないのか。ウダが持っているクレジットカードは、こちらが知っているものだけではなく、ほかにもあるのかもしれない――われわれが気づいていないカード決済用の未使用の口座もな。だとしても、わたしは驚かんよ。あとでやつの銀行口座をざっと調べなおしてみることにしよう。ウダはまだまだ隠蔽《いんぺい》のやりかたがうまいとは言えない。若いし、経験も浅く、きちんとした訓練も受けていない。だが、そう、やつはプレーヤーだとわたしは思う。早いところ大リーグ入りしたいと思っているプレーヤーだとな。金のある若者が辛抱強いという話はあまり聞かない」カニングハムは話を結んだ。

《これくらいはおれも考えるべきだった》ジャック・ジュニアは自分に言い聞かせた。《この件はとことん考えなければいけない。もうひとつ大切な教訓を学んだ。デイヴの言うとおり、どんなに小さなことでもチェックしておかないといけないのだ。おれたちが対処しようとしているのは、どういうたぐいの男なのか？　彼の目には世界はどのように映っているのか？　彼は世界をどう変えたがっているのか？》敵の目で世界をながめ、敵の頭のなかに忍びこみ、しかるのちに敵の心で世界を見つめなおす、ということがとっても重要なんだ、と父から何度聞かされたことか。

《ウダ・ビン・サリは欲情に駆られる女狂いだ――だが、これには別の意味もあるのではないか？　娼婦《しょうふ》を買うのは、満足のいくセックスを提供してくれるから？　それだけのこと？　それとも、イギリスの娼婦とやれば敵を犯している気分になれるから？　イスラム世界はアメリカとイギリスを本質的に同じ敵だと考えている。言葉も同じ、傲慢《ごうまん》さも同じ、そして、軍隊も間違いなく同じ。なにしろ、イギリスとアメリカが緊密に協力し合ってやっていることがそれはたくさんある》こういうことは頭に入れておいたほうがいい。《何か推定するときは、かならず敵の目を通して見ないといけない》昼食で得られたにしては悪くない教訓だ。

右手にあらわれたロアノークの街がすべるようにうしろへ退いていった。州間高速《インターステート》81号線の両側は、なだらかに起伏する緑の丘陵で、そのほとんどが農場になっていた。牛がたくさん見えるので、酪農場もたくさんあるのだろう。緑色の標識がいくつも見えたが、そのいずれも自分たちの目的とは関係のないところへ向かう道を案内するものだった。そしてさらに、白塗りの箱のような教会。スクールバスとはすれちがうが、パトカーは一台も見ない。アメリカの州のなかには、ハイウェイ・パトロールのパトカーをふつうの車にしか見えないようにしているところがあるという。だから、このフォードとたいして変わらない車でも、パトカーである可能性がある。でも、ふつうの車にはない無線アンテナを立てているはずだ。ここらへんのパトカーの警官もカウボーイハットをかぶっているのだろうか、とムスタファは思った。だとしたら、なんとも場違いだ。雌牛《カウ》はたくさんいるが、この地にはカウボーイハットは似合わない。〈雌牛〉といえば、コーラン第二の章《スーラ》の題だ、とムスタファは思った。もしアッラーに雌牛を屠《ほふ》れと命じられたら、つべこべ言わずに屠らねばならない。「それは老いたのでも幼いのでもなく」、主がお喜びになる雌牛である。自惚《うぬぼ》れに根ざした自己犠牲でありさえしなければ、神はどんな生贄《いけにえ》でもお喜びになるのではないか？　信仰篤《あつ》き者が卑下して己を生贄として捧《ささ》げるというのであれば、お喜びにならないはずがない。アッラーは真の信仰者からの捧げものを歓迎され、喜ばれるのだから。

ああ、そうだとも。

しかも、おれと仲間は異教徒どもを屠って生贄をさらに増やすのだ。

ああ、そうだとも。

州間高速64号線の案内標識が目に入った――いや、それは西に向かっているから、ちがう。おれたちは東へ向かい、東の山々を越えねばならないのだ。ムスタファは目を閉じ、何度となく繰り返し見た地図を思い出した。このまま北に一時間ほど走り、それから東だ。よし。

「ブライアン、その靴はあと二、三日でバラバラになっちまうぞ」

「おい、ドミニク、おれはな、これをはいて一マイル四分半という自己新記録を打ち立てたんだ」海兵隊員は言い返した。そういう自己新樹立の瞬間は宝物であり、忘れられないものだ。

「かもしらんが、この次さらに記録を更新しようなんて頑張ったら、足首がとんでもないことになるぞ」

「そう思うか？　おまえが間違っているほうに一ドル賭《か》ける」

「よし、乗った」ドミニクは即座に言った。

二人は握手をして正式に賭けを成立させた。

「その靴はわたしにもずいぶん見すぼらしく見えるけどな」アレグザンダーが横から意見を述べた。

「新しいTシャツも買ってよ、お母さん」

「あと一カ月もすれば、そいつはひとりでに解体しちまうな」ドミニクは思ったままを口にだした。

「ああ、そうかい！　だが、今朝はベレッタで撃ったおれのほうが射撃の成績はよかったぞ」

「単なる幸運だよ」エンツォことドミニクは鼻であしらった。「じゃあ、今度は標的に二発ずつ撃ちこめるかどうかやってみな」

「ようし、五ドル賭ける」

「よし、乗った」また握手。「おまえといると金持ちになれるよ」ドミニクは言った。

そして、ディナーのことを考える時間になった。今夜はヴィール・ピカータ。子牛の薄肉を焼いて、レモン汁とバターソースをかけるやつ。ドミニクはおいしい子牛肉《ヴィール》に目がなかったし、このへんの店には上等な子牛肉があった。子牛のことを考えると胸が痛むが、自分で牛の喉《のど》を掻《か》っ切って解体、処理したことなどいちどもない。

あそこだ。東へ向かう州間高速《インターステート》64号線。次の出口。運転をアブドゥラーに代わってもらおうかと思ったくらいムスタファは疲れていたが、最後まで自分で運転していきたかった。あと一時間くらいはどうにかなる、と彼は思った。フォードは次の山の連なりを越える峠に向かって走っていた。交通量はかなりあったが、混んでいたのは対向車線のほうだった。高速道がのぼりだし……そうら、はじまった、南側の山腹にホテルがある奥行きのない峠が——のぼりつめると、南のほうになんとも美しい谷が眺望できた。谷の名前を示す看板があったが、装飾過多の字体で、ムスタファにはよくわからず、ものの名前となって頭のなかに入ってこなかった。右側、遠くまで、美しい景色が広がっているのに気づいた。天国もかくやと思われるほどの麗《うるわ》しさだった――車から降りて景色を堪能《たんのう》できるよう、駐車スペースさえもうけられていた。だが、むろん、彼らにはそんな時間などない。うまい具合に道がゆるやかにくだりはじめた。と、ムスタファの気分ががらっと変わった。もう一時間もしないうちに着く。ここまで遥々《はるばる》やってきたことを祝うため、ムスタファは煙草《たばこ》をもう一本喫《す》うことにした。バックシートでは、ふたたび目を覚ましたラフィとズヘイルが、窓外の景色をながめている。二人とも、こんなふうに風景をながめることはもう二度とあるまい。あとは休息と偵察のための一日――むろん、Eメールで他の三班と作戦決行時間の調整をする――それでもう任務を遂行できる。そして、すべてが終わったとき、アッラー御自身の腕のなかに抱かれている。考えるだけで至福に満たされる。

国《こく》際《さい》テロ（上）

新潮文庫　ク - 28 - 33

Published 2005 in Japan
by Shinchosha Company

平成十七年八月一日発行

訳者　田《た》村《むら》源《げん》二《じ》

発行者　佐藤隆信

発行所　株式会社　新潮社

郵便番号　一六二―八七一一
東京都新宿区矢来町七一
電話　編集部(〇三)三二六六―五四四〇
　　　読者係(〇三)三二六六―五一一一
http://www.shinchosha.co.jp

価格はカバーに表示してあります。

乱丁・落丁本は、ご面倒ですが小社読者係宛ご送付ください。送料小社負担にてお取替えいたします。

印刷・錦明印刷株式会社　製本・錦明印刷株式会社

ISBN4-10-247233-9 C0197